biblioteca rao

HELLY ACTON

DRAGOSTEA E UN REALITY-SHOW

Descrierea CIP a Bibliotecii Naţionale a României
ACTON, HELLY
Dragostea e un reality-show / Helly Acton.
- Bucureşti : RAO Distribuţie, 2021
ISBN 978-606-006-518-0

821.111

RAO Distribuţie
Str. Bârgăului nr. 9-11, Bucureşti, România
www.raobooks.com
www.rao.ro

HELLY ACTON
The Shelf

Traducere din limba engleză
Roxana-Cristina Gheorghe prin LINGUA CONNEXION

2021

ISBN 978-606-006-518-0

Capitolul unu

Amy Wright stă întinsă în pat, uitându-se la reflexia ei din oglinda de pe perete și numărând câte bărbii are. Părul lung și negru îl are strâns într-un coc ridicat ce seamănă cu gogoașa de ciocolată pe care a mâncat-o ieri pe ascuns, și dacă mijește ochii, parcă ar fi un luptător de sumo. Dar Amy nu are de gând să permită unei Zile Grase să îi strice dispoziția. Nu azi. În schimb, clipește din ochii albaștri și face o captură mentală a celei mai bune zile din viața ei.

Numai că Amy nu-și dă seama că cea mai bună zi din viața ei e pe cale să se transforme în cea mai urâtă.

Își ia telefonul de pe măsuța de lângă pat și deschide aplicația Instagram ca să vadă cine s-a mai logodit, cine s-a căsătorit sau cine a rămas însărcinată în ultimele opt ore. Răsuflă ușurată când nu vede niciun *emoji* cu inel cu diamant sau bebeluș. Un utilizator oarecare, numit @shrinkitquick, a început să o urmărească, iar Jane a postat o nouă poză cu gemenii ei. În această dimineață, sunt mânjiți de un amestec de banane și morcovi, iar Jane a comentat cum îi e dor de trezirile târzii. Mesajul pe care îl transmite e „biata de mine“, dar de fapt vrea să spună „lăudați-mă“.

Amy rezistă nevoii de a posta un emoji cu capul care vomită, cu *#terogscuteștene*. Se gândește oare ce s-ar alege de viața ei socială dacă ar fi sinceră pe internet. Ar fi declarată o persoană care urăște copiii, ceea ce ar fi nedrept deoarece îi plac copiii. Unii dintre ei.

Ceea ce nu îi place este că va avea un abonament forțat zilnic la salivă, muci și lacrimi. Când o să aibă copii, o să limiteze postările despre ei la momente cu adevărat importante, nu doar observații fără niciun rost cum ar fi *Henry a făcut treaba mare! #creșteatâtde-repede*, așa cum a postat Jane ieri. Timp de o secundă întunecată, i s-a părut că vede dovada, dar când poza s-a încărcat arăta doar un fiu chinuitor care rânjea în fața unui castron cu înghețată de ciocolată. Se înroșește când se gândește la comentariul ei: *Nu mânca asta!* Celelalte mame scriseseră numai cuvinte de felicitare, iar Jane a dat like la toate comentariile lor, în afară de cel al lui Amy.

– Oare îți pierzi simțul umorului când ai copii? a mormăit ea retoric către Jamie, care pregătea kale pentru sucul lui de dimineață.

– La fel și silueta, a răspuns el imediat, iar Amy l-a urât timp de câteva minute, după care și-a făcut griji pentru el în următoarele ore.

Jamie mereu face glume cum că nu-și dorește copii. Dar de ce ar mai fi împreună cu ea dacă nu vrea copii? Avea un simț al umorului mai ciudat, atâta tot. Și dacă ea nu râde la glumele lui, o acuză că „e prea serioasă în ultima vreme".

Amy scoate un oftat uitându-se la poza cu bebelușii murdari de banane, apasă de două ori pe ea și comentează: *#cedrăguți* și *#îiador*, așa cum trebuie să facă. Nu vrea ca Jane să creadă că nu îi plac copiii ei. Îi place de ei. De la distanță, când nu pot să se holbeze la ea, nu țipă atât de tare încât nicio conversație nu este posibilă și nu se agită când încearcă să îi ia în brațe.

#ATÂTDEadorabili.

Dă mai jos pe aplicație și ajunge la o reclamă de la o companie americană care încearcă să îi arate un Neck Flab Fighter. Țâțâie, după care o salvează pentru mai târziu. Într-o zi o s-o cumpere, împreună cu acel costum termal de slăbit și plasturele de pus pe limbă care se presupune că îți taie pofta de mâncare.

Urmează Lottie Forrester, cunoscută sub numele de #lottiethe-explorer, care a postat un selfie într-o sală cu gonguri din Seminyak.

Specimenul uman bronzat și fără niciun cusur, Lottie, a început un blog de călătorie după ce a renunțat la PR acum doi ani. Contul ei a ajuns la 280 000 de urmăritori și postează zilnic din paradis, alături de hashtagul *#lottieexplores*. E ceva mai interesant decât poza cu banane a lui Jane, dar tot o face să-i vină rău.

Amy aruncă telefonul în partea opusă a patului.

De ce să se simtă invidioasă? În seara aceasta o să trăiască visul vieții ei, va savura șampanie la clasa business, îndreptându-se spre propriul ei paradis alături de Jamie, și va posta *#jamy* (el urăște porecla asta) pentru ca toți cei 260 de urmăritori care o adoră să poată vedea.

Au trecut doi ani de când Amy și Jamie s-au potrivit pe Soulmates, și în secret crede că o s-o ceară în căsătorie în călătoria aceasta. Sigur, nici măcar nu locuiesc împreună încă, dar în ultima vreme se poartă ciudat în preajma ei. E tăcut și emoționat. Ceea ce nu e normal pentru o persoană care este atât de încrezătoare încât, atunci când i-a întâlnit pentru prima dată pe părinții ei la petrecerea de pensionare a tatălui său, a ținut un discurs improvizat. Îi știa de doar o oră. Comportamentul lui neliniștit este un semn că plănuiește ceva. Că se pregătește pentru ceva important, ceea ce ar putea însemna una din două. Ori îi dă papucii, ori o cere în căsătorie. Dar cu câteva luni în urmă i-a dat o cheie de la apartamentul lui, și ar fi prea nelalocul său să se despartă de ea în timpul unei vacanțe. Trebuie să fie a doua variantă.

Se întoarce pe burtă și își bagă capul în pernă, ascunzându-și zâmbetul și chiuitul prelung. Zgomotul rupe tăcerea și frumosul adormit de lângă ea se mișcă.

– Oprește odată alarma aia blestemată.

Amy se întoarce spre spatele extrem de lat al lui Jamie. Arată ca scos dintr-o revistă și o face să se simtă micuță, ceea ce e exact ce își dorește într-o Zi Grasă. Parcă ar fi editat în Photoshop, cu filtru de bronz din Instagram și are o fermitate specifică unui luptător. Se uită la degetele ei în timp ce mângâie unghiile date de curând cu lac nude, care sunt în contrast cu pielea lui măslinie și își imaginează inelul de diamant pe care l-a ales pentru ea. Bărbatul ostentativ de lângă ea își va dori să facă impresie. Dar în timp ce diamantele masive sunt mai mult genul lui Jamie, ei nu îi pasă de inel.

Nu îi pasă decât de faptul că relația ei face progrese, într-un sfârșit. Va putea să le dovedească lui Jane și celorlalte mame că nu rămâne în urma lor. La anul pe vremea asta, va fi o supermamă căsătorită, cu serviciu, exact ca ele. Va spune adio martiniurilor cu espresso din Soho și bun venit dimineților cu espresso din suburbii.

Dumnezeule, ce nașpa sună.

Amy adoră această parte a zilei. Când Jamie stă întins lângă ea, dar tot se simte singură. Când e liniște și îi poate permite minții sale să hoinărească. Nu este singura dată când se simte singură în relația lor. Se simte singură și când Jamie gătește, când se duce la culcare mai târziu decât ea, când se uită la ea cu acea privire care sugerează că ar trebui să se ducă să doarmă la ea acasă. Dar cel puțin nu *pare* singură. Cu Jamie în viața ei, reușește să își facă și ea loc în cluburile sociale ale cuplurilor căsătorite. Presiunea de a se căsători va trece, după care va urma presiunea de a face copii. Următoarea parte din cursă pentru care nu s-a înscris.

Bineînțeles, mai există o cale. Una la care nu îi place să se gândească prea mult, dar la care a visat cu ochii deschiși dintotdeauna. Drumul pe care avea să-l aleagă atunci când l-a întâlnit pe Jamie, care a convins-o să rămână. O duce direct în Heathrow cu un bilet dus cu avionul către Bangkok. Luna trecută, Amy l-a tachinat pentru că vorbește mai mult cu Alexa[1] decât cu ea. El a râs și a întrebat-o pe Alexa cu ce e îmbrăcată.

Iar săptămâna trecută, când Amy a uitat să își ia la ea periuța de dinți, și-a pierdut în cele din urmă răbdarea și și-a adunat curajul

---

[1] Dispozitiv creat de Amazon ce constă într-un asistent virtual sub formă de boxă care poate vorbi, difuza muzică și cărți audio, oferi informații de pe internet, comunica vremea etc. (n.tr.)

ca să îl înfrunte, întrebându-l de ce nu poate să stea și el la ea acasă niciodată.

– Purcelușă, aș dormi la tine acasă, dar știi cât de important este alergatul de dimineață pentru mine. Dacă nu alerg, mi se încețoșează mintea. Dau tot ce pot în antrenamentul acesta. Nu mă susții prea mult.

– E un parc la capătul străzii mele. De ce nu poți să alergi acolo?

– Te referi la cimitir? a spus el zeflemitor.

– Are iarbă.

– Da, și în jur de zece oameni ai străzii. Nu, mersi. Nu îți place aici?

– Ba îmi place, Jamie.

A oftat, întrebându-se cum de ajunsese ea dintr-odată tipa cea rea.

– Doar că mi-e și mie greu să împachetez atâta de fiecare dată când vin...

A făcut o pauză, în speranța că va pricepe aluzia și îi va oferi un sertar în care să-și pună lucrurile. Dar nu a făcut asta. În schimb, a îmbrățișat-o, a mușcat-o ușor de ureche și i-a cerut să șoptească acel ultim cuvânt din nou.

– Pot să împrumut periuța ta de dinți? a șoptit ea în schimb.

– Nu fi scârboasă, purcelușă.

S-a retras și a deschis frigiderul.

– Du-te la magazinul din colț, e deschis încă. Poți să iei și niște lapte de migdale dacă tot treci pe acolo?

Tipic pentru Jamie. Tipic ei. Deși poate că în urmă cu zece ani, asta ar fi pus capac relației, Amy a decis să treacă peste problemele de genul acesta. O să obțină propriul ei sertar dacă va juca pe termen lung. Poate chiar mai mult de atât, dacă predicțiile ei se vor adeveri.

Își schimbă poziția în patul lui și revine la realitate. Dap. Jamie o să fie bine. Ar putea să plece chiar acum. Nu o oprește nimic. Are deja bagajele făcute, contractul de freelancer tocmai s-a terminat și, ca jurnalistă, poate să lucreze de oriunde în lume, atâta timp cât are internet și un laptop. Va putea în sfârșit să reia acel blog pe care nu a mai postat de atâta timp. Nu are nevoie decât de un subiect de care este pasionată. Brânză. Gogoși. O călătorie de slăbire. O călătorie. Calea Corectă.[1] Pasajul Corect. Cotitura Corectă. Amy ar putea să fie ca Lottie Forrester și toți ceilalți influenceri[2] de călătorii pe care îi urmărește. Dacă ei pot s-o facă, de ce să nu reușească și ea?

Pentru că ai treizeci și doi de ani, Amy. E prea târziu să îți mai încerci norocul.

În plus, sunt numeroase lucruri pe care le va putea face alături de Jamie, și în ciuda defectelor lui, chiar îl iubește. Îi este familiar acum. Se simte confortabil cu el. Și îi place ideea de a fi căsătorită. O echipă unită, pregătită să înfrunte orice le va ieși în cale în viață. Cel puțin așa își închipuie că va fi odată ce relația lor va fi validată de un străin, o pietricică și un document semnat. În sfârșit va fi membră oficială a familiei O'Connor. Sau a familiei Wright. Nu, Jamie nu va lua niciodată numele ei. Poate că o să facă la fel ca Dawn Porter.[3]

– Bună, sunt Amy O'Wright, șoptește ea în fața oglinzii. Sunt Amy O'Wright. Sunt Amy, oh right. Sunt Amy, ați înțeles?

Sună ca și cum s-ar lua la ceartă.

– Hm? mormăie Jamie adormit.

– Nimic, culcă-te la loc, e devreme.

Îl frecționează pe spate. Se îndepărtează de ea. Mereu o doare când face asta, dar știe că îi place să aibă spațiul lui în pat. Așa sunt unii oameni.

Anul trecut, Jamie și-a deschis o agenție de plasare a forței de muncă, Headplace, despre care el spune că o să ajungă foarte departe.

---

[1] În engleză „Wright Way" – *wright* are aceeași pronunție ca *right* care înseamnă corect (n.tr.)

[2] Persoane care se folosesc de rețelele de socializare pentru a face publicitate companiilor de haine, produselor cosmetice, locurilor de petrecut vacanța etc., prin diverse metode de marketing ce includ mai ales fotografii bine realizate (n.tr.)

[3] Regizoare britanică și prezentatoare de emisiuni, care la origine se numea Dawn Porter, iar după ce s-a căsătorit cu actorul Chris O'Dawd, și-a schimbat numele în Dawn O'Porter (n.tr.)

Este unul dintre motivele din cauza cărora încă nu locuiesc împreună. Ea a încercat să vorbească despre asta cu câteva luni în urmă când i-a dat cheia – dar Jamie a pus capăt discuţiei categoric. I-a spus că era prea ocupat şi că dacă ar fi acolo tot timpul, l-ar distrage. Amy îşi dorea să ia această afirmaţie ca pe un compliment, dar felul în care o spusese Jamie nu prea părea să indice asta. Poate pentru că a privit-o încruntat. După care a stat posomorât alături de ea toată ziua, spunând că era nerecunoscătoare pentru că i-a dat cheia de la casa lui, că mereu voia mai mult şi că niciodată nu era de ajuns ceea ce făcea el.

Când s-a întors acasă în acea noapte, s-a simţit vinovată. Jamie crescuse într-o familie irlandeză mare, se luptase pentru spaţiu cu cinci fraţi mai mari, aşa că înţelegea de ce îi este greu să împartă ceea ce are. Şi aşa cum spune şi el, de ce să se deranjeze să se mute împreună dacă deja se văd atât de mult? Cu toate că uneori ar vrea să-i atragă atenţia că dacă deja se văd atât de des, e ca şi cum ar locui împreună. Dar lui Amy nu-i plac confruntările. Cheia a fost un pas mic în direcţia potrivită. Poate că are nevoie de timp ca să se obişnuiască cu ideea.

Adevărul este că pe Amy nu o deranjează să locuiască singură. Şi ei îi place să aibă propriul său spaţiu. Îi place foarte mult că are libertatea de a înfuleca de una singură un pachet întreg de Babybels pline de calorii, în budigăii cei mai vechi, cei mai urâţi, dar cei mai confortabili pe care îi are, alături de care bea o Cola dietetică, în timp ce se uită la *Say Yes To The Dress.* Libertatea de a-şi nara rutina de machiaj în faţa oglinzii în fiecare dimineaţă, prefăcându-se că ar fi vreo vedetă. Ieri, a încercat s-o imite pe Joanna Lumley, dar asta a făcut-o să aibă o criză de tuse. Când se vor muta împreună, Amy va trebui să renunţe la toate tipurile de plăceri vinovate. Nu se va mai duce la baie cu uşa deschisă. Gata cu Super Noodles la micul dejun după o noapte de distracţie. Jamie nu o va mai lăsa niciodată să lingă aroma de pe un chips, după care să-l pună la loc în bol pentru că îi place gustul, dar nu şi texura. Poate că nici măcar nu va mai mânca chipsuri. Poate va consuma doar un castron mic și trist de țelină feliată, așteptând să o facă să se simtă complexată din nou, de data aceasta pentru că mestecă prea tare.

Nu, pe Amy nu o deranjează să nu locuiască împreună. Dar o deranjează junghiul puternic din stomac pe care îl simte atunci când își face griji pentru că Jamie nici măcar nu a vorbit vreodată despre faptul că i-ar plăcea să locuiască împreună. Absolut niciodată. Ba chiar mai rău, mai era și fața tristă pe care Jane o face la cele două revederi anuale la cafea, singurele pentru care mai are timp acum că a fost promovată, își mărește bucătăria și îi are pe gemeni. Amy urăște că trebuie să dea aceleași replici de fiecare dată când Jane o întreabă când se vor muta împreună. Jamie e prea ocupat cu afacerile momentan; oricum ne vedem destul de mult; poate că la anul; nu avem de ce să ne grăbim. A spus aceste lucruri atât de des, încât a început și ea să le creadă.

– Amy, ai treizeci și doi de ani, nu douăzeci și doi. Dacă crezi că nu ai de ce să te grăbești, atunci refuzi să vezi lucrurile așa cum sunt. O să ajungi o fată bătrână și tristă care nu are cu cine să petreacă Crăciunul. Ești singură la părinți. Într-o zi, ei o să moară și nu o să ai pe nimeni care să-ți țină companie.

Jane nu spune lucrurile astea de fapt.

Dar Amy știe că asta a gândit ultima dată când s-au văzut. A evitat s-o privească în ochi în timp ce a amestecat în ceaiul Earl Grey, lovind lingurița de ceșcuță. După o tăcere lungă și stânjenitoare, femeia a schimbat subiectul și a vorbit despre cât de incredibilă este noua lor dădacă.

– Dumnezeule, Jane! Eram atât de apropiate înainte! De ce nu poți să recunoști că gemenii tăi sunt teribili, contabilitatea e al naibii de plictisitoare, ți-e dor să te îmbeți criță la The White Horse, iar Pete are respirație urât mirositoare! Viața ta *nu* este perfectă. Te rog nu te mai preface că este și fii sinceră!

Amy nu spune asta de fapt.

Pentru că nu vrea să-și distrugă viața socială, iar Jane este una dintre ultimele ei prietene din școală care se mai deranjează să se vadă cu ea, chiar dacă face asta doar de câteva ori pe an. În plus, Jane nu e chiar atât de rea. Probabil că îi pasă în mod sincer de viitorul lui Amy, chiar dacă pare să arate asta doar prin complimente care nu sunt chiar complimente și prin remarci semi-batjocoritoare, la fel ca meduza din *Bridget Jones*. Și îi invită la petrecerile ocazionale. În ultima vreme, Amy mai mult îi refuză invitațiile din cauza întâlnirilor de afaceri ale lui Jamie. În plus, nu are nimic în comun cu prietenii contabili ai lui Jane, care sunt plictisitori de-ți vine să-ți smulgi părul din cap și care nu vorbesc decât despre bani și despre toate aparatele scumpe, dar inutile, pe care le pot cumpăra.

Amy merită să aibă parte de acea tăcere din partea lui Jane. Are treizeci și doi de ani. Nu mai are timp. Dar ce ar putea să facă? Nu poate să ia totul de la început. Jamie este cea mai bună șansă a ei, ultima șansă prin care va avea o viață la fel ca a lui Jane. Viața pe care ar trebui să și-o dorească la această vârstă.

Amy știe că trebuie să fie pusă pe locul doi pe lista de priorități a lui Jamie momentan, dar joacă pe termen lung. Luna viitoare, afacerea va porni și va merge bine, iar el va avea mai mult timp să se concentreze pe viața personală, pe relația lor și pe viitorul lor împreună. Nu trebuie să locuiască împreună ca să fie apropiați. Se văd aproape în fiecare noapte. Are cheia de la casa lui. Și nu i-ar păsa dacă ar trece peste mutatul împreună și ar ajunge direct la scopul final.

– Headplace o să ajungă foarte departe, purcelușă. La anul pe vremea asta o să am o vilă și o mașină Range, așteaptă și ai să vezi.

Lui Amy nu i-a scăpat Eul din propoziția sa. Dar de ce să cumpere o casă mare cât pentru o familie și o mașină mare doar pentru el? Trebuie să înceteze să analizeze prea mult tot ce face și tot ce spune el. O duce într-o vacanță-surpriză, așa că sigur o iubește, chiar dacă uneori o face să se simtă ca un oaspete nedorit.

Capitolul doi

Jamie se ridică în fund și își dă părul pe spate. Este începutul ritualului său dinainte de alergarea zilnică, din care Amy nu face parte. Uneori se întreabă dacă își aduce aminte că mai e și ea acolo. Singura urare de bună dimineața pe care o poate primi este un tușit. Jamie se ridică în picioare, își ia costumul de sport și iese pe ușă în cinci minute, lăsând-o pe Amy singură în pat și oferindu-i ocazia perfectă să scotocească prin geamantanul său. Dar are și ea standarde, așa că se întinde și deschide sertarul lui ca să ia un încărcător de telefon. Dacă se întâmplă să fie un inel cu diamant de la Tiffany acolo, ei bine, nu este vina ei. Dar nu e niciun încărcător. Și niciun inel. Doar un tripod de încheietură pentru selfie-uri făcute în timpul alergării, o lanternă de cap pentru alergările pe timp de noapte și o pereche de ochelari ridicoli, de un verde-aprins, pe care nu i-a mai purtat de când Amy i-a spus că arată ca Gareth din *The Office*. Se întoarce iar pe partea ei.

Noaptea trecută, Amy și-a împărtășit posibila logodire iminentă, în fața unei sticle de prosecco, lui Sarah, cea mai bună prietenă a ei din universitate, la Amuse Bouche. Merg acolo încă din primul lor an la Londra și acela este locul în care își dau veștile cele mari. La aceeași masă, cu șase luni în urmă, Amy a anunțat că Jamie i-a dat cheia de la apartamentul său. Sarah a anunțat că tocmai ce își cumpărase al treilea apartament.

Analista în investiții Sarah a privit cu scepticism teoria lui Amy cu privire la cererea în căsătorie.

– Hai, spune-mi. Ce e diferit de data aceasta?

Amy făcuse deja același anunț înaintea fiecărei călătorii anterioare, așa că Sarah avea tot dreptul să aibă îndoieli. Dar acum chiar *era* diferit: Amy simțea că ceva important avea să se petreacă.

– Data trecută mi-ai spus că are de gând să te ceară la înmormântarea bunicului său.

– Mi-a dat niște indicii majore! A vorbit despre cât de scurtă este viața, despre faptul că trebuie să fim fericiți și că nu putem lăsa ca șansele să treacă pe lângă noi.

– Vorbea din nou despre muncă, nu-i așa?

– Bine, bine. Mai sunt și alte dovezi. Suntem împreună de doi ani...

– Asta nu-i o dovadă.

– Este momentul perfect! Și lui Jamie îi plac lucrurile în doi – e numărul lui norocos.

Sarah s-a încruntat.

– Două ouă dimineața. Shot dublu de cafea. Mereu îmi spune că sunt numărul lui doi.

– Și cine e numărul unu?

– El este.

– Wow.

– Glumește! În plus, mama a plâns la telefon ieri fără absolut niciun motiv.

– Finala *Strictly Come Dancing*? Gin? Noua uniformă de pensionare a tatălui tău, cu șosete și sandale? Prezența lui constantă, acum că s-a pensionat?

– Își ia la revedere de la fetița ei! Sunt singură la părinți, ai uitat? Este ceva important pentru ea.

– Ai treizeci și doi de ani, Amy, nu doisprezece.

– Exact. Sunt sigură că Jamie își dă seama că e acum ori niciodată. Știe că ceasul meu ticăie.

– Amy! s-a înecat ea. Nu pot să cred că tocmai ai spus asta.

– Ce?

– E ca și cum ai fi acceptat sabia lui Damocles cu brațele deschise. Scopul tău nu este să faci copii – este să fii fericită, orice ar implica asta.

– Știu, dar poate dacă fac copii, o să fiu fericită. Poate că fericirea mea constă într-un pepene pe sub bluză.

– Fericirea mea constă în Daniel Craig dându-mi să mănânc piure de cartofi pe o plajă mexicană.

Sarah a râs și a luat o gură din pahar, înainte să o strângă de mână pe Amy.

– Amy, promite-mi că nu faci toată treaba asta cu căsătorie-și-bebeluși doar din cauza vârstei și pentru că toată lumea face asta. Trebuie să îți dorești copii cu adevărat.

Amy s-a holbat la ea.

– Știu. Îmi doresc.

– Va trebui să faci anumite lucruri și să mergi în anumite locuri, a continuat Sarah. Cum ar fi grădini zoologice, bâlciuri și petreceri pentru copii. Gata cu lenevitul pe canapea în chiloți în zilele de duminică și cu maratonul de *Prietenii Tăi.* Vai de mine, Amy, va trebui să porți pantaloni în ficare zi!

S-a uitat îngrozită la ea.

– Sarah, chiar vreau copii! Și nu din cauza vârstei și pentru că toată lumea face asta. Ci pentru că îmi plac copiii. Întotdeauna mi-au plăcut – doar că nu vorbesc despre asta. Vreau să îmi ocup duminica cu altceva decât maratoane Netflix. Și nu pot să-mi ignor vârsta – e știință. În plus, de ce vorbim despre copii când nici măcar nu sunt logodită încă?

– De ce să vă mai căsătoriți? Fă un copil cu el și gata. Dacă ești sigură că Jamie este Alesul.

– Ei bine, este singurul.

Sarah a privit-o fix.

– Glumesc doar! Sunt fericită. Viaţa merge mai departe, aşa cum trebuie s-o facă.

– Amy, să ştii că nu trebuie să fii ca toţi ceilalţi.

– Eu sunt eu. Şi tu eşti tu. Iar Jamie e Jamie.

A scos un sughiţ.

– Şi acest pahar gol e un pahar gol.

Pe drumul de întoarcere către casa lui Jamie, Amy s-a întrebat dacă Sarah a reacţionat aşa deoarece se simţea tristă pentru că îşi pierdea unica prietenă. Sau poate era supărată pentru că Amy alegea să îşi petreacă restul vieţii alături de Jamie. Sarah şi Jamie nu se plăceau deloc. Relaţia dintre ei era la fel de stânjenitoare ca mersul cu liftul cu o persoană cu care ai fost la întâlnire, dar cu care nu ai mai vorbit după. Prima şi singura dată când i-a lăsat singuri, s-a întors şi l-a găsit pe Jamie studiind ingredientele de pe eticheta berii cu conţinut redus de carbohidraţi şi pe Sarah prefăcându-se că trimite e-mailuri pe un telefon care rămăsese fără baterie. Amy i-a luat pe fiecare deoparte şi i-a întrebat ce cred unul despre celălalt.

– Mi-ar plăcea de el dacă nu s-ar mai holba la gura mea, a şuierat Sarah.

– Mi-ar plăcea de ea dacă şi-ar rade mustaţa şi dacă nu ar mai încerca să pară amuzantă, a mormăit Jamie.

– Ţie nicio femeie nu ţi se pare amuzantă, a oftat Amy.

De ce trebuia să fie mereu aşa nesimţit? De ce nu putea să facă un efort cu prietenele ei?

– Păi, poate pentru că nu sunt amuzante, a răspuns el, înainte să o prindă de mijloc să o sărute zgomotos pe gât. Cu excepţia ta, bineînţeles. Mica mea purceluşă amuzantă.

Iar Amy a râs şi a trecut peste.

Vorbele lui Jamie pot să fie veninoase, dar mângâierea lui o face să se simtă adorată. Tactica la care apelează mereu atunci când vrea să pună capăt unei discuţii aprinse este un sărut pasional în stil hollywoodian, şi deşi Amy a bănuit de mult timp că face asta ca să o oprească fizic să spună ce are de spus, funcţionează de fiecare dată. Ar funcţiona cu oricine, datorită buzelor şi strânsorii lui.

Se întoarce pe o parte şi se freacă la ochi. Trebuie să înceteze să mai gândească negativ despre bărbatul alături de care speră că o să petreacă restul vieţii. Jamie nu e perfect, dar face multe lucruri ca să îi arate că îi pasă de ea. Săptămâna trecută, i-a trimis o cină-surpriză prin curier când a anulat planurile de sâmbătă seara pentru că trebuia să se întâlnească cu un potenţial investitor. Salata de jackfruit a fost trimisă direct în coşul de gunoi deoarece mirosul o făcea să îi vină să vomite, dar intenţia contează. Şi când vine la ea acasă, este atât de afectuos încât parcă îi sare inima din piept. O strânge tare în braţe, îi spune nimicuri dulci, o masează pe spate şi o mângâie pe cap. După câteva pahare de vodkă, adevăratul său caracter iese la iveală. Uneori îşi doreşte ca el să bea în fiecare seară. Rar se întâmplă ca Jamie să îşi dea drumul aşa. Este prea obsedat de sănătate, prea concentrat, şi afacerile sale sunt mai importante decât plăcerea. Şi este în regulă deocamdată. Amy îşi doreşte să îi meargă bine, chiar dacă asta înseamnă că se vor vedea mai rar.

Ar putea să fie cu un tip mult mai rău decât Jamie. Înainte de el, a fost cu Beer[1] Ben, care era fericit doar atunci când avea o halbă în mână şi se uita la sport. Nu conta ce fel de sport era, atâta timp cât implica şi o minge. Amy a ştiut că trebuie să se despartă de el când cea de-a cincea întâlnire a lor a fost la bowling, şi nu a fost genul de bowling mişto. Înainte de el a fost cu Dull[2] Dan, care se visa somelier amator şi a plictisit-o pe Amy până la lacrimi turuind despre diferenţele dintre Merlot şi Shiraz, în timp ce consuma nişte mezeluri extrem de scumpe. Se cutremură când îşi aminti de unghiile lui pline de unsoare de cârnaţi. Întotdeauna erau cu vreo cinci milimetri mai lungi decât era cazul.

---

[1] Bere (n.tr.)

[2] Plictisitor (n.tr.)

Unghiile lui Jamie sunt scurte și curate. Nu miroase a bere veche. Vorbește despre viitor, nu despre sport sau varietăți de struguri. Și cu toate că ea nu a fost niciodată menționată clar în acest viitor al lui, trebuie să aibă locul ei pe undeva. Altfel de ce ar fi spus că îi va cumpăra o garderobă nouă-nouță când va face primul milion de lire?

Amy aude cum se deschide ușa și Jamie dă buzna înăuntru, gâfâind. Zâmbește la ea și cutele de la colțul ochilor i se încrețesc, iar inima îi bate mai repede. Și încă și mai repede când se apleacă să-și dea jos pantalonii scurți, abdomenul lui bine lucrat încordându-se și părul lui negru ca abanosul intrându-i în ochii verzi. Se bagă sub pături și o îmbrățișează dintr-o parte, iar Amy își trage burta ca Tinky Winky, sau Teletummy, să nu strice atmosfera. Este o poreclă pe care i-a dat-o Jamie cu o zi în urmă, și care nu îi place deloc. Nu-i place nici cum o îmbrățișează mereu în zona stomacului, mai ales după ce a mâncat o masă copioasă.

– Ai noroc că nu sunt sensibilă, a spus ea săptămâna trecută, înainte să-l bată ușor pe cap. Cum merge cu întrerupătorul pentru energia solară?

Și-a atins părul ușor, i-a reproșat din nou că e dezgustătoare, s-a dus la alergat timp de două ore și nu a mai vorbit deloc cu ea toată ziua.

Amy știe că e slabă, dar moale. Dar ca să schimbe asta, ar trebui să se ducă la sală, și mai degrabă ar călca pe o decorațiune de Crăciun decât pe un aparat de fitness. Anul trecut, de ziua ei, Jamie i-a cumpărat un abonament la sală. Nu la sala unde mergea și el.

Jamie o strânge tare și începe cu primul lucru pe care îl face atunci când fac sex, o sărută pe spatele gâtului și îi dă fiori în timp ce ea își apropie spatele de pieptul lui. Da, Jamie poate să fie un pic egocentric. Da, această rutină nu s-a schimbat deloc de șase luni de zile. Și da, foarte rar este ea vedeta spectacolului său. Dar cel puțin încă o mai excită. Cel puțin nu are respirație urât mirositoare, ca Pete al lui Jane.

În timp ce Jamie trece la etapa a doua, când Amy are parte de puţină acţiune cu o ciupitură uşor dureroasă de sfârc, telefonul lui sună tare şi îi face pe amândoi să tresară. Când răspunde, se holbează la el fără a-i veni a crede, iar el duce un deget la buze şi îi face semn să plece. Ce drăguţ. Ea răsuflă, se ridică şi se duce în baie.

E linişte acolo înăuntru, de una singură.

Amy petrece următoarele două ore împachetând lucrurile esenţiale vacanţei. A cheltuit tot salariul de săptămâna trecută pe epilat cu ceară, înmuiere, frecare, exfoliere, tratament pentru fermitatea pielii, autobronzant şi vopsit. Două sute de lire care practic s-au dus pe apa sâmbetei. Probabil că e acelaşi preţ pe care l-ar fi plătit pe o cazare de o săptămână într-o cabană pe o plajă în Phuket.

Pe măsură ce încearcă să devină expertă în arta imposibilă de a plânge şi a arăta frumos în acelaşi timp, îşi perfecţionează faţa de *Da!* în oglindă. Apoi zăreşte un fir din sprânceană în plus. Îi cade faţa.

– Mersi, tată, oftează ea, smulgând firul de păr.

A fost binecuvântată cu buzele mamei ei şi cu monosprânceana tatălui său. În ciuda insistenţei lui, singurul lucru cu care o face să semene atât de bine este Miffy, pudelul familiei. Miffy nu este binevenită în vacanţa aceasta.

Jamie i-a dat un indiciu cu privire la destinaţia lor misterioasă. Nu e nevoie de haine groase. Amy a înţeles din asta că vor merge pe o insulă din sud-estul Asiei, aşa că a petrecut ore, zile sau chiar săptămâni completându-şi look-ul de blogger de călătorie-frumuseţe-modă, cu o pălărie mare, ochelari rose-gold şi o pereche de blugi rupţi, cea mai mică mărime, cu care ştie că îi va fi prea ruşine şi pe care nu îi va purta nicăieri. Bagajul ei include şi cinci costume de baie noi, dintre care trei îi veneau bine când le-a împachetat, iar două îi vor veni bine cu siguranţă, sută la sută, până va ajunge acolo. Le va păstra pe acestea strategic pentru ultimele zile, în cazul în care nu o va cere până atunci, şi îmbrăcată în ele arată mai multă piele decât toate fetele din *Geordie Shore* la un loc. În secret speră că va avea parte de un virus digestiv tropical inofensiv, dar eficient.

Exact când pune un pachet triplu de Imodium[1], Jamie apare în cadrul ușii într-un tricou alb și curat, pantaloni albastru-deschis și mocasini albastru-marin. Îi aruncă o privire lungă lui Amy în timp ce aceasta pune pastilele în geantă, alături de articolele de toaletă, sperând că Jamie nu poate să vadă că sunt de acolo.

– Ni se alătură și Miffy?

Amy se repede din nou în fața oglinzii.

– Glumeam, rânjește el și își deschide brațele. Ești gata?

– Dacă ne îndreptăm spre Bali, da. Dacă mergem în Siberia, nu.

– Vei vedea în curând, dar arăți bine. A fost un apel important, adaugă el cerându-și oarecum scuze, și deschide brațele larg făcându-i semn din degete să vină la el.

– E totul bine? întreabă ea, apropiindu-se de el pentru o îmbrățișare rară în afara așternuturilor.

– Mi s-a alăturat Weller. Încă o lovitură pentru proștii ăia de la Simon Watts.

Fluieră în timp ce se privește în oglindă.

– Proștii ăia nu sunt prietenii tăi?

– Nu când vine vorba de bani, purcelușa mea mică.

Amy se gândește că dacă ar fi într-un film, Jamie ar fi tipul cel rău pe care toată lumea ar vrea să-l vadă eșuând. Vina o strânge din nou de gât. Ambiția lui Jamie este un avantaj, nu un defect. E vorba de afaceri, și trebuie să fie nemilos din când în când. Este o înclinație care ar putea să le securizeze viitorul împreună.

Ar trebui să se simtă mândră. Norocoasă, chiar.

Privindu-l pe Jamie închizând apartamentul, Amy se holbează la ușa din față și scoate un oftat, întrebându-se dacă o va mai vedea vreodată așa cum o vede acum. Zâmbește în timp ce-și imaginează

---

[1] Medicament folosit pentru tratarea diareei (n.tr.)

cum o ia în brațe și o trece pragul. Apoi își face o notiță mentală să nu mănânce prea multe gofre la bufet, la micul dejun.

– N-am putut să găsesc cheile de dimineață. Am nevoie de ele? îl întreabă pe Jamie în timp ce coboară scările.

– Nu.

Nu are nicio îndoială că le-a lăsat pe masa din hol, așa că și asta trebuie să facă parte din planul lui cel mare.

– Să chem un Uber?

– Nu, m-am ocupat și de asta.

Jamie dă din cap spre o limuzină neagră și strălucitoare care vine pe alee.

– Dumnezeule!

– După tine, purcelușă.

Jamie e extravagant când vine vorba de colecția lui de ceasuri, sticlele de whisky și așternuturile egiptene din bumbac, dar nu a mai făcut niciodată asta până acum. Și mai ales nu pentru ea. E un semn pozitiv. E prima dată când încearcă cu disperare să o impresioneze. Vrea ca această cerere să fie perfectă, de la primul și până la ultimul minut.

Amy nu-și mai încape în piele de fericire în timp ce se așază pe bancheta moale de piele, cu mirosul acela de mașină nouă-nouță, iar Jamie se întinde după o sticlă de șampanie care se află într-o găleată cu gheață între ei, și toarnă în pahare.

– Bărbie-dublă, purcelușă, zâmbește el.

Amy își lasă capul într-o parte.

– Foarte amuzant. Ce zici de *în cinstea noastră*, în schimb?

De când Jamie a intrat peste ea când făcea exerciții pentru gât în pat, la începutul relației lor, a folosit expresia „bărbie-dublă" ca să râdă de complexul ei.

O privește și bea din șampanie încet, după care se întinde să îi pună o șuviță de păr după ureche.

– Plănuiesc asta de ceva timp.

E momentul perfect pentru un sărut, dar exact când se apropie de el, Jamie întoarce capul ca să se uite afară pe fereastră. Își scoate telefonul și îi dă un mesaj lui Sarah.

Sunt într-o limuzină.

Ai și șampanie?

Da.

Foarte bine. E pregătit.

Cred că da. Tocmai mi-a zis că plănuiește asta de ceva timp...

De ce arată atât de speriată mireasa din emoji?

A văzut că are un fir de păr în bărbie.

Sper că ți-ai epilat mâna stângă. Distracție plăcută! x

Mersi, javro

Mașina traversează râul de la Hammersmith în liniște.

– The Apollo!

Amy pune o mână pe piciorul lui Jamie.

– Îți mai aduci aminte de primul nostru concert împreună?

El se foiește și face contact vizual cu șoferul.

– Muse?

– Nu, nu Muse. Am fost la Muse împreună? Mă refer la DJ-ul thailandez. A fost grozav.

Jamie are o privire goală, dar spune:

– Da, a fost mişto tipul.

– Tipa.

– Aşa, a fost mişto tipa.

Jamie continuă să se uite în oglinda retrovizoare. Nu e ceva ciudat faptul că se uită la reflexia sa în oglindă, dar ce este diferit e că nu se uită la el. Se uită la şoferul limuzinei, iar acesta îi întoarce privirea.

Pe nepusă masă, şoferul limuzinei i se adresează:

– Este timpul, domnule O'Connor.

Amy îl priveşte pe Jamie confuză, în timp ce acesta îi ia telefonul din mână. Femeia intră în panică, speriată că îi va citi mesajele. Dar el se întinde şi ia o bucată neagră de material din compartimentul central.

– Ce se întâmplă?

Amy zâmbeşte încordată, la fel ca Chandler Bing[1] într-o poză. Are un nod în stomac.

Jamie îi întoarce zâmbetul şi îi face semn să se întoarcă cu spatele la el. Îi pune uşor bucata de material la ochi şi totul este cuprins de beznă.

– Cum o să merg prin aeroport cu asta la ochi?

– Amy, nu mergem la aeroport.

– Ok... Soho Farmhouse? Lime Wood?

– Nu, nici la un spa. Prietene, poţi să porneşti muzica?

Şoferul face aşa cum i-a spus şi muzica de la Classic FM învăluie limuzina. Amy se lasă pe spate şi Jamie o ia de mână, strângând-o puţin prea tare, de parcă ar încerca să îi comunice ceva ce nu poate spune cu voce tare. Nu merg către un aeroport. Nici spa. Deodată îi vine o idee groaznică şi sare de pe banchetă.

– Jamie, şopteşte ea, mergem la... o orgie?

– Ce? Nu. Aşteaptă puţin, nu mai avem mult.

– Ok, scuze. Sunt doar entuziasmată! răspunde ea.

---

[1] Personaj din serialul *Friends* (n.tr.)

Nu vrea să îi spună din nou că e nerecunoscătoare.

Amy simte cum maşina se îndreaptă spre marginea şoselei şi se opreşte.

– Am ajuns.

Jamie oftează şi îşi trage mâna din strânsoarea ei, după care deschide uşa. Amy aude o conversaţie neclară de afară, înainte ca uşa să se deschidă şi Jamie să o ia de mâini. O ghidează încet ca să iasă din limuzină şi trece cu ea prin ceea ce pare a fi o poartă electrică.

– Ames, o să fie o rampă mai în faţă, o să coborâm pe ea.

Vocea lui nu mai e la fel de calmă. Îi tremură. Amy se întreabă de ce o duce într-un subsol, şi nu intră pe uşa din faţă. Apoi îşi dă seama ce se întâmplă de fapt.

Totul este atât de evident acum. A organizat o petrecere-surpriză, şi are de gând s-o ceară de soţie în faţa prietenilor şi a familiei ei. Stai aşa. Ştie exact ce se întâmplă. E vorba despre un afurisit de flash mob[1]. Jamie e obsedat de chestia asta. Cu câteva luni în urmă, a întrerupt-o atunci când discuta cu înflăcărare despre o problemă de la serviciu ca să îi arate o cerere în căsătorie într-un flash mob, la Waterloo.

– Dumnezeule, aş fugi mâncând pământul dacă ar face cineva asta pentru mine, a răspuns ea, iritată că a schimbat subiectul. Nu era un semn bun. Bărbatul de lângă ea nu vrea ca ea să aibă parte deloc de atenţie.

– Şi ce? Tot o cere de soţie – nu e de ajuns pentru voi, femeile? Nu cred că te-ai plânge dacă ai strânge şi un milion de vizualizări în acelaşi timp.

– Jamie, aş prefera mai degrabă să mă ceri când sunt în baie, şi nu pentru like-uri.

– Purceluşă, exagerezi.

Şi aşa sfârşeşte fiecare conversaţie a lor despre căsătorie.

[1] Adunare de oameni într-un loc public care desfăşoară o anumită activitate, cum ar fi dansuri colective (n.tr.)

– Urmează o uşă, o s-o ţin deschisă pentru tine, spune el, punând o mână pe mijlocul ei.

Simte căldură venind din faţă în timp ce o ghidează spre ceea ce pare a fi un spaţiu larg deschis. Este o linişte de mormânt, iar râsul ei răsună în aer.

– Jamie, simt că parcă aş fi într-o închisoare – mă închizi aici?

Râde, încercând să îşi ascundă neliniştea.

Uşa se închide cu putere în spatele ei, răsunând în încăpere.

– Jamie?

– Sunt aici.

Îi simte respiraţia pe obraz în timp ce o dezleagă încet la ochi. După ce îi dă bucata de material jos, o sărută pe frunte şi îi ia ambele mâini în ale lui. Lumina năvăleşte peste ea şi îi zăreşte ochii privind-o profund.

Emoţionată, se uită în sus şi vede un tavan alb cu lumini. Nu ştie unde se află sau ce ar putea însemna locul acesta. Întoarce capul şi vede o sufragerie imensă, vopsită în o mie de nuanţe de roz, cu o canapea roz de catifea şi o masă suficient de mare cât să cuprindă douăsprezece persoane. O petrecere-surpriză, o vacanţă acasă şi o cerere în căsătorie, toate la un loc, nu pare deloc stilul lui Jamie.

Un zumzet mecanic se aude dintr-un colţ al tavanului. Priveşte în sus şi vede o cameră mică cu o luminiţă roşie îndreptată în direcţia ei.

– Jamie, unde suntem? întreabă ea, încercând încă să zâmbească. De ce ne filmezi? Ce e locul ăsta?

Îi cuprinde chipul în mâini şi se apropie ca să îi şoptească la ureche:

– La revedere, purceluşa mea. Noroc.

Acestea fiind spuse, se întoarce şi iese pe o uşă mare de oţel din capătul unui coridor. După ce se închide uşa, Amy aude o voce rece ca gheaţa vuind prin aer.

Bună, Amy. Tocmai ai fost lăsată pe Raft.

SĂPTĂMÂNA ÎNTÂI

Capitolul trei

Amy se întoarce cu ochii cât cepele, dar nu e nimeni acolo. Doar ea şi camera din tavan, care încă este îndreptată asupra ei. Cu ochii aţintiţi asupra lentilelor, face câţiva paşi la stânga. Zumzăie în timp ce o urmează, luminiţa roşie clipind încontinuu.

– Jamie? spune ea cu un zâmbet îngheţat. Ce este raftul? Unde suntem?

Merge spre uşa pe unde a ieşit Jamie şi apucă mânerul. Încercând să pară calmă, trage şi împinge, dar e încuiat. Lângă uşă, sunt două butoane mari pe care scrie STAI şi PLEACĂ. Apasă pe PLEACĂ, uşor la început, după care mai tare şi mai repede cu fiecare încercare până ce îşi rupe o unghie. Icneşte de durere şi se uită pieziş la deget, după care simte un val de teamă în stomac şi începe să bată cu putere în uşa de fier, cu pumnul strâns închis.

– Jamie? strigă ea prin uşă.

Sunetul bătăilor ei răsună în aer până ce e întrerupt de încă un zumzet, de data aceasta mult mai aproape de ea. Amy se opreşte cu pumnul în aer şi ridică privirea să vadă o a doua cameră deasupra uşii. Îşi lasă capul şi respiraţia ei sacadată umezeşte metalul din faţa sa.

– Jamie, te rog, zice ea încet. Nu e amuzant.

Din instinct, bagă mâna în buzunarul de la spate în căutarea telefonului. E gol. A uitat că Jamie îl luase. Dar de ce?

Amy întoarce spatele uşii şi îşi ascunde faţa de voyeurii de deasupra, studiind tot ce o înconjoară printre degete. Coridorul din faţa ei are nişte pereţi albi şi luminoşi şi podea de vinil roz, terminându-se în nişte trepte late. În partea stângă se află sufrageria, iar în dreapta sala de mese. Lângă ea este o zonă de bucătărie de marmură, cu o masă centrală şi scaune înalte. Suprafeţele sunt goale. Se îndepărtează de uşa de oţel şi simte cum i se pune un nod în gât. Este cea mai groaznică cerere în căsătorie pe care şi-ar fi putut-o imagina vreodată.

Amy se uită după colţ în sufragerie înainte să îşi aţintească privirea asupra camerei de pe coridor. Continuă să se uite la lentile şi o ia la fugă la stânga, sare la dreapta, şi apoi ţâşneşte în sufragerie ca să se ascundă în spatele canapelei. Îşi sprijină capul de catifea, închide ochii şi oftează din toţi rărunchii. Trebuie să fie o petrecere-surpriză, îşi spune ea. Trebuie să mă adun şi să am răbdare.

Zuum. Bip.

Amy deschide un ochi şi se trezeşte cu o cameră pe roţi aflată la câţiva centimetri în faţa ei. Aceasta este ataşată de un gât lung ce iese din ceea ce pare a fi un aspirator Roomba.

Krrrr... Clic.

I-a făcut cumva o poză?

– Jamie! Încetează! strigă ea, şi împinge camera cu piciorul.

Amy se ridică, se scutură de praf şi păşeşte pe lângă canapeaua în formă de U, unghiile ei zgâriind catifeaua roz. Se prăbuşeşte printre pernele aurii şi argintii şi se holbează la ecranul de televizor stil cinema, care ocupă cam jumătate din perete. În faţa ei se află o măsuţă de cafea din sticlă, dar nicio telecomandă şi niciun fel de instrucţiuni despre ce ar trebui să facă mai departe. Se uită ţintă la televizor, sperând că se va aprinde în orice moment, şi pe ecran vor apărea prietenii şi familia ei strigând „Surpriză!“ Poate că a fost o defecţiune tehnică, sau a întârziat cineva la petrecere.

– Dacă asta e o petrecere-surpriză, puteţi să vă grăbiţi şi să mă surprindeţi, vă rog? se adresează ea oricui o priveşte în acel moment.

Trec cinci minute, dar nu se întâmplă nimic. Amy se ridică și intră într-o cameră de pe partea cealaltă. Este un dormitor cu opt paturi de o persoană, un perete din oglinzi și încă o cameră pe tavan în capătul opus. Când o zărește, luminița roșie începe să licărească, scoțând bipuri și zumzete.

– Puțin antisocial, Jamie, spune ea cu voce tare. Cine ar vrea să doarmă într-un pat singur? În timp ce e filmat?

Se plimbă printre paturi, în căutarea unor indicii. Ori flashmobul lui Jamie a dat greș, a făcut o greșeală teribilă cu rezervările la un hotel sau a cumpărat acest loc pentru ei doi și pentru viitorii lor șase copii.

Zuum. Bip.

Zgomotul începe s-o calce pe nervi.

Se așază pe marginea unui pat, se aruncă pe saltea și se uită la tavan. Dintr-odată îi pică fisa și se ridică iar. Știe despre ce e vorba!

Țopăind, fuge către cameră, sărind în sus și-n jos și bătând din palme ca o focă.

– Mi-am dat seama! E acea tabără de fitness de care vorbeai anul trecut! țipă ea. Nu trebuia să mă legi la ochi, aș fi venit și dacă m-ai fi rugat doar – nu sunt atât de rea.

Râde, știind foarte bine că s-ar fi dus direct la barul Krispy Kreme de pe Fulham Broadway, la fel cum a făcut și atunci când i-a dat cadoul cu abonamentul la sală.

– Amy, te rog îndreaptă-te spre Camera de Conversații.

Vocea robotului a revenit.

Amy se grăbește să ajungă în sufragerie. Între timp, observă o serie de postere pe perete.

NU E NICIODATĂ PREA TÂRZIU
SĂ AI MĂRIMEA 8!

EȘTI PREGĂTITĂ PENTRU UN SELFIE?
ZÂMBEȘTE LARG, CU RIGHT WHITE

RECAPĂTĂ-ȚI FRUMUSEȚEA
CU SCORPION POISON!

De ce nu se gândise la tabără înainte? Acum totul are logică. De asta nu avea nevoie de o geacă.

Sala de mese are două uşi. Pe una scrie Camera de Conversaţii, iar pe cealaltă, Camera de Terapie. Pune mâna pe mânerul Camerei de Conversaţii şi împinge în el. Uşa e grea şi se chinuie s-o deschidă, dar, în cele din urmă, păşeşte în cameră. Este întuneric, dar lumina care se revarsă din sala de mese scoate la iveală un singur fotoliu. Arată ca un tron. Încearcă să găsească un întrerupător, dar nu reuşeşte, aşa că păşeşte înainte, dând drumul uşii. Se închide cu putere în urma ei, lăsând-o într-o beznă totală. Înaintează cu braţele întinse în faţă, găseşte fotoliul şi se aşază rapid, dând din piciorul drept în timp ce aşteaptă emoţionată să primească marea surpriză cu tabăra de fitness. Acum că ştie ce se petrece, experienţa i se pare destul de palpitantă. Poate chiar distractivă. Da, e dezamăgită că nu va avea parte de o cerere în căsătorie cu pina colada, pe o plajă din paradis. Da, îi este ruşine să recunoască faţă de Sarah că s-a înşelat. Din nou. Dar orice ar fi, Jamie a depus multe eforturi pentru asta. Nu are cum să nege acest lucru. Când Jamie e determinat, nu-i stă nimic în cale.

Zuum. Bip.

Un punctuleţ verde începe să clipească în faţa ei şi exact când dă să se apropie de el să se uite mai bine, are loc o explozie de lumină. Orbită, se chirceşte, încercând să îşi protejeze ochii. După câteva secunde, se ridică în fund şi priveşte un ecran care a apărut în faţa sa. Inima îi bate cu putere; se freacă la ochi şi clipeşte.

Răsuflă. E o poză cu ea şi Jamie făcută la o nuntă în Italia la care au fost anul trecut. Este poza ei preferată – nu doar pentru că unghiul de jos îi acoperă bărbia dublă, ci pentru că arată atât de fericiţi împreună. Un filmuleţ porneşte şi muzica unei viori cuprinde camera. Poza se preschimbă în alta care a fost făcută în Devon, prima lor călătorie împreună. Apoi una la festivalul din Edinburgh. Apoi alta în Norfolk. Nodul din gâtul lui Amy revine, dar râde atunci când vede cum Jamie se postează în fața ei într-o poză făcută într-o gondolă la Veneția.

Se aude un țiuit puternic.

Amy sare din fotoliu și își duce mâinile la urechi din cauza sunetului care seamănă cu niște unghii pe tablă care erupe din televizor. Poza se rupe în două și un scris mare umple ecranul. Cu degetele în urechi, Amy clipește și citește.

Amy Wright!
Ai fost lăsată...
pe Raft

– Alo? spune ea încet.

Televizorul își schimbă imaginea și Amy îl vede pe Jamie pe ecran. Stă pe un fotoliu identic și poartă aceleași haine ca mai înainte.

– E gata? întreabă el pe cineva din spatele camerei. Poate să mă audă? Poate să mă vadă?

– Jamie? Amy începe să facă cu mâna la ecran, întrebându-se dacă poate s-o vadă.

El privește la cameră. Are urme de transpirație pe frunte și începe să își frece nasul și să tușească de parcă s-ar pregăti să țină un discurs.

– JAMIE? țipă ea.

– Amy, nu pot să te văd, și nici să te aud. Dar asta o să facă totul mai ușor pentru amândoi. Ei bine, mai mult pentru mine, presupun.

Râde stânjenit și se uită la persoana din spatele camerei.

– Ce să facă mai ușor? Alo? Jamie?

Amy se ridică și se apropie de ecran.

Jamie se foiește în scaun, se uită în jos și își dă părul pe spate, înainte să-și ațintească privirea asupra camerei de filmat.

– Amy. Purcelușă. Cred că te întrebi ce se întâmplă.

– Nu zău, Jamie, șoptește ea.

– Amy, luna trecută am avut o epifanie.

– Da, mă căsătoresc cu tine, Jamie! Nu mai fi atât de emoţionat! Te rog, scoate-mă naibii de aici.

– Am încercat să ascund ce simt faţă de tine, dar nu mai pot să fac asta.

– Şi eu te iubesc! strigă Amy şi îşi aruncă braţele în aer.

– Nu mai vreau să fiu cu tine.

Jamie se holbează în gol la cameră, prin lentile şi prin ea.

Nu la asta se aşteptase. De fapt, nici că putea să fie ceva mai departe de aşteptările ei. Încă are mâinile în aer. Mandibula i-a căzut undeva pe jos.

– Ce? şopteşte Amy, venindu-i cu leşin.

– Nu vreau copii.

– Dumnezeule.

Amy respiră sacadat.

– S-a terminat.

Amy încearcă din răsputeri să respire în vreme ce cade pe fotoliu şi îşi bagă degetele în urechi. Sare în picioare şi apucă mânerul uşii, dar e încuiat.

– Dă-mi drumul! Vreau să ies de aici, Jamie, trebuie să vorbim!

– Vreau să fie cât mai scurt şi cât mai puţin dureros pentru tine, aşa că îţi spun cruntul adevăr.

– Cum ai putut să-mi faci asta? exclamă ea, învârtindu-se şi încercând să găsească o cale de evadare.

– Şi probabil vrei să ştii unde te afli.

Amy se prăbuşeşte la loc în fotoliu, pufăind, şi ridică privirea spre ecran. Cum a putut să-i distrugă tot viitorul, în doar câteva secunde?

– Eşti pe platoul de filmare al unei noi emisiuni televizate, *Raftul*. Şi amândoi suntem priviţi de un public aflat într-un studio din vestul Londrei.

Imaginea se schimbă şi apare un grup de oameni într-o încăpere, care strigă şi fac cu mâna la camere când văd că sunt pe ecran.

– Ce. Mama. Naibii, şopteşte Amy.

– Am văzut o reclamă pentru emisiunea din *LAD* și m-am gândit că noi am fi cuplul perfect pentru asta. La o răscruce a relației noastre – tu ai crezut că mergem într-o direcție, eu am știut că mergem în alta.

– Răscruce? Cum ai putut să-mi faci una ca asta în fața a sute de oameni? Ești un mare nemernic!

Știa că poate să fie un ticălos, dar nu s-ar fi gândit niciodată că va merge atât de departe. Se face covrig pe fotoliu, ascunzându-și fața de camere. Trebuie să iasă de acolo.

– Înainte să spui nu, Amy, și sunt sigur că la asta te gândești, te rog să reflectezi la ce ar putea însemna pentru noi. Mă refer noi ca indivizi. Ai putea obține publicitate pentru scrierile tale, iar eu pentru Headplace. În plus, dacă joci cum trebuie în emisiune, ai putea câștiga un milion de lire sterline. Un milion de lire, purcelușă! Îți va schimba viața.

Amy se apropie iar de televizor ca să privească fix în ochii lui. Chiar se întâmplă asta?

– Amy, dacă stai să te gândești, de fapt îți fac o mare favoare. S-ar putea chiar să-mi mulțumești mai târziu. În primul rând, nu va trebui să trecem printr-o despărțire prelungită, lucru pe care nu ni-l dorim niciunul. În al doilea rând, obținem publicitate pentru proiectele noastre. Și în al treilea rând, ajungi să fii milionară! Să-ți aduci aminte de vremurile bune când vei câștiga, Ames. Știi că întotdeauna mi-am dorit o Rangie.

Apoi râde.

Netotul ăsta chiar râde.

– Du-te dracului, Jamie!

– La revedere, purcelușă, mult succes și să-i faci praf.

Jamie îi face cu ochiul, rânjește și ridică un deget, după care ecranul se oprește, și Amy rămâne în întuneric. Își trage nasul și se șterge la ochi și la nas cu mâneca. Apoi își aduce aminte că este privită și își ascunde fața în mâini.

Nu-i vine să creadă că nu a prevăzut asta. Ei bine, nu chiar *asta*. Cine s-ar aştepta să i se dea papucii la televizor? Oare părinţii ei ştiu unde e? Or s-o lase să plece acum, sau a fost răpită? Orice ar fi, nu are cum să fie legal.

O uşă ascunsă de lângă televizor se deschide deodată şi lumina pătrunde în Camera de Conversaţii. Amy mijeşte ochii şi vede silueta unui bărbat în cadrul uşii.

– Jamie? şopteşte ea, sperând disperată că totul a fost doar o farsă teribilă.

Silueta vine către ea şi îi întinde o mână.

Capitolul patru

Silueta aprinde lumina și Amy dă nas în nas cu salvatorul ei misterios. E înalt și blond, cu o barbă mare, păr prea lung și neîngrijit, ochelari cu rame groase în spatele cărora se văd niște ochi blânzi.

Nu este Jamie.

– Bună, Amy. Eu sunt Sam. Producătorul emisiunii *Raftul.*

– Unde e Jamie?

Din spatele lui Sam, un tânăr slab cu păr prins în coadă trece pe lângă ei și intră în Camera de Conversații. Amy se întoarce și vede spatele ecranului de televizor cu cabluri ieșind din el, o cameră în colțul încăperii și fotoliul. Bărbatul cu coadă începe să schimbe cablurile. Se simte invizibilă.

– Jamie a plecat, Amy. Îmi pare rău.

Sam pune o mână pe umărul ei și și-o retrage imediat când femeia se încruntă la el.

– Unde e telefonul meu? mârâie ea.

– Uite, știu că ești confuză momentan, dar sunt aici ca să îți clarific lucrurile. Nu e atât de rău precum pare. Poate chiar o să fii entuziasmată odată ce vei afla totul. Este ceva uriaș. O să fii vedetă. Vino cu mine să bem niște ceai. Trebuie să ne mișcăm repede – următoarea concurentă e pe drum și Jack trebuie să termine de pregătit totul.

Amy se întoarce să se uite la Jack. Stă în genunchi pe podea, privind-o.

Îi urăște pe amândoi.

Sam o scoate pe Amy din Camera de Conversații și o conduce într-un depozit imens, unde o grămadă de oameni aleargă de colo-colo, cu stații radio în mâini. Camere de filmat sunt purtate dintr-un loc în altul pe roți, și în capătul sălii uriașe vede un semn pe care scrie Publicul din Studio. Se ține după Sam, evitând echipamentul de camere care bipăie și cărucioarele care zornăie.

– Sam, publicul din studio se așteaptă să vadă ceva acțiune în treizeci de minute, așa că grăbește-te, îl anunță tăios o femeie care trece în viteză, fără să-i arunce vreo privire lui Amy.

Ajung în partea opusă și intră într-o cameră mică. Acolo se află o canapea și o măsuță de cafea, cu niște hârtii pe ea, și un bărbat în costum dungat stă în capătul opus al camerei, cu spatele la ei.

– El e Harry. Se ocupă de treburile legale.

– Ce mai faci? întreabă el, întorcându-se cu rigiditate și întinzându-i mâna.

Când ea o ignoră, îi face în schimb semn să se așeze pe canapea.

– Sunt aici ca să răspund oricăror întrebări legale pe care le ai cu privire la emisiune.

Amy se uită la hârtii și își vede numele pe ambele documente. Cum? Când? Bineînțeles că nu are nicio întrebare legală – nu are nicio idee unde e și ce trebuie să facă. S-ar chinui să îi pună și întrebări normale la cât de buimacă este.

Sam mormăie în stație și-i comunică unei fete Polly să aducă ceai, în vreme ce Amy se așază.

– Hei, zăhărel? întreabă el, și pentru o clipă oribilă, crede că așa îi spune ei.

– Nu.

– Fără zahăr, Polly, mersi.

Sam se aruncă pe locul de lângă ea și își întinde picioarele. Harry își șterge scaunul cu o batistă înainte să se așeze și zâmbește la ea ca și cum ar fi cea mai normală situație din lume.

– Amy, începe Sam, așa cum a menționat Jamie în filmulețul lui de despărțire, te-a nominalizat să faci parte dintr-un nou reality-show care se numește *Raftul*, ce va fi difuzat pe Real TV. Chiar acum te afli pe platoul de filmare, din vestul Londrei.

Amy își lipește capul de genunchi când aude cuvântul „despărțire". Îi vine rău. Și se simte foarte singură.

Sunt întrerupți de un ciocănit în ușă. Sam se ridică să deschidă și ia un pahar de hârtie cu ceai de la o femeie tânără care face ochii mari la Amy. Nu se mișcă din loc când Sam îi închide ușa-n nas și începe să turuie cu viteza luminii.

– Știu că te simți puțin cu moralul la pământ – scuze, nu am vrut să sune chiar așa –, dar, te rog, ascultă ce avem de spus. Ești prima noastră participantă. Prima! Și *Raftul* o să fie mult mai populară decât *Bake Off*. Nu o să fii faimoasă doar în Marea Britanie, Amy – o să fii faimoasă în întreaga lume. Avem planuri să difuzăm emisiunea în America, Australia și Africa de Sud. Tu o să...

– Stai așa, îl întrerupe Amy și ridică o mână. Vrei să spui că nu am fost părăsită în fața a sute de oameni, ci a *milioane* de oameni?

Harry avocatul se apleacă în față.

– Amy, Amy, Amy.

Râde încet și clatină din cap.

– Încă nu am difuzat nimic. Nu putem face asta fără permisiunea ta. Despărțirea a fost urmărită doar de publicul nostru din studio, atâta tot. Adică trei sute de oameni. A fost o pre-înregistrare. Acum avem nevoie ca tu să rămâi în emisiune și să ne dai acordul pentru a putea difuza ce s-a întâmplat, semnând aceste hârtii.

– Nu. Acum pot pleca?

Amy se ridică în picioare, iar Sam o apucă de braț și o roagă să se așeze la loc.

– Amy, înainte să iei o decizie, mai dă-mi câteva minute ca să îți explic conceptul emisiunii. Este o oportunitate extraordinară pentru tine.

– Nu știi nimic despre mine! șuieră Amy.

Stația lui cârâie și o voce îl anunță că vor începe în douăzeci de minute.

– Amy, știu mai multe despre tine decât crezi. Cercetătorii noștri și-au făcut bine treaba. Ești o scriitoare excelentă, și știu că vrei să începi un blog. Nu știu despre ce vrei să scrii, dar știu că blogurile au nevoie de urmăritori pentru a câștiga bani. Îți oferim cinci mii de lire doar pentru participare, chiar dacă vei sta aici doar pentru o săptămână. Sigur, momentan totul pare un coșmar, dar toate visele tale vor deveni realitate. Ar putea fi ceva incredibil.

După o pauză lungă, se așază din nou și bărbatul îi dă drumul la mână.

– Bun. În primul rând, este ca o combinație dintre *I'm A Celeb* și *Big Brother*, dar mult mai tare. Și distribuția va fi alcătuită numai din femei. Șase femei care, la fel ca tine, au crezut că au niște relații fericite. Dar nu era așa. Următoarea noastră concurentă o să fie părăsită, la fel cum ți s-a întâmplat și ție cu o oră în urmă! zâmbește el larg.

– Și asta ar trebui să mă facă să mă simt mai bine? îi întreabă ea, uitându-se la Harry, care lasă capul în jos.

Sam se apropie de ea.

– Tot ce vei învăța în *Raftul* îți va fi de mare folos. Vei învăța cum să fii mai fericită. Cum să fii cea mai bună versiune a ta. Cum să faci alegeri mai înțelepte în materie de bărbați. Și mai presus de toate, există un premiu de un milion de lire cash pentru câștigătoarea de la sfârșitul acestei luni. Cred că ai șanse foarte mari să fii încoronată Cea Păstrată.

– Cea Păstrată?

– Știi cum se zice. Cea care merită să fie păstrată orice ar fi. Ca să fii desemnată Cea Păstrată, va trebui să dovedești că ești perfectă pentru căsătorie îndeplinind toate sarcinile cu succes și câștigând simpatia publicului.

Amy se încruntă.

– Perfectă pentru căsătorit?

– Întocmai. Capabilă să faci lucruri sau să te comporți într-un anumit fel astfel încât să ai o căsnicie fericită. Ești calmă și se trăiește ușor cu tine? Știi să ai grijă de copii? Ești interesată să faci dintr-o casă un cămin? Ești o companie fermecătoare?

Amy îi face semn să se oprească.

– O, îmi pare rău, ce prostuță sunt. Nu mi-am dat seama că acea Cameră de Conversații este de fapt o mașină a timpului. Suntem în anul 1955? Trebuie să îmi măsor și șoldurile să văd dacă sunt bună pentru a naște copii?

– Scuză-mă, ți-am dat niște prime exemple proaste. Îți promit că vom aplica aceste lucruri și bărbaților. Dacă această emisiune va fi un succes, sperăm că vom face și versiunea pentru bărbați anul următor! spune Sam pe un ton vesel, uitându-se la Harry și apoi din nou la ea.

– Și ce sarcini vor avea ei, să construiască magazii și să se scarpine în zona intimă? întreabă ea.

– Nu, îmi imaginez că vor fi la fel ca provocările pentru femei. Sarcinile vor demonstra dacă poți face compromisuri, sacrificii și dacă poți fi altruist. Să fii un partener mai bun, fie că ești femeie sau bărbat. Dă tot ce ai mai bun, bate-le pe celelalte fete, și vei câștiga publicul de partea ta.

– Femei.

– Poftim?

– Suntem femei, nu fete. Pentru numele lui Dumnezeu, ești picat din lună?

– Da, femei, îmi pare rău. Toate aveți peste optsprezece ani.

– Și ce se întâmplă dacă nu câștig? întreabă ea.

– Uite ce e, Amy.

Sam oftează.

– Oricum ai fost părăsită. Ești pe cont propriu acum. Dacă rămâi în emisiune și pierzi, primești cinci mii de lire. Dacă rămâi și câştigi, primeşti un milion de lire şi vei fi pe coperta revistei *OK!*. Dar dacă pleci acum, eşti pe cont propriu şi nu ai nimic. Serios, ce ai de pierdut?

Ea ridică din sprâncene.

– Demnitatea mea?

– Nimănui nu-i mai pasă de demnitate în ziua de azi! râde Sam. Ce naiba, n-ai văzut *Naked Attraction*[1]?

Harry se apleacă din nou în faţă, părând îngrijorat.

– Amy, mai avem zece minute până vine următoarea concurentă. Şi există o clauză în acest contract asupra căreia sunt obligat să-ţi atrag atenţia. Pe durata concursului, vei primi o serie de şedinţe de terapie, în care va trebui să vorbeşti deschis despre trecutul tău, despre fostele relaţii şi despre idealurile tale în viaţă. Şedinţele de terapie, după cum ştii şi tu, sunt de obicei confidenţiale. Prin semnarea acestui contract, eşti de acord să cedezi acest drept. Vor fi difuzate anumite momente-cheie din şedinţe. Prin semnarea contractului, înţelegi şi accepţi această condiţie.

Amy se holbează la el preţ de câteva secunde înainte să se întoarcă spre Sam.

– Sam, de cât timp a plănuit Jamie asta? întreabă ea, pe o voce mai moale. Se simte extenuată.

– Am avut o reclamă pe spatele revistei *LAD* cu câteva luni în urmă. Jamie a trimis un formular online, ne-a povestit despre voi, şi ne-a oferit şi nişte poze, după care a fost inclus pe o listă scurtă pentru interviu. A venit şi ne-a spus totul despre tine, relaţia voastră, familia ta şi tipul tău de personalitate. Ba chiar ne-a arătat şi nişte filmuleţe ca să vedem cum arăţi pe cameră. Ne-am gândit că vei fi perfectă pentru emisiune.

– Ce filmuleţ? a întrebat ea imediat, îngrijorată.

---

[1] Emisiune britanică ce constă în întâlniri televizate în care o persoană este îmbrăcată şi alte şase dezbrăcate şi ascunse în spatele unor cabine; corpurile şi feţele celor dezbrăcate sunt dezvăluite de-a lungul mai multor probe, de la picioare în sus. (n.tr.)

– Un filmuleț în care dansai *running man* în sufragerie.

Of, Doamne.

Asta a fost după nunta lui Beck și a lui Adam din Guildford de vara trecută. Ea și Sarah au băut o tonă de șampanie și și-au pus în practică rutina de dans pe care au învățat-o în acea săptămână, în Airbnb. Se înroșește; Jamie a promis că nu va arăta asta nimănui.

Își lasă capul în jos.

– Vă rog să nu dați asta la televizor.

– Ești adorabilă, Amy. Ești reală. De asta te-am ales pe tine. Credem că publicul va fi de aceeași părere.

– Vreau s-o sun pe mama mea.

Își trage nasul.

– Pot să-mi primesc telefonul înapoi acum?

Sam și Harry se privesc.

– Telefonul tău e la noi, spune Harry. Și ți-l putem da acum, dar trebuie să semnezi un acord de confidențialitate prin care declari că nu vei posta nimic despre emisiune pe rețelele de socializare. Ai cinci minute la dispoziție să suni pe oricine dorești ca să le explici ce ți se întâmplă. Și dacă vei decide să rămâi, e clar că va trebui să-ți predai telefonul.

– Vreau doar să știu ce părere are ea. Stai, ce? Nu voi avea telefon?

– Sigur că nu. Nu te putem lăsa cu telefonul acolo, dragă. Te izolăm de lumea exterioară. Nu vei avea rețele de socializare timp de o lună. Sună ca un paradis, dacă mă întrebi pe mine. Gândește-te la asta ca la o detoxifiere digitală. Și spune-i mamei tale că este o tabără pentru bunăstarea ta mintală. Sună înfricoșător acum, dar când vei pleca, după o lună, vei privi în urmă și-ți vei da seama cât de benefică a fost această experiență pentru tine. Îți va fi mult mai ușor să găsești dragostea adevărată, Amy. Să-l găsești pe bărbatul care-ți este menit.

– Păi, poate că nu există acel bărbat, oftează ea.

– Ba da! Doar că ai ales să stai alături de cel greșit. Și din câte am citit, erai atât de obsedată de ideea de a te căsători, încât nu ți-ai putut da seama că nu el este cel potrivit pentru tine. Acum, ai pierdut doi ani din viață – chiar vrei să mai pierzi încă doi?

– Nu eram obsedată de căsătorie! se răstește ea, în timp ce Sam se pune în genunchi în fața ei.

– Amy, ai două variante. Poți să accepți această șansă și să îți schimbi cursul vieții în bine. Sau poți să pleci și să petreci restul vieții visând la ce s-ar fi putut întâmpla. Imaginează-ți cine ai putea deveni dacă ai rămâne. Mai ai cinci minute să te decizi, adaugă el, ridicându-se în picioare. Va trebui să semnezi unul dintre aceste documente. Primul ne dă permisiunea să te dăm la televizor și presupune că vei rămâne în concurs atâta timp cât ești concurentă. Al doilea spune că nu ne oferi permisiunea să te difuzăm și vei pleca pe ușa din spate și nu vei mai auzi niciodată de noi. Vom aștepta afară până ce dai telefoanele pe care le dorești și te gândești la decizie. Odată ce te-ai decis, să-l chemi pe Harry și să semnezi documentul. Iar după aceea, te voi conduce în Camera de Conversații și vei apăsa ori butonul Stai, ori Pleacă.

Sam se ridică, deschide un dulap din colț și îi dă telefonul lui Amy, iar Harry îi întinde contractul de confidențialitate. Îl semnează și apoi cei doi bărbați părăsesc camera.

Dintr-odată se face liniște și nu se aude decât respirația agitată a lui Amy. O doare pieptul și fața îi arde. Își deschide telefonul cu mâini tremurânde și simte cum i se formează din nou un nod în gât.

Se duce la Recente și apasă *Mami*. Știind cum e ea, s-ar putea să aibă telefonul pe silențios.

Te rog răspunde, te rog răspunde.

Telefonul sună până intră căsuța vocală. Încearcă și numărul tatălui ei, dar se întâmplă același lucru. Lasă un mesaj.

– Mami, tati, îi tremură vocea. S-a întâmplat ceva. Nu vă faceţi griji, nu e nimeni rănit. Nu am mult timp să vă explic, dar Jamie s-a despărţit de mine. Într-o emisiune televizată.

Înghite nodul din gât și încearcă să sune pozitiv, ca ei să nu-și facă griji dacă se decide să rămână.

– Se numește *Raftul*! E ca *Big Brother.* Sunt la studio acum și vor să rămân aici o lună. Dacă rămân, aș putea să câștig un milion de lire! Oricum, nu prea știu ce să fac altceva și încă sunt șocată. Am vrut să vă sun repede să văd ce părere aveţi. Dacă rămân, nu o să am acces la telefon o perioadă, așa că trebuie să îmi iau la revedere deocamdată. Vă rog să nu vă îngrijoraţi, o să fiu bine! O să mă vedeţi ori mai târziu, ori... poate la televizor, presupun! Ha, ce ciudat!

Râde fals.

– Bine, pa. Vă iubesc!

Închide, oftează și continuă să se uite la Recente. Când vede numele lui Jamie i se face rău și se înfurie. Ezită în dreptul numărului lui Sarah timp de câteva secunde și decide să nu o sune. Sarah nu răspunde când e la serviciu. Și dacă răspunde, o să irosească ultimele două minute care i-au mai rămas lui Amy ţipând la ea că ar trebui să plece de acolo numaidecât. Și Amy nu este sigură că asta vrea să audă. Își dă seama că trebuie să cântărească opţiunile și să facă o alegere de una singură.

Partea bună este că ar putea câștiga un milion de lire. Libertate. Experienţe. Un bilet la clasa întâi către Asia. Timpul necesar să-și înceapă blogul, mai ales că în ultimele luni a avut doar un program de mâncare-somn-muncă. Nu e ca și cum ar avea o slujbă la care să se ducă mâine. Și își dorește de mult timp să ia o pauză. Timp de o lună nu se va mai confrunta cu directori creativi narcisiști și clienţi nesimţiţi. Acesta ar putea fi semnalul de care are nevoie pentru a face ceva mai mult cu viaţa ei. Este palpitant.

E ceva ce va putea povesti nepoţilor pe care poate că nu o să-i aibă niciodată.

Dar apoi o lovește anxietatea. E complet singură. Singură la treizeci și doi de ani. Ce or să creadă prietenele ei despre ea? Sarah va fi dezamăgită. Jane va crede că viața ei e o tragedie. Ce vor crede celelalte concurente despre ea? Ce vor crede cei care o vor privi?

Este furioasă pe Jamie. Dar e și mai furioasă pe ea însăși pentru că a băgat capul în nisip ca un struț și a ignorat semnele. Ce ar putea face dacă pleacă acum? Ar putea să ia un taxi până la Jamie acasă, să-și verse tot fondul de ten pe așternuturile lui, să fie arestată, să se ducă la închisoare, să se apuce de droguri, să ajungă pe străzi, să-și piardă toți dinții.

Calmează-te.

O șansă de a câștiga un milion de lire sterline.

O șansă de a-mi schimba viața.

O șansă de a o lua de la capăt.

O șansă de a arăta tuturor că pot să fiu și eu cineva.

O șansă de a fi eu însămi.

Închide ochii, expiră și simte cum nervii i se transformă în entuziasm.

Ce am de pierdut?

Harry rupe tăcerea deschizând ușa, intrând încet și așezându-se lângă ea. Fără să rostească un singur cuvânt, Amy ia pixul, semnează documentul și își pecetluiește soarta.

– Ești pregătită să intri din nou?

Sam o zorește pe Amy prin studio și o conduce în Camera de Conversații. Când ajunge la fotoliu, se întoarce să îl mai privească o dată.

– Sper sincer că ai luat decizia corectă, Amy.

Luminile se sting, televizorul pornește și o numărătoare inversă apare pe ecran. Când ajunge la unu, fața ei apare pe televizor. Își dă părul pe spate printre degete, gândindu-se că ar fi trebuit să se ducă la baie înainte. Arată ca un hamster ars de soare.

„Bună, Amy. Bine ai venit. Ai de luat o decizie importantă."

O sirenă ţiuie şi apar două semne mari pe ecran. Pe unul scrie Stai, şi pe celălalt Pleacă.

„Spune-ne, Amy. Vei sta, sau vei pleca?"

Amy trage adânc aer în piept, închide ochii şi îşi arată decizia.

BOOM!

Desene cu artificii umplu ecranul şi muzică pop răsună în cameră, în timp ce semnul cu Stai se aprinde într-o lumină neon, iar camerele se întorc spre publicul din platou, care e în picioare şi aplaudă. Camera de Conversaţii se luminează şi confetti cad peste Amy dintr-o găleată din tavan. Îşi acoperă capul şi nu se poate abţine să nu râdă când se uită la ea pe ecran, acoperită de toate acele hârtii şi de sclipici.

Înapoi în studio, camerele dau zoom pe Adam Andrews, vedeta din telenovela *West London Free* şi reality-show-ul *The Comeback Kid*. Emisiunea nu s-a mai difuzat după primele trei episoade, în care a dat greş la fiecare audiţie la care a fost, inclusiv una în care trebuia să se interpreteze chiar pe el într-un documentar despre telenovelă. Nu a mai reuşit să apară la televizor din nou, cu excepţia unor apariţii minore. Dar a reuşit să aibă succes online. Memeurile[1] lui din reality-show sunt atât de populare încât are propria lui extensie de tastatură.

„Vino-ţi în fire, Amy. Chiar dacă e o vedetă digitală puţin cunoscută, Adam Andrews ştie cine eşti."

– Amy rămâne, dar oare va fi Cea Păstrată? strigă el în microfon. Rămâneţi alături de noi s-o vedeţi pe următoarea concurentă: Jackie!

Camera se întunecă şi uşa din spate se descuie automat.

„Amy, te rog întoarce-te în casa din studio şi fă-te confortabilă."

Trage adânc aer în piept şi se ridică în picioare.

---

[1] Glume de pe internet ce conţin de cele mai multe ori poze (n.tr.)

Capitolul cinci

Tot ce împachetase Amy erau haine de vacanţă pentru o săptămână şi o pălărie de paie de mărimea unui foc de picnic. Deschide lacătul de la geamantanul său, care apăruse ca prin magie pe hol înainte să se întoarcă.

– Nu e nevoie de haine groase.

Îşi aduce aminte de rânjetul lui. *Nenorocitule.*

Dezbate cine este un nenorocit mai mare, el sau ea, în timp ce se aruncă pe canapea, stă ghemuită între perne şi îmbrăţişează strategic o pernă argintie pentru a-şi ascunde burta de cameră. Scânceşte când îşi dă seama că s-ar putea să petreacă următoarea lună în costume de baie, în faţa a milioane de oameni. Bineînţeles, lucrurile ar sta complet diferit dacă ar fi avut mărimea opt, aşa cum plănuise la începutul acestui an. Şi aşa cum plănuise în fiecare an de când împlinise şaisprezece ani. Cel puţin poartă ţinuta ei de zbor pe care se poate baza mereu. Blugi strâmţi şi negri cu un pulover larg. Slavă cerului, anul acesta se poartă lucrurile largi. Cui îi pasă că lui Jamie nu-i place tendinţa asta.

Fără reţele de socializare care să umple aceste minute lungi şi cu care să-şi ţină ocupat degetul mare, Amy începe să îşi roadă unghia ruptă de emoţie. Se opreşte brusc şi îşi lasă capul în jos, aducându-şi aminte când Jamie i-a spus că e murdară pentru că face asta. Probabil că acum se uită la ea. Trăgând de firele pernelor, se întreabă dacă se simte vinovat. Poate că va intra dintr-odată pe uşa din faţă, cu o mie de scuze ieşindu-i pe gură.

Of, termină, Amy, o ceartă vocea ei interioară. Jamie nu își cere scuze niciodată. E un nenorocit. Un nenorocit alături de care era pregătită să-și petreacă tot restul vieții. Un nenorocit care i-a făcut bucăți visele și care a lăsat-o singură la treizeci și doi de ani, fără posibilitatea de a se căsători sau de a avea copii.

Amy ar vrea să poată vorbi cu Sarah. Cel puțin Sarah i-ar mai băga mințile la cap. Va fi furioasă când o să descopere ce s-a întâmplat. Poate va fi chiar și mai înfuriată pe Amy pentru că a ales să rămână cu un nenorocit în loc să fie singură la vârsta ei. Pentru că i se va confirma ceea ce a bănuit în tot acel timp.

– Ai privit vreodată problema asta cu vârsta dintr-o altă perspectivă? i-a spus Sarah cândva. Îți faci vreodată griji: *o, nu, nu voi mai avea suficient timp să călătoresc prin lume, să văd ceea ce vreau, să iau prânzul fără să-l împart cu nimeni și să mă bucur de plăcerile și liniștea vieții trăite de una singură*? Stai vreodată și te gândești la ce vei renunța?

Sarah a sărit de la un iubit la altul de când au absolvit facultatea și a fost mereu ferm hotărâtă că nu se va „așeza la casa ei niciodată", chiar dacă asta înseamnă că va sacrifica oportunitatea de a avea o familie.

Amy a atins cândva subiectul singurătății. Sarah nu s-a simțit niciodată singură când nu a avut un iubit? Sarah a râs de i-a ieșit gin pe nas.

– Cum să mă simt eu singură, Ames? Viața mea este plină de oameni. Prieteni, familie, și cel mai important, eu. Pentru ca un tip să vrea să fie cu mine, trebuie să fie fericit cu faptul că se va potrivi în viața mea. Nu sunt egoistă, ci îmi pasă mai întâi de mine. Fiecare iubit s-a așteptat să mă potrivesc eu în viața lui, și nu i-a plăcut când m-am așteptat și eu la același lucru. Evident, nu toți bărbații sunt așa. Jamie nu e așa, nu?

– Nu, e destul de bun, a mințit Amy, amintindu-și când Jamie i-a spus că îl distrage.

De ce nu a putut să fie mai curajoasă?

Amy închide ochii și și-o imaginează pe Sarah stând aici pe canapeaua roz lângă ea.

– Amy, sunt atât de mânioasă pe acel imbecil, și pe tine pentru că nu mi-ai spus adevărul. Dar acum ești aici, ai luat o decizie. Și ar putea fi cel mai bun lucru care ți s-a întâmplat vreodată! Jamie e un porc de rahat – bucură-te că ai scăpat de el! Mi-ar plăcea să-i trimit o felicitare de mulțumire pentru că te-a eliberat. De unde pot să iau niște antrax? Ascultă-mă. Ai doar treizeci și doi de ani. Nu trebuie să te grăbești deloc. La naiba, n-ar trebui să faci asta nici măcar dacă ai avea șaptezeci și doi de ani! Să trăiești viața pentru tine însăți o perioadă. Dacă vei întâlni pe cineva care vrea ce vrei și tu, atunci minunat. Și dacă nu, așa ți-a fost scris. Și dacă îți mai dorești copii, du-te la un centru de inseminare. Am auzit că tipii danezi sunt la modă acum. Nu ai nevoie de o relație ca să ai un copil. Dacă nu va fi nimeni care s-o ia pe micuța Bertie de la creșă când vei lucra până târziu, atunci te voi ajuta eu. O să-l trimit pe șoferul meu.

Și-o imaginează pe Jane stând în fața ei. Cu chipul trist, capul înclinat într-o parte. Probabil ar face-o pe Amy să simtă că e vina ei. Și-o imaginează pe Jane clătinând din cap, cu o sprânceană ridicată, ceea ce vrea să spună de fapt fiind: Cu ce greșești de nu poți să ții niciun bărbat lângă tine? Parcă o și vede vorbind despre ea cu toate celelalte foste colege de școală: Ce-o avea Amy?

Amy nu-și închipuie că vreuna dintre prietenele ei ar fi alături de ea. Ar fi prea ocupate planificând petreceri pentru bebelușii lor, singurele petreceri la care mai este invitată acum. Și sunt cele mai groaznice tipuri de petreceri. La ultima a fost forțată să facă dansul „mums and bubs“ pe *Peppa Pig Hits*, fără un bebeluș. Ca să ascundă cât de nașpa se simțea, le-a făcut pe mame să râdă dansând cu o găleată de vin pe șold.

Poate că o vor asculta cu o ureche, iar cu cealaltă s-ar concentra pe bebeluși, oferindu-i câteva banalități drept sfat, cum ar fi „are mulţi peşti balta". Nu i-ar auzi răspunsul: „Dar balta e plină de gunoaie şi lucruri care pot să te ucidă". Nu ar vrea *de fapt* să fie deranjate de seria de suferinţe a ultimei lor prietene rămase nemăritate. Ştie asta pentru că a fost şi ea una dintre aceste tâmpite îngâmfate în ultimii doi ani. Dacă eşti nemăritată peste treizeci de ani e ca şi cum ai avea o boală care este prea stânjenitoare şi prea tragică pentru a se putea discuta despre ea.

În timp ce se întreabă cine o să se uite la emisiune, vede cu coada ochiului că ceva se apropie în viteză de ea. Ţipă şi sare un metru în aer, aterizează pe spătarul canapelei şi cade pe partea cealaltă, unde zace pe podea într-o stare jalnică, înjurând în barbă. Dacă producătorii au eliberat un şobolan în casă doar pentru comedie, o să-i dea în judecată pentru că şi-a sucit glezna şi pentru traume emoţionale. Tremurând, aruncă o privire după canapea şi răsuflă uşurată.

Krrr, clic!

Este Roomba din nou.

– Of, du-te naibii! latră ea în faţa lui mică de sticlă. Şi nu-mi mai face poze de sub barbă! Toată lumea ştie că e cel mai prost unghi posibil! mormăie încet în timp ce se urcă din nou pe canapea.

Se întoarce cu spatele la Roomba – care se holbează în tăcere la ea, la fel ca un câine cu un ochi care are nevoie de atenţie –, se uită în jos la puloverul negru şi observă că are un model nou-nouţ pe el. O faţă de machiaj cu fundul în sus, care s-a lipit de pieptul ei, împreună cu lacrimile vărsate. Trebuie să se cureţe înainte să vină următoarea persoană. O va ajuta să se simtă puţin mai umană în acea lumină hidoasă de spital. *Cu siguranţă nişte bărbaţi au decorat locul ăsta*, se gândeşte ea.

Amy îşi pune picioarele pe podea şi se ridică. Îşi trage bagajul după ea în timp ce merge şchiopătând către dormitor, roţile geamantanului scârţâind la fiecare curbă şi oferind o muzică de fundal perfectă pentru tragedia în care se transformase viaţa ei. Singură, abandonată și chinuindu-se să ajungă la un pat mic de o persoană – mai lipsește să se lovească de cadrul unei uși sau să-și izbească degetul de la picior pentru ca umilința ei publică să fie completă.

În baie, Amy se uită pe pereți după camere sau microfoane. Nu vede niciuna din cele două lucruri, dar asta nu înseamnă că nu ar putea să fie ascunse pe undeva prin decorul încărcat. Fiecare suprafață este acoperită, din podea până în tavan, de marmură în auriu și negru, și e suficient să declanșeze o criză de epilepsie. Trei dușuri, trei căzi și trei chiuvete. Speră din tot sufletul că nu va trebui să se spele în același timp cu alte fete. Sunt două tipuri de femei pe lume: cele care se dezbracă în vestiarul de la sală, și cele care se dezbracă în toaletele din vestiar. Amy face parte din a doua categorie, cu siguranță.

Dacă o să apară la televizor, fața ei are nevoie de o frecare bună și un tratament, dar cel puțin s-a ocupat de asta în mare parte când era în apartamentul lui Jamie. În timp ce chiuveta se umple cu apă fierbinte și aburul încețoșează oglinda, se apleacă și își dă cu apă pe față, simțind imediat cum spală urâțenia dimineții. Își tamponează fața cu prosopul până se usucă și se simte mai fericită timp de o clipă.

Zece minute mai târziu, Amy încă este adâncită în gânduri, în timp ce aplică un al treilea strat de rimel pe gene, ultima etapă a pregătirii. Nu se grăbește intenționat, rușinată să facă dansul ei neîndemânatic din obișnuita rutină de machiaj, cu un ruj gratis pe care l-a primit la revista *Heat*, care a stat neatins vreo doi ani în geanta ei cu produse de machiaj.

Oare eu m-aș uita la emisiunea asta dacă nu aș face parte din ea? se întreabă ea. *Oare* Raftul *ar putea fi următoarea mea* Love Island[1]?

Îi place să creadă că nu ar suporta să vadă femei cărora li se dau papucii pentru divertisment. Dar adevărul este că e înnebunită după o absurditate televizată. Dacă ar fi de partea cealaltă, ar fi una

[1] Emisiune britanică cu concept romantic (n.tr.)

dintre milioanele de persoane care ar urmări emisiunea, şi s-ar urî pentru asta.

Amy a ales patul care este cel mai departe de uşă şi exact de lângă perete. Mai bine să stea lângă un perete decât lângă un străin, aşa i se pare cel mai logic. Se întinde după geamantan ca să înceapă să-şi despacheteze hainele şi să le pună în şifonierul care îi revine ei.

Ping!

Ping!

Ping! Ping! Ping!

Scoate capul în sufragerie şi vede că televizorul a prins viaţă şi pe el apar cuvinte. Este o listă de comentarii.

O, Dumnezeule.

Nu e sigură că poate să facă faţă comentariilor publicului încă. Inspiră şi începe să citească.

@ultimanufan Arată-ne un zâmbet, iubire, ai putea să câştigi un milion de lire! #raftul

@thebirdsloveabitofhim Eu aş face asta #raftul

@imlukeyman Hei Amy, ai grijă că ţi-au intrat pantalonii între picioare.

Amy se uită repede la zona ei genitală şi se acoperă cu mâinile.

@imlukeyman Haha, am făcut-o să se uite! #amfăcutosăseuite #raftul

@playwithsarahj Jamie e un tâmpit! De ce s-o sărute aşa? Ce crud #raftul

Ultimul mesaj o face să se simtă mai bine până îşi aduce aminte de acel sărut. De zâmbetul lui. De părul lui. Mirosul familiar de Dior Sauvage care plutea în jurul lui. Faptul că se afla acolo, în viaţa ei.

Încetează.

Pleacă din fața televizorului și se plimbă prin bucătărie. I-ar plăcea să bea niște ceai, dar după ce petrece un minut încercând să găsească frigiderul, renunță, fiind conștientă că arată ca o proastă. Nu crede că se va obișnui vreodată cu faptul că lumea îi urmărește fiecare mișcare. Se plimbă pe afară, dincolo de ușile duble imense care împrejmuiesc casa din studio.

Ușile se deschid și lasă la iveală un gazon artificial de un verde neon care este casa a trei pitici de grădină mari. Capetele lor se întorc la unison când trece pe lângă ei, și se pare că piticii pot deveni și mai înfricoșători decât sunt deja. Când se uită mai de aproape, observă camere în ochii lor și sare înapoi, îngrijorată de cât de mare ar putea să arate fața ei.

De fiecare parte a grădinii se află două zone, de stat și de socializat. Una arată ca un bar Tiki, iar cealaltă ca o cabană la care să te duci după ce ai schiat. Este și o piscină lungă și îngustă care ocupă o parte a grădinii și care o face să se rușineze când se gândește că publicul o va vedea aproape dezbrăcată. Ce vor spune comentariile atunci?

Ajunge la barul Tiki, își bagă mâna în buzunarul de la spate și îi pică fisa. E gol. Și va fi așa o perioadă. Își pune capul în mâini și se întreabă cât va mai dura până să se obișnuiască fără telefon. Pătura ei care îi oferă siguranță. Fereastra ei către lume. Și către Jamie. La ce s-ar uita acum? Ar da zoom pe pozele lui recente, încercând să găsească orice dovadă care să arate că toate acestea aveau să urmeze. Poate că ar fi zărit ceva în privirea lui.

Cum să mai am vreodată încredere într-un bărbat? Oare voi mai întâlni vreodată un bărbat ca să am în cine să nu am încredere?

A construit o viață împreună cu Jamie, și acum că el a făcut-o bucăți, trebuie s-o reconstruiască de la zero. De una singură. Extenuată, trage adânc aer în piept și expiră de cinci ori.

Zdrang!

Tăcerea este întreruptă de un zgomot puternic de ușă și tocuri care troncănesc tare pe podea. Stă nemișcată și încearcă să se uite prin ușa de sticlă, când subit se aud țipete din sufragerie.

Amy se ridică de pe scaun, părăsește încet grădina și intră în bucătărie, unde se oprește în cadrul ușii din sala de mese și se apropie încet de canapea.

O femeie înaltă cu aspect puternic țipă la televizor cu brațele strânse la piept. Poartă o rochie roșie strâmtă, tocuri aurii și are un stup enorm de codițe strânse pe cap, care mai adaugă jumătate de metru la înălțimea ea. Gâtul, urechile și încheieturile sale sunt împodobite de mărgele. Emană eleganță.

– O, du-te naibii!

– Du-te dracului!

– Ce naiba știi tu, @essexboy2000? Du-te dracului, atâta-ți spun!

Se întoarce și tronează deasupra lui Amy. Își desface brațele suple, ia mâna lui Amy în niște degete lungi și subțiri, în timp ce buzele ei roșu-aprins zâmbesc larg și lasă la iveală niște dinți strălucitor de albi.

– Totul bine, scumpo? Eu sunt Jackie! În ce naiba ne-am băgat?

Capitolul şase

Toate cele şase concurente stau stânjenite pe sau în jurul canapelei, căznindu-se să vorbească printre bocete sau scuipând vorbe veninoase. Tocmai ce au terminat de ciugulit din salata care a fost lăsată discret în frigider puţin mai devreme.

Ce ar trebui să îi spui unei străine al cărei viitor a fost ruinat? Amy a ales să spună un nepotrivit „Ce încântare să te cunosc" lui Jackie, o bătaie pe spate neconvingătoare şi un „Ei bine, ar putea fi mai rău de-atât" lui Hattie, un bucătar-chef din Southampton, şi o întrebare stânjenitoare „Deci, pe ce aţi cheltui un milion de lire?" lui Kathy, o mamă tăcută, în vârstă de cincizeci şi doi de ani din Bristol.

– Pe mine însămi! a chicotit ea, schimbându-şi poziţia ca să se sprijine pe măsuţa de cafea. Copiii mei sunt ocupaţi cu propriile lor vieţi la Londra. Dacă aş împărţi acei bani cu ei, nu i-aş mai vedea pe netoţii ăştia tot restul anului. Dumnezeu să-i binecuvânteze. Chiar îi iubesc, să ştii.

A zâmbit înainte să arunce o privire camerei, ochii ei licărind în lumină.

În cazul celei de-a cincea şi celei de-a şasea concurente, Amy doar a dat din cap către ele, transmiţând simplu şi pe tăcute că „Vă simt durerea".

– Câţi oameni credeţi că se uită la noi acum? şopteşte Hattie, care este clar că nu se simte bine fiind filmată, încercând tot timpul să stea acolo unde camerele nu o pot vedea, și ascunzându-și burtica cu brațele încrucișate.

Jackie răspunde:

– Nu o să se uite nimeni la emisiunea asta, e doar o mare prostie sexistă. Pun pariu că după o săptămână o să fie anulată și o să plecăm de aici.

Zuum. Bip.

Camerele se întorc spre Jackie.

– Exact. Cui naiba i-ar plăcea să se uite la gașca noastră pestriță de biete femei excluse, zice Lauren, un DJ din Manchester cu o tunsoare pixie blondă și un piercing în nas. Un reality-show despre înmormântări ar fi mai stimulant.

– Nu știu ce să zic, Lauren, începe Kathy, privind în gol. Oamenii adoră să vadă cum le merge prost altora. Îi face să se simtă mai bine cu privire la viețile lor.

Colegele de casă au decis să evite să se uite la seria de comentarii din fața lor, dar este imposibil pentru majoritatea. În ultimele ore, a devenit destul de clar că publicul are o plăcere bolnavă în a fi crud, și șirul continuu de izbucniri emoționale este extenuant. Dar pentru unele concurente, tentația este mult prea mare. Cu doar câteva clipe în urmă, inima lui Amy aproape că a sărit din piept când a întrebat-o pe Gemma cu ce se ocupă.

– Nu e treaba ta, pușlamao.

– Scuze, încercam doar să fac conversație, a răspuns Amy îmbujorată.

– Scuză-mă, păpușă, nu vorbeam cu tine, ci cu ciudatul ăsta care mă întreabă cât de des merg la sală. Fir-ar să fie, ce mi-aș dori să am telefonul la mine. I-aș spune clar ce gândesc.

Comentariul are logică totuși. Gemma arată ca și cum ar fi făcută toată numai din mușchi. Se pare că îi place și să fie în centrul atenției, întrucât și-a reaplicat luciul de buze în fața ușilor de sticlă de cel puțin zece ori de când a ajuns, cu o oră în urmă.

Ecranul se schimbă dintr-odată într-un ceas cu numărătoare inversă, începând de la cinci.

4...3...

Amy simte că i se face rău.

2...1...

– Hai că începem, spune Lauren.

Ecranul se face negru o clipă, după care apare faţa gigantă a lui Adam Andrews, ochii lui fiind de mărimea unor farfurii pe ecranul imens.

– Totul bine, fetelor?

Face cu ochiul la ele.

O muzică tare cu mult bass se aude şi camerele se aţintesc rapid asupra publicului din platou, care o ia razna şi aruncă mâinile în aer ca şi cum ar face parte dintr-un cult religios. Camera se focusează pe un grup de patru bărbaţi tineri care poartă pălării albe identice, sacouri şi au pielea portocalie. Când văd că sunt în lumina reflectoarelor, fiecare îşi descheie cămaşa ca să lase la iveală un cuvânt scris pe pătrăţelele lui uleioase.

Gemma – Este – O – Bunăciune!

Îşi contractă braţele şi dansează din şolduri în ritmul muzicii.

– Unde îi găsesc pe oamenii ăştia? mormăie Jackie.

– Nu pot să cred! strigă Gemma, sărind de pe scaun. Sunt amicii mei de la sală!

Gemma începe să facă acelaşi dans ca ei, iar buzele ei mari şi date cu luciu roz sunt ţuguiate ca un cioc de raţă.

– Ce mişto!

Sare la locul ei, uitându-se la celelalte colege, zâmbind dulce, cu guma de mestecat printre dinţi.

– Of, urăsc când bărbaţii ne spun „fete“, bombăne Amy. E aşa dezgustător!

– E mai bine decât cum îmi spunea fostul meu, Dylan, răspunde Hattie cu o mină serioasă. Hattie Hipopotamul.

– Nu-ţi face griji, mie mi-a zis Purceluşă timp de doi ani.

– Hipopotam e un compliment în comparaţie cu ce îmi spuneau mie băieţii în şcoală. O să vă dau un indiciu – începe cu G şi rimează cu răsancă.

Amy se apropie de ea şi o îmbrăţişează uşor.

– Ok, calmaţi-vă cu toţii, râde Adam adresându-se publicului din faţa scenei, iar oamenii încep să se potolească. Uau, chiar vă place, nu-i aşa? Ei bine, o să vă placă şi mai mult în continuare, pentru că le veţi întâlni pe vedetele emisiunii noastre. Sunteţi gata?

Publicul strigă în cor:

– Da!

După care urmează câteva chiote.

– Cred că mi se face rău, spune Hattie, şi mâinile ei încep să tremure incontrolabil. Ce am făcut?

Lauren o ia de mână şi o ţine în poala ei.

– Să înţeleg că acesta a fost un da, nu?

Adam ridică privirea, faţa lui delectându-se cu toată adulaţia.

– Atunci, să începem!

Camera micşorează imaginea în timp ce prezentatorul aleargă spre canapelele din studio.

Nu e singur.

– Ei, drăcie! exclamă Jackie în timp ce se ridică în picioare.

– Jason, afurisitule! Uitaţi-vă la el, cum stă acolo de parcă ar fi buricul pământului! urlă Gemma și-i arată degetul mijlociu.

– Cred că te vede, Gemma, îi spune Kathy.

– Arăt de parc-aş da doi bani pe asta? Sper că mă vede.

Gemma îi arată şi celălalt deget mijlociu. Lauren își arată solidaritatea şi i se alătură şi ea cu mâna liberă, cu care nu o ţine pe Hattie.

Faţa Gemmei se relaxează şi zâmbeşte.

– Şeful tuturor, adaugă Amy, dar regretă imediat când Gemma îi aruncă o privire.

Jamie e la mijloc. S-a schimbat în tricoul pe care i l-a luat Amy de Crăciun anul trecut. Ei bine, de fapt nu ea l-a cumpărat. Jamie l-a schimbat pe cel pe care i l-a cumpărat ea cu acesta. Niciodată nu a reuşit să îi ia cadourile potrivite. Îl priveşte cum se lasă pe spate, cu mâinile ridicate la ceafă, bucurându-se de orice clipă de celebritate. Este cel mai bun lucru care i s-a întâmplat vreodată. Cel mai bun lucru care i s-a întâmplat lui este cel mai rău lucru care i s-a întâmplat ei. În ce naiba relaţie a fost ea în ultimii doi ani? Ce-ar mai vrea să poată sări prin ecran şi să-i rupă tricoul de pe el. Dar totodată, şi-ar dori ca el să se ridice, să admită că a făcut o mare greşeală şi să vină s-o salveze din coşmarul acesta. *Slabe şanse*, îşi spune ea, văzându-l cum zâmbeşte şi cum face cu mâna la public. I se formează ridurile de la ochi. O dezgustă.

– Bine, haideţi să începem. Deci, chiar acolo, arată spre cameră, le avem pe minunatele noastre concurente, care tocmai ce au debarcat din trenul dragostei şi sunt pregătite să facă nişte schimbări majore în vieţile lor!

Imaginea se schimbă şi apare sufrageria lor. Nimeni nu se mişcă. Nimeni nu zâmbeşte. Se revine la Adam, care face o moacă tristă.

– Vai de mine! Fruntea sus, fetelor, sunteţi în direct! Acum, să vedem care sunt bărbaţii responsabili pentru aceste funduri – pardon, feţe – pălmuite. Aplauze pentru foştii!

Începe să aplaude odată cu publicul.

– S-o întâlnim pe prima noastră participantă.

Te rog nu eu te rog nu eu te rog nu eu.

– Jackie Adu!

O poză mare cu Jackie râzând la cameră umple ecranul, cu desene pe margine. Nici că putea arăta mai diferit decât acum. Amy vede cum pieptul femeii începe să tresalte din cauza respiraţiei sale puternice.

Nume: Jackie Adu
Vârstă: 38
Locaţie: Londra
Profesie: Avocată
Statut: Căsătorită, fără copii
Descriere: Egoistă

Pe ecran apare iar imaginea de la canapeaua din platou şi camerele dau zoom pe un bărbat înalt care, deşi stă jos, tot îl priveşte pe Adam de sus. Nu arată la fel de mândru de el ca Jamie. Arată aproape umil. Dar cine e Amy ca să judece? A crezut că Jamie este Alesul, şi iată unde a ajuns.

– Aaron! Povesteşte-ne. De ce ai lăsat-o pe Jackie pe *Raft*?

– Salutare tuturor, bună, Jackie.

Face cu mâna fără nicio emoţie şi se uită la cameră.

– Eu sunt Aaron Adu, soţul lui Jackie. Soţul ei de care e despărţită acum, presupun. Adevărul este că am lăsat-o pe Jackie pe *Raft* pentru că nu înţelege ce înseamnă o căsnicie.

– Ce vrei să spui cu asta? intervine Adam, arătând comic de sincer.

– Păi, nu se consultă cu mine în privinţa deciziilor importante care ne afectează vieţile. Are secrete faţă de mine. Pune nevoile tatălui ei mai presus decât nevoile mele. Şi nu vrea copii, deşi eu i-am spus că vreau atunci când ne-am căsătorit.

Jackie se foieşte pe canapea, radiind furie.

– Şi eu ţi-am spus că *nu* vreau copii când ne-am căsătorit, şuieră ea printre dinţi.

– Promisiuni încălcate. Adam clatină din cap.

– Nu mă simt mândru că am adus-o aici. Dar cred că *Raftul* o va învăţa ce este cel mai important în viaţă când eşti căsătorit. Nu acesta este scopul emisiunii?

Jackie îşi dă ochii peste cap şi strigă la cameră.

– Eu am secrete faţă de tine, Aaron? Eu? Azi-dimineaţă mi-ai zis că îl scoatem pe tata la prânz. Acum uite unde am ajuns. Alo? Mă auzi?

– Nu cred că ne auzim și noi, scumpo, spune Lauren. Nu vor să audă și partea noastră din poveste.

– Dificilă situație, Aaron, dar se pare că ai făcut ceea ce trebuie. Acum să ne mutăm la Jason! strigă Adam în aplauzele mulțimii.

Ecranul ilustrează o poză cu Gemma pe marginea unei piscine imense. Publicul începe să freamăte și să fluiere.

Nume: Gemma Burns
Vârstă: 30
Locație: Cheltenham
Profesie: Antrenor personal
Statut: Relație pe termen lung
Descriere: Distantă

– Jason, pe cuvântul meu, trebuie să ai un motiv foarte bun să lași *asta* pe *Raft*! Explică, domnule! De ce este Gemma „distantă"?

Jason este numai mușchi. Are un gât lat cât capul și trunchiuri de copac pe post de brațe. Vocea lui subțire șochează lumea.

– Stai așa, amice. Gemma Burns nu este o „asta". Este iubita mea. Adică, fosta mea iubită. Cred. Este? Și da, este frumoasă. Și pe dinăuntru, și pe dinafară. Dar am fost obligat s-o las pe *Raft* deoarece are nevoie de o intervenție. Nu face nimic altceva decât să se holbeze la telefon toată ziua, să facă poze și să răspundă la comentarii. Au trecut luni de zile de când nu am mai avut o conversație normală. Ori de câte ori încerc să vorbesc cu ea, nici măcar nu se mai deranjează să ridice privirea din telefon. E ca și cum urmăritorii ei sunt mai importanți decât prietenii sau familia. Mi-e dor de ea. Tuturor ne e dor de ea. Trebuie să se trezească și să-și dea seama că are o problemă și că eu nu îmi doresc să ies cu spatele unui telefon mobil.

Adam clatină din cap.

– Sună ca un caz clasic în care un partener este luat de bun.

– Mda, dar ea..., Jason dă înapoi.

Nu pare deloc încrezut, în ciuda comentariului Gemmei de mai devreme.

– E o persoană bună. Doar că e puţin pierdută. E prea prinsă în lumea asta a influencerilor, şi asta e problema mea.

– Păi nu mi s-a părut că ai avut o problemă cu asta când am primit acele bilete de avion gratuite spre Magaluf luna trecută, Jason, aşa că de ce te nu te decizi odată? ţipă Gemma, aplecându-se în faţă cu braţele încrucişate strâns.

Amy îşi face o notiţă mentală să nu se pună niciodată cu ea.

– Mai departe îl avem pe... aplauze, vă rog. Jeremy!

Kathy geme când vede o poză în alb şi negru cu ea în ziua nunţii. Probabil a fost făcută cu cel puţin treizeci de ani în urmă.

Oftează.

– Uitaţi-vă la mine. Eram atât de naivă. O mare proastă.

Nume: Kathy Hegarty
Vârstă: 52
Locaţie: Weston-super-Mare
Profesie: Niciuna
Statut: Căsătorită, doi copii adulţi
Descriere: Amară

Camera se mută pe un bărbat scund şi agitat, la vârsta a doua, cu perciuni mari şi un cercel în urechea stângă. Arată ca un dihor neastâmpărat.

– Jezza.[1] Amară? Au! Sigur îţi lasă un gust groaznic în gură.

– Păi, să ştii că da, Adam.

Dihorul dă din umeri.

– Am pus-o pe Kathy pe *Raft* pentru că nu mai voia să plece. I-am spus acum câteva săptămâni să îşi împacheteze lucrurile. Ea doar mă ignoră. Dacă nu are unde să se ducă, e problema ei, nu a

[1] Poreclă pentru numele Jeremy (n.tr.)

mea. Trebuie să accepte că ai noştri copii s-au mutat, eu am trecut peste şi Susan s-a mutat la mine.

– Cine e Susan?

– Dragostea vieţii mele, Adam. Oricum, Kathy a distrus ceea ce trebuia să fie o perioadă frumoasă pentru noi prea mult timp. Susan este foarte supărată. Relaţia mea şi a lui Kathy s-a terminat, şi când o să iasă din emisiune, o să îi cer divorţul. Sper că *Raftul* o va ajuta să accepte realitatea.

Amy se mută lângă ea.

– Kathy, îmi pare atât de rău.

Kathy o priveşte cu o faţă surprinzător de calmă.

– Să nu-ţi pară. Ştiam că mă înşală de mult timp. E un clişeu, şi-a lăsat soţia bătrână şi îndesată pentru tânăra asistentă medicală sexy. Jalnic, ce să mai, şopteşte ea.

– Se pare că ai trecut peste asta cu capul sus, zice Lauren.

Îi dă lui Kathy un şerveţel.

– Eu aş fi luat-o razna.

O, nu.

Nume: Amy Wright
Vârstă: 32
Locaţie: Londra
Profesie: Jurnalistă
Statut: Relaţie pe termen lung
Descriere: Disperată

Apare o poză cu Jamie şi Amy pe plaja din Cannes de anul trecut. Ultima lor vacanţă petrecută împreună. Jamie este bronzat, fără tricou şi îşi arată abdomenul cu pătrăţele. Amy este acoperită din cap până-n picioare de mai multe saronguri care nu se potrivesc unul cu celălalt şi de cremă solară Factor 100, cu care-şi dăduse deoarece se prăjise ca un chips cu o zi în urmă. Arată ridicol. Nu-i vine să creadă că a folosit această poză. E ultima lui lovitură.

Arată-mi ce poți, Jamie.

– Trecem la Jamie! Spune-ne, unde l-ai întâlnit pe Michael Jackson?

Izbucnește în râs. Mulțimea râde și ea, iar Jamie se screme să râdă. Amy cunoaște foarte bine acel râs fals al lui.

– Glumesc doar. Spune-ne despre relația ta cu Amy.

– Bună, tuturor.

Își îndreaptă spatele, depărtează picioarele și își pune coatele pe genunchi, împreunându-și mâinile în clasica lui postură care înseamnă „permiteți-mi să vă explic ceva".

– Mă numesc Jamie O'Connor și sunt directorul unei noi agenții de dispunere a forței de muncă, Headplace.

Cineva din public fluieră. Amy simte că e înjunghiată în gât.

– Ha, mulțumesc. În fine, sunt fostul iubit al lui Amy. Nu mă înțelegeți greșit, Amy este o fată minunată. Doar că... pentru altcineva.

Pentru cine, Jamie? Și de ce naiba ți-ai dat seama abia acum de asta?

– Am lăsat-o pe Amy pe *Raft* pentru că mereu punea presiune pe mine să ne mutăm, să ne căsătorim, să facem copii. I-am explicat cât mai clar posibil că nu îmi doresc aceste lucruri. Dar ea a continuat să insiste, iar și iar. Adevărul este că faptul că își dorește aceste lucruri ține de programarea naturală a unei femei. Nu este vina ei – este ceva natural, presupun.

Îi mai spusese asta înainte, dar Amy crezuse că doar o tachina.

– Sper că Amy va învăța cum să asculte în emisiunea *Raftul*. Îi urez succes. Pentru mai multe informații legate de joburi, vizitați site-ul Headplace.co.uk, sau trimiteți-mi un e-mail la adresa jamieo@headplace.

Amy se uită fix la ecran, fără să se miște.

– Ești bine, scumpo? Lauren se apleacă să o atingă pe genunchi.

– Disperată? răspunde Amy, înainte să-și dreagă glasul. E ca și cum ar vorbi despre altă persoană. Ca și cum ar fi fost într-o altă relație. Sunt numai minciuni. Presiune? Nu am avut niciodată o conversaţie despre asta, jur pe ce am mai sfânt, spune ea. Nu sunt nebună, vă promit.

– Ştim că nu eşti, o linişteşte Jackie. Sunt doar balivernele tipice bărbaţilor.

– Ce ziceţi să fac nişte ceai pentru toată lumea?

Kathy se ridică şi se uită prin jur.

„Kathy, te rog nu părăsi sufrageria."

– Deci, cred că ne pot auzi, spune ea, aşezându-se la loc.

Hattie îşi ascunde deodată capul în poală. Restul femeilor se uită pe ecran şi văd o poză cu ea. E groaznică. E un selfie cu Dylan, care arată ca un cretin, râzând de Hattie care doarme pe canapeaua din spate. Nu este deloc măgulitoare. Doarme cu gura căscată.

Nume: Hattie Jackson
Vârstă: 33
Locaţie: Eastbourne
Profesie: Chef
Statut: Relaţie pe termen lung
Descriere: Plictisitoare

– Chefii lucrează foarte mult! strigă ea cu capul încă între genunchi, şi de-abia se aude ce vrea să spună.

Dylan este un copil în corp de bărbat cu aspect murdar şi care a venit în platoul de filmare îmbrăcat cu un hanorac Fortnite şi blugi largi, cu părul negru unsuros întins pe frunte.

– Hattie, câţi ani are Dylan? Jackie pune întrebarea pe care toate ar fi dorit s-o pună.

Hattie înalţă capul şi faţa ei e roşie foc.

– Treizeci şi patru. De ce?

– Fără niciun motiv, răspunde ea.

– Dylan, Dyl, Dyl Boy, Dylo Pad... Ce se petrece, frate? Spune-ne de ce ai lăsat-o pe Hattie pe *Raft*.

– Mda, bine amice, poţi să-mi spui Marele D.

Îmi vine să vărs.

– Hattie are o inimă mare, n-am cum să neg asta. Am nişte probleme cu spatele şi nu pot să fac prea multe prin casă. Ea se ocupă de curăţenie, de cumpărături, făcutul ceaiului şi alte drăcovenii – scuze, chestii. Nu pot să înjur, nu-i aşa?

– Nu.

– Tare. Scuze. Dar chestia e că, ce să mai, a devenit extrem de plicticoasă. Mereu se plânge... de lucrurile mărunte. Nu mai râdem deloc. Nu zice decât pune cana în maşina de spălat vase sau dă televizorul mai încet că e ora trei noaptea. Parc-ar avea şaiştrei de ani, nu treiştrei. Şi dac-aş vrea o mamaie, m-aş muta cu a mea. Măcar ea mi-ar face biscuiţi – ştiţi ce zic?

Râde ca un delfin.

– I-am mai spus asta, murmură Hattie. Gătesc toată ziua. Ultimul lucru pe care vreau să-l fac seara sunt biscuiţi pentru el. Îi fac ceai, nu e de-ajuns? întreabă ea femeile de pe canapea.

– Eu nici măcar ceai nu fac, păpuşă! răspunde Gemma imediat. Prostănacul ăsta trebuia să aprecieze ceea ce are, dacă mă-ntrebi pe mine.

– Ei, drăcia naibii, murmură Lauren.

Nume: Lauren Hawk
Vârstă: 36
Locaţie: Manchester
Profesie: DJ
Statut: Relaţie pe termen scurt
Descriere: Uşuratică

Poza lui Lauren arată ca o fotografie de reclamă, în care stă în spatele consolei de mixaj dintr-un club de noapte.

– Fir-aş să fiu, păpuşă, arăţi supertare. Gemma îi dă un cot.

Lauren zâmbeşte, dă din umeri şi priveşte în jos, aproape sfioasă.

– Acum, avem nişte veşti proaste, să ştiţi, se adresează Adam către cameră. Partenerul lui Lauren – sau ar trebui să spun fostul partener – a ales să rămână anonim.

Publicul huiduie.

– Nu vă faceţi griji, ne-a scris o scrisoare în schimb. Haideţi să vedem ce are de spus domnul Anonim.

Scoate o hârtie.

Am lăsat-o pe Lauren pe Raft *pentru că este o mincinoasă. Nu este genul de femeie la care m-am așteptat. Vreau să fiu persoana ei specială, nu încă un număr trecut în cărticica ei neagră de cuceriri. Nu ar ști ce înseamnă să fii perfectă pentru căsătorie nici dacă i-ar da o palmă la fund. Crede că e cea mai tare pentru că stă în spatele unei console de mixaj de câteva ori pe săptămână. Dar are treizeci și șase de ani, nu douăzeci și șase. I-a trecut vremea. Trebuie să învețe că nimeni nu o să ofere un inel de diamant unui DJ spălăcit dintr-un club local care s-a culcat cu toţi bărbaţii din Manchester.*

– Frate, ai uitat de femei, râde Lauren. Dumnezeule, când am spus eu vreodată că vreau să fiu perfectă pentru măritat? Ești al naibii de jalnic.

– Domnul Anonim vrea ca tu să fii perfectă pentru căsătorie mai mult decât tine, răspunde Jackie.

– Da, știu. DAVID DICKINSON trebuie să înveţe cum să accepte o respingere! strigă ea la cameră.

La televizor se aude un gong.

– Doamnelor și domnilor, spune Adam care se ridică și merge către scenă, aplauze pentru foștii parteneri, vă rog!

În spatele lui, Amy îl vede pe Jamie cum se întoarce către ceilalţi și dă mâna cu ei. Le dă cartea lui de vizită. Ce tâmpit.

– Și bineînţeles, aplauze și pentru cele șase concurentele noastre curajoase. Egoista Jackie! Distanta Gemma! Amara Kathy! Disperata Amy! Plictisitoarea Hattie! Și ultima, dar nu cea din urmă,

Uşuratica Lauren! Bine aţi venit la bordul unei călătorii care vă va schimba viaţa şi vă va ajuta să deveniţi mai bune! După pauza de publicitate, vom face un tur al casei şi vă vom arăta ce le-a fost pregătit fetelor pentru următoarele patru săptămâni.

E din ce în ce mai greu să audă ce spune Adam din cauza aplauzelor şi uralelor. Face câţiva paşi către cameră până ce faţa lui umple tot ecranul, ca şi cum ar vorbi doar cu ele.

– Nu-i aşa că sunteţi norocoase, fetelor? şopteşte el şi face cu ochiul.

Capitolul şapte

@jaydenrom Jackie – 4. Amy – 7. Hattie – 3. Gemma – 10. Lauren – 6. Kathy – 2. #raftul

@beckyblack_12 Ne vedem peste patru săptămâni. #raftul este BETON! #celmaitareshownou

@bigbennoj Ce adunătură de plângăcioşi. Nu mersi #naşfaceastaniciodată #raftul

@yourmatemike O să iau un sendviş cu Gemma şi Amy la pachet vă rog #raftul

Seria de comentarii se întrerupe şi Adam apare din nou pe ecran, stând în faţa a ceea ce arată ca o machetă a casei.

– Bine aţi revenit la *Raftul*! În faţa mea se află acum o replică a casei din *Raftul*. Avem aici Camera de Conversaţii, unde colegele de cameră pot să îşi dezvăluie toate secretele şi sentimentele, sentimentele ascunse...

Face o pauză, iar publicul reacţionează cu un „Oooo!"

– ... Apoi avem sala de mese, cât se poate de elegantă, cu suficiente scaune pe care concurentele noastre să poată mânca, bea şi dansa până în zorii zilei.

Adam începe să danseze vossi bop[1]. Cel puţin asta crede Amy că face. Publicul izbucneşte în râs şi câţiva se ridică în picioare să i se

[1] Dans care apare în videoclipul piesei *Vossi bop* a rapperului britanic Stormzy (n.tr.)

alăture. Sunt câteva secunde jenante pe care Amy speră că nu va trebui să le trăiască din nou. Apoi Adam se oprește brusc și arată din nou cu degetul spre modelul casei.

– În colţ avem Camera de Terapie, unde terapeutul nostru vedetă le va ghida pe fete în călătoria lor spirituală, emoţională şi fizică a iluminării în materie de relaţii. Acum să trecem la bucătărie, camera mea preferată din toată casa. Acest frigider imens va avea reverze mari de lucruri esenţiale și, partea mea preferată, acest robinet pentru băutură!

Face ochii mari la cameră în timp ce arată spre o chestie dintr-un colţ al bucătăriei despre care Amy a crezut că este ceva decorativ.

– Frigiderul va fi plin de alimente sănătoase ca să fim siguri că fetele noastre au parte de tot ce le trebuie zilnic. N-am vrea să ia în greutate cât timp sunt aici, nu-i așa?

Dă din deget către cameră.

– Și ca să ne asigurăm că nu se va întâmpla asta, iată sala de sport! Vedeţi că este exact lângă bucătărie. Poate că le va face să se gândească de două ori înainte să deschidă ușa de la frigider!

– Tontule, spune Jackie.

– În mare parte, fetele își vor pregăti singure mesele. Dar bineînţeles că vor merita și cine cadou. Astfel vor câștiga livrări în urma unor provocări speciale, în parteneriat cu prietenii noștri de la Foodfix. Dar vor primi recompense speciale numai dacă vor fi niște fete foarte bune!

Râde și face cu degetul la cameră din nou.

– Și, doamnelor, Hattie, dacă *tu* ai vreo cerinţă dietetică, sunt sigur că ne vom descurca s-o îndeplinim.

Hattie se uită la celelalte și dă din umeri.

– De ce naiba am fost de acord cu asta? spune Lauren în barbă.

– Să ne mutăm în grădină! strigă Adam, înainte ca cineva să aibă timp să răspundă. Clătiţi-vă ochii cu splendoarea cinematografului în aer liber, serenitatea răcoritoare a cabanei apreschi, iar apoi barul

Tiki cu sfârâituri, unde lucrurile pot să se încingă oricând. Și dacă se întâmplă asta, atunci o baie lungă în piscină este exact ce ar recomanda un doctor! Și, fetelor, vă amintesc că sunteţi supravegheate aici afară, datorită ochilor Patrulei noastre de Pitici de încredere.

Camera dă zoom in apoi zoom out pe replicile piticilor de pe masă, înainte ca Adam să ia unul şi să-l arunce în public. Câţiva dintre ei se înghesuie să-l prindă.

Gemma dă din umeri.

– Piticii ăştia te bagă-n sperieţi, te urmăresc cu ochii peste tot.

– Ochii lor sunt lentile de cameră, răspunde Amy.

– Fir-ar să fie, şopteşte Gemma. Chiar nu ai cum să scapi, nu-i aşa?

– Să ne îndreptăm spre sufragerie! ţipă Adam, mişcându-se pe lângă masă. Sunt câteva lucruri pe care trebuie să le ştiţi despre această sufragerie. Unu, există un televizor imens. Or să ducă o viaţă luxoasă, vă zic eu. Dar nu suntem aici să le privim doar cum se uită la Netflix şi se destrăbălează. Pe acest televizor, fetele vor urmări conversaţiile mele cu oaspeţii invitaţi în ediţiile noastre live, şi bineînţeles le vor fi introduse provocări. Dar mai are şi un alt scop special.

Se apropie de cameră şi abureşte lentila cu respiraţia sa.

– Eh, se strâmbă Amy. Nu-mi amintesc să fi fost aşa de enervant la *Celebrity Thumb Wars.*

– La televizor vor apărea şi comentarii în direct, această opţiune numindu-se Peretele. Peretele le va spune fetelor ce crede lumea despre ele, nonstop! Aşa că aţi face bine să vă purtaţi frumos acolo, fetelor!

În josul ecranului este scris cum poţi posta comentarii şi ce hashtag să foloseşti.

Amy se gândeşte cu groază la ţinta telespectatorilor. Nările ei? Sprâncenele? Sprânceana, dacă o să-i fie prea lene să se mai penseze. Cât de normală şi de plictisitoare este? Îşi face o promisiune improbabilă că nu se va mai uita la niciun comentariu decât dacă trebuie s-o facă.

Adam conduce camera cu degetele spre dormitorul și baia din machetă, și explică faptul că sunt opt paturi de o persoană și o baie, în care nu se află nici camere, nici microfoane. Mulţimea huiduie.

– De ce vreţi să vă uitaţi la noi cum facem un rahat? Bolnavi mintali, zice Gemma.

– De ce sunt opt paturi dacă noi suntem doar..., Hattie dă din cap spre restul grupului, ...șase?

– Poate au crezut că o să mai convingă două să stea, își dă cu presupusul Jackie, dând din umeri.

– Ce? Vrei să spui că cineva a refuzat să participe? răspunde Lauren. Ce șoc!

– Și acum cea mai importantă parte, continuă Adam. Ce pot face fetele pentru a câștiga acest concurs și pentru a obţine titlul de Cea Păstrată pentru prima dată în istoria televiziunii!

Mulţimea aclamă în vreme ce el se apropie de un ecran pe care apare o listă cu un set de instrucţiuni pentru următoarele patru săptămâni.

– Faceţi liniște și ascultaţi-mă cu atenţie, tovarăși. În primul rând, colegele de casă vor avea ședinţe în mod regulat cu terapeutul emisiunii noastre, care le va ajuta să își identifice zonele cu probleme și să facă niște modificări pozitive pentru a ajunge pe drumul cel bun. Vor trece și prin provocări săptămânale, în care publicul le va da note pe baza performanţei lor. Concurenta cu cel mai mare punctaj va câștiga provocarea și va primi un premiu pentru ea sau pentru casă. În ultimul rând, vor avea și o serie de întâlniri misterioase pe parcursul emisiunii. Publicul le va da note pe baza stilului lor, a comportamentului și a șarmului, acestea fiind doar câteva dintre lucrurile cărora le vom acorda atenţie.

Rânjește.

– Nu plecaţi nicăieri – revenim după pauza de publicitate.

Ecranul arată de aproape lista de instrucţiuni.

Cum să câştigi concursul *Raftul*!

- Primeşte cu braţele deschise şedinţele de terapie pentru schimbări pozitive în viaţă!
- Aruncă-te în provocări şi învaţă cum să iubeşti!
- Spune-le bun venit întâlnirilor misterioase! Vei fi surprinsă să vezi ce te vor învăţa!
- Zâmbeşte pentru cei care te privesc! Ei au puterea să te ţină în emisiune!

– Doamnelor, începe Jackie pe un ton jos, în timp ce se ridică și se pune în fața televizorului. Noi am ales să rămânem aici, așa că nu e ca și cum ne putem plânge acum. Dar putem juca jocul un pic diferit față de cum vor ei. Am putea ataca fiecare provocare, scoate în evidență sexismul flagrant și comunica publicului cât de greșite sunt toate astea. Nu au cum să ne oprească să facem asta. Nu pot să ne dea afară – altfel nu vor mai avea o emisiune. Dar trebuie să ne unim forțele.

– Dar ar putea alege să nu mai voteze pentru noi, nu-i așa? întreabă Hattie.

– Dar asta depinde de public, nu de producători. Atâta timp cât nu încălcăm regulile, vom rămâne. Și apoi, va trebui doar să atragem publicul de partea noastră. Adică, presupun că toată lumea înțelege cât de groaznică este această emisiune, nu? Nu va fi chiar atât de greu să îi atragem de partea noastră, nu credeți?

Nu au timp să răspundă.

– E totul bine acolo, fetelor? strigă Adam, uitându-se la cameră.

Colegele de casă dau din cap la unison și fac cu mâna la cameră.

– Minunat. Acum, să vorbim despre cea mai importantă parte a show-ului! Voturile! În fiecare săptămână, publicul votează pentru a o păstra pe concurenta sa favorită în emisiune. Concurenta cu cele mai puține voturi va pleca acasă. Și asta mă aduce la următorul dispozitiv şmecher din casă – Clasamentul! Fetelor, vă rog să mergeţi în sala de mese.

Publicul şuşoteşte.

În timp ce-şi târşâie picioarele până acolo, ecranul televizorului din sala de mese porneşte. Clasamentul arată ca un tabel din liga de sport. Amy nu se poate abţine să nu se simtă puţin uşurată că se află în mijloc. Gemma e pe primul loc, ceea ce nu e surprinzător. Lauren e pe ultimul loc, spre surprinderea ei. Amy a crezut că o să fie populară.

– Clasamentul le arată fetelor cum primesc calificative din partea publicului în orice moment. Funcţionează încontinuu şi le oferă fetelor şansa de a vedea cum este judecat comportamentul lor. Poate detecta emoţiile pozitive şi cele negative. Este foarte inteligent.

– Spre deosebire de tine, cretinule, mormăie Jackie.

– De exemplu, dacă publicul va consideră că o fată face pe şefa, nu dau niciun nume – tuşeşte numele lui Jackie destul de clar, iar publicul râde –, atunci Clasamentul va identifica aceste emoţii negative online şi le va folosi pentru a-i scădea nivelul acelei fete.

Jackie clatină din cap.

– Dacă sunt drăguţe, probabil le va creşte punctajul. Clasamentul le ajută pe fete să ştie cum se comportă, şi este numai bun pentru a le aminti să îşi ţină în frâu atitudinea. Să nu spuneţi că nu vă păzim spatele, fetelor!

– La sfârşitul lunii, continuă Adam, două fete se vor confrunta în finala emisiunii. Fata cu cele mai multe voturi va câştiga un premiu de un milion de lire cash, şedinţe de terapie în continuare, abonament la sală, o schimbare de look, o vacanţă şi un abonament de un an la clubul de întâlniri Love Market.

Publicul aclamă.

– Iar fata care va pierde? Ei bine, nu va pleca acasă cu mâna goală. Va pleca cu un suflet vindecat timp de o lună şi o atitudine mai sănătoasă vizavi de relaţii!

Adam se întoarce către public şi ridică braţele.

– Şi asta este tot pentru azi, dragilor! Pentru asta am avut timp în seara aceasta. Să ne urmăriţi şi mâine pentru a vedea ce le aşteaptă pe concurentele noastre.

Televizorul se închide şi totul e cufundat în linişte.

– Gaşcă, e ora opt, anunţă Jackie. Şi trebuie neapărat să încercăm robinetul acela de băuturi.

*

E puţin trecut de ora 10 seara când Amy intră tiptil în dormitor şi se bagă sub pături. Gemma, care se dusese la culcare cu o oră în urmă, se foieşte puţin. Ultima dată când Amy a dormit într-un pat atât de îngust a fost când avea zece ani. Se gândeşte la patul California King al lui Jamie, în care se aflase la ora asta noaptea trecută, încercând să adoarmă fără să facă vreun zgomot.

– E din cauza nărilor tale uriaşe, ar fi spus el. Ce e? E un compliment? Fearne Cotton are nişe nări imense şi e o cântăreaţă excelentă.

Amy s-ar preface că i se pare amuzant, după care s-ar holba la nările tuturor a doua zi, să vadă dacă ale ei erau mai mari decât cele obişnuite. El ar continua să facă glume pe seama nărilor ei, la fel şi despre braţele cu piele lăsată, coapsele durdulii şi bărbia dublă.

Când i s-a dezvoltat pentru prima dată complexul cu nările, după trei luni de relaţie alături de Jamie, Amy era foarte îngrijorată că avea să se despartă de ea pentru că nu putea să suporte gândul că nu va putea să doarmă noaptea din cauza ei pentru tot restul vieţii. A cheltuit sute de lire pe orice soluţie posibilă, inclusiv un suport pentru dinţi care o făcea să arate ca Hannibal Lecter. Până la urmă a recurs la o aplicaţie cu sunete de ploaie care acoperea sunetul respiraţiei ei. Sunetul simplei ei prezenţe acolo.

Ce i-ar plăcea să fie la Amuse Bouche acum. După orice despărţire normală, ar plânge cu un pahar de vin în mână şi s-ar lua la trântă cu Sarah să îi dea telefonul înapoi. Apoi s-ar duce acasă, s-ar îndopa cu colţunaşi cu porc şi s-ar uita la reluarea emisiunii *Kardashians*, parcurgând aplicația Love Market ca să se simtă mai bine temporar. Așa treci peste despărțiri. Nu treci peste despărțiri la televizor, în compania a cinci persoane străine cu care nu ai nimic în comun în afară de faptul că toate ați fost părăsite în public.

Desigur, producătorii nu o țin ostatică. Amy ar putea să plece chiar acum dacă ar vrea, și tot ar primi banii de participare, care ar acoperi o vacanță în Thailanda, și i-ar mai și rămâne. Dar ceva din adâncul său o determină să rămână. Poate că de fapt nu vrea să se întoarcă la rutina ei de băutură–colțunași–maratoane-de-reality-show-uri. Poate că vrea să facă ceva complet diferit care va întrerupe acel cerc infinit. Poate că vrea să dovedească lumii că poate face asta. Și hai să fim serioși, un milion de lire probabil că merită toată umilința.

Grijile îi acaparează mintea.

Ce naiba fac? Să fie asta cea mai proastă decizie pe care am luat-o vreodată? O să mor singură?

Oare Gemma aude cum respir?

Capitolul opt

Waaaaaaaaaaa, Waaaaaaaaaaa!

E atât de tare. Atât de al naibii de tare. Asurzitor chiar. Amy sare din pat și se uită în cameră, confuză. Ce e asta? Alarmă de incendiu? Le vede pe celelalte cum aleargă prin cameră, încercând să găsească sursa gălăgiei. Cineva aprinde lumina, orbindu-le preț de o clipă.

Un al doilea vaiet se aude. Weeeeeeeeee, Weeeeeeeeeee!

– Ce dracu' se întâmplă? urlă Jackie, stând pe pat.

– Sună ca niște... bebeluși care plâng? spune Kathy, dar nu o poate auzi nimeni.

Când sunetul se oprește subit, se apropie toate de ușa de la dormitor și se uită în sufragerie.

– Dumnezeule, șoptește Jackie.

Weeeeeeeeeee, Weeeeeeeeeee!

– Sunt o tonă de bebeluși care urlă. E ora șase, ce naiba ne fac ăștia? țipă Gemma în timp ce pășesc toate în sufragerie, neliniștite.

Femeile rămân încremenite, holbându-se la pătuțurile care au apărut ca prin magie lângă canapea. Sunt șase bebeluși care țipă, fiecare având numele concurentei pe bavetă. Nu sunt bebeluși adevărați, bineînțeles. Sunt niște păpuși înfricoșător de realiste care au fost setate să plângă, și nu au niciun buton de oprire la vedere. Colegele de casă s-au trezit pe *Love Island*, doar că nici nu ar putea să fie mai departe de paradis aici.

Waaaaaaaaaaaa, Waaaaaaaaaaaa!

Amy verifică pătuţurile şi îşi găseşte păpuşa. Ben Wright. Se uită înăuntru, îl ia în braţe cu grijă şi îl examinează să vadă dacă poate să dea volumul mai încet. Nici gând de aşa ceva. Nesigură, îl ţine la distanţă în faţa ei.

Asta trebuie să fie prima noastră provocare, se gândeşte ea în timp ce scanează camera să vadă ce fac celelalte şi dacă ar trebui să le copieze. Jackie îşi ţine păpuşa cu fundul în sus de un picior. Gemma o strânge pe a ei de gât în timp ce porneşte spre bucătărie şi oferindu-se să facă ceai pentru toată lumea, iar Lauren ţine mâna pe gura păpuşii şi merge împleticit înapoi spre dormitor, lovindu-se de uşă.

– Stai aşa, Gem, eu am un bilet în pătuţ, anunţă Lauren, desfăcând hârtia. „Felicitări, colegelor de casă. Bine aţi venit în lumea maternităţii. Este Ziua a Treia şi a venit timpul pentru prima voastră provocare. O, bebe! O să vă punem la încercare instinctele materne."

– Şi dacă nu avem aşa ceva? întreabă Jackie retoric.

Lauren ridică din umeri şi continuă:

– „În următoarele câteva zile, va trebui să aveţi grijă de sănătatea şi bunăstarea micului vostru bebeluş. Înăuntrul pătuţului, veţi găsi tot ce aveţi nevoie. Scutece, mâncare de bebeluşi, şerveţele şi păturici. Regulile sunt simple. Stabiliţi o rutină care să îi satisfacă nevoile fizice şi emoţionale. Somn, hrănire, îngrijire, treaba mare şi iubire".

– Dar... sunt de plastic.

Hattie se uită agitată la celelalte.

– De unde ştim dacă facem ce trebuie?

– „Vom urmări şi vom da calificative răspunsului vostru în faţa acestei responsabilităţi", continuă Lauren. „Şi vom afla cât de potrivite sunteţi pentru această sarcină". Fir-ar să fie, ultima parte se referă la mine.

Scapă hârtia şi apucă bebeluşul de ceafă.

– Vai de capul meu, de ce al meu arată ca Phil Mitchell?

Începe să-l salte în sus şi-n jos.

– Gata, scumpule, *I'll 'ave a pint a' larga an a' packet a' fags'*, începe ea să cânte cu un accent Cockney.

*

Amy mestecă distrată o felie de pâine cu gem care nu a fost prăjită suficient, privindu-l pe Ben cum sforăie în pătuţ.

– De când sforăie bebeluşii? întreabă ea camera.

Un strop de gem cade de pe felie şi aterizează pe fruntea lui. Îşi linge repede degetul mare şi îl şterge, uitându-se la camere şi tresărind când aude boxa Tannoy de deasupra.

„Concurente, vă rog aşezaţi-vă pe canapea. Emisiunea va începe."

Un sunet familiar se aude şi se uită una la cealaltă, cu ochii mari. Amy se uită la ceas şi inspiră puternic.

– Asta e ce cred eu că e? întreabă Gemma. O să fim la...?

– Bine aţi revenit, dragi telespectatori, vă urez o dimineaţă excelentă celor care tocmai ni s-au alăturat! ciripeşte Jenny Mackenzie, prezentatoarea emisiunii de sâmbătă de pe Real TV, cu public, *Put the Kettle On*. Avem o rubrică foarte specială pentru dumneavoastră în această dimineaţă! Să-l aplaudăm pe prezentatorul noii emisiuni de succes *Raftul*, Adam Andrews!

Adam e pe canapea, arătând de două ori mai portocaliu ca ieri, strălucind în aplauzele publicului.

Pe ecran apare sufrageria lor, iar Hattie e singura care răspunde, făcând cu mâna fără niciun chef.

– Şi bineînţeles, aplauze pentru concurente! O, Adam, toate arată puţin şocate, nu-i aşa? Sunt bine?

Jenny chicoteşte, acoperindu-şi gura cu mâna.

– Păi, Jenny, şi eu aş fi la fel dacă m-aş trezi şi aş găsi un bebeluş în sufragerie!

Râde prea tare şi îi dă o palmă peste genunchi lui Jenny.

– E abia Ziua a Treia şi *Raftul* deja este pe paginile principale – cred că eşti încântat. Acum, spune-ne mai multe despre această primă provocare. Cum se numeşte – O, bebe?

Adam adoptă o expresie serioasă.

– Exact, Jen. Deci, *Raftul* este menit a oferi fetelor care nu au noroc în dragoste şansa de a dovedi că merită să aibă relaţii pe termen lung – că au ceea ce le trebuie pentru a fi o parteneră de viaţă ideală. Şi una dintre calităţile esenţiale ale unei partenere de viaţă este dorinţa de a se sacrifica de bunăvoie. Grija faţă de nevoile fizice şi emoţionale ale altcuiva în afară de ea. Nu este nimic care să testeze asta mai bine decât maternitatea, nu-i aşa?

– Poate că nu. Deci ce trebuie să facă fetele pentru a câştiga provocarea?

– Jen, adevărul este că ne dorim să fie ele însele. Majoritatea nu au deloc experienţă cu bebeluşii. Felul în care vor avea grijă de aceşti bebeluşi va oferi o perspectivă asupra caracterelor lor. Unele sunt născute ca să se descurce cu maternitatea, altele nu. Şi ştim că asta le va ajuta să găsească cel mai bun partener – şi cel mai bun drum – pe viitor.

– Şi persoana care le poate ajuta să îşi evalueze caracterele se află în spatele camerelor, nu? comentează Jen şi lungeşte gâtul.

– Aşa este!

Adam dă din braţe cu rapiditate.

– Aş dori să vă prezint un bărbat pe care îl veţi vedea foarte des în curând! El este terapeutul nostru care va oferi fetelor un umăr pe care să plângă şi care a publicat de curând bestsellerul *Are You In A* Real*ationship?* Doctorul Howard Hicks!

– Cine? face Kathy.

– N-am mai auzit de el, răspunde Amy.

Şi se pare că nimeni altcineva. Aplauzele mulţimii se aud estompat în timp ce un bărbat scund cu început de chelie, la vârsta a doua, cu ochelari cu ramă subţire, păşeşte timid în platou, se aşază cu precauţie pe canapea şi face cu mâna cu prefăcută modestie la public.

– Doctore Hicks, bun venit în emisiunea noastră. Jen zâmbeşte. Este extraordinar să vă avem aici. Spuneţi-ne, despre ce e vorba în acea carte?

Doctorul Hicks își împinge ochelarii mai sus pe nas și răspunde rar. Pare să se simtă stânjenit în lumina reflectoarelor.

– Ei bine, Jenny, în primul rând, îți mulțumesc pentru invitație. *Are You In A* Real*ationship?* încearcă să determine cuplurile să-și dea seama cât de *reală* este relația lor. Sunteți sinceri unul cu celălalt? Este relația voastră din dragoste, sau din obișnuință? Cuplurile trebuie s-o citească împreună. Ori va pune capăt relației lor, ori o va întări. Oricum ar fi, rezultatul va fi unul pozitiv. Este menită să încurajeze onestitatea, prevenind în același timp ostilitatea sau învinovățirea.

Doctorul Hicks se uită la public și zâmbește în timp ce se aude un tușit în fundal.

Amy se uită în jur, întrebându-se dacă celelalte consideră că sună bine această carte. Jackie își aranjează o codiță, Kathy se uită în gol mohorâtă, iar Gemma își curăță dinții cu un fir de păr.

Atunci doar mie mi se pare că sună bine.

– Wow, sună ca un bestseller pentru mine, nu-i așa? Jenny se uită fix la public cu ochii mari cât cepele, iar oamenii văd asta ca pe semnalul lor de a aplauda.

Doctorul Hicks se face rozaliu și dă din mână în fața uralelor.

– Deci, spuneți-mi, doctore, continuă Jenny, după ce face publicul să tacă, ce veți face în această emisiune, *Raftul*?

– În regulă, Jenny. Se așază mai bine pe canapea. Părerea mea despre conceptul emisiunii *Raftul* este că mi se pare foarte interesant, și voi fi fascinat să văd cum se vor dezvolta concurentele pe perioada show-ului. Cred că vom avea parte de niște rezultate surprinzătoare.

– Extra-ordinar! îl întrerupe Adam cu o curiozitate falsă, cu gura căscată ca un pește.

– Voi ține ședințe de terapie în mod regulat și voi încerca să înțeleg mai întâi de ce au ajuns în această emisiune, sperând că o să pot să le ghidez să iasă din această stiuație penibilă în care au nimerit și să le ajut să fie nişte candidate mai puternice pentru relaţiile de lungă durată pe viitor.

– Şi cum rămâne cu toate chestiile murdare pe care o să le descoperi? râde Adam, uitându-se la public şi făcând cu ochiul. Oamenii chicotesc în cor.

– Da, păi, asta nu este intenţia mea de fapt, răspunde doctorul Hicks, ridicându-şi ochelarii pe nas pentru a treia oară. Dar sunt sigur că veţi auzi nişte poveşti interesante. Probabil unele care vor rezona cu noi toţi.

– Şi spuneţi, doctore Hicks, aveţi vreo presimţire legată de cum se vor descurca concurentele cu provocarea maternităţii? Cum credeţi că le va merge noilor mame de acolo?

Zâmbetul lui Jenny e atât de larg încât abia dacă i se mai văd ochii. El clatină din cap.

– A, nu aş putea să comentez despre asta, Jenny, încă nu am petrecut timp cu ele.

– Haideţi, doctore Howard, daţi-vă cu presupusul! ciripeşte Adam, iar Jenny dă tare din cap, aprobându-l.

– Vă rog, nu aş putea, serios – ar fi ceva lipsit de acurateţe şi corectitudine.

– Ne stricaţi tot cheful! Păi, Jen, eu pot să-ţi spun că după mine Kathy se va descurca cel mai bine – e evident, a trecut prin asta, a făcut ce trebuie, a rămas cu ceva lăsat... – face o pauză de efect şi se uită într-o parte la o Jenny care a făcut ochii cât cepele, – mă refer la tricou.

Prezentatoarea îşi dă ochii peste cap şi îi face semn din mână. Publicul murmură, iar doctorul Hicks se holbează la el cu o încruntătură urâtă.

Amy se întoarce către Kathy, care-şi strânsese braţele în jurul pieptului.

– Ignoră-l, Kath.

Se apropie de ea.

– E un măscărici ambulant. Spune lucruri de genul ăsta pentru câteva râsete, nu pentru că ar fi adevărat.

– E un mare nenorocit, nici să nu te gândești la ce spune el, adaugă Lauren.

– ...dacă bebelușul nu o să fie ars de tot, fără un membru sau cu fața în jos într-un coș de gunoi până la sfârșitul provocării, o să prezint următoarea emisiune într-un slip!

Jenny râde încordat, dar arată mai mult a grimasă. Doctorul Hicks clatină din cap și mormăie ceva.

– Despre cine vorbesc?

– Despre mine.

Jackie se întoarce către ele, zâmbind.

– Nu vă faceți griji, spune ea și ridică o mână s-o oprească pe Gemma care voia s-o aline. Apreciez grija voastră, dar are dreptate. Deși i-a scăpat faptul că „va zace la fundul piscinei cu o piatră legată de picior".

– „Și cu capul ciopârțit în urma unui accident", râde Lauren, iar Jackie i se alătură.

Jenny continuă:

– N-aș zice, cred că Jackie o să se descurce. Este un model demn de urmat pentru tinerele care urmăresc acest show. Francă, ambițioasă...

– Egoistă, se bagă Adam. Este Egoista Jackie, nu-i așa?

– Aceasta este doar simpla opinie a unui partener rănit care încearcă să-și verse nervii, intervine doctorul Hicks.

Adam încearcă să-i dea o replică, dar Jenny îl întrerupe.

– Ei bine, presupun că ne vom vedea în trei zile!

Camerele se întorc spre ea.

– Cam atât deocamdată, doamnelor și domnilor! Vă mulțumesc pentru că ne-ați urmărit și nu uitați să vizionați în fiecare seară la ora 9, pe Real TV, emisiunea *Raftul* pentru a vedea ce au mai făcut fetele! strigă ea și face cu mâna la cameră.

Când camera dă zoom out, doctorul Hicks și Adam au o discuție aprinsă pe canapea, iar Jenny continuă să râdă ca o păpușă către public, prefăcându-se că nu se întâmplă nimic.

Filmarea se oprește și camera rămâne în liniște.

Dar, desigur, asta nu durează prea mult.

Un gong de rău augur răsună în încăpere.

„Amy. Te rog să mergi în Camera de Terapie mâine la ora 9 dimineața. Doctorul Hicks te va aștepta acolo."

Capitolul nouă

Nasul lui Amy şuieră în timp ce aşteaptă sosirea doctorului Howard Hicks pentru prima şedinţă de terapie. Nu se poate decide dacă să-şi tragă nasul sau să şi-l sufle într-un şerveţel. Nu e sigură care din cele două ar provoca mai mult dezgust publicului. Ia un şerveţel din cutia de pe măsuţa de cafea din faţa ei, se face că tuşeşte şi îşi trage nasul imediat după. Funcţionează şi se relaxează. Jackie are grijă de Ben timp de o oră, şi Amy se bucură să aibă parte de pace, linişte şi libertate, în ciuda faptului că are emoţii să dezvăluie lucruri despre ea doctorului Hicks, în faţa a mii de oameni care o privesc.

Se lasă pe spătar şi se uită în jurul ei, străduindu-se să se simtă în largul ei. E prima dată când merge la terapie. Toate camerele de terapie sunt aşa de neînsufleţite? Aşa de bej? Trei afişe de pe perete o fac să se simtă ostilă.

AZI E O NOUĂ ZI

Ei, nu mai spune.

ALEGE FERICIREA

Și dacă nu e o alegere?

FII PROPRIA TA RAZĂ DE SOARE

Mai degrabă aş prefera să fiu o furculiţă de lumină.

Pe măsuţa de cafea din faţa ei se află trei cactuşi unul lângă altul. Bineînţeles că se întinde să atingă unul și se înţeapă în deget. Tresare. *Mă întreb cum o să interpreteze asta?*

O manifestare fizică a tendinţelor ei de autodistrugere? Nu are nevoie de terapie; deja ştie ce problemă are. Are nevoie de o noapte în oraş alături de Sarah şi de trei sticle de vin.

Uşa se deschide şi doctorul Hicks intră în cameră, închizând-o uşor în urma lui şi zâmbind la Amy în timp ce se apropie de masă.

– Bună dimineaţa, Amy. Eu sunt doctorul Hicks. Cum te simţi?

Amy se ridică în picioare şi îl strânge de mâna micuţă şi transpirată, iar el se aşază încet pe fotoliul vintage de piele din faţa ei, care scoate un scârţâit.

– Bine, mulţumesc, răspunde ea, deşi numai bine nu se simte.

Dincolo de aceste rame rotunde, cu margine de argint se ascund nişte ochi mici.

– De fapt, sunt puţin şocată, adaugă Amy când doctorul nu spune nimic.

– Fără îndoială. Este o situaţie neobişnuită, ca să spun aşa.

Ia un iPad care se află în faţa lui şi apasă pe ecran.

Zuum. Bip.

Amy se foieşte în scaun. Scârţâie în dreptul coapselor ei, ceea ce face atmosfera şi mai stânjenitoare. Pantalonii ei de plajă din jeans nu sunt făcuţi pentru canapele de piele uriaşe. Coapsele ei arată ca două bucăţi de cocă întinsă. Când observă asta, ia o pernă să le acopere.

– Încearcă să ignori camera, spune doctorul Hicks, care încă se mai uită în jos, dar îi simte disconfortul. Astăzi va fi cea mai uşoară şedinţă. Este doar o mică conversaţie despre trecutul tău – cine eşti şi de ce te afli aici. Eşti de acord cu asta?

Amy încuviinţează din cap, nesigură că o vede.

– Sfatul meu pentru tine este să fii cât mai deschisă şi cât mai directă. Astfel vom avea cele mai bune rezultate pentru aceste şedinţe. Nu te gândi la cine te priveşte.

Părinţii ei. Prietenii ei. Nu contează ea – dar cum or să se simtă ei când o să vadă că doctorul Hicks reuşeşte să extragă ceva din psihicul ei care îi va răni sau îi va face de râs?

Și cum rămâne cu serviciul? Va reuși să-și mai găsească un loc de muncă după asta?

– O, nu, nu se poate! E nebuna aia de la *Raftul*? spune un director de resurse umane imaginar, arătând cu degetul spre ecran și adresându-se unei echipe imaginare care s-a adunat în jurul unui birou imaginar într-un sediu imaginar. Se prefac că se înjunghie unii pe alții, râzând.

Amy, dacă o să câștigi, nu va trebui să mai lucrezi niciodată!

În plus, nu are cum să dea înapoi acum. A semnat contractul, așa că știe că trebuie să scuipe tot. Va trebui să spună lumii despre relația ei, chiar dacă a petrecut ultimii doi ani evitând acest subiect, și despre persoana cu care este într-o relație. Ei bine, a fost.

– Amy Wright. Treizeci și doi de ani, singură la părinți, jurnalistă, îi întrerupe doctorul Hicks gândurile.

– Asta-s eu, confirmă Amy, ciupindu-se de dosul palmei.

– Spune-mi, Amy, de ce crezi că te afli aici azi?

Pune iPad-ul la loc pe masă și își împreunează degetele sub bărbie ca și cum s-ar ruga.

– Pentru că sunt... o mare idioată?

Ridică din umeri și îi aruncă un râset fals. Dacă nu râde fals, chiar că o să înceapă să plângă.

El ridică o sprânceană.

– Ce te face să crezi asta?

– Păi, am irosit doi ani din viață cu persoana greșită, iar acum trebuie să iau totul de la început.

Simte cum se îmbujorează.

– Ce să iei de la început?

– Nu știu, să încerc să găsesc pe cineva cu care să-mi desfășor viața?

Simte crampe în stomac când se gândește cât de disperată pare probabil în aceste momente.

Ești o mare ratată.

– Și ce înseamnă asta pentru tine? Să-ți desfășori *viața*? întreabă doctorul.

– Să locuim împreună, să ne căsătorim, să facem copii, să mergem în vacanțe, să vedem lucruri, să trăim experiențe – nu știu, să fac lucruri normale pe care oamenii normali le fac la vârsta mea.

Trage de nas și își ciupește nasul în zona ochilor.

Te rog n-o face.

Ochii îi strălucesc și își mușcă buza de jos ca să nu mai tremure.

Nu nu nu nu nu nu nu.

Liniștea este spartă de o înghițitură în sec.

Doctorul Hicks se uită fix la ea, ceea ce nu o ajută deloc. Știe că e pe punctul de a izbucni în plâns. Poate chiar asta și vrea. O să dea bine la televizor.

Hai că începe.

Ia un șervețel și își șterge repede lacrima care îi curge pe obraz. Își dă drumul la buză, ia o grămadă de șervețele și începe să plângă.

– De ce plângi? întreabă doctorul Hicks, fără să se miște vreun pic. Pur și simplu stă acolo și se holbează la ea. Nu o ajută. Nu îi pasă.

– Mă urăsc, sunt atât de jalnică.

Se chinuie să respire printre bocete, luând și mai multe șervețele ca să își ascundă fața urâtă și plângăcioasă de cameră. Când lasă mâinile jos, unul dintre șervețele rămâne lipit de ochiul ei. Îl trage repede.

Asta e. Asta e faza. Faza care va fi transformată într-un meme.

– Îmi pare atât de rău. Nu am crezut că o să fiu atât de emotivă, zice ea, înainte să-și sufle nasul, sperând din tot sufletul că nu o să-i sară mucii peste tot când își va retrage mâna. Am crezut că am trecut peste. Nici măcar nu m-am simțit atât de tristă când m-a părăsit Jamie – am fost doar furioasă. Astea sunt lacrimi de furie.

– Este perfect normal să plângi. Și este perfect normal să simți furie. Dar pe cine ești furioasă?

– Pe el... Pe mine.

– De ce? întreabă el.

Amy inspiră și expiră cu putere prin buzele tremurânde. Se uită în jos și începe să desfacă șervețelele.

– Am crezut că am totul aranjat. Am crezut că o să mă căsătoresc. Am crezut că o să am copii, că o să fiu la fel ca multe dintre prietenele mele care sunt cu mult înaintea mea. Acum mă gândesc că nu am nicio speranță. Sunt singură din nou. Am pierdut doi ani din viață și nu o să mai găsesc pe nimeni altcineva. O să fiu singură pentru totdeauna, fără copii, familie sau prieteni. O să mor singură, fără cineva alături care să mă iubească. Și cel mai probabil, chiar merit asta. Am putut să văd că Jamie nu este potrivit. Am văzut semnele. Semnele uriașe cât un anunț publicitar, cu lumini neon, care mi-au urlat în față „Nu e el alesul! Nu te face fericită!" Sunt furioasă pentru că m-am dezamăgit pe mine însămi și mi-am distrus șansele de a avea o viață normală și fericită. Care e problema mea? De ce am gusturi atât de proaste la bărbați?

– Amy, crezi că este ceva în neregulă cu tine?

– Nu știu.

Vocea îi tremură din nou, dar acum șervețelele sunt făcute bucăți și nu mai are în ce să-și îngroape fața. Își apasă ochii cu pumnii.

– Sunt urâtă, sunt grasă, sunt bătrână, sunt plictisitoare? Am grăsime pe brațe, nări mari și respir prea tare? zice ea cu viteza luminii.

– Așa te-ar descrie prietenele tale?

– Nu. Dar probabil sunt prea ocupate ca să mai știe cum sunt acum, se smiorcăie ea. După ele, poate că am fugit cu niște circari, m-am căsătorit cu un călător și am făcut trei copii unul după altul. De fapt, dacă aș avea trei copii, m-ar băga din nou în seamă. Copiii sunt biletul spre clubul adulților.

– De ce sunt atât de ocupate?

– Au peste treizeci de ani. Planifică petreceri înainte de nașterea bebelușilor, aniversări, își renovează subsolul, fac rezervări pentru vacanțe în familie. Știu că nu e vina lor, asta e viața pe care trebuie să o ducă. Asta e viața pe care trebuie să o duc și *eu*. Dar eu continui să fac alegeri extrem de proaste care mă îndepărtează din ce în ce mai mult de asta.

– Te compari destul de des cu prietenele tale? întreabă el.

– Nu, minte ea.

– Dar ce spui despre rețelele de socializare – le folosești?

Apucă iPad-ul și scrie ceva.

– Văd multe femei de vârsta ta care cred că prietenele lor duc vieți mai bune decât este adevărat, din cauza a ceea ce văd pe Instagram și pe Facebook.

– Nu chiar.

Da! Tot timpul!, asta ar trebui să răspundă. Ar trebui să spună: „Apelez la rețelele de socializare de fiecare dată când aștept ceva. Am treizeci de secunde pentru ca ibricul să fiarbă? E suficient timp pentru câteva stories[1]. Prind roșu la semafor? Trebuie să văd ce a mai făcut lumea în ultimele treizeci de minute. Urc pe scări și trebuie să fiu atentă pe unde calc? Plictisitor! Trebuie să știu cu cine a fost Sarah la bar, nu-mi pasă dacă o să cad și o să-mi rup gâtul".

Adevărul este că ecranul telefonului îi urează zilnic bună dimineața și noapte bună. Iar scenariul nu se schimbă niciodată.

1. Deschide Instagram
Te uiți la stories, după care dai în jos. Te simți deprimată când vezi unde e @lottietheexplorer. Te simți și mai deprimată când vezi că noua bucătărie a lui Jane este cât apartamentul tău.

2. Deschizi Facebook
Treci de o adunătură de postări sponsorizate despre slăbit. Dai click pe un link care te duce pe un site cu cele mai bine îmbrăcate animale de companie. Te urăști pentru că îți irosești viața.

---

[1] Poze sau filmulețe de pe aplicația Instagram ce sunt valabile o zi (n.tr.)

3. Deschizi Mail Online
Ascunzi ecranul să nu-l vadă Jamie. Eviţi orice are legătură cu *Love Island*. Termini un articol despre celebrităţile puţin cunoscute care s-au îngrăşat. Juri că vei şterge aplicaţia mâine.

Brusc, iPad-ul doctorului Hicks e în faţa ei, întrerupându-i visarea.

– Amy, vreau să îmi explici ce faci în poza aceasta.

Lui Amy îi ia câteva secunde să-și dea seama la ce se uită.

– De unde aţi făcut rost de asta? întreabă ea, confuză.

E o poză de la nunta Angelei de acum trei ani, când aceasta a aruncat buchetul de mireasă. În spate se vede un grup de femei care îl aşteaptă cu ochi înflăcăraţi și guri care urlă, înghesuindu-se una peste alta ca să-l prindă. Amy nu face parte din acel grup. Stă deoparte, părând plictisită, cu o mână pe lângă corp și cealaltă ţinând un pahar de șampanie. Amy își aduce aminte de petrecerea de la nuntă de parcă ar fi fost ieri. Ei bine, nu chiar petrecerea în sine. Mai mult ziua următoare, când toată lumea i-a dat mesaj să-i spună că s-a simţit atât de bine cu unchiul lasciv, în vârstă de cincizeci de ani, al Angelei, în timp ce dansau. A simţit că moare. A fost ultima dintr-o serie de alegeri teribile pe care le-a luat când era beată și ameţită, în urma despărţirii de Ben. Era singura femeie fără partener de la petrecere, a vrut să se simtă dorită în acea noapte și după două sticle de vin, mergea și el. Nu a băut o lună întreagă după acea zi.

– Au găsit-o cercetătorii noștri, continuă doctorul Hicks. Aş vrea să ştiu la ce te-ai gândit în acel moment, spune el.

– M-am gândit că aruncarea buchetului le face pe femei să arate foarte jalnic. Ca și cum toate am fi disperate să ne căsătorim. Ca și cum am fi rivale, și ne-am lua la întrecere să vedem care ajunge prima la altar. Nu am vrut să iau parte la așa ceva din cauză că am principii, spune ea, începând să se adune.

– Interesant.

Ia iPad-ul din faţa ei, îl așază în mijlocul mesei și se uită din nou la ea.

– Și spui că vrei *cu adevărat* să te căsătorești?

– Nu am vrut să prind buchetul pentru că m-am gândit că ar fi rușinos. Nu înseamnă că nu vreau să mă căsătoresc.

El dă din cap și apasă pe ecran.

– Amy, mai o întrebare pentru tine.

– Bine.

Își adună șervețelele.

– L-ai iubit pe Jamie? întreabă bărbatul.

– Da, răspunde ea, puțin în defensivă.

– Ce ai iubit la el? întreabă doctorul.

Nu-i vine nimic în minte. Ce a iubit la Jamie?

Piele frumoasă. Zâmbet drăguț. Dinți albi. Nu are nicio boală. Folosește mașina de spălat vase. Pregătește cina. Are serviciu. Nu trăiește într-o cutie de carton. Inteligent.

– Era inteligent, răspunde Amy, Scuze, vreau să spun că *este* inteligent.

– Inteligența este un lucru important pentru tine când vine vorba de un partener?

– Da, desigur.

– De ce?

– Păi, e mai ușor de conversat, presupun, zice ea.

– Despre ce vorbeați tu și Jamie.

– Multe lucruri. Despre viață. Afacerea lui. Problemele din prezent.

Adevărul este că toate conversațiile cu Jamie au fost seci în ultimele luni. Interacțiunile se învârteau în jurul a cât lapte mai aveau în frigider, ce voiau să mănânce la cină și dacă Jamie se ducea la sală. Ocazional, ajungeau să discute despre Headplace. Jamie îi cerea opinia lui Amy pentru un logo; ea îl alegea pe preferatul ei, iar el alegea oricare altul. Învățase cu mult timp în urmă că nu e bine să aducă vorba de locul ei de muncă. Răspunsul lui standard ar fi fost: „Nu sunt sigur, purcelușă. Fă ceea ce trebuie să faci", care nici nu avea logică de cele mai multe ori. Nu a fost mereu așa. La început a fost implicat. Interesat. A ajutat-o cu CV-ul, ba chiar a citit câteva dintre scrierile ei și a lăudat-o. Dar după un an în care depusese eforturi, putea s-o lase moale și să se relaxeze. O prinsese. Nu avea unde să plece la vârsta ei, iar el știa asta.

– Amy? Doctorul Hicks se apleacă în față.

– Da, mă scuzați.

Ea clipește și revine în cameră.

– Te-am întrebat, ați vorbit vreodată despre relația voastră?

– Uneori, răspunde ea. *Niciodată.*

– Și despre ce ați vorbit? Poți să-mi dai un exemplu?

– De curând mi-a dat cheia apartamentului său și mi-a spus că pot să vin și să plec oricând vreau, zice ea. Ei bine, atâta timp cât îl anunț înainte.

Doctorul Hicks se holbează la ea.

Da, mulțumesc. Acum îmi dau seama cât de prostesc sună. Dar cheia a demonstrat că relația noastră este serioasă. Nu-i dai cuiva o cheie dacă ai de gând să te desparți.

– Și ați vorbit despre ce a însemnat acea cheie pentru relația voastră?

– Nu, m-am gândit că nu este nevoie. Era ceva simbolic.

– Ați discutat vreodată despre viitorul vostru? Căsătorie, copii, genul acesta de lucruri?

I-a spus odată „soțioară" când trecea printr-o fază în care îi dădea prânzul la pachet. Nu făcea asta ca să facă pe „soțioara", ci ca să economisească bani. Comentariul a iritat-o și a bucurat-o în același timp. A iritat-o pentru că a făcut-o să se simtă servilă, și a bucurat-o pentru că gândea asta despre ea. Și apoi a fost iritată de faptul că s-a bucurat.

Nu poți să spui asta în fața camerelor. O să arăți ca o tâmpită.

– Mi-a spus „soțioară" o dată, zice ea.

Of, Amy.

Doctorul Hicks se holbează la ea din nou.

Femeia oftează, se freacă sub ochi, conştientă de rimelul care i s-a întins pe obraji.

– Nu, nu chiar. Scuze, e greu să mă gândesc la exemple aşa deodată când sunt filmată. Am nevoie de mai mult timp. Am nevoie de o pauză.

– Bine, Amy. Cred că e de ajuns pentru azi.

– Asta am spus şi eu.

Ia iPad-ul şi începe să scrie pe el, lăsând-o pe Amy să se întrebe dacă ar trebui să-şi ceară scuze faţă de cineva. Nu crede că a spus nimic jignitor, dar poate că ar trebui să-şi ceară scuze pentru că a fost un dezastru plângăcios.

– Am o temă pentru tine. Aş dori să lucrezi la ea până săptămâna viitoare, când vom avea următoarea şedinţă.

Doctorul Hicks se ridică şi merge spre imprimanta care se află în capătul opus al camerei.

Amy se uită la ce poartă. Un pulover maro. Pantaloni maro. Încălţăminte maro. Hainele lui sunt uzate şi smocurile de păr care i-au mai rămas sunt neîngrijite. Probabil că se apropie de şaizeci de ani. Nu are verighetă, dar la urma urmei, nu toţi bărbaţii le poartă.

– Nu pot să cred că Pete poartă verighetă, a zis Jamie cândva, râzând, în timp ce se urcau într-un taxi după ce plecau de la cina organizată de Jane anul trecut – ultima cină la care au mers împreună. Cât de sub papuc poate să fie?

Amy ura acea expresie, şi îi mai ceruse lui Jamie să nu o folosească.

– De ce să n-o poarte? l-a întrebat Amy, simţind cum i se strâng degetele de la picioare.

– Femeile poartă inele. Bărbaţii adevăraţi poartă ceasuri Rolex.

A ridicat din sprâncene şi şi-a lăsat bărbia în jos în stilul acela care însemna „Eşti aşa de prostuţă". Amy ura şi iubea totodată acea expresie. Era aşa de arogantă. De ce i se păruse sexy?

– Bărbații adevărați nu ar trebui să-și facă griji dacă arată sau nu ca niște bărbați adevărați, a răspuns ea, privind pe geamul taxiului de care se izbeau picăturile de ploaie. Ar trebuie să poarte ce le place. Consider că dacă femeile poartă verighete, nu are niciun sens ca bărbații să nu le poarte.

– De când ai devenit tu o mică feministă? face el. E purcelușa pitică într-o misiune de a distruge patriarhatul?

– Nu.

I se făcuse pielea de găină. Nu-și dădea seama dacă din cauza faptului că vorbele lui o făceau să se cutremure sau pentru că o săruta pe gât.

– Purcelușa e într-o misiune în care va dovedi că ești un porc sexist.

Apoi el a guițat în urechea ei, a făcut-o să râdă și a pus capăt conversației.

Cum a putut să treacă peste un astfel de comentariu? În ce punct a devenit atât de delăsătoare cu standardele ei? Ce i s-a întâmplat? Amy cea de douăzeci de ani ar fi oprit imediat taxiul, s-ar fi dat jos și ar fi luat-o la sănătoasa, anunțându-l încrezătoare să nu o mai sune niciodată. Asta s-a întâmplat: a ajuns la vârsta de treizeci de ani și a descoperit Frica. Frica de a nu-l mai găsi pe Ales. Și dacă nu-și dorea să moară singură, să fie mâncată de pisici, trebuia să accepte comportamentul acela inacceptabil.

Imprimanta zumzăie și îi întrerupe șirul de gânduri. Doctorul Hicks se întoarce la locul său cu o singură coală A4 pe care sunt trecute trei întrebări.

Amy Wright, Ziua a Patra
Sesiunea întâi: temă

1. Când te-a făcut Jamie să te simți fericită în relația voastră?
2. Când te-a făcut Jamie să te simți nefericită în relația voastră?
3. Spune lucrurile de care ai nevoie pentru a te simți fericită într-o relație.

Amy citește lista de întrebări, iar doctorul Hicks îi oferă un pix.

– Vom discuta răspunsurile tale data viitoare.

Se așază și începe să umble pe iPad din nou.

– La revedere, Amy. Succes cu bebelușul.

– Mulțumesc, zice ea, ridicându-se și toate șervețelele se împrăștiară pe jos.

Capitolul zece

– Poţi să ţi-l iei înapoi acum, urlă Jackie de după capul bebelușului fals, cu ochii lui sticloși și gura acoperită de coji.

– Al tău unde e? întreabă Amy, amuzată, apucându-l și ţinându-l la o lungime de un braţ.

Pute.

– Sub o pătură unde nu poate fi văzută, auzită sau mirosită! comentează Jackie, îndepărtându-se de ea. De ce naibii ţi-ai dori un bebeluș în viaţa reală, chiar nu înţeleg! M-ai auzit, Aaron? De ce ai vrea să treci printr-un coșmar nenorocit?

Jackie se aruncă pe canapea și oftează adânc.

– Nu-mi spune că vrei unu d-ăsta? o întreabă pe Amy.

– Vreau. Într-o bună zi. Sunt singură la părinţii și mereu m-am gândit că o să fie distractiv să am o familie.

– Aa. Jackie ridică mâna să bată palma cu ea. Și eu fac parte din Clubul Copiilor Singuri la Părinţi. A folosit vreodată Jamie chestia asta împotriva ta? Aaron mereu îmi spunea că am „sindromul copilului singur la părinţi". Care însemna că sunt egoistă și răsfăţată. Se pare că nu-mi pasă de nimeni altcineva în afară de mine și de tatăl meu.

– Jamie îmi spunea că am sindromul copilului singur pentru că voiam prea multe, ceea ce nu era deloc adevărat. Cred că doar voia să aibă ceva cu care să mă atace. Părinţii tăi te-au răsfăţat? Cred că ai mei da.

– Părintele. Am crescut doar cu tata. Mama ne-a părăsit când eram bebeluş. Nu a avut prea multe cu care să mă răsfeţe, dar cred că am fost foarte apropiaţi. Nu lăsa prea mulţi oameni să se apropie de mine. Asta l-a deranjat pe Aaron.

Se uită în jos. Amy o vede cum înghite.

– Sper că tata o să fie bine fără mine. Chestia e că-l văd în fiecare zi acum că a înaintat în vârstă. Mă simt foarte egoistă, chiar dacă fac asta pentru el.

Inspiră puternic şi expiră rapid.

– Sper doar că am luat decizia corectă pentru noi, când am ales să rămân. Mă refer la mine şi la tata. Nu la Aaron. Ticălosul ăla cu inimă de gheaţă nu ştie ce e aia familie – n-are decât să se ducă dracului.

– De ce ai decis să rămâi? o întreabă Amy pe un ton moale.

– Cred că am nevoie să scap de realitate o perioadă. Şi adevărul e că avem nevoie de bani. Emisiunea asta poate că vrea să mă ajute să găsesc o relaţie pe termen lung, dar momentan nu am nici cea mai mică intenţie să mai accept un alt bărbat în viaţa mea. În vieţile noastre, presupun. Trebuie să-l includ şi pe tata. Ne-a mers foarte greu în ultima vreme. Anul trecut mi-am pierdut locul de muncă şi în consecinţă nu am putut să-l mai ajut pe tati la fel de mult cum îl ajutam înainte. Vreau să câştig pentru el. Să-i ofer o viaţă mai bună. Să-l răsplătesc pentru toate sacrificiile pe care le-a făcut pentru mine. Numai că n-am nicio idee cum o să mă prefac că sunt „demnă de păstrat" când eu sunt exact opusul. M-am gândit că poate o să obţin puţină publicitate de pe urma emisiunii, chiar dacă nu o să câştig. Scuze, poate ţi-am dat prea multe informaţii. Şi Aaron care credea că sunt bună la ţinut secrete. Nenorocitul ăla nu mă cunoaşte nici cât negru sub unghie.

– Păi dacă tatăl tău are televizor, măcar poate să te vadă în fiecare zi. Sunt sigură că este entuziasmat că eşti aici.

Amy zâmbeşte şi o îmbrăţişează dintr-o parte.

– A părut entuziasmat. Bine, mai mult confuz de fapt. L-am sunat înainte să mă bag ca să mă asigur că o să fie bine. Nu știam nici eu în ce mă arunc, dar i-am zis pe ce canal și la ce oră să se uite. Suntem o echipă foarte unită, eu și tata. Nu aș lăsa niciodată pe nimeni și nimic să se bage între noi.

*

Ben nu vrea să se culce odată. Din nou, fir-ar el să fie. O ține trează de trei zile încoace. E ora unu noaptea, și Amy se plimbă de colo-colo cu el în brațe de peste două ore. Toată lumea s-a culcat demult și simte c-o s-o ia razna din cauza oboselii.

Cu siguranță bebelușii adevărați nu pot să plângă atât de mult timp, și atât de tare, nu? Se gândește că poate ar fi bine să se ducă în Camera de Conversații ca să raporteze că Ben dă eroare. Cum se descurcă părinții adevărați cu copiii adevărați? Se gândește la Jane și la gemeni și se simte vinovată că s-a gândit mereu că Jane profită de chestia cu „e așa de greu să fii mamă". Și Jane are parte de tortură dublă. Amy nu poate face asta. Nu o să reușească niciodată să facă asta. Se chinuie atâta și cu ăsta, și nici măcar nu e real.

– Cum te descurci? șoptește tare o voce dinspre ușa dormitorului, și Amy sare speriată.

Kathy vine pe vârfuri în sufragerie, verifică ce face bebelușul ei cuminte Ruth și se apropie de Amy cu brațele întinse, oferindu-se să-l ia pe Ben.

– Ăă, mulțumesc – mă omoară brațele, spune ea în timp ce și le freacă și se așază pe canapea.

Ia o gură de ceai după care o scuipă la loc în cană când vede că e rece ca gheața. Nici măcar nu poate să bea niște ceai.

– Cum naiba ai reușit să faci asta, Kathy? întreabă ea.

– Dacă îți zice cineva că a fi părinte înseamnă că totul e roz, te minte. Este cea mai grea slujbă pe care am avut-o vreodată. Deși presupun că nu înseamnă prea mult de vreme ce este *singura* slujbă pe care am avut-o.

Smiorcăielile lui Ben se transformă într-un scâncet încet și pare că se potolește.

– Păi, e clar că nu am ce-mi trebuie, oftează Amy.

Se simte inutilă.

– Nu-ți face griji, doar te testează.

Aruncă o privire spre camerele de pe tavan.

– Nu trebuie să mă testeze pe mine, am mai făcut asta înainte. Provocarea aceasta e puțin irosită pe o femeie de vârsta mea.

– Poate că ești aici ca să ne arăți ce să facem. Deși habar n-am ce ai făcut ca să-l aduci în starea asta.

Ben s-a oprit din plâns de tot și acum răsuflă puternic, dormind buștean.

– Îmi place mult că sunt mamă, dar cu siguranță nu a fost visul meu. Am vrut să mă fac asistentă medicală. După care a apărut Jeremy în viața mea și am avut primul nostru copil. Apoi l-am avut pe al doilea.

Oftează, punându-l ușor pe Ben în pătuțul lui.

– Ce mă supără cel mai mult este că într-un fel am știut că vom ajunge să divorțăm. Am avut un presentiment ciudat. Nu mulțumea niciodată oamenilor care îi făceau loc să treacă. În mașină. Mereu a crezut că este mai bun decât oricine altcineva și că poate să-i cumpere pe toți. Știi genul acesta de bărbat?

Amy știe exact. Unul dintre lucrurile pe care le ura cel mai mult la Jamie era că nu dădea niciodată voie oamenilor să treacă. Atunci când mergea pe stradă, mereu mergea în linie dreaptă, făcând pe toată lumea să se dea din calea lui. Nu-și cerea niciodată scuze. Amy se dădea la o parte ca să îi ajute pe oameni să treacă, iar el pur și simplu mergea mai departe. Adesea ajungeau să meargă separat, cu el călcând cu pași mari înainte. Odată s-a oprit să vadă cât îi va lua să observe că nu mai e lângă el. A ajuns atât de departe încât nu a mai văzut-o deloc și i-a dat un mesaj să-i zică să se grăbească.

Conversaţia lor i-a oferit lui Amy o idee bună de blog. 99 de Semnale de Alarmă, un site pe care femeile să poată scrie despre semnalele de alarmă cu care au avut ele de-a face și la care trebuie să ai grijă.

– Oricum, continuă Kathy, l-am întâlnit pe Jeremy exact după ce mi-am luat certificatul de asistentă medicală. Totul a fost o harababură. M-am logodit după șase luni, m-am căsătorit după un an și am rămas însărcinată după un an și jumătate. Afacerea lui cu mașini mergea bine, așa că am decis amândoi că nu era nevoie să lucrez și eu. Că ar fi mai bine pentru familie dacă aș rămâne acasă și aș avea grijă de toate.

– Păi, asta funcţionează pentru unele familii, adaugă Amy, gândindu-se la cât de plictisitoare ar fi o astfel de viaţă.

– Nu știam ce fac, nu eram suficient de înţeleaptă să iau acea decizie. Și părinţii mei au considerat că este o idee bună, dar ei erau din altă generaţie. Am fost fericiţi mult timp și am uitat că îmi dorisem să devin asistentă. Ne simţeam confortabil așa. Aveam acea senzaţie de stabilitate și îmi plăcea că puteam să petrec atât de mult timp cu copiii. Aveau nevoie de mine, și m-am simţit bine îngrijindu-i. Bineînţeles, când au ajuns la adolescenţă, nu au mai avut așa multă nevoie de mine. Și nici Jeremy. La acea vreme deschisese sedii noi în ţară și era plecat de acasă mai tot timpul. Era ca și cum ajunsesem la o pensionare timpurie. Părea prea târziu să mai încep o carieră. Am terminat prin a pierde timpul prin casă fără nimic de făcut și fără copii de care să am grijă. Odată ne-am certat foarte tare pentru că era plecat atât de mult. Mi-a spus că devenisem pretenţioasă și plictisitoare. Că nu mai eram de folos nimănui și că aș putea foarte bine să fiu pusă pe un iceberg și să plutesc pe mare.

Amy se abţine să nu râdă din cauza șocului la auzul unei asemenea replici. Cum a putut să mai rămână Kathy după asta?

Dar la urma urmei, cum a putut Amy să rămână după ce Jamie i-a spus că este plictisitoare? I s-a întâmplat și ei asta. Și totuși a rămas cu el.

– Au mai fost un milion de alte semnale de alarmă, dar eu le-am ignorat. Nu aveam bani și experiență reală. Pe lângă asta, nu era mereu rău cu mine. Când a venit acasă a doua zi mi-a adus flori și ciocolată. Am ieșit la cină și mi-a spus că arăt drăguț, a fost primul compliment pe care mi l-a făcut după ani de zile. I-a părut rău pentru ce spusese. Așa că am continuat, sperând că odată ce se va pensiona vom putea s-o luăm de unde am rămas, atunci când aveam douăzeci de ani. Apoi, cam cu optsprezece luni în urmă, insultele au continuat, dar scuzele nu au mai venit. Apoi am găsit în mașină un elastic de păr care nu era nici al meu, nici al fiicei noastre. Și cu trei luni în urmă mi-a zis că totul s-a terminat, că a întâlnit pe cineva cu care se potrivește mai bine. Că este fericit. Și că vrea ca eu să încep să-mi fac planuri să mă mut. După treizeci de ani. Știam că acela e sfârșitul, doar că nu știam cum să o iau de la capăt.

Amy se întreabă ce ar fi făcut ea dacă ar fi fost în acea situație. Îi place să creadă că ar fi avut o revenire spectaculoasă, l-ar fi lăsat baltă pe Jamie, s-ar fi schimbat radical și ar fi întâlnit un miliardar chipeș. Dar filmele nu sunt reale. Poate că s-ar fi mutat cu părinții ei și ar fi petrecut următoarele trei luni urmărind-o neîncetat pe noua lui iubită pe Facebook.

– I-ai făcut mașina praf cu o bâtă de baseball, în stilul lui Beyonce?

– În mod surprinzător, am reacționat destul de calm. Știam de relație, așa că așteptam să recunoască odată. Numai când mă uitam la el mi se făcea rău. Dar nici nu voiam să mă mut, pentru că nu aveam unde să mă duc. Așa că am refuzat să-i dau divorțul și nu avea cum să mă dea afară deoarece casa era pe numele nostru. Știu că sună răutăcios, dar m-am bucurat să-i văd fața plină de furie când am continuat să trăiesc acolo ca și cum totul era normal și conversația aceea nu s-ar fi întâmplat niciodată. Ca și cum nu apăruse o nouă femeie care locuia dintr-odată în casa mea, dormea în camera liberă de deasupra garajului în care Jeremy dormea de un an. Și apoi, s-a întâmplat emisiunea asta. Îţi vine să crezi că mi-a zis că vrea să luăm prânzul în familie cu copiii? Chiar de ziua mea, nenorocitul. În fine, chiar mă bucur că sunt aici. Este cel mai palpitant lucru care mi s-a întâmplat vreodată și singura șansă pe care o voi avea în viaţă să câștig un milion de lire. Dar nu e doar asta. Vreau să dovedesc că pot face asta de una singură, că pot să fiu cineva și fără familia mea.

– Păi, mi se pare extraordinar că iei totul cu atâta calm. Când Jamie m-a părăsit aici, am fost un dezastru total.

Amy își amintește cum a plâns și a ţipat în Camera de Conversaţii în faţa tuturor, și se strâmbă.

– Nu mi-aș face griji pentru asta. Și altele ar reacţiona la fel. Amy, tu ai toată viaţa înainte. Măcar tu nu ai mai pierdut atâta timp cu fostul tău. Altfel ai fi ajuns la fel ca mine.

– Nu pare chiar atât de rău, zice Amy.

– Într-adevăr, am rămas cu doi răsfăţaţi frumoși. Nu pare să le pese că s-a terminat, sunt prea ocupaţi să-și cheltuie salariile prin baruri.

Kathy se îndreaptă către dormitor.

– Dar chiar îi iubesc.

Ben începe să scâncească în timp ce Kathy pleacă, iar Amy își pune capul sub pernă, rugându-se să tacă din gură. Kathy are dreptate. Măcar ea a irosit doar doi ani din viaţă – nicio clipă în plus. N-ar mira-o dacă Jamie și-ar dori un model mai tânăr peste zece ani. Mereu a vrut ca oamenii să creadă că are ce e mai bun. Poate despre asta e vorba. Poate că a întâlnit pe altcineva. Dacă ar avea telefonul la ea, ar putea să vâneze indicii. Îl urăște în momentul de faţă, dar gândul că ar putea fi cu altcineva o oripilează.

Capitolul unsprezece

Amy șterge vomă de pe podeaua din bucătărie pentru a treia oară în acea dimineață. Lichidul galben a căzut și pe papucii ei și i-a intrat printre degete. Dacă ar fi adevărat, i-ar veni și ei să vomite. Este uimită de faptul că producătorii au creat aceste bucăți de plastic care funcționează anatomic. Mâncarea falsă cu care îi hrănesc femeile iese afară în două moduri, și Amy a devenit o maestră reticentă la curățare.

Unele colege nu s-au acomodat cu maternitatea falsă la fel de bine ca celelalte. Mai devreme în acea dimineață, Amy a văzut-o pe Jackie cum o bate la fund pe Alice cu un furtun de grădină, ținând-o de cap. Gemma a folosit-o pe Bel pe post de greutate.

– E o beltate, te-ai prins? râdea ea, înainte să-și continue exercițiile pentru bicepși, pupând capul bebelușului cu fiecare ridicare. Ar fi cel mai mișto story de pe Instagram, nu-i așa? adăugă ea, înainte s-o lase pe Bel jos pe canapea și să se trântească lângă ea cu un oftat puternic.

– Doamne, nu pot să cred că suntem aici de o săptămână. Pierd atâtea stories în timpul ăsta. Nu o să reușesc niciodată să le mai văd. Și o să am și o tonă de comentarii de citit.

Celelalte se descurcă puțin mai bine. Pentru Kathy, provocarea e extrem de ușoară. O calmează, o hrănește și o culcă pe Ruth fără niciun oftat, țipăt sau o sticlă întreagă de Sauvignon blanc. Hattie este o mamă atentă și o cară pe micuța ei Sophie prinsă de șold nonstop. A avut probleme potrivit Peretelui deoarece lumea a acuzat-o că sufocă bebelușul la miezul nopții. Au urmat lacrimi și scuze.

Spre surprinderea lui Amy, Lauren pare să aibă atingerea magică, deşi a părut cea mai puţin maternă dintre ele. Seb este de departe cel mai cuminte bebeluş din casă.

Când Amy a întrebat-o dacă a pus cumva şi whisky în laptele praf pentru bebeluş, aceasta doar a dat din umeri.

– Cred că atunci când eşti DJ, te obişnuieşti cu oboseala. Şi-mi aduc aminte că sora mea a zis că trebuie să te ţii de o rutină când ai un bebeluş. Aşa că fac aceleaşi lucruri iar şi iar. E al dracului de plictisitor, dar se pare că funcţionează.

Când Ben nu plânge, vomită. Şi când nu vomită, plânge. Când se plânge cu voce tare, primeşte nişte sugestii foarte utile din partea publicului.

@allyal1984 Două cuvinte, Amy – bandă adezivă :)))) #raftul #părinterău

@lovaboyv247 Ai încercat să-i dai să sugă? Scoate-ţi sânii la vedere! #raftul #balcoane

– Of, bărbaţii sunt dezgustători, zice Gemma în timp ce sare pe lângă televizor, ţinând-o pe Bel în dreptul pieptului.

– Ed Sheeran pare de treabă, spune Amy, şi-l pune jos pe Ben să îşi facă nevoile.

– La fel şi Benetton Cumbercross[1]! strigă Hattie de pe hol.

Amy dă să o corecteze, dar se opreşte. E pe aproape.

Când Amy revine la canapea, îl găseşte pe Ben plângând pe podea. Îl ridică şi se uită neliniştită la Perete. Desigur că boacăna ei nu a trecut neobservată.

@samirmu200 Ha! Amy e o proastă. N-aş lăsa-o să aibă grijă nici de peştişorul meu de aur! #raftul

@erina Toată lumea ştie că nu poţi lăsa un bebeluş singur! Niciodată! Am crezut că o să se descurce mai bine... #raftul

---

[1] Benedict Cumberbatch (n.tr.)

– Am fost plecată o secundă! Dumnezeule, cum ar trebui să meargă la baie mamele? Nu vreau să-l ţin în braţe în timp ce fac pipi, e ciudat.

Îl duce pe Ben în dormitor pentru somnul lui de dimineaţă. După şapte zile în această grădină zoologică umană, a devenit unul dintre momentele ei preferate ale zilei, alături de somnul lui de după-amiază și cel de noapte. Începe să-și dea seama că nu va fi niciodată ca Hattie, nu se va juca de-a v-aţi ascunselea cu Sophie timp de două ore. Sau ca Lauren, care face aceleași lucruri în fiecare zi. Sau precum Kathy, care şi-a devotat întreaga viaţă unor copii care oricum vor pleca în cele din urmă.

Poate că a fi mamă nu este atât de minunat precum se spune.

Poate că toată lumea se preface.

Cel puţin Amy a scăpat uşor cu problema ei cu baia. Jackie e certată tare pentru cum s-a comportat cu Alice.

#frenchiefanatic_2 Nu e o pereche de pantaloni, tâmpito! #jackie #raftul

#candykan90 Abuzează de un copil! Ar trebui chemate la serviciile sociale! #jackie #raftul

– Cine e moderatorul comentariilor ăstora? întreabă Amy tare, prefăcându-se că nu-l poate auzi pe Ben urlând din dormitor în timp ce intră în încăpere. Comentariile de genul acesta ar putea face pe cineva să-și piardă controlul.

– Real TV nu dă doi bani pe asta, Amy, răspunde Jackie, aruncând-o pe Alice ca pe o minge. Nu le pasă decât de ratinguri. Dacă cineva își pierde controlul, cu atât mai bine.

– Nebunilor, comentează Lauren, legănând-o pe Seb pe genunchi.

– Amy! Ben are nevoie de ceva! strigă Hattie din dormitor.

– Ahhh, geme Amy, cu capul plecat în poală.

– Ești bine? o întreabă Gemma. Vrei să mă duc eu?

– Nu, e în regulă, doar că sunt ostenită.

Se freacă la ochii roșii care o mănâncă.

– Sunt singura de aici care-și urăște bebelușul?

– Bel este un „benis", Gemma zâmbește, mândră de ea. Am inventat asta mai devreme. Gândește-te doar la bani, Ames.

Când Amy ajunge la Ben, bebelușul zace din nou înconjurat de vomă. O să se bucure așa de tare când o să-l vadă dispărând pe tâmpitul din plastic urât mirositor, de-ndată ce se va termina provocarea cu maternitatea.

Când intră în sufragerie cu Ben pe șold, un comentariu de pe Perete îi atrage atenția.

#tonytalks65 Amy trebuie să se îmbărbăteze și să îi crească o pereche de boașe. #lol #raftul

– Îh, ăsta e exact genul de comentariu idiot pe care l-ar face Jason, zice Gemma, întinzându-se. Pun pariu că ar fi fugit mâncând pământul dacă l-aș fi lăsat eu aici, chiar dacă ar fi fost și zece milioane de lire în joc. Ai nevoie de curaj ca să rămâi.

@smashthepat #Are deja o pereche **@tonytalks65**. Se numesc sâni. Nu ești amuzant. #sexismulnueniciodatăamuzant #raftul

@tonytalks65 Of, frate, hai c-am început. De ce nu pot să râdă femeile de ele însele? Haideți, arătați-ne un zâmbet **@smashthepat** #feministelenuștiuceeaioglumă #raftul

@smashthepat O să râdem când o să zici ceva amuzant. Atenție: trebuie să fie ceva inteligent. Un lucru care-ți va fi greu **@tonytalk65** #raftul

#tonytalk65 Care-i problema, **@smashthepat**, ai probleme cu simptomele premenstruale? Sau Boala Vacii Nebune? #amuzant #haha #raftul

– Mai tacă-ți gura, ratatule, mormăie Gemma.

Capitolul doisprezece

– E un cerc de covorașe pentru yoga în grădină, anunță Hattie, uitându-se pe geam și sorbind din ceai.

Celelalte i se alătură în fața ușii care dă în grădină, cu bebelușii într-o mână și cănile în cealaltă.

– Yoga mă face să trag vânturi, comentează Lauren. Vă cer scuze de pe acum, doamnelor.

Gemma râde și o îmbrățișează dintr-o parte.

– Deci te ador.

Țârrrrrrrr.

Jackie sare din fața geamului și o scapă pe Alice pe podea.

– La naiba! zice ea, aplecându-se să o ridice și vărsându-i cafea fierbinte pe cap. Fir-ar să fie! se fâstâcește ea, frecând capul păpușii cu mâneca.

Alice începe să plângă.

– E soneria de la ușă? întreabă Kathy.

Țârrrrrrrr.

– Imediat! strigă Hattie, dând să se îndrepte spre ușă.

– Pot s-o iau eu, Hatster, se oferă Jackie, punând cana pe o măsuță și apucând brațul bebelușului ei, Sophie, care se desprinde de corp. Hattie țipă și arată oripilată.

– O, Dumnezeule, scuze, amice.

Jackie râde și o aruncă pe Alice pe canapeaua din spatele ei, ignorându-i țipetele în timp ce păpușa zboară prin aer.

– Sunt varză la asta, nu-i așa? La naiba cu instinctele materne.

Scoate limba în timp ce pune brațul la loc în poziția greșită și creează un Sophie zombie cu un umăr dislocat, un cap aproape detașat și un geamăt profund.

Țârrrrrrrrr.

– Alo? E cineva acasă? se aude o voce înăbușită dincolo de ușă.

Țârrrrrrrrr. Țârrrrrrrrr. Țârrrrrrrrr.

Hattie o lasă fără să vrea pe Zombie Sophie cu Jackie și se duce în fugă la ușa de la intrare, iar celelalte se strâng în sufragerie și așteaptă. Aud cum se deschide ușa, după care urmează o serie de salutări ale unei voci familiare.

– E cumva... Hugo Jones? șoptește Amy.

– Așa pare, zice Gemma, dându-și ochii peste cap și aruncându-se pe canapea cu Bel în poală. E un cretin cât el de mare, oftează ea. L-am întâlnit la o conferință de influenceri anul trecut. A încercat să-mi explice cum să-mi cresc numărul de urmăritori prin targeting. De parcă nu aș fi știut asta deja. Altfel cum aș fi ajuns să am douăzeci de mii de urmăritori? Al dracului tâmpit.

– El e tipul cu „calmează-te instant"? întreabă Lauren.

Antrenorul celebru de conștientizare a sinelui Hugo Jones – sau HuJo – a devenit faimos cu #calmeazăteinstant, o mișcare ce a devenit virală anul trecut. Ideea este să te oprești din orice ai face și, oriunde te-ai afla, să meditezi timp de un minut și apoi să postezi asta pe Instagram. HuJo a strâns un număr foarte mare de admiratori, oameni care stau peste tot în poziție de yoga în chioșcuri de ziare sau în gări și – cel mai enervant – în metrou în timpul orei de vârf. O femeie a ajuns chiar și la televizor pentru că s-a calmat instant la o înmormântare, în timp ce familia ei bocea în spate. De atunci a obținut emisiune matinală de meditație săptămânală și un articol zilnic în *Metro*. Și când nu pozează fără tricou pe terasa de pe acoperiș privind către Primrose Hill, este zărit alături de vedete pop pe plajele din LA.

Lui Amy îi e ruşine să admită că-l urmăreşte, chiar dacă în mod pasiv. *Nu acum, HuJo*, se gândeşte ea de fiecare dată când dă de o postare de-a lui în care-i cere să „găsească un minut pentru meditare".

Hattie aleargă înapoi în sufragerie, pufnind.

– Este... este...

Se apleacă şi-şi pune mâinile pe genunchi, gâfâind.

HuJo alunecă în sufragerie din spatele ei, cu un covoraş de yoga la subraţ.

– HuJo! termină ea propoziţia.

– *Namaste*, doamnelor.

Apoi adaugă pe un ton mai moale:

– Cum ne simţim în după-amiaza aceasta? Vă simţiţi binecuvântate?

Îşi lipeşte palmele şi face o plecăciune, smocul de păr săltându-se şi lovindu-l peste frunte. Lui Amy îi aduce aminte de un scrot.

Este întâmpinat de nişte saluturi lipsite de entuziasm.

– Vai de mine, fetelor, nu ne simţim recunoscătoare pentru ziua de azi?

Se uită în jur.

– Ce e cu încruntăturile astea?

– Eu sunt, intervine Hattie, zâmbind.

Stă chiar lângă el şi pare hipnotizată.

– Ăsta-i spiritul, Hattie. Acum, urmaţi-mă. Sunt aici ca să vă fac fericite!

O secundă mai târziu, toţi bebeluşii se opresc în acelaşi timp.

– Ei, drăcie, chiar mă bagi în sperieţi, comentează Lauren, punându-l pe Seb în pătuţul său.

Colegele de casă îşi ocupă locurile pe covoraşele de yoga de afară, iar HuJo îşi dă jos cămaşa. A fi dezbrăcat de la mijloc în sus pentru o şedinţă de conştientizare nu pare ceva necesar.

– În primul și-n primul rând, doamnelor, – HuJo își arcuiește spatele și își întinde brațele ca să-și arate abdomenul cu pătrățele –, vă mulțumesc pentru că sunteți aici cu mine astăzi.

Închide ochii și inspiră pe nas.

– Avem de ales? bombăne Gemma.

HuJo deschide ochii.

– Alegerile sunt exact motivul pentru care mă aflu aici. Vreți să știți care este unul dintre cele mai mari adevăruri ale vieții? Nu putem alege mereu ce ni se întâmplă, dar putem alege mereu cum să reacționăm. Astăzi, o să vă învăț pe voi, fetelor, cum să nu mai reacționați exagerat. Se numește Rămâi Calm.

Privește grupul de femei, așteptându-se la un răspuns. Dar este dezamăgit.

– Când spun să rămâneți calme, la ce credeți că mă refer? continuă el.

– A, știu eu! Rămâi calm și dă-i înainte! strigă Hattie, entuziasmată. Mama mi-a luat o cană cu asta de Crăciun.

– Pe cana mea scrie „Rămâi supărată și distruge boașe!“ răspunde Lauren.

El ignoră chicotelile.

– Glumesc. De fapt e un steag pe care-l țin deasupra patului.

Din nou, nimic.

– Când spun calm, mă refer la C-A-L-M, spune el pe litere. C este de la „ia în considerare reacția ta“. A este de la „afișează un zâmbet“. L este de la „las-o să treacă“. Și M vine de la „modifică lucrurile în bine“. A fi C-A-L-M în orice situație este cheia răspunsului cu un nivel corect de emoție în orice situație. Mai ales în relații. Este vorba despre disciplinarea minților voastre, doamnelor, stăpânirea dispoziției și controlarea tendințelor naturale de a vă pierde cu firea.

– În orice situație? întreabă Jackie, cinică.

– În orice situație, repetă el.

Se ridică și începe să se plimbe în jurul lor ca și cum ar da roată în jurul prăzii. Când ajunge la Jackie, se apleacă spre ea și o frecționează pe umeri. Jackie sare imediat și se întoarce spre el, cu lasere virtuale țâșnind din ochi.

– Îmi pare rău, Jackie, doar că pari cu nervii întinși la maxim. Poate că maternitatea te face să te simți tensionată. Încercam doar să te fac să te relaxezi. Îmi cer scuze, ar fi trebuit să te avertizez.

Se ghemuiește lângă ea, exagerat de aproape.

– Nu e vorba că nu m-ai avertizat, amice – ci că nu m-ai întrebat. Și răspunsul va fi mereu nu.

Continuă să-l privească urât în vreme ce el se îndepărtează.

HuJo dă din cap, se îndreaptă de spate și se întoarce la covorașul lui.

– E bine, acel răspuns constituie o introducere pentru ce aveam de gând să spun. Am creat C-A-L-M în special pentru femei. Creierele femeilor sunt diferite. Aveți tendința de a reacționa exagerat deoarece gândiți cu inima, și nu cu capul. Sunteți emoționale. Vă este ușor să simțiți durere, stres, furie, supărare și gelozie. Vă este ușor să... reacționați exagerat.

– Deci, ar trebui să fim niște preșuri? îl întrerupe Jackie. Asta încerci să spui tu acolo?

HuJo închide ochii, inspiră timp de câteva secunde și expiră cu putere pe nas.

– Multe femei mi-au mulțumit pentru că le-am salvat relațiile. Îmi vei oferi și tu șansa de a o salva pe-a ta, Jackie?

Hattie ridică mâna.

– Rămâi C-A-L-M în momentul de față? întreabă ea, aplecându-se.

– Da, Hattie, așa fac. Vezi? Dacă aș fi reacționat exagerat, aș fi înrăutățit situația.

Jackie țâțâie și își încrucișează brațele.

– Deci, fetelor, azi o să vă rog să povestiți situații personale în care un partener v-a făcut să vă simțiți supărate și ați reacționat în mod emoţional. Apoi, vom discuta dacă a fost o reacţie exagerată, o reacţie mult prea slabă sau o reacţie numai bună. Închideţi ochii, limpeziţi-vă mintea, respiraţi şi reflectaţi.

Amy închide ochii şi se gândeşte la tot ce a făcut Jamie vreodată şi a supărat-o. Cum s-a uitat după alte femei, încercând să transforme totul într-o glumă în loc să ascundă ce a făcut. Cum nu a mai invitat-o să meargă la pub cu el şi prietenii lui după o perioadă. Cum îi urmărea cu privirea degetele dacă se întindea după un biscuit, după care se enerva dacă Amy se supăra şi îi spunea că doar o tachinează. Cum întreba ce a făcut Anosta Amy cu Distractiva Amy. E ca un meniu Netflix – prea mult opţiuni disponibile şi imposibil de ales doar una.

– Să începem cu tine, Hattie? Povesteşte-ne despre un moment în care ai fost supărată pe iubitul tău.

Hattie se înroşeşte şi se uită la grup.

– Păi, Dylan a tăiat toate hainele mele strâmte cu câteva luni în urmă. A spus că sunt prea grasă ca să port ceva strâmt şi nu vrea să se holbeze nimeni la mine. A spus că e pentru binele meu, dar erau unele dintre hainele mele preferate. Erau nişte amintiri. Mi-a aruncat chiar şi rochia pe care am purtat-o la banchetul din clasa a douăsprezecea.

Grupul a exclamat.

– Ce nebun dominant, Hattie, mormăie Gemma. Eu i-aş fi tăiat penisul.

– Şi evident, Gemma, aceea ar fi fost o reacţie exagerată. Cum ai reacţionat tu, Hattie? a întrebat HuJo.

– M-am închis în baie, am improvizat un pat în cadă şi am plâns până am adormit. Aveam un singur dormitor. M-am furişat afară din casă dimineaţa, m-am dus la ai mei şi am stat acolo trei zile, şi nu i-am răspuns la mesajele în care mă implora să mă întorc la el. Când m-am întors în cele din urmă, am continuat relaţia ca şi cum nu s-ar fi întâmplat nimic.

– Deci, și aceasta a fost o reacție exagerată. Fapta lui Dylan a fost greșită, dar la fel a fost și răspunsul tău. Ai făcut scandal și apoi ai stat supărată. A fost ceva copilăros din partea ta.

HuJo întinde palmele pe covoraș.

– Nu ai putea face asta dacă ai avea un bebeluș adevărat, nu-i așa?

– Dar când încerc să vorbesc cu el, se supără așa de tare, răspunde Hattie. Mă sperie. Odată, a urlat atât de tare încât au venit vecinii să vadă ce se întâmplă. Nu mă lasă să vorbesc, nu mă ascultă deloc. Vocea mea nu e suficient de puternică. Nu vorbesc suficient de tare. Așa că renunț.

– Păi, atunci sfatul meu ar fi să nu reacționezi imediat. Așteaptă până ce se liniștește, mergeți în bucătărie, beți niște ceai și lasă să treacă totul. Aceea ar fi fost reacția C-A-L-M, nu fugitul valvârtej furioasă.

– Nu am fugit valvârtej furioasă, am plecat și m-am ascuns liniștită. El a fost cel care a făcut scandal timp de o oră.

HuJo se face că nu a auzit ultimele ei vorbe și se întoarce spre Lauren, care se joacă cu iarba, oftând și părând plictisită.

– Lauren, ce-ar fi să trecem la tine acum?

– Of, Doamne, răsuflă ea, sprijinindu-se în mâini. Fostul meu o lua razna când afla cu câți oameni m-am culcat. Mi-a zis că nu poate să iasă cu o femeie care s-a culcat cu mai mulți decât el. A zis că doamnele adevărate nu-și desfac picioarele pentru oricine și că nu eram potrivită pentru căsătorie sau pentru a fi mamă.

Grupul exclamă din nou.

– Probabil vă întrebați cu câți oameni m-am culcat, așa-i? râde Lauren.

Grupul chicotește.

Amy și-ar dori să fie mai mult ca Lauren. Nu are nicio jenă să fie ea însăși și nu pare să-i pese absolut deloc de ce cred oamenii despre ea.

– Și tu cum ai reacționat? a întrebat-o HuJo.

– I-am zis că are un cocoșel mic și că probabil acela a fost motivul pentru care a făcut sex cu doar două femei. Și că nu e potrivit pentru o căsnicie pentru că-i al naibii de plictisitor. Şi ca să vă reamintesc – ţin să vă avertizez – numele lui e DAVID DICKINSON şi lucrează în IT, se adresează ea camerei şi face cu ochiul. Am eu grijă de voi, doamnelor.

– Eşti mândră de reacţia ta, Lauren? întreabă HuJo, tuşind şi părând că nu se simte în largul său.

– Da, chiar sunt.

– Păi, dacă insulţi cu imaturitate pe cineva cu privire la mărimea penisului său, ai greşit la fel de mult ca Hattie care a fugit bosumflată. De ce să muşti momeala? Fii persoana mai matură. Ar fi trebuit să zâmbeşti, să spui că-ţi pare rău pentru că trecutul tău te face să fii incompatibilă cu el şi să pleci cu capul sus.

– Stai aşa, deci ea trebuie să-şi ceară scuze, să accepte să fie batjocorită pentru sexualitatea ei şi să treacă peste? se răsteşte Jackie. Astea-s bazaconii. Lauren, aş fi reacţionat la fel ca tine. A fost o reacţie complet normală. Pot să evidenţiez şi faptul că, ea continuă cu mâna ridicată, ne înveţi cum să reacţionăm în faţa acestor situaţii în loc să-i înveţi pe bărbaţi cum să nu mai fie nişte imbecili ordinari şi să provoace aceste situaţii. Se pare că te adresezi taberei greşite, nu crezi?

Femeile mormăie aprobator şi se întorc spre HuJo, aşteptând răspunsul lui.

El le ignoră.

– Adulţii discută, copiii fac crize de isterie şi insultă. Nu suntem cu toţii adulţi, fetelor?

– Nu suntem roboţi! Este imposibil să fii calm în aceste două situaţii! ţipă Gemma. Cum să zâmbim când ni se spune că suntem nişte târfe grase? Nu putem să ne întoarcem şi să zicem „O, îmi pare rău că simţi asta, o să-mi văd de ale mele şi o să plec!“

– Bine, Gemma, hai să trecem la tine, rosteşte HuJo, mai puţin zâmbitor decât la început. Care este situaţia ta?

Gemma se apleacă în faţă, cu coatele pe genunchi.

– Deci, stăteam pe canapea într-o seară și mă uitam la televizor, văzându-mi de treaba mea. Stăteam pe Instagram, încercând să mă gândesc la ce să scriu lângă selfie-ul pe care îl făcusem purtând noul ruj roșu care mi-a fost trimis. Dintr-odată, Jason se întoarce spre mine și face pe nebunul fără niciun motiv. Se răstește la mine: „N-ai auzit ce-am spus?“ Și eu răspund: „Ce tot vorbești acolo?“ Și face el: „Vreau o grădină de ierburi la fel ca aia din emisiune“, iar eu zic „Sigur, de ce nu, hai să luăm una“. Am crezut că asta vrea să audă, dar nu a mai vorbit cu mine până ne-am pus în pat. Acolo a început s-o țină una și bună că-mi pasă mai mult de urmăritorii mei decât de familie, și că sunt dependentă, că nu e bine pentru mine și nici pentru noi. Mi-a zis că și mama a spus ceva de asta. Mi-a reproșat că nu pot să stau dezlipită de ecran nici măcar două secunde. Așa că am replicat că nu e vina mea, am în jur de o mie de notificări de fiecare dată când mă uit pe ecran și cum aș putea să ignor asta? Trebuie să le răspund urmăritorilor mei, pentru că asta își doresc ei și n-or să mă mai urmărească dacă nu le răspund. Mi-a zis că s-a săturat să fie ignorat, și că prietenii mei s-au săturat să mă vadă postând, în loc să fiu „prezentă“. Apoi am spus, ei, poate sunt invidioși pentru că eu am douăzeci de mii de urmăritori. Apoi Jason a zis că lor nu le pasă deloc de asta, ci s-au săturat până peste cap să vorbească cu cineva care se uită doar la telefon tot timpul. Și eu l-am întrebat: atunci te-ai săturat de toate chestiile gratis pe care le primim, cum ar fi bicicleta aia Peloton? După aia s-a întors, mormăind că dacă o să încarc selfie-ul cu rujul roșu, e evident că nu-mi pasă de sentimentele lui sau de relația noastră. M-am simțit prost, dar asta e slujba mea. Ce aș fi putut să fac altceva?

Grupul încearcă să proceseze tot șirul de „el a zis, ea a zis“.

Kathy sparge tăcerea.

– Deci ai postat poza?

– Da, a trebuit, doar eram plătită, nu? Am scris că acel ruj roșu mă face să am dispoziția perfectă pentru amor plin de scântei. Apoi, la miezul nopții ne-am împăcat.

Ea râde și face cu ochiul.

– Deci nu erai pregătită să ajungi la niciun compromis cu privire la ceea ce făceai, în ciuda faptului că îl supăra? întreabă HuJo. Aceasta e o lecție pe care ai vrea să i-o dai micuței Bel când va crește?

– Uite, știu că petrec mult timp pe telefon, continuă Gemma. Dar trebuie să fac asta – îmi plătește facturile. Nu i-aș spune niciodată să nu se mai ducă la serviciu în fiecare zi. Crezi că slujba mea are programul obișnuit de la 9 până la 5? Instagram nu funcționează așa. Poate să vină să se plângă la mine când n-o să se mai bucure de adidașii lui gratis.

Amy vede ambele laturi ale argumentului. Jamie a petrecut mult mai mult timp pe telefon în ultima vreme. Nu-l lăsa cu ecranul în sus doar la cină – ci și atunci când făceau sex. Înainte nu făcea asta deloc. Pentru orice eventualitate, poate sună nu știu cine și nu știu cine, zicea el. Trebuie să le arăt că sunt mereu disponibil. Dar de ce ar suna nu știu cine la ora nouă dimineața într-o zi de duminică?

Când HuJo ajunge la Amy, vorbește despre faza când Jamie a acceptat o invitație la una dintre petrecerile lui Jane și apoi a refuzat în ultimul moment să mai meargă, spunând că are de lucru. Amy a trebuit să se ducă singură, din nou, înconjurată de cupluri, și să îl scuze în fața lor, din nou. Când l-a sunat după ce a plecat de acolo, nu i-a răspuns. A încercat și a doua oară, dar degeaba. Și apoi a sunat-o el beat, dintr-un club de noapte, la ora unu. Nu i-a zis nimic la telefon în timp ce el îi spunea că făcea rost de relații pentru afaceri. Amy i-a trimis un singur mesaj în care i-a zis că e egoist. El nu a răspuns. Deloc. Și când nici în seara următoare nu a primit un răspuns, în ciuda faptului că îi apăruse că mesajul fusese citit, a început să-și facă griji că a căzut într-un șanț sau că a fost înjunghiat. Așa că l-a sunat și el a răspuns ca și cum nu s-ar fi întâmplat nimic. Doar a mormăit că se simțea rău.

– Apoi a reușit cumva să mă convingă să îi aduc mâncare de la Whole Foods, niște suc verde Pret și niște paracetamol. Sunt o ratată. Şi nu am mai vorbit niciodată despre mesajul pe care i l-am trimis.

– Bun, deci aceasta ar fi o reacţie mult prea slabă, nu-i aşa? intervine Gemma. Eu aş fi dat buzna peste el la prima oră şi i-aş fi făcut durerea de cap să fie şi mai groaznică.

Gemma se întoarce spre HuJo care a rămas tăcut.

– Păi, m-am gândit că aşa aş părea şi mai extenuantă, răspunde Amy. Nu am vrut să creadă că îmi pasă atât de mult.

– Şi despre asta e vorba în C-A-L-M. Cred că reacţia ta a fost potrivită pentru circumstanţele pe care le-ai descris. Ţi-ai arătat sentimentele prin intermediul mesajului şi ai trecut peste. Şi chiar ai făcut ceva frumos pentru el a doua zi, ceea ce te face să fii persoana mai matură.

– Sau un preş de călcat în picioare! i-o aruncă Jackie. Nu vreau să te jignesc, scumpo. Doar că reacţia ta i-a dat o invitaţie deschisă să facă asta iar şi iar.

– Jamie ar trebui să-i mulţumească stelei lui norocoase că a avut o iubită ca tine, şi nu ca mine.

– Amy, cât timp aţi rămas împreună după aceea? întreabă HuJo.

– Optsprezece luni.

– Exact.

Jackie pare să mimeze către celelalte: „ce mama dracului?"

La sfârşitul şedinţei, în cadrul căreia se pare că nu s-a ajuns la nicio concluzie de comun acord, HuJo le-a dat concurentelor câteva brăţări C-A-L-M.

– Aduceţi-vă aminte, fetelor, dacă se nimereşte să vă aflaţi într-o situaţie în care sunteţi emoţionale, uitaţi-vă în jos la brăţări şi să nu reacţionaţi exagerat.

Le priveşte pe toate.

– Şi să nu uitaţi că suntem cu ochii pe voi. Cu cât sunteţi mai calme, cu atât veţi obţine mai multe puncte în emisiune.

Nu răspunde nimeni. Nu își pune nimeni brățara. Și după câteva prosecco în acea noapte, pentru a sărbători că au revenit la o casă fără bebeluși, mantra este rescrisă de Jackie printre sughițuri.

*Ia în **C**onsiderare nevoile tale.*
*Să nu răspunzi în f**A**ța nimănui.*
*Să te p**L**aci pe tine însăți.*
*Ai grijă de nevoile tale **M**ai întâi.*

*

Colegele de casă servesc o cină care constă în pui, salată verde fără dressing și garnitură de orez cu conopidă.

– E Keto! explică Gemma în timp ce-și prezintă rețeta de specialitate la masă.

– Mi se pare mie, îi șoptește Jackie lui Amy, atât de încet încât nu mai aude și altcineva, sau orezul ăsta cu conopidă are gust de pantof?

Râd amândouă, după care tac când Gemma se întoarce, părând încântată de eforturile ei.

– Îi mai e dor cuiva de bebeluși? întreabă Hattie.

– Nu, răspund toate în cor.

Țârrrrrrrr.

Femeile se privesc încruntate.

– Să sperăm că ni s-a livrat pizza! strigă Jackie și se ridică să se ducă pe hol.

– Ei! țipă Gemma.

Jackie râde în timp ce deschide ușa și celelalte concurente privesc de la masa din sala unde iau cina.

O femeie micuță cu bucle de păr blond și strălucitor pe umeri pășește pe hol și întinde brațul.

– Bună, Jackie. Eu sunt Flick. Concurenta cu numărul șapte.

SĂPTĂMÂNA A DOUA

Capitolul treisprezece

Felicity Brimble, pe scurt Flick, are o piele luminoasă, păr blond strălucitor, ochii sclipitori și un mijloc de mărimea coapsei stângi a lui Amy. E abia ora 8.30 dimineața și ea arată ca un supermodel în miniatură, cu manichiură perfectă, într-o rochiță neagră scurtă cu mâneci lungi și pantofi bej, machiată ușor cu fard de obraji, puțin rimel și luciu de buze.

Sosirea lui Flick noaptea trecută a fost ciudat de normală. Era ca și cum se bucura că se află aici. Nu tu dramă, nu tu lacrimi. S-a prezentat rapid, și-a desfăcut bagajele împachetate perfect, a făcut duș și s-a dus la culcare cu o mască de față. Deși colegele de casă au considerat că e ciudat, s-au simțit toate ușurate. În sfârșit nu mai aveau bebeluși și abia așteptau să se bucure de o noapte liniștită, de somn neîntrerupt.

În această dimineață, Flick merge țanțoșă prin sufragerie și se așază pe canapea într-un unghi lateral, punând picior peste picior. Amy observă că nu are nici măcar un pic de celulită și pune subtil o pernă pe coapsele sale.

– Nu-mi vine să cred că am ratat o săptămână întreagă aici! se plânge Flick, dându-și părul pe spate și zâmbind ca să lase la iveală dinții albi ca de vedetă.

– Nu-mi vine să cred că ai treizeci și patru de ani, spune Kathy. Parcă n-ai fi trecut de douăzeci și unu!

Flick se înroșește ușor.

– Vai, Kathy, eu nu cred că e așa, dar îți mulțumesc.

– Te machiezi singură, păpuşă? întreabă Gemma, aplecându-se spre faţa ei. Cum de ai sprâncenele atât de frumoase? Care e trucul tău?

– Ore întregi de exersat, draga mea. Sunt puţin cam perfecţionistă, şopteşte Flick, de parcă ar fi un defect.

Lui Amy îi e greu să nu se holbeze la ea. Flick a fost părăsită cu douăsprezece ore în urmă. În public. Unde e faţa roşie ca focul? Unde sunt lacrimile şi mucii? Până acum, singurul lucru care a ieşit din ochii lui Flick a fost şocul provocat de Lauren care a râgâit tare în bucătărie.

– Aha, râde Jackie în timp ce se reazemă de canapea. Îţi dai seama că eşti la *Raftul*, nu-i aşa? Cea mai naşpa emisiune din lume? Aş spune că e o binecuvântare că ai ratat prima săptămână.

– Ce? Eu o ador? zâmbeşte Flick. M-am uitat la voi toată ziua, în fiecare zi de când a început emisiunea.

– Ți-ai luat liber de la muncă sau cum? întreabă Amy.

– Nu, eu lucrez de acasă, aşa că voi mi-aţi ţinut companie pe fundal. Amy, să știi că nu ar trebui să-ţi rozi unghiile, râde ea și dă dintr-un deget.

Amy se dă mai în spate ca Flick să nu se simtă stânjenită.

– Deci, Flick, ce faci de acasă? întreabă Kathy.

– Ia să vedem, zice ea, jucându-se cu o șuviţă de păr. Sunt bucătăreasă, femeie de serviciu, grădinăreasă, asistent personal, designer de interior, contabil, asistentă medicală, terapeută, şoferiţă.

Se uită în jur.

– Sunt o mamă casnică. Într-un fel.

– Cu toate slujbele astea cred că faci o avere, ţipă Jackie, îndreptându-se spre bucătărie.

– Eu am fost mamă casnică a doi copii, râde Kathy. Cea mai mare pedeapsă a vieţii mele!

– Pedeapsa vieţii tale?

Flick se întoarce spre ea, îngrijorată.

Kathy e uimită.

– Nu chiar. Scuze, glumeam doar.

– Câţi ani au copiii tăi? întreabă Amy ca să schimbe subiectul şi să se treacă peste starea de tensiune.

– Păi, se uită în pământ. De asta am spus că *într-un fel.* De fapt nu am copii. Dar, lucrez la asta! zâmbeşte spre ele.

– Vrea cineva prosecco? întreabă Jackie care se întoarce cu o tavă cu băuturi şi o cutie cu suc de portocale.

– Eu vreau doar suc, mulţumesc, răspunde Flick.

Femeile se opresc şi se uită unele la altele, surprinse.

– O să ai nevoie de băutură aici, scumpo.

Jackie clatină din cap.

– E singura cale prin care vei putea suporta.

Aruncă înapoi unul dintre pahare şi înlocuieşte prosecco cu suc.

– O să fiu bine, răspunde ea. Nu prea le am cu băutura.

– Deci, Flick, începe Lauren, întinzând mâna după pahar, povesteşte-ne despre nenorocitul care te-a adus aici.

– O, nu, el nu e aşa. De fapt încă suntem într-o relaţie. Numele lui e Simon şi suntem împreună de patru ani. Ne-am întâlnit în locul în care lucram eu. Sunt medic pediatru. Am fost medic pediatru. Nu mai lucrez acum. Am văzut reclama pentru emisiune în *LAD* şi am decis să mă înscriu singură. Vreau să mi se arate ce ar trebui să îmbunătăţesc la mine.

Kathy se uită la celelalte care par şi ele confuze.

– Dar nu e chestia că toate suntem părăsite aici?

– Asta au spus când m-am înscris prima dată, răspunde Flick. Dar apoi m-au sunat cu câteva zile în urmă. Mi-au zis că s-au răzgândit şi că ar fi distractiv să arunce ceva neaşteptat în show, după o săptămână. Aşa că iată-mă. Ceva-ul neaşteptat!

– De ce citeai revista *LAD*? întreabă Gemma, strâmbând din nas.

– O citesc tot timpul. Mă ajută să-mi dau seama ce-şi doresc bărbaţii. Mai alaltăieri am citit că bărbaţii urăsc atunci când femeile se machiază prea mult.

Ochii ei se opresc asupra buzelor roz ale Gemmei și a sprâncenelor ei tatuate.

– Mda, cred că eu o să rămân la *Cosmo*, face Gemma.

– Flick.

Jackie se apropie de ea, părând îngrijorată.

– Îți dai seama cât de malefică este emisiunea asta, nu-i așa? Îți dai seama că e condusă de o adunătură de bărbați care vor să ne spele pe creier să credem că trebuie să devenim mai bune?

Flick se holbează la ea timp de câteva secunde, iar apoi zâmbește.

– Ai grijă, Jackie, bărbaților nu le place când femeile spun că sunt feministe. În plus, cred că tuturor ne-ar prinde bine dacă am evolua puțin. Dacă aș fi singură, m-aș simți foarte norocoasă că mă aflu aici. *Raftul* o să vă ofere șansa de a găsi – și de a păstra – un bărbat bun, la fel ca Simon.

– Nu sunt sigură că vreau asta, drăguță, zice Jackie.

– Atunci de ce te-ai mai deranjat să te implici? întreabă Flick.

– Ca să mă mai distrez și eu, bineînțeles.

– Deci, Flick, se întoarce Kathy spre ea, de ce ești atât de ocupată acasă dacă sunteți doar voi doi?

– Am făcut-o ca să salvez relația noastră. Chiar dacă lucram amândoi, aveam programe prea lungi și lucram și în weekenduri. Ne chinuiam să găsim măcar o zi în care să mâncăm împreună. Nu apucam decât să ne urăm bună dimineața și noapte bună și să ne salutăm profesional pe coridorul clinicii de operații. Și atunci când petreceam timp împreună, nu vorbeam decât despre admin și DIY. Deci, care e scopul unei relații dacă nu petreceți niciodată timp plăcut împreună?

– Pentru mine sună ca relația perfectă, glumește Amy, sperând că Jamie o aude.

– Ei bine, eu am urât asta. Acum că stau acasă, timpul pe care-l petrecem împreună este despre noi, nu despre ce mai trebuie reparat prin casă, pentru că deja am avut timp să rezolv totul. Nu am putea fi mai fericiți de atât.

– Așa se pare, având în vedere că te afli aici, zice Lauren.

– Și cum de a trebuit să stai tu acasă, și nu Simon? întreabă Jackie ca să sublinieze ceva.

– Păi, am făcut numai operații, toată ziua și în fiecare zi timp de cinci ani. Abia așteptam să mai iau o pauză și să fac ceva diferit o perioadă.

– E bine și să stai acasă ca mamă, soție sau iubită, dacă asta îți dorești, spune Kathy. Atâta timp cât nu faci numai asta, crede-mă. Și atâta timp cât Simon nu te tratează ca pe o menajeră nonstop.

Dă pe gât restul mimozei și dă din pahar spre Jackie să i-l umple din nou.

– Simon lucrează din greu ca să ne întrețină pe amândoi, spune Flick defensivă. Cel puțin pot să-i ofer și eu o masă gătită într-o casă curată și confortabilă. Nu cred că cere prea mult. Dacă el e fericit, și eu sunt fericită.

– Ei bine, asta e, Flick, răspunde Kathy. Și tu muncești din greu ca să îl întreții, nu? Singura diferență este că tu nu ești plătită pentru asta.

Amy simte cum îi crește pulsul.

– Flick, tocmai i-ai spus lui Jackie „de ce să se deranjeze". Dar atunci tu de ce ești aici? Mai întâi susții că ai nevoie să te autoperfecționezi, dar apoi spui că nu ați putea fi mai fericiți decât sunteți deja. Deci care e adevărul? Cum poți să fii într-o relație atât de perfectă dacă te afli aici, cu noi?

– Pare puțin nedrept pentru noi celelalte, adaugă Hattie.

– Am spus că nu am putea fi mai fericiți de-atât, nu că suntem perfecți. Relațiile au nevoie de muncă constantă.

Flick ridică din umeri.

– Voi de ce sunteți aici? Dacă doar pentru bani și faimă, nici asta nu-i corect. Din câte îmi dau seama, niciuna nu luați treaba asta în serios. Nu faceți decât să stați și să-i urâți pe bărbați și să negați că aveți defecte.

– Toate avem motivele noastre pentru care rămânem aici, dar vrem totodată să arătăm lumii cât de mult suntem analizate și câtă presiune primim din afară, răspunde Amy, încercând să pară la fel de calmă ca Flick. Și mie îmi pare rău, Flick, dar nu-ți ajuți deloc cauza. Dar presupun că dacă scopul tău în viață este să fii casnica perfectă a anilor 1950, asta e alegerea ta.

Amy oftează și se uită la restul grupului pentru ceva susținere.

– Păi, asta e chestia. *Este* alegerea mea. Flick se uită în jos. Și sunt fericită.

– Da, spui asta încontinuu.

– Deci dacă o să câștigi, zice Jackie, Simon o să câștige un milion de lire?

– Nu, *noi* o să câștigăm un milion de lire.

– Ei bine, concluzionează Jackie, zâmbind la ea, se pare că el are totul sub control.

Capitolul paisprezece

Amy nu a fost cea mai bună mamă falsă din lume, dar nici cea mai rea. Probabil că Jackie a preluat acel titlu când a mărşăluit în grădină şi a aruncat-o pe Alice în piscină ca s-o oprească din plâns, în timp ce ea încerca să gătească. Flick a sărit după ea, dar a fost prea târziu. Alice nu a mai plâns după asta. Hattie a vrut să ţină o înmormântare pentru ea, dar Jackie i-a zis că o să încerce metoda criogenării, aşa că a îndesat-o în congelator lângă iaurtul îngheţat cu conţinut scăzut de grăsimi.

Gata cu ştersul vomei, hrănitul, schimbatul, cititul, cântatul. Nu mai îşi face griji că o să-l omoare şi nu se va mai simţi ca o idioată când publicul o va mustra pentru că a făcut o greşeală.

În testul O, bebe!, cele mai brutale comentarii au venit din partea părinţilor adevăraţi, care se pare că petreceau tot timpul uitându-se la ele şi judecându-le. Indiferent ce făceau colegele de casă, mereu era cineva „complet dezgustat" şi încântat să le dea de veste că fac ceva greşit. Precum comentariul din această dimineaţă.

@mamofchamps Ce retardată nenorocită ar pune un bebeluş pe blat când face o ceaşcă de ceai? #amy #raftul

– Ce exemplu minunat le dai copiilor tăi! Sper că te vei bucura să-i vizitezi în închisoare când vor creşte mari, i-a strigat Amy drept răspuns.

O mică confruntare cu Flick, iar acum îi dă replica lui @mamofchamps – de obicei Amy nu e atât de agresivă, mai ales dacă nu are protecția anonimatului online. Poate că Gemma, Jackie și Lauren o influențează și pe ea. Orice ar fi, îi place la nebunie.

A fi prins în lumea părinților competitivi este una dintre puținele, dar realele temeri ale lui Amy cu privire la bebeluși. A fost expusă cândva la ororile acelei lumi într-una dintre diminețile petrecute la cafea alături de Jane, când a fost păcălită că vor fi doar ele două acolo. Faptul că erau și gemenii cu ea era deja destul de rău, dar a fost și mai groaznic când s-a alăturat întreaga clasă de la cursurile prenatale ale lui Jane, care au venit una câte una până ce au format o turmă gălăgioasă, forțând restul persoanelor din cafenea să plece. Cele două ore au fost pline de țipete despre ce au realizat Roo, Delilah și Zebedee în cele șase luni petrecute ca pitici chițăitori. Își aduce aminte cum a stat acolo, fiind ignorată pentru că nu era una dintre ele, întrebându-se de ce nu se susțineau mai mult unele pe altele. Se vedea clar cât de chinuite sunt, după extenuarea din ochii lor și zâmbetele false care le ascundeau lacrimile. Nimeni nu voia să admită că îi era greu. Un părinte bun nu poate să facă așa ceva, nu-i așa?

Una dintre colegele ei de lucru a venit la birou luna trecută cu un nou născut, iar Amy s-a simțit obligată să se ducă la ea și să înceapă să gângurească la el. Colega ei nu era ca Jane; ea era sinceră. I-a zis lui Amy că nu a mai dormit de două săptămâni, că era plictisită și îngrozită că a făcut o mare greșeală. Că a fi părinte este o mare dezamăgire și că trebuie să amâne asta cât mai mult posibil. Apoi a făcut-o pe Amy să țină bebelușul în timp ce ea s-a dus să vorbească cu ceilalți pentru o perioadă suspect de lungă. Bebelușului nu-i plăcea pe niciun umăr și a lăsat-o pe Amy cu timpanele spulberate.

Amy se uită la Flick care de câteva minute privește pe fereastră, mohorâtă.

– Eşti în regulă? întreabă Amy.

– Sunt bine. Doar că sunt tristă că am ratat provocarea cu bebeluşul. Cea pe care voiam atât de tare s-o fac. Aţi fost atât de norocoase să experimentaţi asta.

– Nu-ţi face griji. Cine ştie? Poate că o să revină. Ca o scenă dintr-un film de groază.

– Aşa sper. Mi-ar plăcea să văd expresia de pe chipul lui Simon. Eu cu bebeluşul meu.

Restul femeilor li se alătură pe canapea. Toată lumea pare uşurată, chiar şi cele care s-au simţit ca raţele pe apă în timpul probei maternităţii.

Televizorul se aprinde şi începe secvenţa de deschidere a emisiunii.

Weeeeeeeee, weeeeeeeee!

– Bună seara, mămici cu lipici! Pun pariu că nu vă e dor de sunetul acesta, nu-i aşa? strigă Adam.

Apare din spatele unei persoane din public şi aleargă pe scări într-un scutec imens, publicul râzând isteric în urma lui.

– E cel mai mare cretin pe care l-am văzut vreodată, mormăie Lauren în timp ce Adam sare pe scaunul său din faţa celor şase pătuţuri.

– Ce mai primă provocare, doamnelor şi domnilor! Le-am aruncat direct în adâncurile întunecate ale maternităţii timp de patru zile, şi pentru unele mame a fost floare la ureche...

Pe ecran apare o filmare cu Kathy care o culcă pe Ruth, şi pe fundal se aude un cântec de leagăn, urmat de *aaaaa*-urile spectatorilor.

– ...pentru altele, a fost iadul pe pământ!

Apare şi Jackie care o pune pe Alice în congelator pe piesa din *Psycho*.

– Pentru a ne spune cum s-au descurcat mamele, ni s-au alăturat doctorul pediatru vedetă Michael Macpherson şi autoarea cărţii

Mama natură: un ghid modern despre cum să fii un părinte tradițional, Clarissa Fenton-Brown!

Publicul aplaudă în timp ce pe scenă apar cei doi invitați, și aruncă priviri în fiecare pătuț cu un amestec de adulație și dezgust înainte să ocupe un loc pe canapea.

– Deci, doctore Mike și Clarissa F-B; spuneți-ne ce dorim cu disperare să aflăm: care au fost cele mai bune și cele mai rele mame pe care le-ați văzut săptămâna aceasta?

– Pentru titlul de cea mai rea mamă se dă o luptă între Jackie și Gemma, rostește Mike printr-o mustață albă și deasă. Femeile sunt născute cu instincte și dorințe materne. Stă în natura lor, orice ar spune ele.

– Nu și-n cazul meu, Mustăcios Tâmpit! țipă Jackie către televizor.

– Dar am dubii serioase în privința capacităților unora dintre aceste femei, continuă el. Jackie va primi coroana pentru cea mai rea mamă a săptămânii. Și probabil o va avea pentru toată viața. Nu doar pentru că a omorât-o pe Alice și i-a îndesat corpul într-un congelator, ci a rupt și brațul bietei Sophie. E ceva foarte tulburător într-adevăr.

Clatină din cap și mustața îi vibrează.

– Trebuie să fiu de acord cu Mike, Adam, intervine Clarissa. Un comportament revoltător. Și ce păcat pentru Hattie care se descurcase atât de bine până în acel moment. S-a ținut de rutina ei și a arătat niște instincte materne admirabile.

Hattie zâmbește larg.

– Bravo, Hattie! țipă Gemma, bătând-o pe spate.

Jackie râde.

– De ce nu vor să înțeleagă oamenii că e doar o păpușă, pentru numele lui Dumnezeu!

– Haide, Jackie, nu a fost niciodată vorba despre faptul că sunt păpuși.

Flick clipește din ochii mari la o Jackie uluită și se întoarce iar spre ecran, bând încet din apa ei caldă cu infuzie de suc de lămâie.

– A fost vorba de ceva mult mai important decât asta.

– Care sunt părerile dumneavoastră despre singura mamă cu experiență din grup – Kathy? Doctore Mike?

– Ruth are o stare de sănătate excelentă, chicotește el. Puls perfect, radiază, nu are nicio zgârietură din ce pot vedea. Un bebeluș frumos și plin de viață. Felicitări mamei. A făcut o treabă pe cinste.

– Kathy nu ar fi putut să-i arate mai multă răbdare și grijă bebelușului său. Dar nu pot să-i dau nota maximă. Privește aici, Adam.

Clarissa arată spre ecranul imens.

Pe televizor apare o filmare neclară în care Kathy o leagănă pe picioare pe Ruth. Camera dă zoom in și Kathy este văzută cum își șterge lacrimile de pe obraji.

Femeile întorc capul spre ea, dar aceasta nu ia în seamă, clătinând din cap.

– N-a fost nimic. Eram doar obosită. Nu eram toate?

– Ce vrei să spui cu asta, Clarissa? întreabă Adam, ținând microfonul în fața ei.

– Bebelușii sunt ca niște bureți, Adam. Absorb emoțiile negative, stresul, tensiunea psihologică. Kathy nu ar fi trebuit să plângă atât de aproape de bebeluș. Mamelor, dacă simțiți că vă vine să plângeți, ascundeți-vă. Maternitatea este o slujbă grea, dar este slujba *voastră*. Voi ați acceptat rolul. Este cea mai importantă responsabilitate pe care o veți avea vreodată. Ce s-a întâmplat cu caracterul puternic al britanicilor?

– Și cum s-a descurcat Amy cu această responsabilitate? Clarissa?

– Amy este o mamă nouă tipică. Dezorientată, dar bună la suflet. Îl hrănește prea mult, îl pune să doarmă prea mult, nu are nicio rutină. Nu-i de mirare că s-a plâns că se simte obosită. Amy are potențialul de a fi o mamă bună, dar trebuie să muncească mult să învețe de ce este nevoie înainte să facă asta.

Clarissa se uită serioasă la cameră.

– Normal că sunt dezorientată, protestează Amy. Nu am avut niciodată grijă de un bebeluș.

– Ignoră-i, păpuşă, o bate Gemma pe picior. Te-ai descurcat minunat.

– Atunci ajung la ultima întrebare, continuă Adam. Cine este Mama Meciului? Mama Săptămânii?

Doctorul Mike merge în spatele canapelei şi îl ridică pe micul Seb din pătuţul lui, care are un zâmbet larg pe chip.

– Nu i-am găsit niciun defect micuţului Seb. Este remarcabil. Lauren spune că nu mai făcut asta înainte, aşa că e evident că are maternitatea în sânge. Fata aceasta trebuie să-şi găsească un partener şi să facă lumii o favoare!

– Nu sunt un animal, pervers bătrân! strigă Lauren către televizor.

– Ce observaţie interesantă, doctore, spune Adam. Clar?

– Sunt de acord cu doctorul. A fost un părinte perfect de la început şi până la sfârşit. Lauren s-a ţinut de o rutină, l-a hrănit pe Seb cu cantitatea perfectă, a fost acolo când a avut nevoie de ea, dar nici nu a exagerat cu grijile. O să fie o mamă fantastică!

– Poate aşa crezi tu, Claaar, dar mai degrabă mi-aş băga o lingură de metal în ochi, zice Lauren, lăsându-se pe spate. O lună ca dădacă mi-a fost de ajuns.

Publicul e în delir în timp ce Adam îl aruncă pe Seb în aer, iar doctorul Mike se repede să-l prindă în fundal.

– Doamnelor şi domnilor, ţipă Adam în microfon, mă bucur să vă anunţ că avem o câştigătoare pentru provocarea maternităţii! Este chiar apriga Lauren Legendara, nu-i aşa?

– Foarte bine, drăguţo! Ce crezi că o să câştigi? întreabă Gemma.

– O sticlă de Grey Goose ar fi drăguţ.

Ridică privirea spre ecran.

– Şi poate o telegramă muzicală pentru David în care e anunţat ce calităţi excelente de mamă am eu.

– Sau o reclamă mare şi luminoasă în faţa biroului său, adaugă Amy.

– Nu uita să menţionezi şi penisul lui mic, face cu ochiul Kathy.

– Păi, nu ar fi corect față de populația feminină să nu fac asta.

Când ajunge premiul, le e greu să nu râdă.

– Ăștia-și bat joc de mine? face Lauren, zăpăcită, cu un voucher de 1 000 de lire pentru Mothercare.

– Îl iau eu! se bagă Flick.

*

Peretele vorbește numai despre Flick.

Pe de o parte, lumea e furioasă că încurajează rolurile depășite dintr-o relație.

@emilyg238 Încă un pas mic pentru bărbați. Încă un pas imens înapoi pentru femei. Mulțumim tare, Flick, tâmpito #raftul

@alicedecker94 Sunt o femeie și locul meu ESTE în bucătărie. La masă, așteptând ca iubitul să-mi facă un sendviș #raftul

Pe de altă parte, este și susținută.

@oldbarrymorgan Mamei mele i-a plăcut bucătăria! Ce copilărie fericită am avut! Încă e căsătorită după cincizeci de ani! #raftul

Hashtagul *#suntdepartealuiflick* începe să intre în tendințe pe Twitter, și se vorbește despre tricouri cu diverse sloganuri.

FLICK REPREZINTĂ VIITORUL
SUNT DE PARTEA LUI FLICK
FII CA FLICK

Războiul de pe ecran și de pe canapea a făcut-o pe Amy să tânjească cu disperare după ceva timp singură. Sare peste cina cu colegele sale și face duș devreme, după care se răsfață. Fără camere și doar cu microfoanele din dormitor care prind numai zgomotele mai tari, baia pare singurul loc în care poți evada în casa asta.

Cu o mască răcoritoare pe față care o face să arate ca un Yeti, se învăluie în loțiune de corp și se închide în cabină cu o pudrieră și o pensetă. I-au apărut din nou cele două fire de păr pe bărbie și nu ar vrea să fie următorul subiect fierbinte de pe Perete.

În pat, aude cum celelalte participante continuă discuția după cină și răspund supărate la fiecare comentariu. Se simte prost că nu e și ea acolo ca să apere cauza, dar e obosită și a avut parte de destulă confruntare pe ziua de azi.

În timp ce adoarme, ușa de la dormitor se deschide și niște pași înceți străbat încăperea până în baie. Deschide un ochi și o vede pe Flick cum plânge fără să scoată vreun zgomot pe podeaua din baie, prin ușa pe care a lăsat-o întredeschisă fără să vrea. Când Flick o vede pe Amy în oglindă, pare speriată. Se ridică în picioare, își îndreaptă fusta și închide ușa fără să rostească niciun cuvânt.

Capitolul cincisprezece

– Cioc, cioc! M-am gândit că poate ai vrea puţin ceai, spune Flick în faţa uşii de la baie dimineaţa următoare.

Amy se ridică în fund brusc şi se freacă la ochi. Când îi deschide şi clipeşte ca să-i treacă somnolenţa, observă ruşinată că e singura care mai e în pat. Îşi trece degetele prin păr şi o priveşte cu atenţie pe Flick să vadă dacă ar vrea cumva să discute despre cum se simte. Amy nu se simte calificată pentru a-i oferi niciun sfat. Dar poate că i-ar oferi o soluţie practică, cum ar fi „nu te mai uita pe Perete", sau un umăr tăcut pe care să plângă şi o ureche care s-o asculte.

– Am făcut omletă şi pâine prăjită pentru toată lumea. Să las porţia ta în cuptor?

O ia de mână pe Amy şi o strânge. E ca şi cum nu s-ar fi petrecut acel moment azi-noapte.

– Mulţumesc, o să vin imediat.

Amy se ridică şi se întoarce cu spatele la ea ca să-şi facă patul.

– Pot să-ţi arăt un truc? întreabă Flick.

– Sigur.

Flick se îndreaptă spre patul său de pe partea opusă şi scoate o sticlă cu spray din cutia de dedesubt.

– Ai mai auzit de Amanda Jackson, de la *The Wife House*? Acesta e unul dintre cele mai bune sfaturi ale ei.

Zâmbeşte.

– Apă cu infuzie de lavandă. Apa ajută la îndreptarea cutelor, iar lavanda oferă așternuturilor un miros drăguț și relaxant care te ajută să dormi.

– De ce ai luat-o cu tine? o întreabă Amy.

– Îmi place să folosesc propriile mele produse de curățare. Privește.

Parfumează cearșaful și trage de el până îl întinde de tot, îl bagă sub saltea și trece cu mâna pe deasupra ca să scape de cute. Apoi se oprește și își admiră opera, cu o expresie bucuroasă pe față.

– Mersi, zice Amy, zâmbind puțin. Mi-ar plăcea să fac asta în fiecare dimineață.

– Vezi, Amy? Nu e chiar atât de rău să fii prietenă cu o casnică din anii '50, nu-i așa?

După ce face duș, Amy se duce în sufragerie și le găsește pe femei holbându-se la Perete de parcă ar fi făcut asta toată noaptea. Hattie stă la doar câțiva centimetri de ecran, mușcându-și unghiile; Jackie și Gemma stau pe canapea, iar Kathy încearcă cu disperare să le evite pumnii și să-și salveze cafeaua. Arată ca o scenă dintr-un vis ciudat, și Amy e nevoită să se frece la ochi să-și aducă aminte că nu este un vis. Aceasta e realitatea vieții ei acum. Ia micul dejun cu niște străini în fața unui aparat care îi arată constant cât de plăcută este sau nu. Mijește ochii. Încă se află undeva pe la mijlocul Clasamentului.

În sala de mese, Flick îi servește ouăle lui Amy. Apoi se așază vizavi. Când Amy își dă seama că Flick are de gând s-o privească în timp ce mănâncă, înfulecă totul rapid. E delicios, dar la ce altceva să te aștepți de la o femeie care trăiește într-o bucătărie?

– A fost foarte bun, mulțumesc.

– Porumb dulce și pătrunjel. Preferata lui Simon.

Flick zâmbește.

– Ce norocos e Simon.

Amy își dă încet-încet seama că scopul lui Flick în viață este de a avea grijă de oameni. A fost doctor, iar acum e o mamă fără copii. Este dulce, dar puțin sufocantă.

Țârrrrrr.

– Offf! icnește Gemma, oprindu-se din genuflexiuni și fugind la ușa de la intrare.

Femeile se strâng și se îndreaptă spre coridor, așteptând sosirea unei persoane noi.

Gemma deschide ușa și se aude un cor de salutări entuziaste:

– Hei!

– Bună, scumpelor!

– Dumnezeule!

– I-haaa!

Opt femei și bărbați înflăcărați dau buzna în casă, cu centuri cu produse de machiaj și genți pline de produse de înfrumusețare. Amy știe exact cine sunt și râde larg pentru prima dată după atâta timp.

– Vai de mine, e o nebunie! strigă Gemma și se repede spre celelalte concurente, țopăind ca un cățeluș entuziasmat. Aleargă iar spre oaspeți și începe să-i îmbrățișeze pe rând. Nu-mi vine să cred, sunteți preferații mei!

– O, salutare, doamnelor! spune Katie Carroway, vedeta principală și șefa emisiunii *Beauty School Squad*, show-ul în care studenții la cosmetică se întrec pentru a realiza cea mai frumoasă transformare mamelor ocupate care „și-au pierdut strălucirea".

Întrerupe agitația ca să se prezinte la cameră într-o geacă verde cu model militar, colanți de piele și cizme roșii până la gleznă. Tunsoarea ei bob argintie și legendară strălucește sub o beretă roșie care se potrivește la fix cu cizmele.

– Să vedem ce avem de făcut aici, anunță Katie, trecând de la o concurentă la alta, studiindu-le atent. Se oprește în fața lui Hattie și își duce mâinile la tâmple, își trece degetele prin păr și clatină din cap dezaprobator.

– Of, nu, nu e deloc bine. Doamnelor, nu stăm bine. Toate aveţi nevoie de multe schimbări. Dar nu trebuie să vă mai alarmaţi pentru că de asta suntem aici. Noi suntem armata oficială de înfrumuseţare de la *Raftul*!

Studenţii ei încep să aclame, iar ea urcă scările şi se adresează întregii camere.

– Doamnelor, doamnelor, doamnelor! se uită în jur şi dă din deget în toate direcţiile. Sau ar trebui să spun leneşelor, leneşelor, leneşelor! Asta sunteţi. M-am săturat să văd femei care renunţă după ce împlinesc treizeci de ani. Frumuseţea este o investiţie pe termen lung pe care o faci pentru tine. Pentru încrederea ta. Pentru viaţa ta amoroasă. Dar este şi un angajament. Când mă uit la voi, îmi vine să plâng.

Pe Amy aproape că o buşeşte râsul când o vede pe Gemma cum pare comic de insultată şi a rămas cu gura căscată.

– Ştiţi ce văd eu? continuă Katie. Văd femei care au renunţat la cursă. Trebuie să fiu crudă ca să fiu bună. Ştiu că sunteţi toate superbe în spatele acelei piei portocalii – se uită la Gemma –, acelui păr nebunesc – se întoarce spre Hattie – şi acelor sprâncene teribile – spune către Amy, care se încruntă şi duce mâna la sprâncene. Draga mea, vreau să spun că deşi sprâncenele mari sunt la modă, tot au nevoie de o formă.

Amy se simte distrusă când duce degetele la sprâncene să caute fire răzleţe. Şi-l imaginează pe Jamie cum râde de ea de partea cealaltă a ecranului şi dintr-odată se înfierbântă.

Jackie îşi strânge braţele la piept şi tuşeşte cu putere.

– Cred că vorbesc în numele tuturor când spun că suntem destul de fericite în ceea ce priveşte felul în care arătăm, mulţumim.

– Ăă, intervine Gemma, vorbeşte în numele tău, Jacks, eu vreau o transformare!

– Şi eu la fel, mormăie Hattie. Părul meu *chiar* este nebunesc.

– Eu sunt de partea ta, Jacks. Nu am nevoie de o transformare, anunţă Lauren simplu ca bună ziua. Şi-aşa la radio nu ai nevoie de faţă.

– Jackie și Lauren, începe Katie, în fiecare zi fac multe femei să se simtă mai încrezătoare și mai puternice. Machiajul nu trebuie să *ascundă* frumusețea voastră naturală, ci s-o scoată în evidență. Îmi place să cred că am puterea de a oferi oricărei femei strălucirea unui supermodel, dar în propria lor piele, și le pot crește încrederea în sine pentru ca ele să poată câștiga luptele zilnice pe care le dau. Lauren, deci fața ta nu se va vedea la televizor. Dar pun pariu că vocea ta sună mai bine când te simți sigură pe tine. Iar Jackie, ai purtat ruj roșu când ai ajuns aici prima dată. Nu te-a făcut să te simți încrezătoare?

Jackie dă din umeri.

– Puțin.

– Bineînțeles! strigă Katie. Doamnelor, nu e nicio rușine să vă doriți să fiți cea mai bună versiune a voastră, cu o aplicare de ruj sau cu ajutorul unei plăci de îndreptat părul. Acum haideți, soldați, avem multe lucruri să vă învățăm până mâine-seară.

Femeile se privesc una pe alta.

– Ce se întâmplă mâine-seară? întreabă Amy în numele tuturor.

Katie face semn armatei ei să intre în sala de mese și să își instaleze aparatele.

– Ups, am spus prea multe!

*

Katie a desemnat câte un student pentru fiecare concurentă, și femeile sunt aliniate pe scaune în sala de mese. În fața lor sunt oglinzi pe rotile acoperite de cearșafuri. Amy urăște oglinzile de la salon, acesta fiind motivul principal pentru care se duce la coafor doar de două ori pe an. O fac să arate ca un șobolan înecat, și când nu are unde altundeva să se uite, trebuie să suporte două ore de tortură. Poate că ar fi bine să sugereze la următoarea ei programare să se acopere oglinda cu un cearșaf.

– Bine, doamnelor, vom începe prin a scoate în relief zonele voastre cu probleme. Pregătiţi-vă pentru o sinceritate brutală. Studenţii mei vor spune exact ceea ce cred despre înfăţişarea voastră din prezent, iar eu voi judeca analiza lor. După aceea, vom începe procesul de resetare şi vă vom înfrumuseţa folosindu-ne de ustensilele pe care le avem la îndemână. Începem, deci?

Prima în linia de foc este Jackie. Studentul ei e un băiat timid şi roşcat, cu o voce tremurândă.

– În regulă, Matthew. Spune-mi de ce are nevoie Jackie, latră Katie.

– Ăă, codiţele ei s-au cam încurcat şi au început să se destrame, aşa că arată mate şi deloc strălucitoare. Are nevoie de un tratament pe bază de ulei care să-i readucă strălucirea, dar trebuie să am grijă să nu ajungă şi pe scalp deoarece are pielea uleioasă. Are broboniţe în toată zona T[1], iar pielea ei nu e uniformă. O să aplic un toner pe bază de ceai şi o să folosesc fond de ten pe bază de apă la machiaj.

– Excelentă analiză! exclamă Katie, bătându-l uşor pe spate pe Matthew care e vizibil uşurat.

Kattie se îndreaptă spre Hattie.

– Dumnezeule, Jarryd, ce avem noi aici?

Jarryd îi şopteşte ceva lui Katie la ureche. Apoi aceasta se apleacă spre concurentă.

– Te-ai tuns singură, Hattie? o întreabă Katie pe o voce moale.

– Da.

Se uită în jos.

– Am urmat instrucţiunile dintr-un filmuleţ de pe YouTube.

Katie şi Jarryd se uită una la alta.

– Bine, Hattie, o să-ţi arătăm cât de mult contează o tunsoare profesională şi cât îţi va spori încrederea în tine, zice Katie, zâmbind. Jarryd, la ce te-ai mai gândit?

---

[1] Zona frunţii şi a nasului (n.tr.)

– O să o tund scurt, în stilul lui Michelle Williams, și o să aplic un tratament cu ciocolată ca să îi înfrumusețez tenul măsliniu. Pielea ei e puțin gri în momentul de față. O să repar asta cu ajutorul unei măști irizate aurii și o să găsesc un fond de ten ser cu tentă gălbuie pentru a-i transforma pielea din spălăcită și sumbră dându-i o strălucire revitalizantă.

– Sună minunat. Este în regulă, Hattie?

Katie o strânge de umăr.

Hattie dă din cap și îi oferă un zâmbet sfios.

Katie merge mai departe, practic ocolind-o pe Flick.

– Draga mea, se pare că te-ai ocupat de păr cu câteva zile în urmă. Nici măcar nu sunt sigură că *eu* aș putea să-l fac să arate așa de plin de viață! icnește ea, jucându-se cu părul ei.

– Am fost la coafor înainte să vin în emisiune.

Flick zâmbește în timp ce-și mângâie buclele.

– Și îl fac cu uscătorul în fiecare zi acasă.

– Îmi dau seama de asta. Nu ai niciun fir de păr nelalocul lui!

Katie o admiră de la spate.

– O, ce grozav este să ai timp dimineața să-ți faci părul cu uscătorul. Te invidiez! Și în privința feței?

– Nu-mi place să port prea mult machiaj, așa că aș dori cât mai natural posibil, vă rog. Și fără ruj. Și nici prea mult fard de obraz. Bărbaților nu le place să pupe un clovn.

Flick râde.

– O, face Katie. Poate o să le placă să mă pupe-n fund atunci?

Flick face ochii mari și o urmărește cu privirea până ajunge la Amy.

Amy nu era deloc nerăbdătoare să audă ce aveau să spună despre obrajii ei bucălați și despre sprâncenele stufoase.

– Nu văd nicio problemă majoră, Katie, spune studenta ei, Rachel, care o privește pe Katie și învârte pe degete părul lui Amy. Doar că lookul ei este puțin cam... șters.

– Da, îmi dau seama că nu are o identitate vizuală puternică, dar avem pe ce lucra. Deci, care e planul tău?

– Mă gândesc la o remodelare a părului în trepte care să-i încadreze fața și să se potrivească cu obrajii săi în formă de măr.

Traducere: obraji de hamster.

– Și pentru machiaj, nuanțe de maro, nu de roz sau portocaliu, pentru a-i oferi acel look parizian șic. Mă gândeam la ceva de genul Audrey Hepburn în *Mic-dejun la Tiffany's*.

– Grozav, Rachel, bine gândit. Abia aștept să văd rezultatul final.

Când Katie trece la Lauren, nici măcar nu apucă să zică nimic.

– Scumpo, nu poți să te atingi de nimic. Mai ales de pleoape.

Lauren zâmbește, dar are o privire care dă de înțeles că nu trebuie să te joci cu ea.

– Acest look mă reprezintă și nu am nevoie de o schimbare de imagine. Indiferent ce or spune ăștia.

Face din cap spre camere și își freacă părul la spate.

– Nici măcar...

– Nu.

– Pleoapele...

– Nuuu.

– Pot să-ți arăt...

– Hei, hei, hei. Pune chestia aia jos și stai departe de ochii mei, amice.

– Prea bine, atunci. Vom avea mai mult timp pentru... Kathy! ciripește Katie, ajungând în capătul liniei, încrucișându-și brațele și clătinând din cap. Dumnezeu știe că avem nevoie de mult timp pentru ea.

Kathy se încruntă.

În timpul sesiunii, Rachel o ghidează pe Amy în tot ce face. Îi arată cum să-și contureze fața, cum să dea formă sprâncenelor fără să le subțieze și cum să folosească puțin iluminator deasupra buzei superioare, în mijloc, pentru accentuare. În ciuda insultelor pe care le-a primit mai devreme, este destul de drăguță cu ea și Amy chiar îi apreciază toate sfaturile. Adoră machiajul, doar că metoda ei este de obicei aplicarea rapidă în speranța că va funcționa.

În curând, se apropie timpul pentru marea dezvăluire, și concurentele trebuie să închidă ochii în timp ce cearșafurile sunt trase de pe oglinzi.

Toate trag adânc aer în piept, apoi rămân calme și tăcute, fiecare aplecându-se către oglindă ca să-și analizeze noua înfățișare.

Gemma începe să exclame.

– Mă simt ca o prințesă! spune ea, cu o cascadă de bucle negre încadrându-i chipul. Fir-ar să fie, păcat că n-am telefonul la mine.

Întinde brațul în aer și începe să apese cu degetul mare pe palmă, prefăcându-se că face selfie-uri timp de zece secunde.

– Să nu te mulțumești cu puțin! Ești o regină! strigă Katie, îmbrățișând-o din spate.

Amy nu prea le ascultă. Este cufundată complet în reflexia sa. Bărbiile ei sunt acum doar una.

– Rachel, îmi place la nebunie, ești un artist capabil de miracole!

Radiază de bucurie, dându-și părul dintr-o parte în alta.

– Nu e prima dată când mi se spune asta! răspunde Rachel cu un zâmbet larg în timp ce-și trece degetele prin noua tunsoare a lui Amy.

Apoi se apleacă și-i șoptește la ureche.

– Ești preferata mea. Și a multor oameni care vă urmăresc. Îți promit!

Amy se lasă pe spătarul scaunului cu un oftat de ușurare. Se uită la Flick care nu a spus mare lucru după dezvăluire. Nici nu arată prea diferit. Studenta Ollie i-a făcut un tratament de exfoliere și a urmat instrucțiunile sale cu privire la cum dorea să îi fie aplicat machiajul.

– Dumnezeule, Hattie, arăți *extraordinar*! strigă Gemma, făcându-le pe toate să se întoarcă.

Colegele de casă se uită toate la ea. Gemma are dreptate. Hattie arată complet diferit. Ochii sunt luminoşi şi deschişi, pielea e perfectă şi sănătoasă, iar părul e tuns într-un stil elegant şi arată lucios. Zâmbeşte, dar pare ruşinată în vreme ce-şi mângâie părul.

– Deci, ce credeţi, doamnelor? întreabă Kathy.

Kathy arată de parcă ar fi ieşit din coperta revistei *Vanity Fair*. Are un machiaj dramatic şi întunecat, sprâncene negre şi un ruj nude. Părul ei blond e dat pe spate şi e şi mai blond acum, transformat într-o tunsoare scurtă şic, în stilul Emmei Willis. Se ridică în picioare, face paradă prin spatele scaunelor apoi face o piruetă, în timp ce concurentele o aclamă.

– O, pe cine păcălesc eu.

Râde.

– Nu cred că un machiaj *smoky eyes* o să schimbe faptul că am devenit invizibilă de când am împlinit cincizeci de ani.

– Ce prostii! izbucneşte Katie. E Cindy Crawford invizibilă? E Julianne Moore invizibilă? Vârsta nu e o barieră. Este o limită pe care tu singură ţi-o pui în minte.

Kathy se priveşte în oglindă şi zâmbeşte.

– Ia uite-te la tine, Jacks, spune Lauren.

Jackie arată ca o zeiţă. Codiţele ei sunt strălucitoare, pielea ei radiază şi poartă acelaşi ruj roşu pe care l-a purtat când a venit în casă prima dată.

– Da, mă simt bine. Atâta timp cât nu concurăm pentru titlul de miss.

– Dar, Jacks, nu port machiaj ca să mă simt competitivă. Ci ca să mă simt încrezătoare. Ca să fiu eu însămi, răspunde Gemma, făcând botic în oglindă. Ador lookul acesta. Mua!

Dezbaterea este întreruptă.

„Colege de casă. Vă rog mergeţi în sufragerie."

Pe televizor apare un mesaj, sub titlul „Întâlnirea Misterioasă Numărul 1".

Gemma, ţi-ar plăcea să ieşim în Grădina Secretă mâine-seară? Ne vedem la ora şase. Să nu întârzii. Dylan.

Conversaţii entuziaste umplu camera când deodată Lauren le atrage atenţia.

– Staţi aşa. Pe fostul lui Hattie îl cheamă Dylan, nu-i aşa?

Se întorc toate spre Hattie. Ea se holbează la ecran, rozându-şi unghiile.

Capitolul şaisprezece

– M-am gândit mai bine peste noapte și nu o să fac asta! Nici gând. Scuze, dar nu-mi pare rău, strigă Gemma la cameră în dimineaţa următoare. Nu îi ofer nenorocitului ăluia nici măcar o secundă din timpul meu.

Gemma se aruncă pe canapea lângă Hattie.

– Prietenele înaintea băieţilor, scumpelor, zice ea și dă pumnul cu Hattie.

– Nu e un nenorocit chiar așa de mare, mormăie Hattie.

Gemma se uită la ea, surprinsă peste măsură.

– Hat. Te-a făcut grasă și ţi-a tăiat hainele.

– Păi, poate că-i pare rău acum.

„Gemma, te rog să te duci în Camera de Conversaţii."

– Deci mai întâi ne zic să-l uităm pe fost, iar apoi ne torturează punându-i să facă paradă sub nasul nostru, se plânge Jackie de pe canapea. Orice ca să aibă succes în televiziune, așa-i? Întâlniri misterioase pe naiba.

– Îmi pare rău pentru colega de casă care va ajunge la o întâlnire cu Jeremy. Mestecă cu gura deschisă și scuipă atunci când vorbește.

Kathy râde, jucându-se cu bretonul și privindu-se în ușa de sticlă. Rămâne pierdută în gânduri timp de câteva secunde și se întoarce dinspre ușă, zâmbind.

– De fapt, oricine va ieși cu el la întâlnire îi poate transmite un mesaj. Să-i spună că îi mulţumesc. Faptul că mă aflu aici m-a făcut să mă întorc din morţi. Nu mai sunt Kathy, fosta lui soţie. Sunt Kathy, eu. Și sunt fericită că mă văd pentru prima dată pe mine însămi după douăzeci și cinci de ani. Și să-și scoată cercelul ăla din ureche. Îl face să arate ca un cretin.

Femeile râd.

– Chiar așa arată, o aprobă Amy.

Kathy încuviinţează și se cutremură.

– Mesajul meu pentru Jamie ar fi: de ce naiba am petrecut atâta timp cu tine? Cu o săptămână în urmă am fost atât de furioasă că am irosit doi ani din viaţă, dar acum pot să mă duc oriunde vreau eu, să călătoresc când vreau și să mă uit la toate prostiile de la televizor ori de câte ori am chef. Și pot să mă duc la culcare fără să trebuiască să mă uit la tine cum faci yoga în oglindă.

– Hmmm...

Jackie face o pauză.

– Aș spune că-mi pare rău că ești pe locul doi după tata. Dar îmi pare și mai rău că m-am gândit că vei fi alături de mine, nu împotriva mea, când vom avea probleme. Dar faptul că sunt aici mi-a deschis ochii, și acum văd că pot să mă susţin singură. Nu am nevoie de tine. Niciodată nu am avut.

– Mesajul meu este: nu am avut orgasm niciodată, șoptește Lauren.

Izbucnesc în râs chiar când Flick intră în sufragerie.

– Ce am ratat?

– Gemma o să meargă la întâlnire cu fostul lui Hattie diseară, explică Jackie, arătând spre ecranul televizorului. Așa că Gemma o să se folosească de această oportunitate ca să-i transmită un mesaj.

Flick se uită la ecran.

– Credeţi că or să vină toţi foștii în emisiune? Nu-mi pot imagina că Simon ar vrea să vină. Sau că ar avea timp. Bineînţeles că m-aș bucura dacă ar veni. Dar cred că oricum nu aș putea să-l văd. Și în plus, nu e fostul meu.

– Ce mesaj ai avea pentru el? întreabă Amy.

Flick se așază încet pe canapea și își dă părul de pe față. Zâmbește.

– Sper că se simte mândru de mine.

Jackie pufnește.

– Bine, deci chiar trebuie să fac porcăria asta, țipă Gemma întorcându-se din Camera de Conversații, sau o să fiu evacuată mâine, indiferent de voturi. Ce tâmpiți. Hattie, îmi pare rău, păpușă. Mi-aș dori să nu trebuiască să fac asta.

Hattie ridică privirea.

– E în regulă, Gem. Mi-ar plăcea să-i transmiți un mesaj lui Dylan.

Are o hotărâre în privire.

– Sigur, păpușă, orice.

– Spune-i că nu-mi va mai da niciodată porecle, și nu-mi va mai da mesaje neîncetat când sunt la serviciu, și nici nu va mai face scandal pe seama mea timp de ore întregi la parter, în timp ce eu încerc să mai prind o oră de somn înainte de următoarea tură. Nu voi mai întreține un ratat care pierde timpul toată ziua și-și irosește viața. Eu vreau mai mult de la viața mea. De data asta s-a terminat de tot. Nu mă mai întorc.

Femeile se uită la ea cu un amestec de milă, furie și mândrie.

– Suntem mândre de tine, Hats, zice Amy, strângând-o de umăr. E cea mai bună decizie pe care ai luat-o vreodată.

– Hattie, lasă totul pe mine.

Gemma se ridică și-și pune mâinile în șolduri.

– Acum, unde sunt foarfecele? Cred că cravata cuiva are nevoie să fie scurtată.

Capitolul şaptesprezece

Amy a revenit în Camera de Terapie şi-l priveşte pe doctorul Hicks cum îşi aranjează notiţele pe masă. În cele din urmă, le găseşte pe ale ei şi se uită peste ele prin ochelarii pe care-i ţine pe vârful nasului.

– Deci, Amy. În şedinţa noastră de săptămâna trecută, ţi-am cerut să completezi o temă despre relaţia ta. Te-ai gândit la acele întrebări?

– Da.

Înghite în sec. Nu-şi doreşte deloc să mărturisească gândurile sale cele mai ascunse oamenilor care o privesc. Deşi îşi face griji mai mult pentru prietenii şi familia ei decât pentru străini. Şi speră că Jamie ascultă.

– Să începem cu prima întrebare. Când te-a făcut Jamie să te simţi fericită în relaţia voastră?

– Mă descurc mai bine în scris decât oral, aşa că o să citesc punctele-cheie.

– Facem aşa cum te simţi tu confortabil.

– Bine, voi începe.

Expiră şi inspiră adânc.

– Jamie m-a făcut să mă simt fericită în relaţie când mi-a arătat că părerea mea contează pentru el. Când mi-a dat mesaj fără să aibă nevoie de un motiv. Când a dorit să îi vadă pe prietenii mei, şi când a fost viaţa şi sufletul petrecerii. Când a vorbit ca şi cum eu făceam parte din viitorul lui. Când m-a prezentat prietenilor săi sub numele de doamna O'Connor. Când conversaţiile erau și despre altceva în afară de bani. Când mă făcea să râd, dar prin glume care nu erau pe seama mea. Când își dorea să fie cu mine în fiecare noapte. Când mi-a spus că nu a întâlnit niciodată pe cineva care să se potrivească cu el atât de bine, și că vom călători în lume împreună.

Tuşeşte ca să pună accent pe următorul şi ultimul lucru pe care-l are de menţionat:

– Dar nu-mi pot aduce aminte când a fost ultima dată când s-a întâmplat vreunul dintre aceste lucruri.

Doctorul Hicks rămâne tăcut o perioadă, zâmbeşte la ea şi ia nişte notiţe pe iPad.

– Ok, mulţumesc, Amy. Să trecem la a doua întrebare. Când te-a făcut Jamie să te simţi *ne*fericită în relaţia voastră? întreabă el.

Cu aceeaşi pregătire, îşi foloseşte mintea ca să-şi controleze corpul şi ignoră tremurul din voce.

– Când nu m-a mai invitat să ies în pub cu prietenii lui, când nu a mai dorit să meargă cu mine în pub. Când a trecut de la a fi viaţa şi sufletul petrecerii la a fi absent. Când mi-a spus că e ciudat că vreau să-mi văd părinţii atât de des, şi când a început să devină prea ocupat să mai vină cu mine când mă duceam la ei. Când singurele lucruri de care a ajuns să-i pese au fost afacerea și corpul lui.

Amy continuă:

– Când a uitat unde lucrez, cu câteva luni în urmă. Când a început să dea mesaje la cină, iar apoi să accepte apeluri. Când nu am mai luat cina împreună deloc. Când nu a mai vrut să se culce cu mine decât când era beat sau mahmur. Când a încetat să mai îmi spună bună dimineaţa. Și apoi să mă sărute de noapte bună. Când mi-a spus că i se pare că devin plictisitoare. Când a făcut glume pe seama bărbiei mele duble, a braţelor cu piele lăsată și a coapselor mele ca nişte bucăţi de vită.

Când mi-a dat cheia de la apartamentul său, dar mi-a zis că trebuie să îl anunţ când vin la el. Când mi-a zis destul de clar că nu era o invitaţie să mă mut cu el. Când m-a făcut să mă simt că eram a doua persoană importantă în viaţa lui, iar apoi un oaspete în casa sa. Când mi-a spus Purceluşă.

Doctorul Hicks se uită la ea cu bunătate în ochi.

– Şi acum spune-mi, Amy, cum te simţi punând aceste lucruri pe hârtie?

Îşi aduce aminte de duşul fierbinte pe care l-a făcut după ce a scris această listă. Când s-a frecat bine de tot ca să se cureţe, a încercat să vizualizeze cum toate îndoielile, temerile şi anxietăţile relaţiei ei se duc odată cu apa. Şi-a imaginat cum năpârleşte şi cum iese din duş ca o Amy nouă-nouţă.

– Mă simt bine acum că scot totul la iveală. Am petrecut ultimul an prefăcându-mă faţă de toată lumea, inclusiv faţă de mine, prefăcându-mă că eu şi Jamie avem un viitor împreună şi am început să-l scuz pentru comportamentul lui. Dar expunerea adevărului, acceptarea lui şi apoi prezentarea lui în faţa tuturor, este ceva de care nu mă mai ruşinez. Singurul meu regret este că nu am făcut asta mai devreme.

Doctorul Hicks ia câteva notiţe în ritm lent şi apoi ridică privirea spre ea.

– Nu fi prea dură cu tine, Amy. Nu e uşor să te dezveţi de obiceiuri. Nu te concentra pe ce ai făcut atunci, concentrează-te pe ce ai de gând să faci acum. Sunt aici ca să te ajut să dezvolţi o înţelegere mai profundă asupra persoanei tale şi asupra a ceea ce trebuie să faci ca să fii fericită.

Îi zâmbeşte.

– Ceea ce mă aduce la ultima întrebare din temă.

Se uită în hârtii.

– Spune care sunt lucrurile de care ai nevoie ca să fii fericită într-o relaţie.

Amy își drege glasul.

– Ca să fiu fericită trebuie să simt că o relaţie are un scop. Că înseamnă ceva pentru amândoi. Vreau pe cineva care să mă facă să simt că viaţa mea e mai bogată acum că el face parte din ea, și că eu la rândul meu o îmbogăţesc pe a lui. Iau ca exemplu relaţia pe care o am cu cea mai bună prietenă a mea, Sarah. De ce nu pot să găsesc această apropiere și într-o relaţie cu un partener? Vreau să fac parte dintr-o echipă de nedestrămat. Nici măcar nu trebuie să fim echipa câștigătoare – putem fi fericiţi pierzând împreună pentru că tot ce contează este că suntem împreună și că ne ajutăm unul pe celălalt, și la bune, și la rele.

– Jamie a îndeplinit vreodată una dintre aceste nevoi?

Scoate un oftat.

– Nu. Poate că în primele șase luni. Dar nu spre sfârșit. Jamie m-a făcut să mă simt ca și cum i-aș face viaţa un calvar, în loc să i-o fac mai bună. Și ce a adăugat el în viaţa mea au fost numeroase complexe. Vreau pe cineva care să-mi spună că iubește totul la mine, negii, bărbia dublă, braţele cu piele lăsată, tot. Dar oare aștept prea mult de la o relaţie? Sunt eu prea pretenţioasă? Oare chiar există astfel de relaţii în viaţa reală?

– Amy, începe el, ridicându-se. Gândește-te la despărţirea ta ca la o coală nouă. Pe această coală goală poţi picta un viitor nou, plin de toate lucrurile de care ai nevoie pentru a fi fericită. Să nu-ţi mai pese dacă oamenii vor crede că ceri prea multe. Să ignori criticile și să nu te mai uiţi la ce pictează alţi oameni. Concentrează-te pe tine. Nu te grăbi. Și nu-ţi mai refuza fericirea adevărată. Cum arată tabloul tău?

– O plajă din Thailanda?

Ridică din umeri și râde ușor.

– De ce nu?

Îi răspunde cu un zâmbet și își croiește drum spre un ecran de pe perete. Îl pornește și se întoarce cu faţa la ea.

– Aş dori să trec de la relaţia ta la scopurile tale în viaţă, începând cu provocarea maternităţii. Te-am privit îndeaproape cum ai procedat cu bebeluşul Ben, şi aş dori să-ţi pun câteva întrebări.

Ridică privirea.

– Bine.

Râde neliniştită, îngrijorată că va trebui să-şi apere scorul şi să dea socoteală pentru cantitatea de mâncare din stomacul lui Ben.

– Deci, care sunt scopurile tale în viaţă? întreabă doctorul.

Ce întrebare importantă.

Face o pauză ca să se gândească.

Să încep un blog.

Să călătoresc în lume.

Să trec prin aventuri.

Să-mi găsesc dragostea.

Să îmi întemeiez o familie.

Să creez un cămin.

Să fiu liberă.

– Amy? o întrerupe el. La ce te gândeşti?

– Mă gândesc că aş vrea să le am pe toate. Dar ştiu că e imposibil. Vreau să mă aşez la casa mea, dar vreau şi să călătoresc. Îmi doresc să am copii, dar îmi doresc şi libertate. Adevărul este că, atunci când văd copii, nu simt instincte materne – mă simt neliniştită. Sunt ca nişte mici ancore. Dar nu ar trebui să simt asta la vârsta mea, nu-i aşa? Cum pot să îmi doresc o casă *şi* să dorm într-un cort? E ca şi cum sunt două Amy. Sunt cu un picior în avion şi cu unul pe autostradă, şi nu pot să-mi dau seama care îmi va aduce mai multe împliniri. În momentul de faţă, nu mă entuziasmează cumpăratul unei case, ideea unei familii sau urcatul pe scara carierei. Ce mă entuziasmează e atunci când îmi imaginez că sunt o sardină transpirată şi înghesuită pe strada Khao San, încercând să prind un tuk-tuk cu un laptop în geantă, inspirând tot praful, fumul şi condimentele.

Face o pauză, imaginându-și că e în Bangkok.

Nu te oprește nimic să pleci. Ai putea părăsi locul acesta. Ai putea fi acolo mâine dacă asta îți dorești.

Clipește ca să revină în cameră.

– Dar apoi clopotele eșecului sună ca niște gonguri, avertizându-mă că rămân fără timp și că e prea târziu să mai am asemenea visuri.

Oftează puternic și își înțeapă degetul cu unghia.

– Exploratoarea intrepidă din mine s-a pensionat acum câțiva ani. Am avut o șansă și nu am profitat de ea. L-am ales pe Jamie și trebuie să mă conformez cu asta. Mi-aș dori doar să nu mai visez la o evadare rapidă. M-am săturat să aud acea voce în minte care mă tentează să sar într-un avion chiar în clipa asta și să las totul în urmă. Nu e ceva realist. Îmi încețoșează privirea și îmi zăpăcește mintea.

– Amy, normalul este un standard pe care îl stabilești tu comparându-te cu cei din jur, spune doctorul Hicks. Ai putea aspira să fii cea mai naturală versiune a ta. În acest fel, singurul punct de comparație vei fi tu. Dacă nu te simți pregătită să te așezi la casa ta, atunci asta ești tu cea naturală. Poate că te vei schimba peste câțiva ani. Poate că nu.

– Dar, doctore Hicks, chiar îmi doresc să am copii, doar că aș vrea să nu mă simt grăbită să îi am din cauza vârstei. Aș fi o mamă teribilă în momentul de față.

Bărbatul pornește ecranul din cameră.

– Amy, ai treizeci și doi de ani, nu cincizeci și doi. Mai ai timp destul pentru copii, și cel mai rău lucru pe care l-ai putea face ar fi să grăbești această decizie. Ca să știi, eu înclin să fiu de acord că nu ești pregătită încă. Privește aici.

Îi zâmbește în timp ce apasă pe telecomandă.

Primul clip o arată pe Amy când l-a văzut prima dată pe Ben țipând în pătuț. Se dă înapoi de teamă, după care se strâmbă într-un amestec de teroare și repulsie. Al doilea filmuleț o arată pe Amy ținându-l pe Ben pe șold și ieșind pe ușa de la dormitor, lovindu-i capul de cadrul ușii, iar apoi uitându-se în jur să vadă dacă a mai văzut cineva, înainte să îi scoată o așchie din frunte. În al treilea clip, Amy fuge în baie să-l salveze pe Ben de chiuveta care dădea peste, în timp ce bebelușul era cu capul în jos. În al patrulea ea și Jackie stau lângă robinetul de prosecco, înlocuind laptele praf pentru bebeluși cu conținutul unui al treilea pahar. Iar apoi hrănindu-i și prăpădindu-se pe jos de râs.

– Să continuăm? întreabă Hicks, cu o sprânceană ridicată în mod comic.

– Bine, am înțeles. Dar astea sunt niște păpuși de plastic. Nu aș face așa ceva unui bebeluș adevărat! râde ea.

Doctorul Hick oprește montajul și închide televizorul.

– Da, sigur că știu asta. Nu ești un monstru. Dar O, bebe! a fost creat pentru a vă indica cu adevărat dacă a avea grijă de un copil este ceva natural pentru voi. Fie că te bucuri de această responsabilitate sau nu. Cât de pregătită ești pentru asta. Acum că ai completat provocarea, am o ultimă întrebare pentru tine. Te simți pregătită?

După câteva secunde, răspunde:

– Nu.

– Bine. Mă bucur că am reușit să încheiem ședința pozitiv, după ce am rezolvat unul dintre conflictele interne din mintea ta. Maternitatea poate să mai aștepte.

*

După ce pleacă de la doctorul Hicks, Amy simte că i s-a luat o piatră de pe inimă. Se duce direct în dormitor, unde le găsește pe celelalte care o ajută pe Gemma să găsească ținuta pe care s-o poarte la întâlnire.

Hattie pare neliniștită din cauza a ceea ce se petrece.

– Hattie, nu-ți face griji, drăguțo, spune Gemma cu o expresie serioasă. Nu mă gătesc pentru fostul tău. Vreau doar să arăt publicului cum mă pregătesc eu!

Zâmbește, își aruncă toată garderoba pe pat și alege trei rochii.

– Nu am deloc emoţii – doar că urăsc ideea că te vei întâlni cu el. E jenant. O să crezi că am fost nebună pentru că am stat cu el.

– Cred că el e nebun pentru că te-a lăsat aici, dar mă bucur că a făcut-o.

Gemma se uită la rochii. Una e scurtă şi neagră, din spandex, a doua e gen salopetă, e de piele şi are culoarea roz, iar ultima e o rochie strâmtă albă, dantelată, cu spatele gol, despicătura oprindu-se exact deasupra fundului.

O clipă mai târziu, a îmbrăcat rochia finală, şi face parada modei cu ea prin baie.

– Se numeşte decolteul fundului! E ca un decolteu la sâni, doar că la fund! Nu-i aşa că-i tare?

– Draga mea, tu ai deborda clasă şi cu un prezervativ pe cap, zice Jackie. Doar asigură-te că e destul de elastică încât să poţi să dai un pumn dacă e nevoie.

– E uşor, răspunde ea, aplecându-se în tocurile de doisprezece centimetri ca să dea un croşeu de stânga, iar apoi un upercut, urmat de o lovitură dată cu avânt cu piciorul.

Flick stă într-un colţ cu braţele strânse la piept.

– Nu poţi să te duci aşa. Ţi se vede jumătate de fund! Măcar ia-ţi nişte pantaloni pe tine!

Gemma se opreşte şi pare supărată.

– Da, sigur, tată. Nu pot să port pantaloni pentru că o să-mi ascundă decolteul de la fund. Şi aia e partea cea mai tare.

Flick clatină din cap şi scoate un ţâţâit.

– Şi vă mai întrebaţi de ce se iau de noi pe stradă. Abia aştept să văd ce comentarii o să fie mâine pe Perete.

– Nu e vina mea că bărbaţii nu se pot controla. E corpul meu, imaginea mea, alegerea mea. Bum. Sau să spun buci? zice ea, dând din fund.

– Ei bine, eu când o să am o fiică, n-o să-i dau niciodată voie să iasă aşa pe stradă.

– Flick, pentru numele lui Dumnezeu, trăiește în prezent.

Gemma iese țanțoșă din baie, face o piruetă și dă din cap.

– Femeile nu ar trebui să își ascundă corpul doar pentru că bărbații sunt atât de limitați încât să nu reziste să vadă puțină piele fără să aibă o erecție.

*

Femeile se adună în jurul televizorului. Pe ecran, Dylan se plimbă în sus și-n jos în Grădina Secretă de vizavi. Poartă o cămașă neagră lejeră cu dungi albe, blugi cu o mărime prea mare pentru el și pantofi eleganți negri și lucioși. E imposibil, dar ținuta îl face să arate mai tânăr decât înainte, când era îmbrăcat în uniforma lui de jucător adolescent. Producătorii nu s-au zgârcit deloc și au pregătit lumini în ghirlande, lumânări, trandafiri roșii și o sticlă de șampanie, care aștepta într-o găletușă cu gheață. În oricare altă situație, ar fi fost ceva romantic.

Este prima dată când Hattie a urcat mai sus de poziția cinci în Clasament. E clar că întâlnirea asta cu Dylan i-a făcut pe spectatori să vorbească.

– Chiar și-a dat silința să arate bine, remarcă Hattie pe un ton moale. Nu-mi aduc aminte să fi depus astfel de eforturi pentru mine vreodată.

Amy îi surprinde privirea lui Lauren, iar Kathy o masează pe spate pe Hattie. Hattie își pune capul în mâini și începe să plângă.

– Hattie, scumpa mea – Lauren se trage mai aproape de ea pe canapea –, o să găsești pe cineva care o să depună eforturi pentru tine în fiecare zi. Am un presentiment bun în privința asta, iar eu de obicei nu mă înșel. Meriți pe cineva care să te trateze ca pe un dar, și o să-l găsești. Ești premiul cel mare și să nu te gândești nici măcar o clipă că nu ai fi. Clovnul ăla e un idiot cât casa, și nu vrei un idiot cât casa în viața ta.

Privirile lor se ațintesc asupra televizorului când aud cum se deschide ușa din Grădina Secretă. Gemma pășește încrezătoare, mormăind un bună. Dylan se duce în dreptul scaunului ei și îl trage ca să se așeze.

– A, ce bine, zâmbește Flick. E drăguț să văd că încă mai există maniere.

În timp ce Gemma se așază, Dylan lungește gâtul în față și se holbează la posteriorul ei, cu gura deschisă și cu limba la vedere.

– O, vai! exclamă Kathy, aruncându-i o privire lui Hattie.

– Dumnezeule! icnește Hattie. Uitați-vă la el, se holbează la ea ca un câine în călduri!

– Este un câine, Hattie.

Jackie vine în spatele ei și o frecționează pe umeri.

– E un chihuahua mic și nenorocit, care scoate limba pe-afară.

În cele din urmă, Dylan se mișcă și ia o sticlă de șampanie din găletușă în timp ce se așază. După prea multe încercări de a o deschide, Gemma o ia și o desface cu o mișcare de karate din mână.

– Uau, mișto truc, râde Dylan, apoi se oprește când vede că ea nu reacționează. Arăți drăguț. Îmi place rochia ta. Mai ales spatele.

Îi face cu ochiul. Și se dezlănțuie iadul.

– Iisuse Hristoase, amice, câți ani ai tu? strigă Gemma. E prima dată când vezi fundul unei femei? Știu că nu este, pentru că ai fost suficient de norocos ca Dumnezeu să o trimită pe Hattie în viața ta. Cine știe cum s-a întâmplat asta – nu era deloc de nasul tău. Iar Hattie stă acum pe fundul ei perfect, uitându-se la tine cum îți curg balele după posteriorul meu ca un adolescent în călduri. Știi, sunt chiar bucuroasă că a văzut asta. O va face să-și dea seama cât de jalnic ești deja. Maturizează-te și arată puțin respect.

– Dumnezeule!

Flick își încrucișează brațele și clatină din cap.

– Cum ar putea să fie ea Cea păstrată dacă se comportă așa? Bărbații ar fugi mâncând pământul. Și sincer, nu i-aș învinovăți. Nu are niciun pic de rușine.

– Bravoooo, Gemma! strigă Jackie. Regino!

Amy se uită la Hattie. Are ochii închiși. Și deși pe obraji încă mai sclipesc câteva lacrimi, zâmbește, ca și cum ar asculta cel mai frumos cântec de leagăn de pe lume.

Trăiesc o ignoranță fericită fără să știe că una dintre ele va pleca acasă mâine.

Capitolul optsprezece

– Femeia aia e de pe o altă planetă. Flick nu-şi dă seama cât de insensibilă este, bombăne Jackie către Amy în dormitor.

Au primit o telegramă muzicală la micul dejun care le anunţa cu veselie veştile neplăcute. În seara aceasta va avea loc prima evacuare în direct din *Raft*.

Toată lumea stă ca pe ace. Până şi maestra Zen Kathy s-a răstit la Flick mai devreme pentru că a spus că soţiile nu ar trebui să îi pună pe copii înaintea soţilor, şi cum nu ar visa niciodată să simtă că e pe locul doi pentru ea când vor fi căsătoriţi şi vor avea copii, deoarece dacă ar face asta l-ar îndemna să se îndepărteze de ea.

– Dar nu cred că e o persoană rea, şopteşte Amy. Doar că nu gândeşte înainte să vorbească. Uită cine o ascultă. Nu cred că acel comentariu a fost un atac la adresa lui Kathy. E ca şi cum ar spune lucrurile astea cu voce tare ca să o audă Simon. Şi-a cerut scuze după şi cred că s-a simţit groaznic.

– Dar asta nu e şi mai rău? Când nu-ţi dai seama că spui ceva nelalocul lui? Şi scuzele ei sunt mereu exagerate. Când spui că-ţi pare rău de un milion de ori, nu o faci pentru că-ţi pare rău pentru ce ai făcut, ci pentru că vrei să scapi de vină. Pur şi simplu cred că dă un exemplu foarte prost. Ai văzut cum sunt fanii ei pe Perete. Practic cei mai groaznici oameni din lume.

Pleacă lăsând-o pe Amy singură să se gândească la Flick şi ghicitoarea pe care o reprezintă.

Jackie poate că are și ea dreptatea ei. Uneori Flick exagerează prin gesturi, mâncare, ofertele de ceai neîncetate. Și Kathy s-a răstit din nou la Flick pentru scuzele cu care nu mai contenea.

– Ei, drăcie, nu mă mai sufoca, sunt bine!

Uneori lui Amy îi vine să o apuce pe Flick de umeri și s-o scuture de părerile negative pe care le are despre ea însăși. Alteori, îi pare extrem de rău pentru Flick și e consternată din cauza fixației pe care aceasta o are pentru aprobarea lui Simon. Flick e inteligentă. E doctoriță. E pediatru, ce naiba! Cum poate să creadă sincer că nevoile unui bărbat sunt mai importante decât cele ale unui copil? Parcă ar fi otrăvit-o, și toate concepțiile ei toxice despre căsătorie, relații și înfățișare sunt simptomele unei persoane foarte bolnave. Oricare ar fi cauza răului, este înfiorător că are atât de multe de suportat. De când a ajuns în emisiune cu cinci zile în urmă, Peretele a devenit un teren de împerechere pentru rasiști, sexiști și bigoți care ieșeau din colțurile întunecate ale internetului. Multe comentarii folosesc citate de-ale lui Flick în afara contextului și oferă cuvintelor ei un înțeles mai sinistru decât crede Amy că ar fi de fapt.

Sau cel puțin așa speră.

*

Amy freacă baia cu înălbitor de sus până jos ca să scape de stresul provocat de posibilitatea ca ea să fie evacuată în această seară. A găsit câteva ghemotoace de păr, două unghii false, niște chiloți tanga și suficiente agrafe cât să-și deschidă un magazin pe eBay. Nici măcar astea nu au făcut-o să-i fie la fel de rău ca emisiunea din această seară.

– Scuză-mă, Amy! icnește Flick când aproape că se împiedică de ea, pornește robinetul și își dă cu apă pe față.

Începe să plângă în chiuvetă.

– Ești bine?

Amy se ridică, neştiind ce să facă pentru a o linişti. Oare lui Flick îi plac îmbrăţişările? O freacă uşor pe spate ca să vadă cum reacţionează.

Flick se întoarce. Obrajii ei arată de parcă nu ar mai fi fost străbătuţi niciodată de lacrimi. Cum de rămâne atât de frumoasă pielea ei, cu o faţă atât de contorsionată? Ce enervant. Dar Amy trece în curând de la iritare la milă când vede că ochii lui Flick înoată în lacrimi. Când Amy se întinde ca s-o îmbrăţişeze, Flick se lasă cu toată greutatea pe umărul ei. Cu toate cele cincizeci de kilograme ale ei.

– Ce s-a întâmplat? murmură Amy în urechea sa.

– Am devenit mascota unui groaznic grup supremaţist de bărbaţi albi, Amy! Mi-au pus faţa pe un tricou însângerat, la fel ca Che Guevara! Sunt aici de nici o săptămână!

Amy se chinuie să nu râdă când îşi imaginează cât de ridicol arată capul lui Flick cu o beretă pe un tricou. Poate că are o bonetă cu un pămătuf de pene.

– Nu pot să fac asta, Flick. Probabil că ai putea să faci o declaraţie prin care să spui că nu le susţii opiniile, şi să-i întrebi pe producători dacă se poate face ceva ca să-i oprească. Sau poate ştie Jackie – e avocată.

– Jackie mă urăşte. Toată lumea mă urăşte. Dacă nu vă enervez pe voi, enervez publicul pentru că toţi cred că urăsc femeile.

Îşi trage nasul.

– N-ar fi trebuit să vin aici niciodată – a fost o idee prostească. Eu şi Simon eram perfect fericiţi. De ce a trebuit să vin şi să stric totul?

– Păi, poate că faptul că ai vrut să strici lucrurile e un semn că nu erai atât de fericită cum ai crezut.

Flick se holbează puţin la podea.

– Mulţumesc pentru că faci curat în baie.

Zâmbeşte şi iese afară, cu capul sus.

– Arată grozav. Chiar apreciez.

*

A mai rămas o oră până la evacuarea în direct, iar colegele de casă sunt îmbrăcate frumos şi aşteaptă în sala de mese, cu ochii lipiţi de Clasament. Biata Hattie a picat din nou pe ultimul loc.

Ziua 12

1. Gemma
2. Jackie
3. Flick
4. Amy
5. Lauren
6. Kathy
7. Hattie

„Concurente, vă rog să vă îndreptaţi spre sufragerie. Evacuarea va începe în cincisprezece minute."

Mesajele de pe Perete zboară atât de repede încât e aproape imposibil să le citească înainte să dispară în josul ecranului. Amy începe să se încordeze. E doar a patra de la coadă, aşa că nu se află în zona de siguranţă. Nu ar dori să ştie cum se simt Kathy şi Hattie în momentul de faţă. Kathy care are şansa să realizeze şi ea ceva de una singură, pentru prima dată. Care nu are unde să se ducă pentru că soţul său şi iubita lui i-au luat casa. Şi mai e şi Hattie care e disperată să se reinventeze şi să înveţe să trăiască fără Dylan. Care a devenit pe tăcute dependentă de restul colegelor de casă pentru prietenie, iubire şi sprijin. Cum o să treacă peste toate astea acolo, afară, de una singură?

@larnimarni Kathy e prea bătrână pentru emisiunea asta. E timpul să plece #nuovotaţipekathy #raftul

@superwomanly Hattie arată aşa de nesănătos. Nu ar trebui să fie la televizor #nuovotaţipehattie #raftul

@jkraze Ce naiba a purtat Gemma azi-noapte? Târfă! @ nuovotaţipegemma #raftul

– Ce palpitant e, spune Flick, aşezându-se pe capătul îndepărtat al canapelei.

– Flick, intervine Jackie, înmânându-le pahare cu prosecco, ne luăm la revedere de la cineva în seara asta. Ştiu că nu ai inteligenţa emoţională în sânge, dar încearcă să fii puţin mai sensibilă, bine?

Flick surprinde privirea lui Amy şi se uită în pământ. Amy e pe punctul de a-i cere lui Jackie să o lase mai moale cu atacurile, dar este întreruptă.

– Bună seara, concurente! strigă Adam Andrews la cameră, în timp ce un make-up artist îi face ultimele retuşuri. E ora şapte şi ştiţi ce înseamnă asta...

O sirenă urlă şi camera se mută şi-l arată pe Adam în dressingul său. Are părul dat cu gel şi poartă un costum cu sclipici.

– Este prima evacuare în direct de la *Raftul*! rage el.

Melodia de fundal a emisiunii începe să răsune în vreme ce prezentatorul fuge din camera de schimbat, cu cameramanul urmându-l îndeaproape. Pe coridoarele din studio, ridică mâinile ca să bată palma cu cei care stau în spate.

– Oo, iată-l pe Sam! zice Flick. Mi-a zis că am şanse mari să câştig.

– Şi mie la fel, îi dă replica Jackie imediat.

Adam sare de pe scenă şi aleargă pe scări prin public, care o ia razna. Camera continuă să-l urmeze pe uşa din spate şi ajunge în parcarea din studio, unde ridică braţele să salute miile de oameni care s-au strâns afară.

– Să mă ia dracul, mormăie Jackie.

Lui Amy nu-i vine să-şi creadă ochilor. Cum de această emisiune, de care nu mai auzise nimeni cu două săptămâni în urmă, a reuşit să strângă atâţia fani atât de repede? Se uită repede la celelalte şi vede că toate lumea este la fel de şocată. Pancartele reflectă sentimentele amestecate. Şi unele dintre ele au mai multă logică decât altele.

CE MAMA NAIBII?

KATHY BĂTRÂNA!

HATTIE O SĂ URASCĂ!

Amy nu e sigură ce înseamnă ultima şi judecând după expresia nedumerită a lui Hattie, nici ea nu ştie.

– Bine aţi revenit, doamnelor şi domnilor, la prima noastră evacuare în direct! strigă Adam în timp ce artificiile răsună pe cer. Se aud şi de la televizor, şi din grădină, ceea ce le dublează volumul, iar pulsul lui Amy creşte.

– Ei, fraţilor, ţipă Lauren către grup, chiar se întâmplă chestia asta, aşa-i? O să fim bine, zice ea, frecând-o pe Hattie pe picior şi bătând-o pe umăr.

Amy îşi bagă degetele în urechi când îl vede pe Adam cum dă într-un afiş de lângă el pe care scrie „Adam e un cretin", după care fuge la loc în studio şi coboară pe culoar. Sare în scaunul său din faţa celor trei oaspeţi care stau pe canapea.

– Aceasta este seara mult aşteptată de noi toţi, se adresează el camerei. Prima noapte în care dăm papucii primei colege de casă. Alături de mine este un grup format din cei mai mari fani vedete, care sunt aici pentru a paria pe cine va fi prima concurentă care va fi dată afară.

Dă cu piciorul în aer.

Camera se opreşte asupra primului oaspete, Archie Martucci, un fost prezentator de la *Rags to Riches*, un reality-show în care concurenţii trebuiau să locuiască pe stradă timp de o lună ca să câştige un premiu în bani. Emisiunea a fost anulată anul trecut când unul dintre concurenţi a dispărut. Archie face cu degetul la cameră.

– L-au găsit vreodată pe tipul ăla care a dispărut? întreabă Jackie.

Femeile dau din umeri.

Următoarea vedetă invitată este Sonia Cole, care trimite un pupic publicului. E o fostă fată de la Pagina Trei[1] care a devenit promoter de maşini şi care a lansat anul trecut o carte în care a spus totul despre numeroasele ei relaţii cu membri ai parlamentului.

– Of, nu o suport, mormăie Flick. E o mare târâtură.

Ultima invitată este o faţă familiară. Este Katie Carroway din *Beauty School Squad*, care s-a vopsit într-un albastru-aprins pentru această ocazie.

– Bun, vedetelor, vă voi întreba pe fiecare cine credeţi că va pleca în seara aceasta, şi de ce. Archie, tu primul!

– Păi, Adam, vorbeşte Archie pe o voce monotonă, trebuie să fie Hattie. Cine altcineva? A fost pe ultimul loc încă de când a început emisiunea. Hipopotamul nu are succes la public. E trist într-adevăr. Pe mine nu mă deranjează.

Lauren o ia de mână pe Hattie şi o strânge.

– E doar o vedetă terchea-berchea disperată după câteva secunde la televizor.

– Spune numai prostii, Hattie, să nu-l crezi, adaugă Gemma.

Adam trece mai departe.

– Dar tu, Coley, care este predicţia ta pentru această seară?

– Nu aş fi surprinsă dacă ar pleca Amy, spune Sonia pe o voce gravă. Şi nici nu mi-ar păsa dacă ar fi aşa.

Amy se demoralizează şi se încruntă.

– Oo! Ce controversat! Ce te face să crezi asta? întreabă Adam.

– Pentru că e al naibii de plictisitoare! Telespectatorii vor să vadă o emisiune, nu o târfă moartă! Scuze, iubire, n-am nimic cu tine. Cred că eşti drăguţă, dar cu asta nu câştigi nimic.

Amy se uită la Clasament, speriată că a coborât pe ultimul loc. Dar nu s-a întâmplat asta – e ciudat, dar de fapt a urcat un loc.

---

[1] Echivalentul fetei de la pagina cinci din ziarele româneşti (n.tr.)

– Trebuie să o contrazic pe Sonia, spune Katie. Cred că faptul că Amy nu se implică în prea mult dramatism o face să pară foarte plăcută. Ce e greșit în faptul că cineva vrea să fie o persoană normală acolo?

– Eu vreau lacrimi, bătaie între fete și păr smuls din cap, răspunde Sonia. Asta dă bine la televizor. Păstrează discuțiile lungi și dezbaterile politice pentru *Question Time* că mă ia somnul!

Publicul o aclamă și râde.

Katie pare dezgustată.

– Deci vrei o emisiune în care femeile să arate ca niște dezastre emoționale?

– Un pic cam dramatic, intervine Adam. Bine, Katie, deci dacă tu votezi să rămână Amy, cine e pe lista ta de plecare?

– Trebuie să fie Flick.

– Atunci când ai fost să le faci transformările majore ai fost înnebunită după Flick! răbufnește Adam.

– Nu e vorba că îmi *dis*place, doar că nu înțeleg ce caută aici. Este într-o relație. Nu are nevoie să învețe cum să fie într-una. Nu poate să le aibă pe toate.

Publicul face:

– Oooo!

Flick oftează.

– Nu eu i-am forțat să mă aducă aici. Ei m-au sunat.

– Bine, continuă Adam, deci *vrei* ca Flick să plece acasă, dar cine *crezi* că va pleca în seara aceasta?

– Hattie, bineînțeles, spune ea. Biata pisicuță nu are nicio șansă să fie salvată de telespectatorii ăștia.

– Bine, bine, bine, zice Adam, întorcându-se spre cameră. Avem doi la unu pentru Hattie, dar încă nu suntem pregătiți să îi tăiem cordonul. Pentru că ne-a mai rămas un ultim oaspete foarte special, pentru care am păstrat un loc pe canapea. El o cunoaște mai bine decât oricine altcineva...

– Oo, nuuuuu!

Hattie începe să se agite.

– Nu pot să-l aducă pe Dylan, nu?

– Păpușă! răspunde Gemma. A dispărut demult, nu-ți face griji.

– Să-i urăm bun venit pentru a doua oară pe scena noastră doctorului nostru Howard Hicks!

Hattie răsuflă ușurată.

Publicul aplaudă în timp ce doctorul Hicks merge stânjenit, pe jumătate alergând, până la canapea și se așază zâmbind și făcând cu mâna la public.

– Deci, doctore Howard, îl întreabă Adam pe un ton serios, nu avem mult timp la dispoziție. Aș dori să aflu ce credeți despre impactul emoțional pe care această respingere îl va avea asupra primei concurente date afară. Cum credeți că se va descurca cineva ca Hattie?

– Ei bine, tușește doctorul Hicks, să nu uităm că plecarea lui Hattie nu este un lucru sigur. Clasamentul din sufragerie nu este decât un instrument care ascultă de rețelele de socializare. Este un sistem automat cu un algoritm care urmărește dacă se vorbesc lucruri pozitive sau negative despre colegele de casă. Nu este mereu exact. De exemplu, sistemul nu poate depista sarcasmul. Dacă eu aș spune. „Da, *cu siguranță* Hattie o să rămână“, spune el pe o voce sarcastică și dramatică, atunci calculatorul va înțelege că eu am spus că sunt sigur că Hattie va rămâne. Nu opusul, ceea ce este ce am vrut să spun.

Adam se uită la el fără nicio expresie, iar publicul a amuțit. Cineva strănută.

– Deci credeți că Hattie va primi cele mai puține voturi în această seară? întreabă Adam.

– Nu, nu asta vreau să spun, răspunde doctorul Hicks. Spun doar că nu am încredere în Clasament. Nu este precis.

– Bine, m-am prins! strigă Adam, mimând *Ce naiba?* către public, care începe să râdă. Deci, înapoi la întrebarea mea inițială: cum se va simți cea evacuată?

– Păi, tu cum te-ai simți, Adam? îl întreabă doctorul Hicks.

– Foarte rușinat, ca să fiu sincer. Mi-ar veni să mă înghesui într-o gaură și să mor acolo, zice el, râzând.

– Păi, da, poate că și asta. Concurenta care va pleca prima va simți un amestec de emoții. La început, se va simți umilită că a fost respinsă. Apoi va simți bucurie pentru că va crede că e liberă să revină la lumea din exterior și să se reunească cu familia și prietenii săi. Apoi, când va vedea mulțimea adunată afară, va simți trepidații și imediat entuziasm când va vedea că e aclamată.

Zâmbește.

– Au venit ca niște persoane necunoscute și vor pleca precum niște celebrități. Fețele lor vor fi recunoscute de mii de oameni din țară. Cu siguranță nu vor mai putea să se ducă la magazin după niște lapte într-o pereche de papuci.

– Dar dacă mulțimea va huidui? întreabă Adam.

– Păi, presupun că s-ar putea întâmpla și asta, da, zice doctorul Hicks.

– O nu, o nu, o nu! se plânge Hattie încet.

– Oamenii care huiduie sunt probabil nefericiți, îi spune Jackie.

– Ok, le mulțumesc tuturor oaspeților mei! țipă Adam, cu degetul pe cască. Mi se spune că au mai rămas doar treizeci de secunde până la marea dezvăluire, iar voturile finale sunt numărate și verificate exact în timp ce vorbim. Pe cine va decide publicul să salveze? Cine va fi prima care va pleca de la *Raftul* după două săptămâni în care și-a făcut prietene noi, și-a explorat adâncurile sufletului alături de terapeutul nostru vedetă, a primit o înfrumusețare nemaipomenită și multe altele?

Pe marele ecran din spatele său apare o numărătoare inversă și le face semn invitaților să se ridice în picioare și să se țină de mâini ca și cum ar fi de Revelion.

5...

4...

3...

2...

1...

Colegele de casă țipă și peste tot au loc explozii, atât de mult sclipici umplând ecranul încât nu pot vedea cine trebuie să plece timp de câteva secunde lungi și dureroase.

– Cine naiba e? strigă Gemma.

Sclipiciul cade ca o cortină.

Kathy.

Își duc mâinile la gură și Amy întoarce capul spre Clasament. Doctorul Hicks a avut dreptate. Hattie este tot ultima, dar Kathy a primit de fapt cele mai puține voturi.

– Nu pot să cred! *Kathy!* exclamă Amy și o ia de mână. Nimeni nu a zis nimic rău despre tine! spune ea.

„Kathy, ai cinci minute la dispoziție să îți faci bagajele și să părăsești casa."

Femeile se strâng în jurul lui Kathy pe canapea ca s-o consoleze, în timp ce ea își șterge fața cu o mână.

– Nu plânge, Kath, gândește-te. Ești liberă! zice Lauren, luând-o în brațe și strângând-o tare.

După câteva secunde în brațele lui Lauren, Kathy se retrage și lasă la iveală un zâmbet larg.

– Știu! Mă bucur că scap de aici!

Radiază de fericire și se ridică.

– Știam că nu o să câștig niciodată emisiunea asta la vârsta mea, și nici nu mi-a păsat prea mult să ajung până la sfârșit. Am vrut doar să trăiesc experiența și să încep o viață nouă. Și am obținut asta în doar douăsprezece zile!

– Sunt liberă! strigă ea și intră în dormitor.

Când reapare cu valiza după ea, râde cu gura până la urechi.

– Sigur, nu o să plec cu un milion de lire, dar nici cinci mii nu sunt răi.

Femeile își iau la revedere și o privesc cum își trage bagajul dincolo de ușa de fier de la intrare, cu butonul de Pleacă strălucind verde pentru prima dată. Se întoarce când ajunge la ieșire și le face cu mâna. Ușa se închide cu putere. Kathy a plecat.

Capitolul nouăsprezece

– Zun nnist omenn în ădină, mormăie Hattie lângă ușile de sticlă.

– Ești bine, Hat? răspunde Amy absentă, de pe canapea.

E concentrată pe o ceartă de pe Perete despre cine ar câștiga într-o luptă, Gemma sau Jackie, și se dezbate dacă femeile ar trebui să aibă pătrățele sau nu. Nu poate face nimic altceva ca să le apere decât să urle la ecran ca o banshee[1]. Nu s-a obișnuit cu viața fără telefon. Încă duce mâna din instinct la buzunarul din spate în căutarea lui. Încă îl mai caută dimineața când se trezește. Se descurcă mai bine decât Gemma oricum, care a dezvoltat un tic nervos de a da cu degetul pe palmă ca și cum ar da în josul paginii unui telefon.

– Ce-ai spus, scumpo? strigă Lauren de pe canapea. Poate ar trebui s-o iei mai ușor cu drogurile.

Închide zgomotos.

– Sunt niște oameni în grădină, repetă Hattie.

Amy și celelalte se întorc să se uite.

– Ce se întâmplă în grădină? întreabă Gemma care gâfâie după o sesiune pe banda de alergat de care nu se mai atinge nimeni.

– Se întâmplă ceva? întreabă Flick care vine din dormitor cu o mască pe față.

Se strâng toate în fața geamului. Jackie bate în sticlă, dar curierii continuă să-i dea bice fără să ridice privirile, așezând birouri și scaune de lemn de modă veche.

---

[1] Spirit feminin din mitologia greacă; anunță moartea unui membru al familiei plângând, strigând sau bocind (n.tr.)

– Arată ca şi cum ar pregăti o sală de clasă, comentează Amy.

– Ei bine, oare ce or să ne mai înveţe în continuare? ciripeşte Jackie, care se caţără pe spătarul canapelei şi aterizează pe partea cealaltă. Sper că o să ne înveţe cum să coasem. Mi-ar prinde bine în repertoriu să ştiu să cos şosete pentru costum.

„Concurente. Vă rog aşezaţi-vă pe canapea."

– Îhh, sunetul ăsta o să mă omoare până la urmă! geme Lauren când porneşte muzica.

Ecranul îl arată pe Adam în scaunul lui din platou.

– Deci, cu trei luni în urmă, spune el, am realizat un sondaj în parteneriat cu revista *LAD* pentru a afla răspunsul la una dintre cele mai mari întrebări ale vieţii. Ce își doresc bărbaţii?

Se mângâie pe bărbie.

– Ei bine, pentru a afla răspunsurile și pentru ca voi, fetelor, să aflaţi secretul cuceririi unui bărbat îi avem aici pe editorul revistei *LAD*, Danny Wells, și pe doctorul nostru, Howard Hicks!

Un bărbat încrezut, de vreo douăzeci și-un pic de ani, cu o mustaţă subţire, aleargă pe scenă. I-o ia înainte doctorului Hicks și dă pumnul cu Adam înainte să sară pe canapea, mestecând gumă în timp ce face cu mâna la cameră. Doctorul Hicks li se alătură în câteva secunde.

– În regulă, amice, ce mai faci? întreabă Adam, râzând.

– Foarte bine, amice, foarte bine. E grozav că mă aflu aici – asta e singura emisiune care contează pentru oricine din ţara asta, în momentul de faţă, îţi zic eu. Totul bine, doamnelor? Ce faceţi acolo? E minunat.

Zâmbește și face cu ochiul înainte să se întoarcă spre doctorul Hicks să dea pumnul și cu el, după care lasă să-i cadă microfonul. Acţiunile lui provoacă confuzie și stânjeneală.

– A, Danny e destul de drăguţ, nu-i așa? zice Gemma, jucându-se cu o șuviţă de păr.

– Mâinile sus dacă sunteţi dezamăgiţi că fetele noastre nu poartă uniforme de şcolăriţe încă, ee? Cine e cu mine? strigă Danny către public, cu mâna în aer.

Gemma dă drumul şuviţei şi îşi pune mâinile în poală.

– O, Dumnezeule, nu e drăguţ, e un pervers!

– Poţi să dai vina pe doctorul Howard pentru asta, răspunde Adam. Strică toată distracţia! Deci, Danny, spune-le fetelor ce o să faci cu ele astăzi.

– Bine, doamnelor, Adam, o s-o iau de la început. Cu trei luni în urmă, am dat un tweet foarte simplu, dar profund, pentru urmăritorii noştri. A zis aşa...

Face o pauză pentru efect şi trage o linie în aer.

– „Problema cu femeile este că..." Și am lăsat spaţiu gol. Rezultatele au fost extraordinare, Adam – mii de spaţii goale umplute. Să-ţi zic ceva, Jay-Z trebuie să rescrie piesa aia.

– „Nouăzeci şi nouă de probleme şi o târfă le întrece pe toate aproape"?

– Ha! Exact, Adam, exact!

Amy urăşte cântecul ăla. Jamie obişnuia să-l cânte mereu de faţă cu ea, gândindu-se că e amuzant să schimbe „o târfă nu e una din ele" cu „o târfă e una din ele", în timp ce arăta spre ea, pe ringul de dans.

Doctorul Hicks intervine:

– Am petrecut şase săptămâni analizând răspunsurile, punându-le pe categorii şi aşezându-le în ordine în funcţie de priorităţi, pe baza încărcăturii lor emoţionale. Unele răspunsuri au fost mai profunde decât altele. Un răspuns superficial a fost: „Problema cu femeile este că se aşteaptă să plăteşti tu". Un răspuns profund a fost: „Problema cu femeile este că se aşteaptă să le întreţii tu pe ele și familia".

– Eh, poate acum douăzeci de ani, amice, ţipă Jackie, când nu puteam obţine locuri de muncă pentru care să ni se plătească un salariu decent.

Adam dă din cap cu vigurozitate.

– Fascinant, și cum vei folosi aceste informații pentru a le ajuta pe fetele noastre?

– Este simplu, răspunde Danny. O să le învățăm ce să facă – și ce să nu facă – când sunt într-o relație cu un bărbat și vor ca aceasta să dureze. Nu este un test. Nu este o provocare. Ei bine, presupun că provocarea ar fi să stea tăcute mai mult de cinci minute – nu-i așa, băieți? Ha, glumesc doar, fetelor!

– Păi, nu știu ce să zic – cum rămâne cu Gemma?

Adam izbucnește în râs, iar Danny i se alătură, plesnindu-se peste genunchi. Doctorul Hicks se uită urât la amândoi.

– Hei! țipă Gemma și se uită la celelalte.

– Tâmpiților, mormăie Jackie în barbă.

*

Afară, birourile sunt aliniate în două rânduri, cu fața spre un proiector care intră în contact cu un ecran de cinema în aer liber. Adam, Denny și doctorul Hicks sunt pe ecran. Danny poartă o uniformă de profesor elegant din catifea reiată, o vestă croșetată și ochelari falși. Arată la fel ca doctorul Hicks, care nu s-a gătit.

– Salutare, doamnelor, și bine ați venit la... „Păstrează-i lângă tine!“ anunță Adam tare. Cursul care vă va învățat tot ce întreprinde face pentru a face un bărbat fericit. În următoarea oră veți afla care sunt lucrurile care ne enervează pe noi. Cum să evitați să ne mai bateți la cap și cum să vă creșteți libidoul ca să nu mai plecăm de lângă voi și ca să vă oferim viața la care visați. Adio clopoței de nuntă și mult-așteptatele zgomote de piciorușe. Bun venit pisici, mâncare la pachet și televizor.

– Sună destul de bine, zice Hattie încet.

Amy se uită în jur. Toate se holbează la prezentator fără să le vină a crede. Aproape că izbucnește în râs când vede că Gemma îi aruncă o privire mortală, iar Lauren ține ochii închiși. Între timp, Jackie scrie cu furie o listă lungă pe o hârtie. Când Amy se uită mai de aproape, vede că titlul este: „Problema cu bărbații este că...“

– Am trecut prin toate răspunsurile cu multă atenţie şi am reuşit să le sortăm în nişte categorii bine definite, începe doctorul Hicks. Aceste categorii includ înfăţişare, comportament, sex, comunicare, atitudine şi stabilitate emoţională. Acestea sunt aspectele cu probleme cu care au avut de-a face mii de bărbaţi care au avut relaţii sau sunt într-o relaţie cu o femeie. Acum urmează să trecem prin fiecare categorie în parte, să explicăm fiecare problemă şi să afişăm unele dintre răspunsurile reale pe care le-am primit.

Danny se bagă şi el:

– Fetelor, acesta este un curs semi-interactiv. S-ar putea să vă punem întrebări pe parcurs. Dar am prefera ca voi să staţi tăcute, să ascultaţi şi să luaţi notiţe despre ce vă spunem noi. Să nu ne întrerupeţi. Dacă vreţi să vă explicăm puţin mai mult, să ridicaţi mâna. Aţi înţeles?

– Da, cred că până şi-un câine ar înţelege, zice Jackie tare.

– Bine, deci putem începe. Prima noastră categorie este înfăţişarea, zice Adam şi dă click pentru ca pe ecran să apară o femeie frumoasă. Amy se uită la Flick şi se întreabă dacă vede şi ea asemănarea.

Regula nr. 1: Să nu o laşi niciodată moale

– Ea e Kelly. Este o imagine generată de calculator a unei femei perfecte, creată de noi în funcţie de gusturile bărbaţilor din datele pe care le-am adunat. Mereu îi întrebăm pe bărbaţi care sunt preferinţele lor şi Kelly reprezintă toată răspunsurile lor la un loc, sub forma feminină perfectă. Desigur, nu vrem să spunem că trebuie să arătaţi aşa.

– Păi sper naibii că nu, intervine Jackie, arătând spre chipul ei. Sunt negresă, amice.

Doctorul Hicks tuşeşte şi pare vizibil jenat.

– Nu spunem că toate femeile ar trebui să aibă păr blond şi ochi albaştri. Ţine mai mult de îngrijire.

Adam dă click și Kelly se transformă într-o femeie mult mai bătrână, care arată irascibilă, e de două ori mai grasă și are păr alb nepieptănat și niciun pic de machiaj. Poartă un trening larg, cizme Ugg murdare și are jumătate de hamburger într-o mână și cealaltă jumătate în gură.

Gemma izbucnește în râs:

– Hei, asta-s eu sâmbătă dimineața!

Danny se uită la ea, înmărmurit.

– Gemma, vom ajunge și la partea cu umorul femeilor. Doamnelor, așa va arăta Kelly dacă nu îi va mai păsa de aspectul său. Mai multe din răspunsurile noastre au spus că problema este că o lasă moale. Nu mai le pasă de stilul lor, de forme și de feminitate. Unii bărbați se plâng că partenerele lor nu mai au o igienă atât de bună ca înainte să aibă copii. Bărbații sunt creaturi vizuale și nu ne place deloc când nu mai depui eforturi pentru înfățișarea ta. Când alegi papucii în locul pantofilor cu toc, înseamnă că nu-ți mai pasă de ce credem despre tine, iar asta ne face să simțim că noi nu mai contăm.

Danny dă click din nou și arată o a treia versiune a lui Kelly. Mai bătrână, dar încă în formă, într-o fustă și tocuri. Are în mână un suc verde, zâmbește și are părul perfect coafat.

– Întâlniți-o pe Kelly Puma, care încă mai poartă verigheta! Kelly Cea care a Renunțat nu are verighetă, nu-i așa? Asta pentru că soțul ei nu a dorit să fie cu o soție îndesată, prost îmbrăcată și morocănoasă. Așa că regula este, doamnelor, foarte simplă. Nu o lăsați moale.

Amy ridică mâna.

– Cum vă așteptați ca noi să avem timpul și energia să ne coafăm, să ne facem unghiile, să călcăm o fustă, să facem un suc verde și cu toate astea să zâmbim în fiecare zi? Mi s-ar părea imposibil așa ceva, și nici măcar nu am copii. Până să termin toată treaba, o să fiu extenuată. Îmi vin în minte o mie de alte modalități de relaxare.

– Ai putea să te trezești cu o oră mai devreme? răspunde Danny. Este un preț mic de plătit pentru a-l face pe cel iubit să se simtă fericit că e împreună cu tine și nu cu altcineva. Și te va ajuta și în pivința încrederii în tine. Nu e nimic mai sexy decât încrederea în sine. Bineînțeles, încrederea pe bună dreptate. Nu ne-am dori o femeie încrezută.

Amy nu ar recunoaște niciodată față de nimeni, dar i-a luat trei luni de zile să-i arate lui Jamie fața ei fără fond de ten. Când a rămas pentru prima dată la el acasă peste noapte, a mers pe vârfuri până în baie și a dat drumul la robinet. Apoi s-a spălat pe dinți, și-a dat cu puțin fond de ten și un pic de parfum ca să-i dea lui Jamie impresia că iasomia este mirosul ei natural. Apoi s-a furișat la loc sub pături, încercând din răsputeri să nu lase pete de fond de ten pe fețele lui de pernă Harrods și a închis repede ochii prefăcându-se a căsca. Odată tot a găsit o pată de fond de ten pe fața de pernă și a făcut-o să se simtă groaznic. Oricum, când s-a oprit în cele din urmă să mai facă această rutină obositoare, Jamie nu a părut că observă.

Doctorul Hicks vine în fața clasei și ia telecomanda de la Adam. Pe ecran apare o poză cu un cuplu model în pat. Amândoi râd, iar el o îmbrățișează de la spate.

Regula nr. 2: Depune eforturi în pat

– O fi tras un vânt pe piciorul lui? șoptește Lauren, făcându-le pe toate să râdă – în afară de Flick, care se întoarce spre ea și îi spune să tacă.

– Doamnelor, bărbații nu răspund doar la stimuli vizuali, continuă Danny. Ci și sexuali. A doua cea mai mare problemă de care s-au plâns bărbații este viața lor sexuală. Sau lipsa ei. Femeile ajung pe culmea apetitului sexual la vârsta de treizeci de ani. După aceea, schimbările hormonale pot produce un libido scăzut. Eu am o teorie care este legată de încredere. Dacă te simți neatractivă, nu vei mai dori să faci sex. Vă temeți de respingere, așa că ne respingeți voi pe noi. Este un cerc vicios. Iată un tweet de la unul dintre urmăritorii noștri.

Eu şi soţia făceam sex de cinci ori pe săptămână înainte să avem copii. Acum simte că e prea obosită, prea plină sau prea grasă. Ei bine, m-am săturat să mă mai respingă. Dacă nu se schimbă, o să caut pe altcineva. De ce să rămân alături de o persoană care nu mă mai vrea?

– A fi leneşă în privinţa sexului este ca o bombă cu ceas, spune Adam. Într-o relaţie sănătoasă, ar trebui să faci sex de cel puţin trei sau patru ori pe săptămână. Ascultaţi-mă, vă înţeleg. Când chiar nu ai dispoziţia necesară, poate fi greu de trecut peste. Dar uneori, trebuie să vă puneţi mintea la contribuţie şi să determinaţi corpul să depună eforturi în pat.

Viaţa sexuală a lui Amy şi Jamie a fost în picaj în ultimele şase luni. El lucra până târziu sau se ducea la sală, şi se întorcea atât de târziu încât Amy mereu dormea deja. Dacă era beat, o trezea în toiul nopţii. Şi deşi o enerva, Amy adesea ceda în faţa sexului stângaci, într-un nor de alcool. Însemna că putea să taie sexul de pe listă şi el nu ar fi putut s-o acuze că nu vrea niciodată să facă asta. Ori asta, ori sexul de mahmureală, care lui îi plăcea mult, dar care ei i se părea cel mai naşpa, mai ales dacă fusese şi ea beată. Atunci era în cel mai urât stadiu al ei, mirosea şi o durea capul rău.

– Doamnelor, adaugă doctorul Hicks, dacă vă iubiţi partenerul, sexul nu ar trebui să fie o sarcină. Sunt multe moduri în care puteţi adăuga mai mult entuziasm în viaţa voastră sexuală. Masaj. Jocuri. Lenjerie intimă. Gâdilat. Pene.

– Ooo, doctore, pun pariu că îţi place un costum de asistentă sexy, nu-i aşa? strigă Gemma, râzând.

– Da, puţin, recunoaşte el, aproape scăpând telecomanda. Trecem rapid la a treia categorie.

Regula #3: Nu cicăli, nu controla şi nu neglija

– Aici este vorba numai despre comportamentul vostru, continuă el. Am primit o gamă variată de răspunsuri despre acest subiect, aşa că o să citesc câteva dintre ele ca să vă arăt care sunt problemele.

> Problema cu femeile este că nu fac decât să se plângă. Iubita mea se plânge de cele mai mărunte lucruri, cum ar fi dacă las hainele pe jos sau dacă nu clătesc chiuveta. Dar ea niciodată nu apreciază lucrurile pe care le fac eu, cum ar fi scoaterea vaselor din maşina de spălat vase.

> Problema cu femeile este că se transformă în mame. Soţia mea mă tratează ca pe un copil. Am patruzeci şi cinci de ani, pentru numele lui Dumnezeu, pot să-mi iau singur Coco Pops. Aţi crede că aş fi încântat să fiu servit tot timpul, dar eu o iau ca pe încă o modalitate de a mă controla.

> Problema cu femeile este că ajung să te pună pe locul doi. Eu eram cea mai importantă persoană din viaţa soţiei mele. Am dispărut odată cu apariţia copiilor. Alaltăieri a trebuit să o strig de trei ori înainte să răspundă. Ar fi drăguţ dacă m-ar observa din când în când.

Jamie mereu s-a plâns că Amy nu respectă regulile lui de curăţenie în casă. Era obsesiv de curat şi trebuia să se mişte prin apartamentul lui de parcă ar fi fost în scena cu seiful din *Misiune Imposibilă*, ca nu cumva să lase păr pe covor, să-i verse ceaiul sau să-i scape nişte firimituri.

– Dumnezeule, nu avem cum să câştigăm, nu-i aşa? strigă Gemma. Dacă facem lucruri pentru ei, suntem acuzate că îi sufocăm. Dacă nu facem, nu ne pasă de ei. Și ei zic că *noi* ne plângem tot timpul. Astea sunt standarde duble.

Femeile murmură aprobator.

– În relaţie, echilibrul contează cel mai mult, Gemma. Uneori trebuie să dai, alteori trebuie să primeşti, răspunde Danny înainte să apuce doctorul Hicks să spună ceva. Dar dacă vă plângeţi, ne controlaţi şi ne neglijaţi, nu aveţi cum să scăpaţi basma curată.

– Doamnelor, continuă doctorul Hicks, este o problemă foarte mare dacă îi faceţi pe bărbaţi să se simtă neiubiţi atunci când apar copiii. Când aveţi copii, trebuie să vă asiguraţi că atenţia voastră este împărţită în mod egal. Faceţi-vă timp pentru voi doi. Pregătiţi seri împreună în mod regulat. Acordaţi-vă măcar o jumătate de oră numai pentru voi doi în fiecare seară. Când copiii dorm, acesta nu e semnalul ca voi să faceţi baie singure sau să vă uitaţi pe Netflix. Închideţi televizorul. Lăsaţi-l să vi se alăture în cadă. Poate acest moment va aduce ceva pasiune în viaţa voastră sexuală.

– Îhh, *urăsc* când Jason se bagă cu mine în cadă, comentează Gemma. Nu e sexy, e ciudat şi incomod şi ocupă tot spaţiul. Acum încui uşa când fac baie.

Pe ecran apare a patra regulă.

Regula #4: Spuneţi-ne care e problema

– Doamnelor, mâna sus – câte dintre voi aţi spus că sunteţi bine atunci când nu era deloc aşa? Haideţi, fiţi sincere. Nimeni? Ha, mda sigur! râde Danny. Sunt sigur că aţi mai auzit asta: cheia unei relaţii fericite este comunicarea. Păi permiteţi-mi să vă spun că este un clişeu pe bună dreptate. Ascultaţi aici.

Problema cu femeile este că ele cred că putem să le citim gândurile. Spuneţi-ne când greşim cu ceva. Nu mormăiţi că sunteţi bine şi nu ne mai pedepsiţi cu tratamentul tăcerii ca apoi să ne daţi un mesaj agresiv-pasiv trei zile mai târziu că nu v-am complimentat noua tunsoare.

– Întotdeauna, cel mai bine este să fiţi deschise, sincere şi directe, intervine doctorul Hicks. Chiar dacă aveţi emoţii cu privire la confruntarea unei probleme. Dacă păstraţi tăcerea şi ţineţi totul în voi se va produce tensiune care va provoca o ceartă.

Hattie ridică mâna.

– Da, Hattie?

– Înţeleg că este important să spunem cuiva dacă au greşit cu ceva. Dar să procedez dacă acea persoană nu te lasă absolut deloc să termini ce ai de zis şi pleacă valvârtej? Cum comunic cu el în acest caz?

Exact asta era tactica lui Jamie într-o ceartă. Putea să fie la fel ca doctorul Jekyll şi domnul Hyde. Într-o secundă faţa lui se strâmba într-un râs isteric, iar în următoarea se transforma într-o furie nebunească dacă Amy zicea ceva care îl deranja vreun pic. Era imposibil de criticat. Aşa că nu-l mai critica deloc.

– În acea situaţie, Hattie, nu pot decât să-ţi spun s-o laşi să treacă, răspunde Adam, întrerupându-l de doctorul Hicks. Toanele proaste vin şi pleacă. Nu va sta supărat pentru totdeauna. Continuă să încerci. Sunt sigur că vei ajunge să te înţelegi cu el până la urmă.

Hattie lasă mâna jos, încă confuză.

– E totul clar până acum, doamnelor? Vreţi să vă mai explicăm puţin?

Când nimeni nu se deranjează să răspundă, continuă:

– Nu? Atunci să trecem la următoarea regulă.

Doctorul Hicks îndreaptă telecomanda spre ecran ca să dezvăluie a cincea regulă.

Regula #5: Nu face pe şefa

– Aşa cum am spus mai devreme, bărbaţii adoră o femeie care are încredere în sine, zice Danny. Dar e o linie subţire între a avea încredere în tine şi a face pe şefa. Am avut multe răspunsuri despre asta. Atacarea masculinităţii bărbatului tău atunci când îi dai ordine este o cale rapidă spre o relaţie eşuată. Nimeni nu vrea să se căsătorească cu o Mică Şefă Enervantă. Este important pentru bărbaţi să simtă că ei deţin controlul. Feministele furioase vor încerca să nege acest lucru, dar bărbaţii sunt lideri, protectori şi capul familiei din născare. Este vorba de genetică. A deţine controlul, fizic şi emoţional, stă în sângele lor. Lăsaţi-l să se simtă ca un bărbat. Lăsaţi-l să se simtă ca un erou. Lăsaţi-l să ia decizii importante şi să simtă că este capul familiei.

Adam dă din cap spre doctorul Hicks să apese pe telecomandă, în timp ce concurentele pufnesc şi ţâţâie în cor drept reacţie la acest sfat.

> Regula #6: Învăţaţi să râdeţi mai mult

– Aici avem un răspuns interesant cu privirea la atitudinea voastră, şi cred că este o problemă des întâlnită, spune Danny.

> Problema cu femeile este că îşi pierd simţul umorului. Fosta mea obişnuia să râdă la glumele mele tot timpul. Acum spune că sunt un prost. Glumele mele nu s-au schimbat, aşa că ea trebuie să se fi schimbat. Ori asta, ori s-a prefăcut că sunt amuzant, ceea ce nu pot să cred. Prietenii mei mă consideră amuzant.

Sună la fel ca Jamie.

– Teoria mea? Este din nou vorba despre lipsa voastră de efort. Nu mai depuneţi eforturi pentru a-l face să se simtă special, la fel cum o lăsaţi moale şi cu lipsa de eforturi în pat. Este nepoliticos să nu râzi la glumele cuiva. Oferiţi-i bărbatului vostru un stimul de încredere, făceţi-l să se simtă fericit. Râsul este gratis şi va merita pe termen lung. Dacă nu puteţi să râdeţi? Măcar zâmbiţi, ce naiba.

– Dar fostul meu făcea glume pe seama mea, îl întrerupe Amy. La început am crezut că e ceva de genul băieţilor care le trag pe fete de păr pe terenul de joacă, şi că face asta pentru că mă place. Dar apoi, cu cât făcea asta mai mult, cu atât parcă încerca să îmi reducă încrederea în *mine*. Voi aţi râde dacă iubita voastră s-ar întoarce spre prietenele ei și ar spune: „Hai să vorbim despre elefantul din cameră", și apoi ar da din cap spre voi?

Jamie a făcut această glumă încă de la începutul relației lor și Amy a râs și ea alături de ceilalți. Nu voia ca prietenii săi să creadă că e crispată. Dacă ar fi făcut-o cu șase luni mai târziu, nu ar mai fi fost atât de relaxată în privința acestei glume.

Danny pufnește drept răspuns.

– Haide, Amy – te tachina doar. Este un semn de afecțiune.

– Dar nu e amuzant să-i faci pe oameni să aibă complexe, intervine Lauren, privindu-l fix. Asta e bătaie de joc.

– Păi, poate că femeile nu știu ce e amuzant și ce nu, zice el în barbă.

Nimeni nu-l aude.

– Să mergem mai departe? spune doctorul Hicks, dând click și pe ecran apare o poză cu un bărbat cu capul în mâini la o masă într-un restaurant și o femeie supărată care stă în fața lui cu brațele încrucișate. Pe fundal se vede un bărbat în genunchi care o cere în căsătorie pe partenera sa fericită.

Regula #7: Încetați cu presiunea

– Să mă ia naiba, câte reguli mai sunt? oftează Gemma cu putere, și-și lasă capul pe spate uitându-se la cer. N-avem pauză de toaletă?

– Mai așteaptă puțin, Gemma, răspunde doctorul Hicks. Nu mai avem mult.

– Ei bine...

Se ridică.

– Dar dacă v-aș spune că mi-a venit ciclul?

– Ha! Bună încercare. Știu că nu e așa, zice Adam.

Apoi i se măresc ochii, știind că nu ar fi trebuit să spună asta.

– Ce-ai zis, frate? întreabă Lauren, îndreptându-se de spate.

– Nu pot să cred, Jason v-a spus și când trebuie să-mi vină? Ce nenorocit!

– Era o casetuță pe formularul cu informații medicale de care am avut nevoie, intervine doctorul Hicks.

– De ce naiba ar trebui să știți asta? izbucnește Jackie. Astea sunt informații private, nu e legal așa ceva.

– Trebuia să știm ca să fim pregătiți pentru orice.

– Erați speriați că o să avem niște crize puternice înainte de ciclu?

– Ca să fim pregătiți pentru nevoile voastre fizice. Atâta tot. Putem vă rog să revenim la provocare și să uităm de toate astea?

Lauren își încrucișează brațele și se lasă pe spătar.

– Din păcate pentru noi, nimic din ce se petrece aici nu poate fi uitat, amice.

Concurentele stau în tăcere și se gândesc la veștile cum că sunt urmărite ca niște animale de fermă, iar Danny se comportă de parcă ar juca curat.

– Mulți respondenți au spus că problema cu femeile este că pun presiune pe noi. Să le întreținem, să le cerem în căsătorie, să facem copii, să ieșim seara, să petrecem timp cu ele, să venim acasă devreme, să fim controlați. Lista continuă. Dacă pui presiune pe un bărbat, în special pe unul care are un loc de muncă stresant, ar fi bomboana de pe colivă. Doctore Hicks, aveți ceva de adăugat?

– În cartea mea *Are You In A* Real*ationship?* – răspunde doctorul Hicks, sfătuiesc limitarea timpului petrecut vorbind despre relația voastră la doar o dată pe lună, și căutarea semnelor care vă arată că se chinuie din cauza dorințelor voastre. Este mai irascibil decât de obicei, sau stă plecat de acasă mai mult?

Jackie pufnește.

– Sună ca și cum *el* ar mai avea ceva pe lângă noi.

– Este important să-l faceți pe partenerul vostru să simtă că vreți să știți când este sub presiune. În acest fel, puteți lucra împreună pentru a elimina acea presiune şi problema pe care o constituie în relaţia voastră, încheie doctorul Hicks şi dă click din nou.

Regula #8: Relaxaţi-vă

O femeie cu lacrimi în ochi şi urme de rimel pe obraji apare pe ecran.

– Aşa mă faceţi voi să mă simt acum cu toate porcăriile pe care le spuneţi.

– Jackie, dacă nu vrei să iei treaba asta în serios, atunci îţi sugerez să pleci.

Danny se uită urât la ea.

Femeia ridică din sprâncene, se ridică, se duce în faţă şi lasă lista ei pe masă.

– Duceţi-vă dracului!

Îl săgetează cu privirea înainte să se întoarcă şi să intre înapoi în casă.

– Ce sincronizare perfectă, doamnelor, zice Danny rânjind. Să vorbim despre stabilitatea emoţională. Problema cu femeile, potrivit cititorilor noştri, este că sunteţi predispuse la a vă pierde cumpătul. Ştim că aţi învăţat puţin despre asta alături de prietenul nostru, HuJo, aşa că sper că asta va fi doar o notă de aducere aminte. Să nu vă alarmaţi din orice. Nu reacţionaţi exagerat! Ascultaţi povestea acestui bărbat.

> Problema cu femeile e că sunt nebune, ce naiba. Pur şi simplu nebune. Iubita mea a venit aseară de la serviciu şi a luat-o razna pentru că nu am scos puiul din congelator şi copiii nu erau spălaţi încă. Nici măcar nu i-a păsat că nu mă simt bine. Asta da reacţie exagerată!

Amy întotdeauna s-a considerat cea calmă. Jamie putea să izbucnească dintr-odată. Ca atunci când l-a întâlnit pe prietenul lui pentru prima dată, Andy, și Jamie a luat-o razna pentru că l-a atins pe braț două secunde și i-a spus că ea îi dă astfel un semnal prietenului său. I-a reproșat că gestul acela a făcut-o să pară ușoară, iar el a arătat ca un ratat. Acum că stă să se gândească, Amy nu crede că a reacționat vreodată exagerat în relația lor. Dacă cineva era „regina dramatismului", acela era Jamie.

Doctorul Hicks scoate un card cu toate regulile, care e exact cât un card de credit pe care „să-l țină în geantă", în timp ce Danny dă click și apare o roată digitală cu numele lor pe ea.

– Doamnelor! țipă Adam. Acum că am ajuns la sfârșitul lecției, avem o surpriză extraordinară pentru voi. Și pentru cei ce ne urmăresc. Clătiți-vă ochii cu Roata Întâlnirilor!

Tastează pe laptopul din fața sa și se aude un bipăit.

– Avem un spectator norocos pe fir. Ești acolo, Diane? Alo, Diane – ne auzi?

– O, Dumnezeule! strigă Diane în telefon, alături de alți câțiva oameni din jurul său. Bună, Danny! Bună, concurente! Nu pot să cred că sunt la televizor. Taci, mamă, nu pot să aud! Alo?

Adam zâmbește.

– Da, salutări, Diane, și mamei tale!

Și mai multe țipete.

– Suntem pe punctul de a învârti Roata Întâlnirilor și tu va trebui să ne spui când să apăsăm pe buton și s-o oprim. Ești pregătită?

– Scuze, poți să ne spui și nouă ce se întâmplă? întreabă Amy tare. Ce se întâmplă cu noi dacă pică pe numele nostru?

Se uită în jur la celelalte.

– Să fie o altă evacuare? le mimează ea.

– Bine, Diane, 1... 2... 3... hai!

Adam apasă pe buton și roata începe să se învârte.

– Alo, asta e o evacuare? strigă Amy.

După câteva secunde, Diane țipă din toți rărunchii stop. Roata încetinește până se oprește în dreptul numelui lui Amy.

Se uită la restul colegelor de casă, care se întorc spre ea cu expresii îngrijorate. S-a terminat? Pleacă acasă? Expiră cu putere şi-şi pune mâinile pe şolduri.

– Îţi mulţumesc, Diane! strigă el, înainte să-i închidă în nas. Amy, Amy, Amy. Ce surpriză mare ţi-am pregătit noi ţie!

Simte că i se face rău.

– În seara asta, Amy – Adam vine în dreptul ei cu mâinile băgate în buzunare –, vei găti o cină prin care îţi vei cere scuze unei persoane speciale. O masă gătită pentru a-ţi cere scuze pentru că ai lăsat-o moale, ai fost leneşă în timpul sexului, te-ai plâns, ai controlat, ai neglijat şi ai pus presiune. Toate lucrurile pe care poate că nu ţi-ai dat seama că le-ai făcut, dar pot să-ţi garantez că aşa a fost.

– Pentru cine? Faţă de cine îmi cer scuze?

– Păi bineînţeles că faţă de Jamie O'Connor!

SĂPTĂMÂNA A TREIA

Capitolul douăzeci

Gemma pune o ceașcă cu ceai pe măsuța de cafea.

– Nu știu ce să zic, Ames. Cum rămâne cu toți banii ăia?

– Păi, se spune că banii nu-ți aduc fericirea, adaugă Jackie. Dar astea-s niște prostii, nu-i așa? Când eram mică am fost săracă, iar apoi am fost bogată câțiva ani. Știu ce aș prefera să fiu.

– Dacă aș câștiga un milion de lire, mi-aș deschide o sală de sport, murmură Gemma, după care exclamă. O să o numesc Gymma!

Amy stă de douăzeci de minute cu capul sub o pernă în colțul canapelei. Să-i facă lui Jamie o cină prin care să-și ceară scuze pentru că nu a greșit cu nimic în relația lor este mult prea mult. Practic o forțează să plece. Cinci mii de lire îi ajung ca să plece în Asia și nu are nicio șansă să câștige emisiunea. Încă de la început a stat pe la mijlocul Clasamentului și e clar că nimeni nu vorbește prea mult despre ea. Sonia Cole a avut dreptate: este echivalentul uman al vopselei la uscat. Nu poate concura cu Flick sau cu Gemma, așa că ar putea foarte bine să renunțe acum și să se salveze de umilința dureroasă de a ieși la o întâlnire cu Jamie și de orice altceva au mai pregătit păpușarii ăștia malefici pentru ele.

Zâmbește, gândindu-se cum în câteva ore ar putea să fie la ea pe canapea, privindu-le pe restul cum se agită prin casă în continuare, fără ea. Poate că ar trimite niște mesaje pe Perete. Să-i spună în mod anonim lui Jackie să o lase mai moale cu Flick. Sau poate nu anonim. Amy trebuie să fie mai sigură pe sine și să-și exprime părerile. Își promite că va spune ceva data viitoare când Jackie o s-o atace pe Flick.

Amy se duce să se vadă cu doctorul Hicks și se oprește pe drum în dreptul Clasamentului. A mai urcat un loc. Poate din cauza cinei despre care vorbește toată lumea. Nu o va face să se răzgândească. Nu poate să gătească pentru Jamie. Nu poate să îi ceară scuze. Are și ea limitele ei.

Gemma vine din spate și o strânge de umăr.

– Ești sigură că vrei să faci asta, Ames? Ne place să te avem aici – chiar o să ne fie dor de tine dacă pleci. În plus, deja suntem la jumătatea concursului. Următoarele două săptămâni or să zboare imediat!

– Da, eu..., începe Amy, dar este întreruptă.

– Vai, sunt pe primul loc! țipă Gemma, uitându-se la Amy cu gura până la urechi. Nu-mi vine să cred – vă mulțumesc tuturor!

Face cu mâna la cameră.

– Îmi pare rău, păpușă, ce spuneai?

Izbucnirea Gemmei o aduce cu picioarele pe pământ. Sunt într-o competiție, nu o comunitate. Se știu de doar două săptămâni. Poate că pare că sunt apropiate, dar cruntul adevăr este că fiecare dintre ele vrea să câștige premiul de un milion de lire, indiferent ce ar spune. Poate că țin una la cealaltă, dar peste o lună o să revină iar la viețile lor de dinainte și probabil că nu or să-și mai vorbească niciodată. Nu o învinovățește pe Gemma pentru reacția ei – nu a vrut să pară insensibilă. Amy s-ar simți la fel dacă ar fi pe primul loc, iar Gemma este ca o carte deschisă. De asta o place Amy.

– Ames, toată lumea e de partea ta, adaugă Jackie, venind lângă ele. Pe Perete, toată lumea spune că s-a mers prea departe cu cina asta de cerut scuze. Cred că dacă pleci, o să regreți. Dacă poți trece peste seara asta, poți trece peste orice, iar noi te vom susține în casă.

– Mereu regreți lucrurile pe care *nu* le-ai făcut, adaugă Gemma. Nu cele pe care le-ai făcut.

Amy le îmbrățișează pe amândouă și se întoarce să deschidă ușa de la Camera de Terapie. Poate că gândurile ei de mai devreme au fost prea dure. Poate că aceasta e mai mult decât o competiție.

– Bună, Amy, o întâmpină doctorul Hicks când intră în Camera de Terapie. Ai avut niște zile grele în ultima vreme, nu? De aceea ai programat această ședință în afara orele noastre normale?

– Da, presupun că ați putea spunea și așa, răspunde ea, încercând să-și păstreze calmul. Această cină de cerut scuze pe care ați organizat-o. E puțin cam mult, nu-i așa?

– Păi, întotdeauna am intenționat să vă testăm puterea, Amy. Dacă te simți doborâtă la pământ, să vorbim despre cum te vom pune iar pe picioare.

– Vreau să plec din casă.

Doctorul lasă iPad-ul și ridică privirea, surprins.

– Nu ești puțin cam dramatică?

– Nu cred. Dacă da, atunci nu-mi pasă. Asta simt.

– Amy, chiar nu ar trebui să iei decizii importante când ești nervoasă și te simți cuprinsă de emoții. Mai gândește-te puțin la decizia ta – poate ar trebui să te culci și să cugeți înainte să te hotărăști.

– Nu pot să dorm – cina cu Jamie este în seara asta! exclamă ea. Și îmi cer scuze, dar este strigător la cer că trebuie să-i gătesc nenorocitului meu de fost iubit o masă prin care să-mi cer scuze. Chiar nu reacționez exagerat acum – cred că reacționez la fel ca oricare alt om normal la cap. Sunteți terapeut. Sunt sigură că vă dați seama de asta.

– Sunt sigur că ești mai puternică decât crezi, și că reacția ta în fața acestei provocări te va surprinde. Văzându-l pe Jamie astfel te va ajuta să treci peste. Să tai cordonul. A ierta pe cineva care te-a rănit te eliberează de toate emoțiile negative care ar putea să te tragă în spate, cum ar fi furia sau vinovăția.

Cuvintele lui lovesc drept la țintă. Se oprește în mijlocul răspunsului, oftează și se lasă pe spate.

Dacă nu învață să-l ierte pe Jamie, îi va purta mereu pică. Și de ce să îi permită să-i afecteze viața astfel? De ce să-l lase să influențeze în vreun fel anume ce face și ce spune ea? Acum ea este șefa vieții sale. Deja a pierdut doi ani din viață făcându-și griji pentru ce simte el pentru ea. Decizia de a rămâne în emisiune nu ar trebui să aibă nimic de-a face cu el. Amy își imaginează fața îngâmfată pe care o va face când va afla că pleacă din cauza lui. Nu poate pleca, nu poate să-l lase să aibă satisfacția că încă îi mai pasă de el. Trebuie să trateze această cină cu o indiferență completă. Trebuie să calculeze lucrurile și să fie prietenoasă, chiar dacă se preface doar. Pentru că Jamie nu poate să plece de aici gândindu-se că el deține controlul.

Mândria lui este deja prea mare.

Capitolul douăzeci şi unu

Hattie gâfâie plimbându-se de colo-colo pe coridorul din faţa Camerei de Terapie, scărpinându-se şi frecându-se pe braţe. Arată de parcă ar fi văzut o fantomă.

– Am făcut o greşeală mare, Amy. Nu ar trebui să fiu aici. Dacă or să mă pună să merg la o întâlnire cu Dylan? A zis ceva doctorul Hicks?

– Hei, Hats, ce se petrece? Opreşte-te puţin.

Amy o ia de braţ şi o conduce la masă.

– Aşază-te. Respiră. Unde sunt restul?

Amy se uită în jur. Jackie, Gemma şi Lauren sunt afară şi se bronzează topless lângă piscină. Roomba mişună suspect de aproape de ele. Flick intră fără nicio grijă în grădină cu o felie de pâine prăjită şi o ceaşcă de ceai, aruncă o privire spre cele trei care fac topless şi se întoarce imediat în bucătărie.

Amy se uită la Hattie, care se chinuie să respire normal.

– Vin cu tine, Amy. Trebuie să plec de aici şi eu. Nu mai pot să fac asta. Nu pot să trec prin asta. Îşi ascunde chipul în mâini şi se reazemă pe umărul lui Amy. Nu au cum să mă oblige să-l văd pe Dylan.

– Hattie, spune Amy pe un ton calm, nimeni nu a zis ceva de faptul că vei avea o întâlnire cu Dylan – poate că nu o să se întâmple niciodată. În plus, deja a fost în emisiune, sunt sigură că nu o să revină. Cred că Gemma l-a făcut să fugă mâncând pământul. Vrei să-l vezi pe doctorul Hicks?

Se trage uşor de pe umărul ei şi se uită în ochii săi căprui şi umflaţi.

– Nu. Doar că... nu ştiu unde să mă duc. Mă simt prinsă în capcană. E prea mult pentru mine. Nu pot să respir.

– Hattie, nu eşti prinsă în capcană. Poţi să alegi şi poţi să fii oriunde vrei tu să fii, dar îţi promit că eşti bine, aici cu mine. Vreau să faci ceva pentru mine.

Amy o conduce spre un scaun, o face să se aşeze şi ocupă locul din faţa ei.

Hattie încuviinţează, închide ochii şi continuă să pufăie.

– Spune-mi cinci lucruri pe care le poţi vedea acum, zice Amy. Poate să fie orice. De exemplu, un scaun.

Hattie deschide ochii încet, confuză.

– Ai încredere în mine, o roagă Amy.

Hattie priveşte în jur şi spune încet.

– Masa din sala de mese.

– Grozav. Altceva?

– Fructieră, cană murdară, tablou, uşă.

Amy şi Hattie continuă să enumere lucrurile din jurul lor. O forţează pe Hattie să se concentreze pe simţurile sale. Patru lucruri pe care poate să le atingă, trei lucruri pe care poate să le audă, două lucruri pe care poate să le miroasă şi, în cele din urmă, o afirmaţie pozitivă. Sarah ar fi mândră de ea. Ea a fost cea care a învăţat-o pe Amy acest truc când erau în sesiune. Amy muncise prea mult şi nu dormise suficient, iar Sarah a găsit-o stând ghemuită sub birou, spunând în mod repetat că nu poate să continue aşa. De atunci, a folosit această tehnică de cel puţin zece ori când a simţit că munca şi Jamie încep să o copleşească.

– Sunt suficient de puternică încât să trec peste asta, spun ele împreună.

Şi pentru prima dată de când se află aici, Amy chiar crede asta. *Ea* este suficient de puternică încât să treacă peste asta. Şi dacă poate să treacă peste asta, poate să treacă peste orice. Faptul că a apăsat butonul Rămâi a fost decizia corectă.

Respirația lui Hattie a revenit la normal, iar inima lui Amy nu mai bate atât de repede.

– Mulțumesc, Amy.

Hattie lasă capul în jos.

– Uneori simt să mă înec.

– Vrei să vorbești cu mine, Hattie? Poate undeva unde e mai liniște? propune Amy.

Aud un pleosc afară urmat de un țipăt.

– O, s-a zis cu tine, Lauren Hawk! strigă Jackie, după care se aude un zgomot al cuiva care a sărit în apă.

– Nu poți să mă stropești dacă sunt deja udă! râde Lauren.

Hattie dă din cap.

– În baie.

Amy închide ușa de la baie și împăturește două prosoape pe care le pune pe podea. Se așază lângă Hattie care se sprijină de ușa dușului, închide ochii și expiră.

– Îmi pare rău, Amy, rupe tăcerea Hattie după câteva minute. Am fost o prostuță mai devreme.

– Hattie, nu trebuie să-ți ceri scuze – nu ai pentru ce să-ți ceri scuze. Atacurile de panică sunt groaznice, dar ai reușit să treci peste el foarte bine și acum s-a terminat. Poți să vorbești când vrei și dacă vrei. Sunt fericită că stau aici în liniște. Îmi place să stau în baie – este locul meu de evadare. Nu sunt microfoane aici, așa că dacă vorbim încet nu o să fim auzite. Cele din dormitor nu pot să ne înregistreze dacă șoptim.

– Mi-aș dori să nu-mi mai fie frică de orice.

Hattie lasă capul pe spate.

– Sunt o proastă. Mă tem de lucruri care s-ar putea să nu se întâmple. Nimeni nu a zis ceva de Dylan și de mine, dar mi-am construit ideea asta în minte și m-am speriat singură. Apoi m-am înfricoșat și mai rău când m-am gândit că e mai rău să merg la o întâlnire cu un străin. Nu aş putea suporta asta – nu am mai fost niciodată la o întâlnire. Niciodată. Nu aş avea idee ce să fac sau ce să spun. Şi cu toate camerele care mă urmăresc, ar fi atât de stânjenitor.

– Dar tu şi Dylan nu aţi ieşit la întâlniri? o întreabă Amy.

– Nu, ne-am întâlnit în liceu şi ne-am mutat împreună când am împlinit optsprezece ani. Toţi prietenii noştri au plecat să facă lucruri mai palpitante. Unii chiar au plecat la Londra. Dar noi am rămas în Southampton, pe aceeaşi stradă pe care am crescut amândoi. Nu ne-am făcut prieteni noi şi nu am mai ieşit. Eram doar noi doi, împreună tot timpul. Eram tot timpul acasă pentru că nu aveam bani să facem nimic. Nu aveam bani să ne căsătorim sau să avem copii. A fost destul de drăguţ o perioadă. Era ceva sigur, familiar. M-am angajat la bucătăria hotelului de pe strada noastră. Dylan era muncitor. Dar lucrurile au început să meargă prost când a fost dat afară anul trecut, şi nu şi-a mai găsit loc de muncă de atunci. Leneveşte toată ziua şi se joacă pe PlayStation. Am încercat să-i fac rost de lucru la hotel, dar s-a plâns că ar lua-o razna dacă ar petrece şi mai mult timp cu mine. Cred că a avut dreptate să spună asta. Şi eu eram de aceeaşi părere, dar mă săturasem să-mi fac griji pentru facturi. Eu le-am plătit pe toate din salariul meu mic. Abia ne-am permis să avem căldură iarna trecută. Când am încercat să împrumut bani de la tata, Dylan s-a supărat rău şi a zis că îl fac să pară un ratat. Din fericire am făcut nişte ture în plus, ceea ce probabil că a declanşat totul. Atunci i-a părut foarte rău, a plâns şi mi-a zis că nu poate să-şi găsească de lucru pentru că nu se pricepe la nimic şi că încrederea lui are de suferit când îl critic.

Hattie continuă:

– Dar ce aş fi putut să fac, Amy? Dacă nu fac nimic, o să îl împing peste limită până la urmă. Oricum, a fost bine o perioadă. Apoi mi-a zis că a obţinut un interviu pentru un şantier din Londra şi că ar însemna foarte mult pentru el dacă aş veni până aici. Următorul lucru care mi se întâmplă, ajung în Camera de Conversaţii şi îmi spune că sunt o târfă grasă şi plictisitoare şi că abia aşteaptă să fie singur şi să nu mai îi spun eu ce să facă.

Amy îşi aduce aminte de sfatul pe care i l-a dat mama ei când relaţia cu Jamie devenea serioasă.

– Să ai mereu contul tău bancar, chiar dacă pare un sfânt.

Hattie zâmbeşte.

– Dar mă bucur că sunt aici. Când m-au întrebat, am apăsat numaidecât pe butonul Stai! Vreau să dovedesc tuturor că nu sunt doar Hattie Grăsana. Hipopotamul care nu va realiza niciodată nimic în viaţă. Să nu mă înţelegi greşit, n-am habar ce fac şi fac pe mine de frică. Dar ideea de a mă întoarce la vechea mea viaţă este mult mai înfricoşătoare. Faptul că m-am aflat aici cu voi toate m-a ajutat să deschid ochii şi să văd ce pot face pe cont propriu dacă îmi acord o şansă. Doar că adineauri am avut un moment prost. Am simţit că am pierdut controlul. Şi gândul de a-i vedea faţa murdară şi ştearsă din nou m-a făcut să-mi vină s-o iau la fugă.

Amy o strânge de mână.

– Mulţumesc, Ames. O să ţin minte acel truc. Chiar m-a ajutat. Mă duc să mă alătur celorlalte la piscină. Să mă mai răcoresc. Vrei să vii?

Hattie se ridică în picioare.

Amy clatină din cap.

– Cred că mai stau puţin aici să mă bucur de pace şi de linişte. Să mai cuget puţin. Să-mi dau seama cum o să mă descurc diseară.

– Cred că o să te descurci ca o şefă absolută.

Hattie zâmbeşte şi deschide uşa.

Ideea de a mă întoarce la vechea mea viaţă este mult mai înfricoşătoare.

Comentariul acela a lovit-o cel mai tare. Nu e înfricoşător să fii singură. Ci să fii blocat cu cineva care te va face să te simţi mizerabil tot restul vieţii. Asta e adevărata poveste de groază pe care o spui în faţa unui foc de tabără.

Nu trece mult timp și lui Amy i se reamintește că nu are cum să evadeze aici.

– Scumpo, mai stai mult? O să explodez! strigă Jackie în timp ce bate la ușă.

– Și de-asta îmi place mie să locuiesc singură, șoptește Amy și se ridică în picioare.

Jackie nu așteaptă să plece și-și dă jos costumul de baie.

*

În sufragerie, Gemma mănâncă dintr-un borcan cu castraveţi muraţi, cu picioarele întinse într-un V larg pe măsuţa de cafea. Printre mușcături, bea din zeamă.

@tomjef2 #Gemma n-are niciun pic de respect faţă de sine #raftul

– Hei, Tommy J., nu-mi pasă nici măcar un pic, strigă ea.

@tomjef2 Dumnezeule #Gemma tocmai a vorbit cu mine. #suntvedetăacum #raftul

Se aude un ţâţâit din sala de mese.

Gemma lungește gâtul spre Flick, care stă la masă și coase un nasture pe bluza lui Hattie. Ridică privirea și dă dintr-un umăr.

– Păi, îmi pare rău că-ţi spun asta, Gemma, dar are dreptate. Adică nu ar trebui să-ţi pese ce impresie lași dacă ești influencer? Nu-ţi faci griji că vei pierde urmăritori dacă arăţi ca o neghioabă?

Gemma se holbează la ea în timp ce înghite și expiră de satisfacţie.

– Nu pot să arăt mereu perfect, Flick. Este extenuant. Jason cred că adoră să mă vadă fără telefon, cum mă relaxez complet. Închisă aici zi și noapte, unde poate să vadă tot ce fac.

Flick zâmbeşte.

– Jason şi Simon ar trebui să formeze un club.

E prima dată când îl menţionează pe Simon fără o remarcă exuberantă despre cât de minunat este.

Amy a fost prinsă într-o conversaţie cu ea lângă piscină, despre relaţia ei cu Simon. A fost un solilocviu monoton despre prima dată când au avut contact vizual la clinica de operaţii şi când electricitatea dintre ei a fost ceva palpabil. Ce amuzant a fost că a crezut că ea era recepţionera! Cum a luat-o el pe sus şi a dus-o în cele mai scumpe restaurante din Cambridge, la operă în Londra, la cocktailuri în The Shard. Cât de palpitant a fost că îşi ţineau relaţia ascunsă la serviciu, îngrijoraţi că aveau să fie acuzaţi de nepotism. Cât de minunat a primit el vestea că ea va renunţa să lucreze, cât de incredibil de mult munceşte ca s-o întreţină şi cât de mult apreciază ea că poate să petreacă timp acasă, lucru pe care îl preferă acum. Când conversaţia la care participa doar Flick s-a încheiat după cincisprezece minute, Amy s-a gândit că Flick a rămas fără superlative prin care să-l descrie.

– Ei bine, chiar că e norocos că te-a găsit, Flick.

– Nu, Amy, eu sunt cea norocoasă.

Capitolul douăzeci și doi

– Purcelușă! strigă Jamie, cu brațele larg deschise în timp ce intră în Grădina Secretă în acea seară. Ești supărată pe mine?

Arată diferit. Are părul mai scurt în laterale și și-a lăsat barbă. Și de ce arată atât de maroniu? Bronzul lui e accentuat și mai mult de haine. E îmbrăcat tot în negru. O cămașă neagră ca abanosul care e prea strâmtă, blugi rupți și îndoiți ca să lase la vedere gleznele și pantofi negri de catifea. Cine naiba e ăsta? Zici că încearcă să-l imite pe Russel Brand.

– Sigur că sunt, imbecil mincinos ce ești! Eu, să te presez să ne căsătorim, să fiu obsedată de copii? Cu cine ai fost într-o relație? Cu siguranță nu cu mine. Vino-ți în fire – sper că afacerea ta o să dea faliment și că o să te muți înapoi cu părinții tăi. Și apropo, nu ți-am spus niciodată asta, dar Sarah crede că o să ajungi să arăți ca Tom Cruise. În *Furtuna Tropicală*.

Asta i-ar plăcea să-i spună.

În schimb, zice:

– Nu, nu sunt supărată. Sunt bine. Ce mai faci?

Se ridică și îndură o îmbrățișare și un pupic pe ambii obraji fără să vomite pe pieptul lui.

Ultimul lucru pe care și-l dorește este să arate supărată. Scopul ei aici este să arate că nu-i pasă nici cât negru sub unghie, și niciodată nu i-a păsat. Înlemnește când el o strânge și o lipește de abdomenul lui tare. Amy tinde să-și arate emoțiile și e îngrijorată că poate o să se vadă ce simte atunci când a intrat el. Nu că Jamie ar observa vreodată. Se pricepe la fel de bine la observat stările ei cum se pricepe la a-i face complimente. Amy e ușurată că se simte detașată. Poate că emisiunea chiar funcţionează. Poate că smulgerea plasturelui este cea mai eficientă metodă de recuperare – nu că ar recunoaște asta vreodată.

– Wow, îţi priește să fii singură, Ames! remarcă el, privind-o din cap până-n picioare.

Chiar arată bine. De obicei nu recunoaște asta, dar astăzi primește complimentul. Totul datorită Gemmei, care a făcut tot posibilul să arate superb, cu un soi de truc magic. Poartă o rochie lungă în negru și auriu, fără bretele, pe care o păstrase pentru prima lor noapte în vacanţă, cu cercei mari de aur.

– Haide, fă o piruetă.

Îl ignoră și se așază.

– Deci, ce ai mai făcut *tu* în ultimele două săptămâni? întreabă Amy.

Ia loc și se întinde peste masă, ia o sticlă de vin și își toarnă în pahar.

– Sper că nu crezi că mă bucur că facem asta, spune el, ignorându-i întrebarea și părând dintr-odată serios. Face parte din emisiune, nu am de ales.

– O, știu asta, Jamie. E în regulă. E doar puţină distracţie, nu? Te-ai uitat la emisiune?

– Doar la recapitulările de seara. Îmi merge bine cu Headplace și a trebuit să dau câteva interviuri. Mă bucur că ţi se pare distractiv și ţie – m-am gândit că o să mă urăști pentru asta!

– Nuuu, nici vorbă de asta – cum aș putea să te urăsc după toate prin câte am trecut?

Cum ai putut să-mi faci una ca asta, Jamie, după toate prin câte am trecut?

– Atunci povestește-mi despre aceste interviuri. Sună palpitant. Sper că ai spus lucruri frumoase despre mine.

Zâmbește și își toarnă și ea vin în pahar.

– Poate mă ajută cu voturile.

El râde fals în timp ce mai ia o înghițitură și se lasă pe spătar.

*

– Vai de mine, spune-ne tot! urlă Gemma când Amy intră în bucătărie să ia un coș cu mai multe tipuri de pâine.

– Nu e așa de rău. Cred că reușesc să fiu cât de enervant de nonșalantă pot.

Le aruncă un zâmbet și ia coșul cu pâine și uleiul de măsline.

– Dar mi-a cerut să fac o piruetă pentru el. Dau vina pe tine.

– Ew, face Gemma, strâmbând din nas.

Ia unul dintre calamarii pe care Hattie îi gătise mai devreme, ajutată de Amy. Dacă ajutat înseamnă privit de la distanță cu un pahar mare de vin în mână.

– Care e farfuria lui Jamie?

Când Amy îi arată care e, Gemma linge bucata de calamar și o pune la loc. Apoi face la fel cu restul.

*

Jamie se uită la coșul cu pâine când Amy îl pune pe masa de afară.

– E ceva fără gluten? Nu mai consum gluten în ultima vreme. E cea mai bună decizie pe care am luat-o vreodată. Am așa de multă energie acum. Îți mai aduci aminte că eram mereu greoi și lent? E extraordinar ce poate face o dietă pentru tine. Ar trebui să încerci și tu.

Amy ia o chiflă mare de pâine albă, mușcă bine din ea și începe să pună unt pe restul.

– Deci, Jamie, începe ea mestecând tare, afacerile merg splendid, nu-i așa? Crezi că ai obținut clienți noi în urma emisiunii? Cred că merit și eu partea mea.

– Amy.

Jamie scoate un oftat.

– Te rog, hai să nu ne mai comportăm așa drăguț și politicos. Hai să fim direcți unul cu celălalt. Sunt eu. Poți să vorbești normal cu mine.

O apucă de încheietură și o trage spre el.

Se smulge din strânsoarea lui, își pune mâinile în poală și se uită urât la el.

Păstrează-ți calmul. Te descurcai atât de bine.

– Relaxează-te. Îți cam fuge mâna, nu? În fine, ce încercam eu să spun...

Jamie lasă capul în jos și se uită în pământ. Îi vine cumva să plângă? Amy nu e sigură ce ar trebui să facă. Nu l-a mai văzut plângând niciodată.

– Nu e incredibilă toată experiența asta?

Își ridică privirea și zâmbește larg. Îi șoptește:

– Adică, gândește-te și tu, suntem priviți de peste un milion de oameni. Chiar în momentul ăsta, Amy! icnește el. Sunt faimos! Tu ești faimoasă! Îți vine să crezi așa ceva? Sigur că o să deschidă noi orizonturi pentru Headspace! Am adus vorba de ea ori de câte ori am ocazia să comentez despre emisiune, și în interviurile astea. Cu siguranță cineva o să fie interesat, nu-i așa, purcelușă?

Lui Amy nu-i vine să creadă că a crezut că o să plângă. Când o să învețe că el nu va fi niciodată bărbatul care a sperat ea că o să devină?

– Nu mai ai dreptul să-mi spui „purcelușă“ acum, îl atenționează ea.

– Amy! Ce naiba, dacă nu ești supărată pe mine, de ce ești atât de distantă?

O privește cu expresia aceea intensă care de obicei ar fi făcut-o să se simtă agitată, ca și cum ar fi fost pe punctul de a declanșa o bombă.

– Nu te mai preface că ești altcineva. Asta nu ești tu. Ce ai făcut cu purcelușa? Și încă mai aștept un mulțumesc să știi. Măcar atât merit. Ești pe prima pagină a Mail Online numai datorită mie. Hai să spunem lucrurilor pe nume pe față, dacă nu erai aici, te-ai fi uitat la alte persoane la *Raftul*, cu ochii lipiţi de televizor în pantalonii tăi vechi de trening, mâncând brânză ieftină. Eu te-am pus pe hartă, purceluşă. Îmi pare rău, *Amy*.

Dă pe gât restul vinului şi întinde mâna după sticlă.

Privindu-l, visează cu ochii deschişi cum l-ar lovi în cap cu sticla ca „mireasa" din *Kill Bill*.

Amy nu mai rezistă. Trebuie să ştie la ce naiba se gândise când a văzut acea reclamă pentru emisiune şi a considerat că este o idee bună. Trebuie să ştie de ce spune minciuni tuturor despre cum a fost ea în relaţia lor, şi de ce a simţit că nu poate să vorbească cu ea direct. Vrea să ştie de cât timp s-a simţit astfel şi când a început să o ia de proastă. Dacă s-a confesat prietenilor lui de la pub şi dacă au râs cu toţii. Gluma supremă pe seama lui Amy.

– De ce ai făcut-o, Jamie? îl întreabă ea. De ce nu ai vorbit cu mine pur şi simplu? Doi ani. Doi ani petrecuţi împreună şi nu te-ai simţit suficient de apropiat de mine încât să purtăm o conversaţie normală. De ce să mergi atât de departe, doar ca să te desparţi de cineva?

Se foieşte în scaun, se scarpină la nas şi apoi îşi dă părul pe spate.

– Cum să ţi-o spun în faţă, Amy? Asta ar fi însemnat ţipete, plâns, strigăte şi lacrimi. Nu aş fi putut să te privesc distrusă. Nu mi-aş fi dorit cu niciun chip să te văd astfel.

– Ăă, nu ai văzut primul episod? întreabă ea, încruntându-se.

– Aa, nu, nu am putut să-mi adun curajul să mă uit. Nu, nu, mi-am dat toată silinţa să evit asta. A fost foarte greu deoarece era peste tot pe pagina mea de Facebook.

Pe Amy ar putea să o apuce isteria la auzul absurdităţii răspunsului său. Dar reuşeşte să-şi menţină o expresie calmă şi o voce liniştită.

– Bine, o altă întrebare. De ce le spui tuturor că am pus presiune pe tine să ne căsătorim şi să avem copii? Niciodată nu am vorbit despre asta. Îmi aduc aminte cum am vorbit de alte persoane care se căsătoresc şi fac copii. Dar nu a fost nicicând vorba despre noi. Singura dată când s-ar putea spune că am vorbit despre viitor a fost atunci când eu am sugerat să mă mut cu tine, după ce mi-ai dat cheia de la apartamentul tău. La acea vreme am crezut că este un semn că relaţia noastră progresează. Dar poate a fost doar un pas în lături pentru tine. Încercai doar să scapi de conversaţie? Ştiai că la un moment dat trebuia să vorbim despre direcţia relaţiei noastre – poate ai folosit cheia ca să întârzii această discuţie, ca să nu trebuiască s-o purtăm. Asta a fost? Tu să-mi spui, Jamie – eu nu pot decât să-mi dau cu presupusul. Nu sunt furioasă, vreau doar să înţeleg despre ce e vorba ca să pot trece peste.

Deşi Amy chiar este furioasă. De fapt, este al naibii de furioasă. Dar asta nu o să o ajute cu nimic.

Jamie lăsă capul în jos înainte să vorbească.

– Ştiu că nu am vorbit niciodată despre căsătorie şi copii. Dar asta nu înseamnă că nu am simţit presiunea. Ştiam că asta îţi doreşti. Asta vreţi toate în cele din urmă, nu? Şi ştiind că tu vrei asta, m-am simţit forţat să fac lucrurile astea. Şi am spus de nenumărate de ori că ar fi o porcărie să ai copii. Aşa că, Amy, ar fi trebuit să înţelegi aluzia. Nici măcar nu a fost o aluzie – nu aş fi putut să mă fac mai clar de atât.

– Am crezut că glumeşti.

– Of, Amy, există un gram de adevăr în orice glumă. Ştii asta.

Ştie asta. Şi şi-a făcut griji din cauza asta la vremea respectivă. Dar a ignorat totul şi a sperat că o să se maturizeze şi că o să vrea lucruri de adulţi până la urmă. Amy îşi aduce aminte de prima şi singura dată când Jamie i-a întâlnit pe gemenii lui Jane. I s-a topit inima când a văzut cum îi ia în braţe pe amândoi în acelaşi timp şi se învârtea cu ei, râsetele lor vesele transformându-se în ţipete de bucurie pură. Părea că o are în sânge. Părea tatăl perfect şi distractiv. Nu bărbatul care s-a întors spre Amy imediat ce au închis uşa de la intrare după ei şi a spus: „Hei, Amy, ce e mai magic decât copiii? Banii".

– Deci tu ce vrei, Jamie? îl întreabă ea. Pe viitor.

– Nu ştiu, nu prea mă gândesc la asta. Sunt mai mult genul de om care trăieşte clipa. Poate că o să mă căsătoresc cândva. Poate că nu. Ce mă face fericit acum este faptul că sunt singur, liber și egoist. Ce e greșit în asta? Îmi place să-mi trăiesc viața știind că nu trebuie să mă mai gândesc la altcineva. Pot să vin și să plec când vreau. Nu trebuie să anunț pe nimeni nimic, să spun care sunt planurile mele de seară, să dau mesaje cuiva ca să știe fiecare mișcare pe care o fac. Acum pot să mănânc ce vreau, să ies când vreau, să fac yoga fără să se holbeze cineva la mine.

– Da, bine, am înțeles ideea, Jamie.

S-a săturat să audă cât de grozavă este viața lui post-Amy. În plus, ce descrie el acum este ce a avut și înainte. Abia dacă se gândea la ea. Venea și pleca atunci când voia. Nu o anunța niciodată nimic. Credea că face yoga în fața ei ca s-o facă să se simtă prost că nu face exerciții fizice.

Conversația a mai continuat o jumătate de oră. Nu se ceartă, nu ridică tonul, nu sunt lacrimi și răspunsuri – și nici păreri de rău. Când e timpul să-și ia la revedere, se îmbrățișează prietenește și se bat pe spate ușor.

Dar asta nu înainte ca Jamie să termine tot ce are în farfurie.

Capitolul douăzeci și trei

– Bine ați venit la *Raftul*! strigă Adam Andrews la camera de pe scenă. Este timpul pentru a doua evacuare a emisiunii, și ce săptămână intensă am avut! Am avut parte de scene umilitoare...

Apare un scurt clip cu Gemma care se ciocnește din greșeală de ușa de sticlă și se dă înapoi, repetat de câteva ori.

– Doamne, mormăie Gemma. Știam eu că o să arate și asta.

– Am avut confruntări..., continuă Adam.

Rulează o înregistrare neclară în alb și negru cu Gemma care aproape că-i scoate ochii lui Dylan cu degetul. Dylan arată la fel ca un pitic de grădină, cu brațele încrucișate. Aceeași barbă încâlcită și colțurile gurii lăsate. Are aproape aceeași înălțime. Monosprânceană pufoasă care pare a arăta o încruntătură tot timpul. Cu siguranță arăta ca un pitic pe lângă Hattie. Lui Amy parcă-i vine să râdă când și-i închipuie plimbându-se pe stradă, și-i vine și mai tare când se întoarce și o vede pe Hattie cum îi aruncă o privire ucigătoare de pe canapea, la fel ca Brad Pitt în *Prietenii tăi*.

– Și am primit adevărul brutal și rece ca gheața!

Arată un clip cu întâlnirea lui Amy cu Jamie, cu un cadru de aproape în care bărbatul stă cu capul plecat. Amy se bucură că i se vede locul chel. Jamie o să se înfurie.

Ce mă face fericit acum este faptul că sunt singur, liber și egoist.

– Așadar, colegele de casă încep să simtă presiunea? Și cine va fi a doua concurentă care va părăsi emisiunea în această seară? Rămâneți cu noi, britanici, vom reveni după pauză!

Amy ia paharele de prosecco de la toată lumea și se duce în bucătărie ca să le reumple, aruncând o privire la Clasament pe drum. A urcat pe locul trei.

Ziua 16

1. Gemma
2. Flick
3. Amy
4. Jackie
5. Lauren
6. Hattie

Invitații din această seară sunt Steve și Mike Barton, frații gemeni din *Double Diggers*, o emisiune în care se iau la întrecere și renovează fiecare o grădină. Ce caută ei aici și ce calificare au pentru a comenta despre *Raftul*, este un mister. Dar au aer de vedete – amândoi arată identic de bine, dar au gusturi identic de proaste. Steve poartă un tricou pe care scrie *#echipagemma*, iar Mike are un tricou pe care scrie *#echipaflick*.

– Haide, Steve, tu primul. De ce Gemma? întreabă Adam.

– Pentru că e la fel ca mine, Adam! țipă el. E autentică, e sinceră și amuzantă. Mie îmi vine să zic dă-o încolo și să beau zeamă de castraveți murați și să mă relaxez. Cred că Gemma ne reprezintă pe toți.

– Îmi pare rău, îl întrerupe Mike, dar nimeni nu poate s-o bată pe Flick. Ea este Cea Păstrată. Dați-i coroana odată și gata. Sigur, poate că nu suntem de acord cu toții cu deciziile ei, dar are o inimă bună. Și cel puțin ea se îngrijește mereu. Nu știu cum reușește mereu să arate atât de imaculat, în fiecare zi. Dacă nu se însoară Simon cu ea, mă însor eu!

– O, ai grijă, Simon, Mike a zis-o primul! râde Adam.

– Flick? Casc deja!

Steve pare dezgustat.

– *Simon e incredibil. Simon e extraordinar. Simon e cel mai tare. Simon, Simon, Simon.* Vai de mine, mi-a părut rău pentru Amy ieri, la faza cu piscina. Cred că tuturor ne-a părut rău. Aţi văzut-o pe Jackie cum a ieşit afară şi apoi a tulit-o în casă? Ha! Cum era meme-ul ăla care a tot circulat?

– Cel în care Amy e înlocuită de un schelet? râde Adam.

– În care Flick termină în sfârşit de povestit!

– Clasic! Îmi pare rău, Flick, e timpul să-ţi găseşti o altă persoană. Bine, deci amândoi aţi prezentat puncte importante despre Gemma şi Flick, dar cine credeţi că o să plece diseară? Mike, tu primul.

– Eu oscilez între Lauren şi Hattie. Lauren este practic absentă. Mereu uit că e şi ea în emisiune. Nu face decât să stea în pat sau pe şezlong în grădină, ca o şopârlă. Şi mă tem că biata Hattie nu se va descurca bine pe termen lung.

– Iar tu, Steve? Cine o să plece până la miezul nopţii? întreabă Adam.

– Hattie, fără nicio îndoială. A stat destul. Cred că urmează să vină şi vremea lui Lauren, dar mai are mult mai multe de oferit în emisiune. Cred că publicul abia aşteaptă să vadă ce ne va arăta!

Face cu ochiul.

Amy se ridică, se duce lângă Hattie şi o îmbrăţişează uşor. Începe să respire puternic.

– Hattie, să nu asculţi niciun cuvânt din ce spun ei. Totul e doar de spectacol.

– Lauren, tu cum te simţi? întreabă Hattie, uitându-se în jur.

Lauren nu e în sala de mese unde stătuse cu o secundă în urmă. Amy întinde gâtul, dar nu o vede nici în bucătărie.

– Unde s-a dus? E bine?

– Era aici mai adineauri, zice Jackie. Poate că s-a dus să-şi facă bagajul, pentru orice eventualitate. Lozza? strigă ea către dormitor, făcând-o pe Flick să se strâmbe.

Nu primeşte niciun răspuns.

– Lauren! strigă și Amy, ridicându-se. A văzut-o cineva ducându-se în baie?

Toate clatină din cap.

– Lauren! țipă Jackie din nou, ducându-se în bucătărie.

– Verifică la piscină! îi spune Amy prin ușa de sticlă.

Jackie se uită în jur și clatină din cap.

Dintr-odată, se aude o sirenă la televizor și fața lui Adam Andrews umple ecranul. Se uită la public și citește de pe un card de prezentator. Colegele de casă se pun din nou în fața televizorului.

– Unde naiba s-o fi dus? Ratează evacuarea, șoptește Jackie.

– Dragi telespectatori, avem niște vești de ultimă oră din spatele culiselor, spune el, apăsând pe cască și uitându-se într-o parte.

Se uită în jos înainte să ducă un deget la buze și să șușuie publicul, în vreme ce dă din cap și răspunde cu „mm" la ce i se spune în cască.

– În regulă, telespectatori, a avut loc o schimbare de planuri pentru emisiunea din această seară. Aș dori să subliniez faptul că nu a fost ceva planificat și că vă vom da înapoi banii pentru voturi.

Se uită la cameră serios.

– E acolo? șoptește el în microfon.

– Cine să fie? zice Gemma, începând să se panicheze.

– Doamnelor și domnilor, ce șoc mare. Vă rog să îi urați bun venit pe scenă concurentei evacuate de astăzi, Lauren!

Concurentele se reped în fața ecranului.

– Lauren, ce ai făcut? strigă Hattie către televizor.

Lauren se așază pe canapea, zâmbind și arătând semnul păcii publicului, care începe să se calmeze. *E ciudat să o văd la televizor*, se gândește Amy. Arată ca o vedetă cu toate luminile astea pe ea, aproape ca o străină.

– Lauren! urlă Adam. Bun venit pe scenă! Ce surpriză neașteptată, dar foarte plăcută!

– Ești bine? întreabă Lauren, arătând perfect calmă.

– Da, sunt bine, imită el indiferența ei, spre amuzamentul publicului. Lauren, poți să ne explici ce s-a întâmplat? Cu cinci minute în urmă erai pe canapea în casă, iar acum ești cu noi. Cum ai ajuns aici?

Lauren se uită la Adam, iar apoi la frații Barton.

– Scuze, amice, la care cameră să mă uit? întreabă ea.

– Nu-ți face griji pentru asta, iubire, poți să te uiți la mine, zice Adam.

– Neah, nu vreau să mă uit la tine, vreau să vorbesc cu Hattie, răspunde ea.

În public se aude un „oo" colectiv, iar Adam pare surprins și îi arată una din camere. Lauren se uită unde îi arată el și își fixează fața pe camera corectă, care dă zoom in. Zâmbește.

– Hattie, scumpo, nu meriți să pleci acum din casă, zice Lauren. Mai ai multe de făcut. Vreau să rămâi acolo și să le dovedești haterilor că nu au dreptate. Nu sunt interesată de porcăriile astea cu autoperfecționarea și nu vreau să „devin o femeie mai bună". Am primit ce am vrut – am avut parte de o experiență și voi avea cele cinci mii de lire. Totul e bine.

– Dar, Lauren, cum rămâne cu milionul de lire? întreabă Adam.

– Nu am nevoie de un milion de lire ca să fiu fericită. Doar că sunt disperată după ceva gin.

Publicul strigă de bucurie și aplaudă.

– Să-i aducă cineva ceva de băut! O ultimă întrebare, Lozza – o să le urmărești pe fete la televizor?

Adam dă din umeri.

– Clar nu, râde ea. O să le văd pe tipe când o să iasă, în persoană. Emisiunea asta este o stupizenie nenorocită, și tu ești un mare tâmpit.

Apoi se ridică, își dă jos lavaliera și pleacă de pe scenă.

Pentru prima dată, Adam nu are replică. Publicul începe să aplaude ușor, iar el ascultă în cască și transmisiunea se întrerupe, iar ecranul din sufragerie se face din nou negru.

Capitolul douăzeci şi patru

Gemma ţipă la Hattie şi la Flick în grădină. Le-a atras într-o tabără de fitness şi se comportă ca un comando de la Serviciile Speciale Aeriene.

– Ce-aş vrea să am şi eu o scuză să ţip la cineva, zice Amy, sorbind din cafea în faţa ferestrei. Cred că m-aş simţi mai relaxată.

I se alătură Jackie.

– Ce zici de Camera de Conversaţii? Cred că e izolată fonic.

– Aşa e.

Amy dă din cap, uitându-se la agitaţia de afară. Gemma începe să aplaude ca să mărească ritmul. Hattie e roşie ca o sfeclă.

– Mă întreb ce-o face Lauren? se gândeşte Amy. Nu-mi vine să cred că deja au trecut două zile de când a plecat.

– Semnează un contract cu o firmă de înregistrări acum că are parte de cele cincisprezece minute de faimă, sper, răspunde Jackie. Deci, se întoarce ea spre Amy, un milion de lire. Gemma a zis că şi-ar deschide o sală de sport, Gymma. Hattie a pomenit că ar vrea să aibă un lanţ de rulote cu mâncare. Tu ce ai face cu banii?

Amy se gândeşte la asta tot timpul. Dacă ar câştiga, ar ruga-o pe Sarah s-o ajute să decidă ce să facă cu ei. Amy nu le are deloc cu banii şi fără nişte sfaturi, poate că i-ar lăsa pe toţi să stea într-o bancă, prea speriată ca să îi cheltuiască.

– Chiar nu ştiu. Până acum, aş fi zis că i-aş sparge pe toţi pe o casă. Dar nu sunt sigură dacă de asta am nevoie acum. Cred că primul lucru pe care l-aş face ar fi să-mi fac rezervare pentru un zbor în Asia. Aşezatul la casa mea poate să mai aştepte.

– Oo, unde în Asia? întreabă Jackie, sprijinindu-se de masa din bucătărie.

– Probabil Bangkok – ador oraşul acesta. Căldura umedă, pieţele cu mâncare, oamenii care se holbează. Să beau pe timpul zilei. Să mă duc la spa. Cele mai frumoase plaje din lume. Ce să nu-ţi placă la Bangkok? Este echilibrul perfect dintre agitaţie și euforie. Nu ştiu – cred că e ceva în aer. Poate din cauza opiului. Tu ce ai face?

Jackie nu răspunde.

– Jackie?

Amy ridică privirea şi vede cum obrajii lui Jackie se încreţesc şi începe să plângă. Îşi ţine faţa în mâini.

– Jackie! Ce s-a întâmplat?

Amy lasă cana jos şi o apucă de braţ.

– Sunt bine.

Trage de nas.

– E o prostie. Sunt jalnică.

Oftează şi se freacă la ochi.

– Serios, nu e nimic. Poate că sunt doar mahmură. Dar un prostănac a postat nişte comentarii urâte despre mine pe Perete, azi-dimineaţă.

– Ce a zis? Cine?

– Cred că e un tip de la fosta mea firmă de avocatură, spune ea. Era asistentul unui avocat care mereu a avut ceva cu mine. De fapt toţi aveau ceva cu mine.

Clatină din cap.

– Nu ştiam că încă se mai ţine de capul meu – am plecat de acolo acum o veşnicie. Nu are altceva mai bun de făcut?

– Nu-i lăsa să te afecteze – vor doar să muşti momeala, o sfătuieşte Amy. Ieri un străin a dat tweet că nu are încredere în mine câtuşi de puţin. N-am nicio idee ce am făcut ca să merit asta.

– Amy, am evitat momeala timp de doi ani. Dar o fac în așa fel încât să fie al naibii de imposibil de evitat uneori, nu-i așa? spune ea pe o voce joasă.

Amy se uită la ea cu simpatie.

– Ce s-a întâmplat?

– Of, Ames.

Jackie întoarce capul spre grădină.

– E o poveste atât de lungă. Nu vreau să te transformi iar în meme-ul ăla cu schelet.

Își drege glasul și se așază.

– Am fost atât de fericită când am început să lucrez acolo. Nicio altă firmă nu m-a băgat în seamă, în ciuda faptului că ieșisem pe locul întâi și aveam o distincție pe diploma de profesie juridică. Puteau să-mi ofere doar un post de asistent, dar tot am fost încântată. Am muncit din greu, iar apoi, după câțiva ani, mi-au oferit un contract de training, spunând că am potențial. După multe zile în care am muncit peste program, nopți târzii și progrese lente, m-am calificat drept avocat asociat. Apoi am devenit asociată în management. Dar după aceea, progresul nu doar că a fost lent, ci s-a oprit complet. Părea că toată lumea devenea partener, cu excepția mea. Eram prima la birou, plecam ultima, munceam mai multe ore decât oricine altcineva și aduceam mai multe cazuri. Ultima picătură a fost când un stagiar pe care îl supravegheam, un terchea-berchea arogant, m-a depășit. Așa că am început să dau din coate și am scris un e-mail managerului care mă angajase ca să-i explic situația, sperând că o să mă susțină.

Se uită pe fereastră și expiră.

– În schimb, m-a scos la o cafea și mi-a vorbit despre cum mă descurcam eu în firmă. Despre faptul că nu aveam aptitudinile de manager necesare ca să pot face următorul pas. Cum partenerii trebuie să fie reci, să nu arate nicio expresie când negociază. A zis că o să urăsc stilul ăsta de lucru, și că ar trebui să continui să aduc afaceri de nivelul meu, cu genul de muncă cu care mă simt confortabil. Și că ar fi și în interesul firmei.

Jackie continuă:

– Apoi am apăsat pe trăgaci și l-am întrebat dacă nu i se pare ciudat că nu erau parteneri femei sau de culoare în departamentul meu. I-am spus că am simţit că trebuie să lucrez de două ori mai mult decât oricine altcineva ca să avansez, din cauza sexului și a rasei mele. Că eram obosită. Lipsită de motivaţie. Adică, e greu să te simţi inspirată într-o încăpere plină cu parteneri care sunt bărbaţi albi și bătrâni. Nimeni altcineva. Îţi vine să crezi așa ceva?

Amy continuă să o asculte.

– În fine, s-a enervat pe mine. Mi-a zis că sunt nerecunoscătoare pentru toate oportunităţile care mi-au fost oferite și că nu era vina managementului senior că femeile de culoare din firmă nu se potrivesc acestui rol. Tremuram toată. În acea zi, am trimis o plângere la HR și am zis că dacă nu va fi rezolvată, o să mă duc la Autoritatea de Reglementare a Avocaţilor Consultanţi.

Clatină din cap din nou.

– Și cei de la HR au făcut ceva? întreabă Amy.

– Au făcut pe dracu'. Au zis că o să lanseze o investigaţie, dar nu am auzit nimic timp ce câteva săptămâni. Apoi, într-o dimineaţă, am venit și i-am găsit în dreptul biroului meu, spunându-mi că trebuie să vin cu ei la o întâlnire urgentă cu managementul senior. Când am ajuns acolo, mi-au spus că fac o restructurare și că mi se oferă concediere voluntară. Am acceptat. Am plecat în acea zi. La vremea respectivă, simţeam că e singura mea opţiune. Întreaga firmă era toxică după scandal. Așa că am acceptat și nu i-am mai văzut și nici nu am mai auzit de ei. Până acum.

– Ce-a zis Aaron de toate astea?

– A fost furios pe mine pentru că mi-am pierdut locul de muncă, și nu înţelegea de ce îmi doresc mai mult când postul de asistent senior era suficient pentru plata facturilor și pentru a duce o viaţă bună. Mai ales pentru că s-a gândit că o să-mi doresc copii până la urmă și că va fi de folos să am concediul de maternitate. Chiar dacă eu mereu am zis că nu vreau să am copii. Dar nu m-a înțeles atunci și nu mă înțelege nici acum. Și pentru că nu am mai reușit să-mi găsesc serviciu de atunci, am avut multe probleme financiare. Asta ne-a distrus relația în cele din urmă. Nu doar faptul că eram eu apropiată de tata și că Aaron se simțea exclus. De aceea am decis să rămân aici. Pentru bani. La urma urmei, totul se rezumă la bani, nu-i așa?

Zâmbește și dă din umeri.

– Deși Aaron nu iubea doar banii. Iubea toate evenimentele scumpe ale companiei la care eram invitați. Să nu mă înțelegi greșit, Aaron este cea mai antisocială persoană pe care o vei întâlni vreodată. Dar adora faptul că toate lumea presupunea că el e avocatul, iar eu casnica. Putea să se prefacă acolo, și se bucura de asta.

– M-ai auzit c-am zis că poți să te oprești? mârâie Gemma deasupra lui Flick, care zace gâfâind pe jos.

Chipul lui Jackie se umple de determinare.

– Dar dacă o să câștig un milion de lire, continuă ea, o să-i dau în judecată pe toți.

– Cred că ar trebui s-o iei și pe Gemma în sala de judecată dacă faci asta, mormăie Amy.

– Se distrează prea tare, nu?

Țârrrrrr.

Amy și Jackie se uită una la alta. Grupul de gimnastică se oprește și se holbează.

Capitolul douăzeci și cinci

Țârrrrrr. Țârrrrrr. Țârrrrrr. Țârrrrrr.

– Vin, vin! Dumnezeule! strigă Jackie în timp ce străbate coridorul. Amy o urmează prin sala de mese, dar ceva îi atrage atenția pe Clasament.

A urcat pe locul doi, după Flick. Peste noapte.

Gândurile ei sunt întrerupte de un țipăt de la ușă care o face să-i stea inima-n loc. O zbughește pe coridor și o găsește pe Jackie cu o cutie în mână și un zâmbet larg.

– Ce e asta? întreabă Amy, în timp ce celelalte femei vin repede după ea.

– Civilizație! icnește ea, arătându-le capacul cutiei, pe care scrie *Sponsorizat de Vibe Mobile.*

Colegele de casă se strâng în jurul lui Jackie ca niște pui de găină, iar ea duce cutia pe masă, ținând-o cu multă atenție de parcă ar fi din sticlă.

– Are un bilet! țipă Gemma. Ce scrie?

Dragi colege de casă,

Timp de două ore, veți avea acces la un iPhone XS nou-nouț, mulțumită fanilor voștri de la Vibe Mobile. Simțiți-vă libere să explorați, să descărcați, să căutați și să trimiteți mesaje lumii dincolo de pereții voștri. Distracție plăcută!

Fremătând de entuziasm, fiecare ia un telefon şi se grăbeşte să-şi găsească un loc confortabil. Casa se cufundă în linişte, cu excepţia ocazionalelor tastări, sunete ale telefoanelor şi mormăieli ca „Dumnezeule..."

Amy se ghemuieşte la barul Tiki şi se loghează pe aplicaţia de pe Instagram preinstalată.

Ce naiba.

Are 400 342 de notificări noi.

Prea speriată să se uite la ce s-ar putea să fie un atac de comentarii răutăcioase, trece peste notificări şi se duce direct la profilul lui Sarah. Ultima ei postare este cu un cocktail la Sticks 'n' Sushi, unde a fost aseară.

Mi-e dor de preferata mea **@amywrighty_88** Nu pot să cred că au trecut optsprezece zile – nu că aş număra sau ceva.

Lui Amy îi tresaltă inima și scrie repede.

Păstrează unul şi pentru mine! Mi-e dor de tine x

Rezistă tentaţiei de scurtă durată de a se uita pe profilul lui Jamie și îl deschide pe cel al lui Jane în schimb. Este o poză cu gemenii care se uită la *Peppa Pig*. Sunt mânjiţi cu gem.

Of, pentru numele lui Dumnezeu.

Apoi vede o poză veche cu ea și Jane la şcoală.

Sunt atât de mândră de cea mai bună prietenă a mea **@amywright88**! Abia aştept să sărbătoresc cu ea când CÂŞTIGĂ! #raftul #amydelaraftul #bffs[1] #joianostalgică

Cele mai bune prietene? De când? Nu ne-am mai văzut de luni de zile. Și atunci m-ai făcut să mă simt ca naiba.

---

[1] *Best friends forever* – cele mai bune prietene pentru totdeauna (n.tr.)

Amy trece la Facebook.

Fir-ar să fie.

Aproape fiecare postare peste care dă are legătură cu emisiunea. Sunt poze cu concurentele peste tot. Gifuri[1]. Meme-uri. Articole de știri. Desene animate. Cântece. Până și *Dimineața Aceasta* are o secțiune destinată emisiunii lor. Începe să transpire.

Când naiba și cum naiba a devenit chestia asta atât de celebră?

O să muriți când o să vedeți cum arăta Amy înainte!
Raftul: *Evoluția stilului pe gossipyrabbit.com*

O nu. Nu nu nu nu nu nu. Nuuuuuu.

Dă nas în nas cu o poză de-a ei din anul 2004, când avea șaisprezece ani. Își aduce aminte de ținuta aceea foarte bine. O șapcă bărbătească Von Dutch, pantaloni largi de la glezne în jos și ochelari de soare cu lentile albastre. Și era mult mai slabă.

– De unde scot chestiile astea? întreabă ea în transă, plimbându-se prin sufragerie. E lipită de ecran, dar vrea să vadă dacă și celelalte sunt pe punctul de a face infarct.

– „Prieteni vechi care vor să obțină bani rapid"? răspunde Jackie, uitându-se peste umărul ei. Vai de mine, asta-s eu? țipă ea și-i smulge telefonul din mână lui Amy.

În același articol, Jackie stă lângă tatăl ei, mult mai înaltă decât el, îmbrăcată cu un costum în dungi albe și lucios, care e cu trei mărimi mai mic decât trebuie. I se văd gleznele din cauza faptului că pantalonii îi vin prea scurți.

– A fost prima mea zi de lucru, își aduce ea aminte. Uită-te la mine! Nu-i de mirare că băieții fugeau de mine ca de drac! râde ea. A, mi-e dor de tine, tati! spune ea spre camere.

Raftul a ocupat cea mai mare parte din site-ul Mail Online și concurentele sunt date peste cap de faptul că fețele lor sunt peste tot.

---

[1] Filmulețe de câteva secunde, fără sonor, care se repetă încontinuu (n.tr.)

Panica lui Amy este un amestec de entuziasm provocat de noua ei faimă şi de oroare provocată de faptul că majoritatea pozelor sunt făcute din unghiuri care o dezavantajează, toate făcute de Roomba. Nenorocitele alea mici au reuşit să surprindă fiecare unghie roasă, fiecare dinte urât, fiecare căscat şi fiecare burtică umflată. E uşor să uiţi că ai camerele aţintite pe tine tot timpul, din orice unghi şi în orice colţ.

Raftul: *În exclusivitate: Jamie şi Amy – din nou împreună?*

Ce?

În partea de sus a articolului e o poză cu Jamie în care stă întins pe canapea. Ţine un genunchi ridicat şi îşi sprijină capul în mână. Nu ar putea arăta mai insuportabil de atât nici dacă s-ar strădui, ţinând în braţe perna pe care i-a cumpărat-o Amy de Crăciun, brodată cu iniţialele sale. A cumpărat şi o pernă cu *AW* pe care să o pună lângă ea, dar el a mutat-o în camera de oaspeţi pe motiv că se potrivea mai bine cu culorile de acolo. Amy nu s-a mai deranjat să se ciondănească pe tema asta.

1. De ce ai părăsit-o pe Amy?
E simplu. Amy este o fată minunată. Doar că eram în stadii diferite. Ea se gândea la căsătorie şi la copii, iar eu la Headplace. Asta e firma mea de recrutări.

2. De ce nu ai vorbit cu ea direct?
Ştiţi cum sunt femeile la o anumită vârstă. Toate numai lacrimi şi dramatism. Obsesia lui Amy de a se căsători a pus multă presiune pe mine, şi recunosc că am băgat capul în nisip. Dar încercam să lansez Headplace şi să o fac să funcţioneze, iar ea ştia asta. A fost mult prea mult. Băieţi, sunt sigur că ştiţi la ce mă refer. Dar hei, asta a fost în trecut, şi pot să merg mai departe.

3. Vă veţi mai întâlni după emisiune?
Cu siguranţă vom rămâne prieteni.

Ba nu.

Şi cine ştie ce ne rezervă viitorul?

Nu tu.

Această experienţă a fost grozavă pentru noi. Amândoi am evoluat pe parcursul acestei călătorii. Vom vedea ce se va întâmpla în patru săptămâni. Să nu spui niciodată niciodată!

Niciodată, boule.

Amy ridică privirea şi deschide gura ca să se plângă. Dar se opreşte când vede că toată lumea arată la fel de indignată. Se păstrează pentru mai târziu, când va avea şi un prosecco, sau mai multe.

Revine la telefon şi caută pe Google *Amy Wright* Raftul.

În jur de 5 000 000 de rezultate.

Şi iat-o acolo, prima imagine care apare. Un meme cu ea în care plânge cu şerveţelul lipit de ochi.

De fiecare dată când un bărbat spune ceva #fatacuşerveţelpefaţă

Dă ochii peste cap, se uită mai jos şi dă click pe o recenzie.

Alegerea săptămânii: Gemma vs. Flick: bătălia dintre femei continuă

Eşti din *#echipagemma* sau *#echipaflick*? Aceasta e întrebarea de pe buzele tuturor săptămâna aceasta, de vreme ce hitul reality *Raftul* continuă să poarte naţiunea până la un punct culminant în fiecare seară. Suntem la jumătatea experienţei de patru săptămâni a fetelor şi suntem înnebuniţi după tensiunea jenantă dintre Gemma Burns (Puterea feminină) şi Flick Brimble (Fata feminină). Este practic un show de televiziune care împarte naţiunea în două şi dacă nu aţi făcut-o încă, e timpul să vă alăturaţi conversaţiei. Un lucru este sigur: susţinătorii Gemmei din partea populaţiei feminine sunt în creştere. Rapidă chiar! Aşa că aveţi grijă, băieţi! *Raftul* continuă pe Real TV în fiecare seară de la ora 9.

– Ferească sfântul, din ce țeavă de scurgere s-a mai târât și ăsta? mormăie Jackie.

Restul ridică privirea să se uite la ea.

– Am ieșit cu tâmpitul ăsta cu ani în urmă, și acum dă interviu pentru *The Sun*, susținând că regretă că s-a despărțit de mine, și că eu meritam să fiu păstrată și că am fugit de el! Crede-mă, amice, ai fost plin de semnale de alarmă, încă din prima clipă în care te-am văzut. A încercat să comande mâncare pentru mine la prima noastră întâlnire. Era nebun după control!

Amy se gândește în continuare la acel comentariu, mutându-se înapoi în grădină și citind o postare a unei mame casnice care vorbește despre discriminarea cu care are de-a face la terenul de joacă atunci când alte mame află că ea nu lucrează.

> De când e o crimă să stai acasă? Tot ce încerc să fac este să-mi susțin familia, și pentru noi e foarte bine așa.

Unele dintre comentariile pe care le-a primit sunt groaznice. Au făcut-o îngâmfată, leneșă, arogantă și răsfățată.

Amy închide Facebook-ul. S-a săturat să vadă străini care comentează despre viața altora. *Toată lumea trebuie să lase pe toată lumea în pace și să trăim liniștiți*, se gândește ea.

Comentariul lui Jackie despre fostul ei i-a dat lui Amy o idee pentru blog. Deschide WordPress și se loghează pe *Amy hoinărind*, blogul pe care scria când l-a întâlnit pe Jamie. Cu cât petreceau mai mult timp împreună, ceea ce a însemnat chiar mult la început, cu atât mai puțin petrecea scriind, și în cele din urmă, s-a oprit de tot. Era greu să postezi o listă cu „Zece lucruri pe care le poți face în Londra weekendul acesta" dacă tot ce făcea era să stea pe canapea într-un pub local sau acasă uitându-se la *X Factor*.

Ultima postare a fost pe 28 august 2016, la o lună după începutul relației lor: „De ce Cotswolds este cel mai bun loc pentru prima voastră călătorie de cuplu". Nu credea că Cotswolds *era* de fapt cel mai bun loc pentru o primă călătorie în cuplu. Doar că întotdeauna și-a dorit să meargă acolo. Așa că a scris despre asta, a publicat articolul și i-a trimis un link lui Jamie, cu un emoji care face cu ochiul.

El nu a răspuns niciodată, și nu s-au dus acolo niciodată.

Restul postărilor ei sunt clișee, despre stilul de viață din Londra, despre unde să mănânci și să bei, unde să ieși la întâlnire, unde să faci cumpărături și ce locuri să explorezi. Își aduce aminte cât de mult iubea să facă asta la vremea respectivă, deoarece îi dădea un motiv să se trezească devreme dimineața și să exploreze orașul într-o zi de sâmbătă. Se plimba pe străzi și mânca fericită de una singură, știind că o face cu un scop anume. Făcea poze, lua notițe și făcea astfel încât fiecare moment din weekend să conteze. De una singură. Și când și-a găsit până la urmă încrederea în sine să dea site-ul la o parte și să înceapă să posteze pe rețelele de socializare, a simțit un val de împlinire pe care nu l-a mai simțit niciodată înainte.

Bine, poate nu și în privința a „21 de lucruri surprinzătoare despre vulpi".

A uitat de *Amy hoinărind*, dar nu a uitat cât de mult a adorat acel proces, motiv pentru care anul trecut a început să treacă pe hârtie idei pentru un nou blog. Cuvintele lui Jackie au trezit ceva la viață înăuntrul său și are treizeci de minute la dispoziție ca să facă ce își dorește.

Capitolul douăzeci și șase

Toate semnalele de alarmă care-ți arată că nu e alesul

Bună. Sunt eu. Amy Wright. Sau poate mă știți ca fiind una dintre bietele femei cărora li s-au dat papucii pentru divertisment, în fața a milioane de oameni, în emisiunea de succes *Raftul.*

Ați putea suporta umilința de a vă despărți și de a fi înregistrați pentru ca toată lumea să vadă mai apoi? Să vă fie filmată fiecare mișcare și fiecare cuvânt să vă fie analizat de-a lungul unei luni de judecată? Să vi se estimeze valoarea pe baza grijii pe care o aveți față de un copil, să rămâneți calmi în fața criticilor nedrepte și să aveți părul perfect tot timpul? Știu că m-am chinuit, dar încă sunt aici, mai rezist.

Am fost atât de aproape să părăsesc casa, dar mă bucur foarte mult că am rămas. Am învățat mai multe despre mine însămi în ultimele două săptămâni decât în ultimii doi ani. Dar nu sarcinile și provocările m-au învățat lucruri. Lecțiile pe care le-am primit s-au datorat prieteniilor improbabile pe care le-am creat aici, cu un grup de femei incredibile care au în comun mult mai mult decât această experiență ridicolă. Cu femei care au în comun tăria de caracter care este necesară pentru a rămâne, a îndura și a ieși la suprafață râzând.

Sunt melodramatică, știu. O să încetez.

Una dintre cele mai mari lecții pe care le-am învățat de la femeile din jurul meu a fost că a-ți asculta intuiția este mult mai important decât a fi obsedată de felul în care arăți. Să fii atentă când sentimentul acela deranjant începe să scoată colții în adâncul sufletului tău. Aproape fiecare poveste a unei relaţii pe care am auzit-o aici a avut acelaşi început.

„Am ignorat semnele."

„Am ignorat semnalele de alarmă."

„Privind în urmă, ar fi trebuit să mă despart atunci."

„A fost un semnal de alarmă uriaş."

Am ajuns să înţeleg care este importanţa ascultării acelei voci interioare atunci când îţi şopteşte că ceva nu e în regulă – nu trebuie să o ignor pentru că sunt disperată să găsesc dragoste. Să am încredere în instinctele mele care îmi spun că el nu o să mă facă fericită.

De acum înainte jur că voi asculta de intuiţie. Şi, ca să-mi aduc aminte de asta, am decis să fac o listă cu toate semnalele de alarmă la care trebuie să am grijă; fie că mă aflu la prima întâlnire sau la a cincisprezecea.

99 de semnale de alarmă la care să ai grijă

1. Dacă o fac „nebună" pe fosta lor.
2. Dacă nu-şi cer niciodată scuze.
3. Dacă sunt nepoliticoşi cu chelnerii.
4. Dacă te acuză că îţi iubeşti mai mult familia.
5. Dacă vor să petreacă timp numai cu tine şi cu nimeni altcineva.
6. Dacă fac glume doar pe seama ta.
7. Dacă urăsc câinii.
8. Dacă refuză să vorbească despre viitor după o relaţie de şase luni.
9. Dacă nu le-ai întâlnit prietenii după trei luni.
10. Dacă îşi asumă merite pentru realizările tale.
11. Dacă sunt atenţi la sau, mai rău, comentează despre ceea ce mănânci.
12. Dacă îşi toarnă vin în pahar şi nu îţi oferă şi ţie.
13. Dacă nu îţi pun nicio întrebare.
14. Dacă nu ascultă răspunsul tău atunci când te întreabă ceva.

15. Dacă fac pe victima când ei sunt cei care au greşit.
16. Dacă nu pot să poarte o discuţie înflăcărată fără să plece valvârtej.
17. Dacă se supără că nu vrei să faci sex după o zi de paisprezece ore de lucru, la ora unu noaptea.
18. Dacă se supără că nu vrei să faci sex tot timpul.
19. Dacă răspund la telefon când faceţi sex atunci când vrei tu.
20. Dacă dau vina pe tine pentru fiecare lucru mărunt care merge prost.
21. Dacă nu-ţi răspund la mesaje, deşi stau mereu pe telefon.
22. Dacă o iau razna dacă nu răspunzi la un mesaj imediat.
23. Dacă îţi spun că te iubesc după prima întâlnire.
24. Dacă nu le plac prietenii tăi.
25. Dacă îţi dau mesaje tot timpul când ai ieşit cu prietenii.
26. Dacă show-ul lor preferat e *Teoria Big Bang*.
27. Dacă nu te lasă să te uiţi pe telefonul lor.

Douăzeci şi şapte e un număr ciudat, dar din păcate mi-a expirat timpul, cititori. Femei şi bărbaţi ai internetului, ajutaţi-mă să completez această listă postând pe twitter cu hashtagul #99desemnaledealarmă, şi aveţi grijă de voi.

Amy x

Capitolul douăzeci și șapte

– Câte zile ne-au mai rămas de stat aici? întreabă Gemma, scoțând felia de șuncă din sendviș și aruncând pâinea într-o parte a farfuriei. Cine vrea pâinea mea?

– Ai cerut un sendviș cu șuncă și salată, gogomano, comentează Jackie, care se așază la masă cu un prânz care constă într-un pahar de prosecco. Mai sunt zece zile, dacă ajungem până în finală.

– Este un sendviș fără pâine, răspunde Gemma, luând șunca, salata și roșia cu ambele mâini. Nu consum carbohidrați. Dar dacă mănânc ca și cum ar fi un sendviș o să păcălesc organismul și o să creadă că sunt mai plină de fapt.

Mușcă din „sendviș" și zeama de la roșie îi curge pe mâini.

– Dieta ține numai de controlul minții, spune ea, ducând degetul arătător la frunte.

– Poate de asta nu țin eu dietă niciodată, face Jackie. Nici măcar nu mă gândesc la asta. De când urăște toată lumea carbohidrații?

– Nu ții dietă pentru că tu nu mănânci niciodată, doar bei. Prosecco e plin de zahăr, să știi, zice Flick și se distinge o urmă de dezaprobare în tonul ei.

Jackie scoate limba la Flick și își umple din nou paharul.

„Colege de cameră, vă rog mergeți în sufragerie."

– Of, iar începem, bombăne Jackie, dând pe gât paharul.

– O, bunăăăă, doamnelor! urlă Adam Andrews pe o voce exagerat de rafinată.

Poartă o pălărie de paie împodobită cu flori şi o rochie care se asortează cu ea, şi ţine în mână o ceşcuţă de porţelan.

– Ce mai faaaaceţi? zice el, fluturând din gene şi ţuguindu-şi buzele.

Se află în grădina unei case maiestuoase, bând nişte ceai. Două invitate stau pe o bancă în faţa lui. Arată de parcă ar fi ieşit dintr-un catalog Laura Ashley din anul 1994.

– Cine sunt perdelele astea? întreabă Jackie.

– Astăzi suntem încântaţi de prezenţa a două prinţese ale eleganţei şi etichetei.

Face o plecăciune cu capul, dă din degete şi pune ceşcuţa de masă.

– Şi m-au învăţat câteva lucruri despre manierele de la masă. Ele sunt Meredith Mercer şi Jemima Soames de la *Doamna Dichisită şi Doamna Cuviincioasă*!

Camera arată un public care aplaudă, stând în jurul grădinii şi care bea la rândul său ceai. Ridică ceşcuţele şi aclamă.

– Şi le întâmpinăm cu multă căldură pe câştigătoarele competiţiei noastre, care au avut norocul de a ni se alătura mie şi celor două oaspete de onoare din Kenwood House pentru această ediţie foarte elegantă a emisiunii *Raftul*.

Camera se întoarce spre Meredith şi Jemima, care stau de parcă ar avea un băţ în fund şi zâmbesc la cameră.

– Deci care este dichisita şi care este cuviincioasa? întreabă Adam în timp ce se ridică şi se înghesuie între ele pe bancă. Femeile par să se simtă stânjenite.

– Ei bine, Adam, răspunde cea din stânga. Amândouă suntem şi dichisite, şi cuviincioase. Asta te învaţă trei ani petrecuţi la o şcoală de maniere de elită pentru tinere din Elveţia.

– Ce minunat pentru voi. Şi nu este încântător şi asta? zice el şi ia o negresă, muşcă mult din ea şi zâmbeşte larg, lăsând la iveală dinţii plini de ciocolată.

Meredith şi Jemima exclamă.

Adam înghite și se scobește în dinți la cameră, după care continuă.

– Deci spuneți-ne ce avem pregătit pentru următoarea provocare, doamnelor. Este una extrem de palpitantă, cu siguranță.

– Păi, Adam, începe Meredith, uitându-se din când în când la cameră. Probabil știi că eu și Jemima avem o nouă emisiune pe Real TV care se numește *Doamna Dichisită și Doamna Cuviincioasă.*

– E în fiecare duminică de la ora șase seara, intervine Jemima.

– *Doamna Dichisită și Doamna Cuviincioasă* are scopul de a le ajuta pe femei să își redescopere feminitatea. Să își îmbrățișeze latura moale. Cultura britanică a celebrat femeia băiețoasă pentru prea mult timp, și vrem să vedem o revenire a valorilor bune de modă veche, vrem ca femeia modestă să revină.

– Mă bucur că nu sunt singura care gândește astfel! zice Flick, zâmbind, privind în jur după o susținere pe care nu o s-o primească de la niciuna.

– Sunt prietenele tale? o întreabă Gemma.

Stă lângă ecranul de televizor și se scarpină în fund prin pantalonii de sport.

– La *Doamna Dichisită și Doamna Cuviincioasă*, continuă Jemima, suntem în căutarea celor mai păcătoase femei britanice. Cele lipsite de maniere, care se scarpină în fund și care ne fac de râs sexul.

Gemma se oprește din scărpinat și se uită să vadă cine o privește.

– Și unde le putem găsi pe acestea care se scarpină în fund? întreabă Adam.

– Scotocim prin cele mai întunecate și cele mai murdare colțuri ale Marii Britanii, răspunde Meredith. Cum ar fi restaurantele cu kebab, în serile de vineri.

Publicul din grădină murmură, fiind ofensați de comentariul lui Meredith.

– Du-te dracului! strigă cineva.

Meredith arată indignată și lungește gâtul să vadă de la cine a venit comentariul. Publicul râde și își bate joc, în timp ce Adam încearcă să-și țină în frâu chicotelile.

– E adevărat, adaugă Jemima, aruncându-i o privire plină de superioritate. Dacă nu avem grijă, o să inversăm procesul revoluționar.

Meredith intervine.

– Ar trebui să le vedeți pe femeile pe care le ajutăm. Când le găsim, arată ca niște adevărate animale. Le învățăm cum să se comporte, să se îmbrace cum trebuie, să vorbească clar și să învețe care este importanța respectului de sine și a rafinamentului.

Jemima continuă:

– Nu-i de mirare că din ce în ce mai multe femei engleze aflate în floarea vârstei sunt singure în ziua de azi. Comportamentul lor băiețesc este atât de respingător pentru bărbații buni pe care sunt disperate să-i găsească.

Un alt membru din public întrerupe:

– Și dacă nu vreau un bărbat?

Meredith și Jemima se uită una la alta ca și cum au mai auzit asta înainte.

– Dacă o femeie îți spune că este fericită singură, minte, răspunde Jemima.

Publicul începe iar să-și bată joc și Jemima ridică ambele mâini.

– Am făcut cercetări – este adevărat. Femeile nu vorbesc deschis despre asta deoarece se rușinează că vor arăta disperate. Dar nouă nu ne este teamă să ne confruntăm adevărurile neplăcute.

Amy se întoarce spre grupul său.

– Pot să declar cu sinceritate că sunt fericită că sunt singură acum. Nu mint.

Hattie pufnește.

– Acum? Gândește-te la totdeauna.

– Huiduiți cât vreți, dar când vom termina cu fetele acestea, vor fi frumoase și pe dinăuntru, și pe dinafară, promite Meredith. Le vom transforma în niște doamne cuviincioase și le vom oferi o șansă mult mai mare de a găsi un gentleman care nu o să le părăsească pentru vreo stricată când vor avea un bebeluș pe drum!

– Meredith, mai ușor! zice Jemima, rușinată.

Cineva din public aruncă cu o brioșă în capul lui Meredith și acesteia îi cade pălăria, rămânând cu niște cremă pe frunte. Icnește și iese din platou, aruncând cu prăjituri pe drum.

– Stai, întoarce-te, Meredith! strigă Adam după ea, râzând. Spectatori, vă rog, dacă mai aruncați lucruri veți fi dați afară.

– Nu mă întorc până nu se calmează! strigă Meredith în timp ce camera dă zoom pe fața ei, stând ascunsă după gardul viu.

– Bine, gata, avem un program – *suntem* în direct! Așa că va trebui să continuăm fără tine. Jemima, ai putea să le explici concurentelor care este provocarea de astăzi?

– Cu siguranță, Adam, răspunde ea. Provocarea de azi se numește „Nu-i așa că este încântătoare?“ Trebuie să demonstreze că pot lăsa o impresie încântătoare de lungă durată.

– Și cum funcționează?

– Este simplu, Adam. Cinci femei, cinci bărbați, cinci petreceri cu ceai. Fiecare concurentă va fi gazda unei petreceri cu ceai în care fiecare oaspete va pune o serie de întrebări pentru a-i testa eticheta. Mai întâi, colegele de casă trebuie să își aleagă o ținută adecvată. În al doilea rând, trebuie să aleagă un meniu potrivit și să îl execute la perfecție. În ultimul rând, trebuie să demonstreze că știu cum să se comporte prin intermediul unui simplu chestionar în timpul petrecerii. Partea cea mai grozavă este că le oferim doamnelor o garderobă nouă-nouță, mulțumită prietenilor noștri de la Cutie Pie, și toate ingredientele pentru petrecere se datorează prietenilor noștri de la Waitrose! Și am introdus și câteva elemente-surpriză, intenționat!

– Și ai vreun sfat în ceea ce privește stilul pentru fete, înainte să înceapă? întreabă Adam.

– Bineînţeles. Sunt trei reguli de bază pe care eu le urmez mereu. Unu, să porţi o fustă sau o rochie. Sunt mai elegante şi vor accentua silueta feminină pe care o iubesc bărbaţii. Doi – cu cât arată mai puţină piele, cu atât mai bine –, hainele sumare vor da de înţeles oaspetelui că nu este singurul bărbat pe care vreţi să-l impresionaţi. Şi trei, să zâmbiţi. Este simbolul internaţional al farmecului, şi este gratis!

– Tu crezi în toate astea, Flick?

Jackie se întoarce spre ea.

– Ştiu că este greu de auzit, dar este adevărat. Bărbaţii nu vor crede că eşti bună de măritat dacă îţi arăţi tot timpul decolteul ca şi cum ai vrea ca oamenii să se uite la tine.

Oftează.

– Şi acum urmează insultele şi ameninţările cu moartea...

– În regulă, fetelor, ştiţi ce aveţi de făcut, zice Adam. Ingredientele pentru petrecerea voastră cu ceai şi hainele vor ajunge în faţa uşii voastre la ora 3 după-amiaza. Să nu vă bateţi cu mâncarea, doamnelor – ştiu cum sunteţi voi!

Capitolul douăzeci şi opt

Țârrrrrr.

La uşa de la intrare le aşteaptă o serie de cutii de la Cutie Pie, cu bileţele pe ele adresate fiecărei concurente.

Dragă Amy,

Sperăm că îţi va plăcea noua ta garderobă Cutie Pie! Înăuntrul acestei cutii cadou vei găsi o selecţie din noua colecţie de vară, care nu a mai fost văzută până acum de public. Sarcina ta este de a alege ţinuta perfectă pentru o întâlnire într-o grădină englezească tradiţională. Şi înainte să te panichezi, experţii noştri în stil te-au urmărit încă de la începutul emisiunii şi sunt siguri că mărimea 12 ţi se va potrivi perfect.

Abia aşteptăm să vedem ce ai ales!

Fanii tăi de la Cutie Pie xxx

Amy fuge în dormitor, entuziasmată. Tânjea după haine noi. Le aude pe celelalte cum desfac cutiile de carton cu reacţii amestecate. Își deschide și ea cutia și vede instantaneu ce vrea să poarte.

– Gem, e superbă! spune Amy, când se întoarce în sufragerie şi o vede pe Gemma cum se învârte, privindu-se în oglindă şi examinând fiecare centimetru din ţinută.

Poartă o rochie grena cu un corsaj alb din dantelă, care-i vine pe gât, şi în partea de jos vine plisată şi îi ajunge până la gambe, lăsând la vedere doar gleznele. Expresia de pe faţa ei arată că o urăşte.

– Arăta atât de plictisitor şi fără gust, mormăie ea. Nu-mi pasă ce spune Tanti Fandosita – nu e sexy dacă nu arăţi piele!

– Ultimul lucru pe care şi l-ar dori un bărbat e ca soţia lui să arate sexy la o petrecere cu ceai, Gemma. Ei vor să te vadă plină de clasă, subtilă şi elegantă.

Flick scoate un oftat, ignorând căutătura Gemmei şi se întoarce să se uite în oglindă. Poartă o rochie roşie pe gât cu model de fluturi albi.

– Nu sunt sigură dacă e potrivită asta. Roşul e un pic cam... îndrăzneţ. Îndrăzneţul nu este încântător.

– Nu-i aşa că *asta* e încântătoare?

Jackie intră ţanţoşă în sufragerie cu picioarele ei kilometrice, într-o salopetă de un verde-aprins, încălţată cu sandale aurii care mai adaugă doisprezece centimetri la înălţimea ei.

– Dumnezeule, arăţi *extraordinar*, păpuşă! ţipă Gemma.

– Of, haideţi.

Flick se holbează la ea.

– Care e rostul acestor provocări dacă voi nu le luaţi în serios? Nu poţi să porţi asta la o petrecere cu ceai, e absurd.

– Dar de ce să luăm provocările astea în serios dacă *ele* sunt absurde?

Jackie se întinde pe canapea şi ridică un picior în aer ca Victoria Beckham[1].

– Cred că aceasta este opţiunea pe care trebuie să o aleg, zice Flick, ridicând o rochie midi albă cu mâneci lungi, cu încreţituri în faţă. Arată ca o rochie de mireasă! zâmbeşte ea şi se priveşte în oglindă visând cu ochii deschişi.

Gemma începe să caute prin hainele ei, scoţând bucăţi de dantelă şi catifea. Expiră tare şi merge cu paşi grei până în bucătărie.

– Asta e bună pentru o petrecere cu ceai? întreabă Hattie, coborând pe scările din coridor şi oprindu-se jos, privindu-le plină de speranţă. Nu am mai fost până acum la niciuna.

---

[1] Poziţie celebră pe care Victoria Beckham o adoptă pentru poze, în care stă jos cu un picior ridicat într-o parte la unghi de 90 de grade, sau chiar mai mult. (n.tr.)

Poartă o rochie cămașă albastră-deschisă cu o curea roz-aprins și sandale cu toc mic.

– O, Hat, arăți superb! strigă Amy.

Hattie se înroșește și fața ei capătă culoarea curelei pe care o poartă.

– Are și buzunare! le arată ea, încântată.

– Ești sexy, Hattie! strigă Gemma, întorcându-se din bucătărie cu niște foarfece în mână. Sau ar trebui să-ți spunem Hattie cea fierbinte?

– Gemma, nu! icnește Flick.

E prea târziu. Gemma taie materialul până în dreptul coapselor și transformă rochia midi într-una mini în mai puțin de un minut.

– A, asta e în stilul meu! afirmă ea, radiind de bucurie și făcând o piruetă cu picioarele ei bronzate.

Înapoi în dormitor, Amy își probează ținuta aleasă. E o rochie lungă care se leagă la mijloc, cu floricele corai și mâneci lungi de șifon care să-i ascundă brațele. Îi vine perfect. Amy speră că va putea să păstreze garderoba aceasta după ce va pleca, pentru că ar fi rochia perfectă și pentru o noapte în oraș în Phuket.

Hattie apare dintr-odată lângă ea și nu pare în apele ei.

– Ești bine, Hats?

– Suntem atât de distrase de hainele astea noi încât nu am vorbit despre ce se întâmplă de fapt. Pentru cine ne gătim, Amy?

*

Concurentele stau fiecare la masa sa, așteptând ca oaspeții să sosească.

– Deja au făcut chestia cu foștii. Nu poate să fie iar vorba despre ei, zice Jackie. Sper din tot sufletul că sunt tipii de la *Magic Mike*.

– O, poate niște vedete necăsătorite! Ca să crească audiența! exclamă Gemma, entuziasmată.

– Din păcate, nu cred că au probleme cu audiența, scumpa mea. Dar s-ar putea să ai dreptate.

Jackie aruncă o privire înspre Flick.

– Vai de capul meu, aţi văzut-o p-asta? Sunt surprinsă că n-au trebuit să-i schimbe bateriile până acum.

– Jacks, şopteşte Amy, ducând un deget la gură.

Petrecerea lui Flick este la o distanţă de ani-lumină faţă de ale lor, dar niciuna nu este surprinsă. Mai devreme, când pusese nişte sendvişuri cu castravete sub un prosop umed care stătuse la congelator pentru a le menţine proaspete, le-a zis că organizează o petrecere cu ceai în fiecare lună a verii. Ultima în ceea ce priveşte mâncarea este, fără nicio îndoială, Jackie. Meniul ei, care i-a luat sub cinci minute ca să-l pregătească, include pâine albă feliată cu unt şi zahăr, un platou cu ouă fierte şi un bol cu chipsuri la cuptor.

– Ce e? întreabă Flick, care se holbează la ceaiul său. Reprezintă copilăria mea, şi vreau ca oaspeţii să ştie de unde vin.

Meniul lui Amy este ok. Ştie ce să servească la o petrecere cu ceai, dar nu se poate compara cu Flick. A ales meniul pe baza a ce-şi dorea să mănânce, miniplăcinte cu brânză, brioşe cu brânză şi mini-cheesecake. Ar fi vrut să aleagă şi un al treilea aperitiv cu brânză, dar şi-a dat seama că are nevoie de ceva dulce.

Lui Hattie nu pare să-i pese de dulciuri, deşi este chef. Meniul ei include cârnăciori de cocktail cu glazură de miere, cârnăciori în foietaj şi plăcintă cu porc.

– Sunt bărbaţi. Le place carnea, nu-i aşa?

Aceasta a fost logica ei. Par să fie mai puţini cârnăciori de cocktail decât erau mai devreme. Când Amy o vede pe Jackie cum îi distrage atenţia lui Hattie, o vede pe Gemma furând câţiva şi îşi dă seama de ce.

Cioc-cioc!

– Ce mai faceţi, fetelor? strigă un bărbat musculos îmbrăcat cu un tricou strâmt cu anchior şi jachetă, în timp ce intră în grădină urmat de un grup mic de amici musculoşi.

– Jason! ţipă Gemma. Ce naiba cauţi tu aici? Nu vreau să te văd!

Își încrucișează brațele și se uită în pământ, ascunzând un zâmbet.

– Hai, păpușă, nu așa întâmpini un oaspete?

Rânjește, mestecând gumă cu gura deschisă.

– Ce zici de o îmbrățișare?

– Of, ia mai lasă-mă, prostuțule, mormăie ea. Stai așa, el nu e...?

Cuvintele i se opresc în gât când se uită în spatele lui Jason.

Este chiar el. Ricky de la *Single Dads*. A frânt multe inimi în emisiunea de anul trecut când a mers să ia lecții despre cum să-i facă părul fetiței sale pentru școală.

– Ce mai faci, Gemma? Sunt Ricky. Cred că sunt cu tine astăzi.

– O, să fii binecuvântat, Ricky!

Îi cuprinde trupul enorm cu mâinile și îl strânge în brațe. Jason tușește și se uită în jos.

– Calmează-te, Jase, e doar o îmbrățișare!

– N-am făcut nimic! protestează el. În plus, eu sunt cu Amy în după-amiaza asta.

Îi zâmbește larg lui Amy cu dinții albi ca zăpada.

Ricky nu e singura față familiară. Hattie l-a primit ca oaspete pe influencerul de sănătate și fitness @bicepsnberries. Amy îl recunoaște doar pentru că Jamie e obsedat de ceaiul lui de ciuperci. Hattie n-ar habar cine e. Sau că e vegan. O salută cu un zâmbet forțat și o bătaie prietenoasă pe umăr. Și ea la fel. Întâlnirea lor e sortită eșecului.

– În regulă, Jackie, eu sunt Deano. Mă bucur să te cunosc, spune un bărbat roșcat scund, dar cu un corp bine lucrat. Face doi pași spre ea și îi întinde o mână care e prea mică pentru brațul lui imens.

Jackie, care e mult mai înaltă decât el, e precaută.

– Păi, nu știu ce părere ai tu, continuă el, dar mă bucur că o să stăm jos. Nu sunt sigur că gâturile noastre ar suporta poziția asta prea mult.

Femeia se relaxează imediat și zâmbește.

– Ești tipul din *Stand Up Britain*, nu-i așa?

– Cu siguranţă. Am fost pe locul doi anul trecut. Deci, sunt amuzant, dar nu chiar *atât* de amuzant. Scuze.

Dă din umeri.

– Iubire, am nevoie de tot râsul din lume, răspunde ea şi dă din cap spre masa lor.

Producătorii probabil că au vrut să-i facă o glumă lui Flick. La ea a venit Garth din *Serial Offenders*. Amy e surprinsă că are voie să apară la televizor, după ce a fost urmărit de poliţie anul trecut. Toate crimele lui au fost minore. Jafuri mici ici şi colo.

– Bună, eu sunt Flick, spune ea pe o voce tremurândă. Cred că tu eşti cu mine.

El zâmbeşte şi-şi arată cei patru dinţi de aur din faţă. Flick scoate un sunet de surprindere.

Tatuajul faimos cu craniu al lui Garth îl face să arate şi mai intimidant decât este. Se întinde pe toată ceafa lui rasă şi arată aproape ca o a doua faţă. Când se aşază la masa de vizavi, Amy simte că o urmăreşte.

– Cum o mai duci? o întreabă Jason, distrăgându-i atenţia.

– Bine, mulţumesc. Tu ce mai faci?

– O, vai!

Jason îşi notează ceva pe o hârtie.

– Ce e? întreabă ea.

– Când cineva te întreabă cum o mai duci, răspunsul corect este...

– Bine, tu cum o mai duci?

Oftează.

– Ştiu asta. Doar că nimeni nu mai vorbeşte aşa în ziua de azi.

– Ştiu, eu n-am spus-o niciodată, şopteşte el. De fapt, n-am ştiut răspunsul la niciuna dintre întrebările de aici, aşa că mult noroc, drăguţo! zâmbeşte şi se uită înapoi la Gemma.

– Cum de eşti singurul fost iubit astăzi? întreabă ea.

– Le-am zis de la început că nu aş merge la o întâlnire cu altă femeie decât dacă o să fie şi Gemma acolo. Asta a fost regula mea. Am inclus-o şi în contract. Nu sunt doar frumos, nu?

Zâmbește larg.

Jason încă este înnebunit după Gemma. Și Amy crede că sentimentul e reciproc, privindu-i cum joacă un joc de tenis aruncându-și priviri, dar fără să aibă contact vizual.

Nici nu au început să vorbească și Jason mai trece ceva pe carnețel. Când vede că e confuză, îi șoptește din nou.

– Nu ai pus șervețelul imediat în poală. Scuze! Și încă ceva, adaugă uitându-se pe sub masă. Nu sta picior peste picior. Ar trebui să-ți ții picioarele lipite și pe pământ! Nenorocita asta de clasă superioară. O adunătură de plicticoși bătrâni și rigizi. Dar astea-s regulile, Amy, îmi pare rău.

Amy își desface picioarele, pune un șervețel în poală și se uită în jur ca să vadă dacă a mai uitat ceva. Când se uită la Flick să primească un indiciu, o aude cum îi explică invitatului ei care e eticheta adecvată. Îi spune politicos că nu trebuie să se întindă peste masă după sendvișurile cu ou și colțunași, ci s-o roage frumos să i le dea ea.

– Dar arde! Dacă nu suflu, o să-mi ard gura! se plânge Hattie cu voce tare în fața oaspetelui său care ia notițe.

– Ei, chiar nu știam că nu ai voie să sufli în mâncarea fierbinte. Ce regulă prostească.

Când Amy se uită la Jason, așteptând următoarea lui întrebare, vede că notează ceva din nou.

– Acum ce mai e?

– Furculița ta. Stă cu țepii în jos, nu în sus, când e pe farfurie.

– O, pentru numele lui Dumnezeu, bombăne ea și întoarce furculița, după care se uită la Jason.

– Încă o mai iubești pe Gemma, nu-i așa?

Lasă carnețelul jos și începe să se joace cu furculița. Apoi ridică privirea și își arcuiește sprâncenele.

– E chiar atât de evident? întreabă el încet. Da. Îmi este foarte dor de ea. Mă bucur că pot s-o văd la televizor în fiecare zi, ca să știu că e bine. Mă simt groaznic că i-am făcut asta, să știi. Chiar am crezut că o să fie un lucru bun pentru ea. Să ia o pauză. Nu cu mine, ci de la telefonul ăla nenorocit. Cineva mi-a povestit mai demult că trece printr-o detoxifiere digitală, și m-am gândit că asta ar fi cam același lucru. Pe lângă asta, am vrut cu adevărat să aibă o perioadă ca lumea de gândire ca să-și dea seama cum s-a comportat în ultimele luni, din cauza faptului că numărul ei de urmăritori a crescut. O iubesc atât de mult, cred că e extraordinară, și nu aș putea fi mai mândru de munca ei. Dar cred că are nevoie de echilibru. Și nu sunt singurul care gândește așa. Am vorbit și cu părinții ei. Ei m-au susținut să o aduc în emisiune. E ceva de genul... cum se spune? O intervenție. Sper că mă va putea ierta.

În timp ce spune asta, uitându-se în farfurie, Amy o vede pe Gemma cum se uită iar la el.

– Eu cred că ar putea, Jason.

– A zis ceva? Știi tu, când nu erați filmate? întreabă el, cu disperare în ochi.

– Da, vorbește despre tine tot timpul, minte Amy.

Se luminează la față și zâmbește larg, înroșindu-se.

Momentul este întrerupt de râsete care se aud de la masa lui Jackie. Deano are unul dintre râsetele acelea contagioase care se răspândesc ca focul. Fețele lor sunt schimonosite de chicote și le curg lacrimi pe obraji, iar Jackie chiar sare din scaun și se pune în genunchi, ținându-se de burtă.

– Îmi pare rău, doar că e așa stupid! îngaimă ea printre râsete. Tocmai mi-a spus că trebuie să țin caviarul într-un pahar de șampanie!

O apucă iar râsul.

Isteria lor cuprinde încet-încet toată grădina și în curând toată lumea se tăvălește de râs. E imposibil să nu-ți vină să râzi într-o astfel de atmosferă formală. Când Amy întoarce capul spre Flick, se bucură să vadă că au molipsit-o și pe ea. Până și craniul se distrează pe cinste, sărind în sus și-n jos cu gura căscată larg.

*

Concurentele stau una lângă alta pe canapea, uitându-se la Doamna Dichisită și Doamna Cuviincioasă care se holbează la Adam cu brațele încrucișate și colțurile gurii lăsate în jos.

– Bună seara, fetelor! Sper că toată lumea și-a revenit după isteria din această după-amiază de la petrecerea cu ceai. A învățat cineva ceva? Se simte vreuna din voi mai politicoasă și mai rafinată? Doamna Dichisită, Doamna Cuviincioasă, care este verdictul vostru?

– Adam, nimeni nu a luat prea în serios această provocare, așa că va fi extrem de dificil să judecăm. Dar am făcut o promisiune, așa că iată-ne aici.

– Și ce încântare să vă avem alături, comentează el cu o urmă de sarcasm în voce. Să recapitulăm ce s-a întâmplat astăzi?

Pe ecran apare un montaj care include scena cu încetinitorul în care o brioșă a lovit-o pe Meredith în față; concurentele făcând parada modei în ținutele lor; Gemma tăindu-și rochia în două; Hattie stând tăcută în fața lui @bicepsandberries și Jackie căzând pe podea, leșinată de râs. Montajul se încheie cu conversația dintre Jason și Amy.

– „O iubesc atât de mult, cred că e extraordinară, și nu aș putea fi mai mândru de munca ei".

– A, Gem, ce drăguț, spune Hattie. Crezi că voi doi vă veți împăca?

– Nu știu ce să zic. Poate. Vom vedea.

Gemma zâmbește, dă din umeri și își dă pe buze cu balsam.

– Jason, încetează, o să ne faci să plângem! comentează Adam, făcând cu ochiul. Acum vom trece rapid la juriul nostru. Dichisita, Cuviincioasa, ce aveți de spus despre toate acestea?

– Ei bine, chiar dacă ne-a dezamăgit pentru că a râs la Show-ul lui Jackie, răspunde Jemima, premiul pentru cea mai extraordinară eleganță, cele mai excelente aptitudini de gazdă și cele mai mari cunoștințe de etichetă îi revine lui Flick. Felicitări, Flick! Ea este de departe cea mai încântătoare. Pentru eforturile ei, câștigă o masă de trei feluri pentru două persoane, mâine-seară, pregătită de un chef cu stele Michelin.

Publicul aclamă.

– Și încă n-am terminat, strigă Meredith. Mai este și „premiul" pentru cea de pe ultimul loc. Și acel premiu, pentru cea mai rea concurentă, trebuie să meargă la Jackie, care nu a arătat altceva decât dispreț pentru această provocare. De la ținuta ei oribilă până la meniul revoltător, și până la comportamentul strigător la cer cu care va ajunge să fie dată afară din orice clădire decentă. Sincer, nu cred că există vreo speranță pentru Jackie. Nu știu cum de încă mai este în emisiune.

Publicul începe să huiduie cu cât Meredith devine mai ofensatoare, pare că-și face griji că va deveni din nou o țintă și ridică mâinile în aer.

Pe neașteptate, Flick se ridică în picioare.

– Am o întrebare, declară ea.

Dar nu suficient de tare, pentru că Adam continuă să vorbească.

– Alo, am o întrebare! Alo! strigă ea și dă din brațe.

Adam o observă în sfârșit și le face semn celor din public să tacă.

– Lăsați-o să vorbească, doamnelor și domnilor! Câștigătoarea noastră cred că are ceva de spus. Flick, care e întrebarea ta?

– Pot să iau pe oricine la cina cu trei feluri, gătită de cheful cu stele Michelin?

– Da, bineînțeles!

– Vreau s-o iau pe Jackie.

Întoarce capul spre o Jackie șocată.

– A, nu e minunat, dragi spectatori? întrerupe Adam momentul. Parcă îmi vine să dau drumul unor porumbei. Dar, din păcate, dragilor, în seara asta nu voi da drumul unor porumbei.

Publicul face „ooo“ în timp ce Adam se apropie de cameră, iar concurentele se privesc agitate.

– Nu, doamnelor și domnilor. Pentru că, în seara aceasta, voi da drumul unei concurente.

Capitolul douăzeci şi nouă

Adam stă în spatele scenei. Îndărătul lui se află un ecran imens cu numele lor pe un grafic: Flick, Hattie, Amy, Jackie, Gemma. Barele corespunzătoare fiecărui nume se află la acelaşi nivel în partea de jos a graficului.

– Aşa este, oameni buni, astăzi totul depinde de publicul nostru din studio care va vota cu ajutorul butoanelor ataşate de scaune. Deci, cine va fi aleasa? Poate că a fost cea mai tare gazdă, dar este Flick *concurenta* cea mai tare? Sau oare va fi Vorbăreaţa Hattie cu plăcintele ei cu carne de porc? Gemma Regina Sălii de Sport, sau Jack Atac? Şi nu în ultimul rând, cum am putea uita de fata de treabă Amy? Unii spun că e prea plictisitoare, dar poate că Domnişoara Wright va fi Domnişoara All Right[1] de data aceasta. Staţi, este domnişoara sau doamna? Doamna sună cam naşpa acum, nu-i aşa? Dar ştiţi ce se zice, trebuie să accepţi criticile altora... Spectatori, doar voi aveţi puterea de a o salva pe preferata voastră. Este timpul să puneţi degetele pe cele cinci butoane din faţa voastră. Aveţi treizeci de secunde la dispoziţie să decideţi care participantă vreţi să rămână. Sunteţi GATA?

Colegele de casă se apropie una de alta pe canapea şi se iau de mâini. S-a întâmplat atât de repede încât abia dacă au apucat să-şi adune gândurile, sau să-şi facă griji pentru cine va pleca în doar cinci minute. Deocamdată se pot lua numai după Clasament, iar

[1] În regulă (n.tr.)

Hattie este pe ultimul loc. Dar Amy a văzut cum totul se poate schimba în ultimul minut, aşa că la fel se poate întâmpla şi acum.

– Votarea începe... acum!

Ceasul cu numărătoare inversă porneşte, iar barele încep să crească.

Barele lui Flick, Gemma şi Amy încep să crească. A lui Amy se opreşte după cinci secunde. Urmată de a Gemmei. Şi apoi de a lui Flick, care se opreşte în cele din urmă în frunte. Cele ale lui Hattie şi Jackie se mişcă, dar în comparaţie cu celelalte par că se târăsc.

– Ooo, se pare că vom avea un scor foarte strâns între Jackie şi Hattie! strigă Adam. Haideţi, polonice şi linguri[1], cine va fi aleasa? Un singur vot poate face diferenţa pentru una dintre fetele noastre!

Au mai rămas cinci secunde şi încă se bat între ele.

– Doamnelor, începe Jackie. A fost o plăcere. Bine, o parte din toată chestia asta. Cina aceea ar fi fost ceva drăguţ.

Au mai rămas trei secunde.

Ping!

Jackie o depăşeşte chiar în ultima secundă şi apare o explozie de desene cu scrisul *Hattie* pe ecran.

– Ce nebunie, oamenilor! Cu siguranţă ştiţi cum să le ţineţi în suspans pe concurente!

Femeile îşi şterg lacrimile şi se strâng în jurul lui Hattie.

– Nu plângeţi, doamnelor, zâmbeşte Hattie. Sunt pregătită să plec. Aţi fost cel mai bun lucru care mi s-a întâmplat vreodată. În plus, au mai rămas doar...

Numără pe degete.

– ...zece zile până când ne vom revedea de partea cealaltă!

*

„Flick şi Jackie. Vă rog ocupaţi-vă locurile la masa din Grădina Secretă în cincisprezece minute."

---

[1] În engleză *ladles and jellyspoons*, expresie folosită în locul celebrei *ladies and gentlemen* în scop umoristic (n.tr.)

– Jacks, ai fi putut să depui puţin mai mult efort.

Gemma fuge până la canapea cu un prosop pe cap. Este noaptea după eliminarea lui Hattie, iar Flick şi Jackie se pregătesc pentru cina lor.

– Flick poartă o rochie nouă şi şi-a făcut părul cu uscătorul şi tot tacâmul. Fără supărare, dar asta aş purta dacă aş fi făcut intoxicaţie alimentară şi ar fi prima mea zi de recuperare. Nu la o cină elegantă.

Jackie se ridică şi râde, uitându-se în jos la pantalonii de trening maro largi şi tricoul mare.

– Ăă, în primul rând... talia elastică înseamnă că poţi mânca mai mult. Şi în al doilea rând, nu e o cină elegantă. Este o cină falsă. Un restaurant fals, o prietenă falsă. Flick cea falsă nu m-a invitat la cina asta pentru că are un suflet bun, doamnelor. A făcut-o ca să dea bine în ochii publicului. Nu vă daţi seama? Tot ce face ea este un joc, este...

– Jackie, murmură Amy şi îi face semn din priviri către uşă.

– ...atât de evident. Nu dă doi bani nici pe mine, nici pe tine...

– Jackie, murmură Amy mai tare. Încetează.

Flick stă în dreptul uşii de la dormitor, uitându-se la ele trei.

Jackie tuşeşte puţin şi se aşază, în timp ce Flick traversează sufrageria pe tocuri şi se duce în bucătărie, îmbrăcată într-o rochie florală roz lejeră şi încălţată cu sandale de un roz-pal, cu părul fâşâind în urma sa. Arată ca şi când ar fi ieşit dintr-o reclamă. Se întoarce când ajunge la uşa din bucătărie.

– Jackie, ai vrea să te aştept?

Jackie nu se uită la ea.

– Nu, e în regulă, amice. Ne vedem acolo. O să mai beau ceva înainte.

Amy o urmează pe Flick în bucătărie.

– Jackie, nu a fost frumos din partea ta, se aude Gemma din depărtare.

Flick se întoarce. Amy s-a aşteptat să vadă lacrimi în ochii ei, dar pare perfect calmă.

– Uite ce e, sunt sigură că Jackie nu a vorbit serios. Cred că îi este greu să aibă încredere în tine.

– Nu, sunt sigură că a vorbit serios. Dar n-am nimic cu asta. Nu mă cunoaşte şi nu a încercat nici măcar să mă cunoască. Pleacă atunci când rămânem doar noi două şi se face că nu mă aude când o întreb despre viaţa ei. Acesta este scopul cinei, Amy. Nu ca să dau bine în faţa publicului. Ci ca s-o forţez pe Jackie să fie singură cu mine şi să avem prima noastră conversaţie ca lumea. Dacă cineva mă cunoaşte şi nu mă place, atunci e corect. Dar dacă cineva nu mă cunoaşte şi nu mă place, nu e corect.

– Păi, ce nobil din partea ta, Flick.

– Asta înseamnă să fii adult, Ames. Şi crede-mă, nu spun asta ca să fac aluzie la tine.

Flick zâmbeşte şi pune o mână pe umărul lui Amy.

– Îţi mulţumesc că ai venit să vezi ce fac. Urează-mi noroc.

Amy presimte că nu va avea nevoie de asta.

*

– Dumnezeule, vreau şi eu minirulou cu homar! se plânge Gemma, lăsând coaja de pizza uscată să cadă pe farfurie şi ştergându-se pe pantaloni.

– Pizza asta cred că e îngheţată, adaugă Amy, rupând crusta în două şi privind cum iese praf din cocă. Asta o fi şuncă adevărată?

– Probabil că nu. Îmi vin nişte crampe la stomac, păpuşă.

Stau amândouă pe canapea, uitându-se la televizor la Flick şi Jackie. Până acum, cina a fost monotonă. Nu s-a ţipat, nu s-a aruncat vin în faţă, nu s-au strâns de gât. A ajutat şi faptul că, la începutul mesei, Jackie şi-a cerut scuze pentru criticile ei de mai devreme, iar Flick i-a acceptat scuzele. În momentul de faţă discută despre plecarea ei controversată de la firmă.

Flick clatină din cap nonstop, în ochii ei citindu-se o durere sinceră.

– Sunt dărâmată, Ames, zice Gemma și cască.

– Și eu. Chiar trebuie să ne uităm la asta? Am crezut că o să fie puțin mai dramatic. Și că s-ar putea să trebuiască să rămânem treze în caz de vreo urgență. Nu mă înțelege greșit, mă bucur că nu s-a întâmplat nimic. Mă bucur că au găsit ceva în comun cu conversația asta despre salariile egale dintre bărbați și femei. Nu mi-am dat seama că de asta a început Flick să lucreze în propria clinică. Dar presupun că are logică. Mă întreb dacă Jackie își va deschide vreodată propria firmă. Tu ce crezi?

Nu primește niciun răspuns. Când Amy întoarce capul, Gemma doarme cu gura căscată.

– Of, poate chiar sunt plictisitoare, șoptește Amy, ridicându-se și întinzându-se. Gemma. *Gemma.* Trezește-te. Hai să mergem la culcare.

Ca un zombie, Gemma se ridică și își târșâie picioarele până în dormitor.

În timp ce se spală pe dinți, Amy se întreabă dacă atmosfera va fi altfel mâine. Acum că au rămas doar patru în casă, orice tensiune pare și mai mare. Oare a reușit Flick să o îmbuneze pe Jackie?

Se oprește din spălat.

Ce a fost asta?

Continuă, dar într-un ritm mai lent. Și se oprește iar.

Erau cu siguranță niște țipete.

– Gemma, auzi și tu? șoptește ea tare din baie.

Gemma se foiește, dar nimic altceva.

Iar se aude. E clar că sunt țipete, și se aud din ce în ce mai tare. Cina a fost un dezastru. Amy o ia la goană către sufragerie și dă drumul la televizor. Grădina Secretă este goală și masa a fost strânsă.

– Flick? Jackie? strigă ea, intrând în bucătărie. Alo?

Îi bate inima tare când aude din nou țipete. Vin din grădină. Deschide ușa încet și aruncă o privire afară.

Le vede pe Jackie şi Flick. Stau la barul Tiki, Jackie cu un pahar plin cu şampanie în mână, clătinându-l. Flick e aplecată, dar când se ridică, o vede zâmbind. Nu doar că zâmbeşte. Râde. Amândouă au crize de râs.

Amy închide uşa şi merge pe vârfuri înapoi în dormitor, zâmbind şi simţindu-se bucuroasă. Înseamnă că următoarele zece zile vor fi mai uşoare.

Asta dacă va supravieţui atâta timp.

ULTIMA SĂPTĂMÂNĂ

Capitolul treizeci

– Nu pot să cred că au mai rămas doar şapte zile, murmură Flick cu respiraţia tăiată.

Stă întinsă pe iarbă fără să se mişte în timp ce Roomba se învârte în jurul ei făcând poze de parcă ar fi un loc al crimei.

– Vrei să mi te alături, Ames? strigă Flick. Acum că nu mai e Hattie, e puţin cam plictisitor să mă antrenez singură.

– Ce te face să crezi că vreau să fac exerciţii? răspunde Amy în timp ce mângâie noul echipament sportiv de la ASOS cu care se îmbrăcase înainte. În plus, mă duc la doctorul Hicks în zece minute. Nu mai am timp. Unde e Gemma?

– Nu se simte prea bine azi, răspunde Flick, ridicându-se în fund.

Amy se plimbă de colo-colo în sufragerie cu braţele strânse la piept, aşteptând ca limba de la ceas să ajungă în dreptul orei fixe pentru a putea deschide uşa de la Camera de Terapie. Se uită la Clasament şi se opreşte. E pe primul loc. *Cum?* Se uită în jur să vadă dacă mai e cineva, dar toate sunt afară. Se duce în colţul zonei de luat masa şi mijeşte ochii la Perete în căutarea unui indiciu. Apar câteva mesaje şi apucă să-şi vadă numele, dar nu şi să citească despre ce e vorba. Se apleacă în faţă încruntându-se, dar îl aude pe doctorul Hicks strigând că poate să intre.

– Bună, Amy. Te rog, intră.

Doctorul Hicks zâmbeşte şi îşi aranjează hârtiile.

– Totul bine? o întreabă când se aşază.

– Mă simt foarte bine. Vreau să spun, nu am mai fost de mult timp așa de fericită.

– Mă bucur să aud asta. Spune-mi mai multe.

– Dorm ca un bebeluș, mă trezesc devreme să văd răsăritul, lucru care mi-a plăcut dintotdeauna atât de mult. Mă bucur de propria mea companie, atât cât pot, având în vedere că am trei colege de casă. Se simte o schimbare în aer și mă gândesc cu pozitivitate la ce urmează să fac în continuare. Nu mă mai sperie faptul că sunt singură, mă entuziasmează. Continui să zâmbesc în sinea mea când îmi aduc aminte că sunt complet liberă să fac tot ce vreau, să mă duc oriunde vreau, să spun ce vreau și să fiu cine vreau să fiu. Evident, astea odată ce o să ies de aici. E ca și cum o greutate mare a fost ridicată și toată presiunea a dispărut. Nu știu de ce mi-a fost așa de frică să fiu singură înainte.

– Ce fel de presiune?

– De mai multe feluri. Presiunea de a-mi păsa de fericirea altcuiva. Nu trebuie să-mi mai fac griji dacă Jamie e bine – nu îmi fac griji decât dacă sunt eu bine. Și presiunea care vine odată cu o relație pe termen lung. Nu mai trebuie să-mi fac griji din cauza a ce cred oamenii sau să mai vin cu scuze pentru faptul că nu suntem logodiți încă. Presiunea de a trebui să-ți împarți timpul cu cineva, și astfel să ai mai puțin pentru tine. Acum tot timpul este al meu. O să fac orice, o să fac de toate. O să aflu ce mă face cu adevărat fericită. Cine sunt și cine vreau să fiu. Poate că dragostea vieții mele nu e un bărbat – poate că e o plajă secretă undeva prin Asia. Sau poate că este scrisul. Sau poate chiar eu, indiferent cât de narcisist ar suna asta.

– Mie mi se pare că sună a putere.

Amy zâmbește drept răspuns.

– Amy, mă bucur că nu te mai temi să fii singură, dar nu trebuie nici să te temi să fii într-o relație. Sau să te gândești că trebuie să fii singură pentru a-ți atinge scopurile. Persoana potrivită te va ajuta să-ți realizezi aceste visuri, nu o să te facă să le abandonezi.

– Cred că mai întâi trebuie să-mi dau seama care sunt aceste visuri. Dacă chiar există un „ales“, poate că drumurile noastre se vor încrucișa cândva, dar dacă nu, ei bine, voi avea la îndemână... Netflix. Sau călătoriile. Sau brânza. Nu mă tem să fiu într-o relaţie, doar că vreau să îmi concentrez energia pe mine însămi o perioadă. Nu am mai făcut asta de mult timp.

– Sună raţional. Ţi-am citit postarea. A ajuns destul de populară, o să te bucuri să vezi asta. Vrei să vorbeşti despre ea?

– Postarea mea?

– „Nouăzeci şi nouă de semnale de alarmă la care să ai grijă". Cea cu lista lungă. Bine, presupun că este singura pe care ai reușit să o postezi de aici.

– Cum aţi auzit de ea?

– E peste tot pe internet, Amy. Sunt surprins că n-ai văzut nimic pe Perete despre ea până acum. Aş putea spune că ai declanşat o mişcare. Se pare că toată lumea prezintă semnale de alarmă pe reţelele de socializare, sub emojiul cu steag roşu. A apărut şi la *The 10 O'Clock Show.* Cred că a fost inclusă în segmentul lor cu hashtaguri în tendinţe.

– Nici măcar nu ştiam că există un emoji cu steag roşu, spune Amy încet, în timp ce inima parcă-i sare din piept.

Nu-i vine să creadă că micul ei blog stupid e citit de altcineva în afară de mama ei şi de Sarah.

– Ce înseamnă toate astea?

– Păi, cred că înseamnă că oamenii rezonează cu asta. Încep să fie mai atenţi la problemele din relaţiile lor şi își dau seama că, deși sunt unele mărunte, pot reprezenta de fapt niște probleme mai mari. Presupun că este până la urmă un lucru pozitiv. Nu ar trebui să ignorăm problemele din relaţii. Dar m-a îngrijorat un lucru când am citit-o.

Lasă hârtiile jos și își pune picior peste picior.

– Îmi fac griji pentru că va duce la gândit prea mult. La analizarea fiecărui cuvânt pe care-l rostim, la observarea fiecărei mişcări pe care o facem ca nu cumva să facem un pas greșit. Nu cred că este sănătos nici așa.

Amy ridică din sprâncene.

– Se pare că tocmai aţi descris *Raftul*!

O priveşte preţ de câteva secunde.

– Păi, da. Cred că ai dreptate.

Când Amy pleacă din cameră, se duce direct la Perete şi le găseşte pe celelalte femei privind şirul nesfârşit de tweeturi. Fiecare are hashtagul #99desemnaledealarmă la sfârşit.

@elliemnelly Dacă îţi aduce zece buchete de trandafiri la prima întâlnire şi apoi îţi mai trimite zece ziua următoare ca să-ţi mulţumească #99desemnaledealarmă #raftul

#wicheyt Dacă stă toată noaptea pe telefon şi face poze la mâncare, la local, face selfie-uri, o poză cu tine, o poză singură în taxi când se întoarce acasă #99desemnaledealarmă #raftul

#janeyben20 Dacă face prea multe glume şi nu vrea niciodată să ia nimic în serios – inclusiv relaţia noastră #99desemnaledealarmă #raftul

#aliheming3 Dacă îţi spune că-l cheamă Dave şi când îi vezi paşaportul, numele lui e Simon de fapt #99desemnaledealarmă #raftul

#angels00s Odată m-am dus la baie în timpul unei prime întâlniri şi când m-am întors, l-am găsit citindu-mi mesajele. A fost şi mai rău faptul că erau mesaje pe care le trimisesem prietenelor mele ca să mă salveze #99desemnaledealarmă #raftul

@simeondpc Dacă îţi dă mesaje la sfârşitul primei luni cu o listă de lucruri pentru care a plătit ea şi îţi cere să împarţi plata în două #99desemnaledealarmă #raftul

@emmawats75 Dacă face baie şi o lasă pe mama lui să vină înăuntru ca să poarte o conversaţie #99desemnaledealarmă #raftul

Amy simte un val de mândrie când îşi dă seama că a creat ceva plin de însemnătate. Ceva important. Ceva ce ar putea să ajute oamenii. Poate că e prima dată când a făcut aşa ceva.

Capitolul treizeci şi unu

Gemma stă în pat, gemând.

Amy stă pe marginea patului.

– Gem, e ora 11.30, nu ar trebui să te duci la alergat?

– Vomită de ceva timp, zice Flick, venind în cameră cu o ceaşcă de ceai de ghimbir. Destul de violent, chiar. Ghimbirul ar trebui s-o ajute, dar dacă tot persistă, va trebui să le spunem producătorilor.

– Mă simt puţin mai bine, intervine Gemma, luând ceaiul. Vă zic eu, a fost nenorocita aia de pizza congelată de azi-noapte. Atunci a început.

– Gemma, ştiu că am avut nişte divergenţe, spune Flick, aşezându-se pe cealaltă margine a patului şi punând o mână pe piciorul Gemmei. Dar *sunt* doctor. Lasă-mă să mă uit mai bine la tine. Poate o să observ ceva. Sau cel puţin te voi ajuta să te hidratezi.

– Bine, zice Gemma puţin fără tragere de inimă. Mersi.

– Amy, poţi să ne laşi singure zece minute?

Flick se duce la patul său, bagă mâna sub el şi trage o trusă medicală mare. Zici că e Mary Poppins. Deschide trusa şi începe să caute frenetic prin ea. Aceasta nu e Flick pe care o ştiu ele. Este o persoană complet diferită. Una sigură pe sine, puternică şi determinată. Probabil cea care a fost până acum câţiva ani. Probabil cea care este şi acum, în spatele faţadei de casnică fericită.

Amy o lasă în elementul ei.

Jackie stă în patru labe şi freacă de zor podeaua din bucătărie.

– Vai de mine, ce pute, zice Jackie, cu degetele strângându-se de nas. Unde s-a dus Soţioara?

Amy întoarce capul şi o vede pe Flick cum intră în Camera de Conversaţii, părând agitată.

– Am crezut că sunteţi prietene acum.

Amy se întoarce spre Jackie.

– Suntem. Dar prietenele pot să se tachineze.

„Colege de casă. Vă rog mergeţi în sufragerie."

A apărut un mesaj nou pe Perete.

Amy,

Te rog să mi te alături în Grădina Secretă pentru a vedea apusul, la ora 6 seara.

Salutări,

Doctorul Simon Ash

Offfffff.

– Ha ha, ce DISTRACTIV!

Jackie bate din palme şi râde.

– Sunt sigură că o să vă înţelegeţi ca şoarecele şi pisica!

– Simon vine aici – în seara asta? întreabă Flick agitată, când li se alătură în faţa ecranului.

– Dap, răspunde Jackie. Şi Amy abia aşteaptă să-l vadă!

*

Mai târziu, Amy se priveşte în oglindă, îmbrăcată într-o rochie mini din spandex, pe care i-a împrumutat-o Gemma. E prea strâmtă pentru ea, dar tot o s-o poarte. Cu trei săptămâni în urmă, Amy nu ar fi purtat în vecii vecilor o rochie scurtă din spandex, dar în seara asta chiar nu-i pasă dacă are „corpul perfect pentru plajă". Această bucată de plastic în care a intrat cu greu este ţinuta perfectă pentru misiunea ea. Aceea de a şoca.

Amy şi-a conturat obrajii urmând instrucţiunile lui Katie, şi-a conturat buzele ca să pară de două ori mai mari, şi-a dat cu ruj roşu şi şi-a făcut părul în bucle uşoare. E prima dată într-un an când poartă tocuri. Grădina Secretă este suficient de aproape şi poate să rişte să meargă până acolo pe ele. Se simte bine cu aspectul acesta şi merge încrezătoare până la masa din Grădina Secretă, piesa *Crazy in Love* răsunându-i în minte.

Prosecco pe care îl băuse mai devreme i-a potolit setea, dar când întinde mâna după sticla de vin alb de pe masă e întreruptă de o voce din dreptul uşii.

– Te rog, permite-mi, spune o voce şarmantă.

Ridică privirea şi vede un bărbat înalt, bronzat, cu păr grizonant, care vine spre masă cu mâna întinsă. Ia sticla din mâinile ei şi îi toarnă în pahar.

– Cavalerismul nu a dispărut, spune el, aşezându-se în faţa ei şi turnându-şi şi el în pahar.

– Vorbeşti la fel ca Flick, răspunde Amy. Ce amuzant.

Anumite părţi din Simon Ash sunt aşa cum se aşteptase Amy. E puţin trecut de cincizeci de ani, poartă costum şi e pompos. La anumite lucruri nu se aşteptase. Este chipeş în stilul Mr. Big, şi probabil de aceea este aşa de încrezut, lucru pe care Amy îl observă imediat. La fel ca Flick, totul e strălucitor la el. Ochii săi, dantura, părul perfect coafat. Arată ca un star de cinema din filmele vechi.

– Presupun că tu nu eşti de acord cu toate lucrurile acestea, nu-i aşa? Turnatul vinului, deschisul uşilor, un bărbat care să fie gentleman. Presupun că tu crezi că o ţin legată pe Flick cu cătuşe de cuptor, într-un şorţ, nu?

Zâmbeşte şi se uită atât de pătrunzător la ea, încât Amy trebuie să îi evite privirea în cele din urmă. Aluzia sexuală a vorbelor sale şi intensitatea privirii lui o fac să se simtă stânjenită. Simte cum începe să se înroşească de la piept în sus din cauza emoţiilor. Ce bine că rochia aceea mini are mâneci lungi şi vine pe gât, şi poartă suficient fond de ten. Nu ar vrea ca el să creadă că o face să roşească.

– Nu cred că bărbaţii trebuie să le protejeze pe femei sau să ne trateze ca şi cum am fi scumpe. Cred că oamenii trebuie să aibă grijă unii de ceilalţi.

El se ridică în picioare şi întinde o mână spre ea.

– Îmi pare rău, nu m-am prezentat încă. Doctorul Simon Ash.

Ea ezită înainte să îl strângă de mână şi să răspundă:

– *Domnişoara* Amy Wright.

El răspunde strângerii ei ferme şi menţine poziţia cu câteva secunde mai mult decât ar trebui, continuând să o privească fix înainte să îi dea drumul şi să zâmbească larg.

– Deci, ce mai face soţioara mea? Sper că aveţi grijă de ea. Să-i spui că *sunt* mândru de ea, drept răspuns la mesajul său. Şi-a păstrat demnitatea intactă şi nu a uitat de valori. Şi să-i transmiţi că devine pe zi ce trece mai frumoasă. Ador să o urmăresc.

– Sunt sigură. Urmăreşti ce poartă, ce spune, ce dezvăluie, unde se duce.

– Exact. În afara emisiunii, poartă o zgardă cu un cip de urmărire în ea. I-am dat-o cadou de ziua ei.

Amy se uită urât la el.

– Glumesc, nu am nevoie să ştiu unde e. Aşa cum am spus, o ţin legată de cuptor.

Bărbatul zâmbeşte şi ridică din sprâncene la fel cum făcea Jamie. Dumnezeule, el *este* Jamie! Este Jamie cu douăzeci de ani mai în vârstă. Deşi Jamie nu ar fi spus chestia aia siropoasă cu faptul că devine mai frumoasă pe zi ce trece. Amy primea cel mult o fluierătură şi nişte ochi mari privind-o de sus în jos. Niciodată complimente.

Amy îşi dă scaunul în spate şi dă să se ridice. Nu mai poate să continue.

– Stai jos, Amy. Dă-mi o şansă. Nu vrei să auzi şi partea mea din poveste? Glumeam doar. Nu ştii de glumă? Flick crede că sunt amuzant. Să știi că mi-e dor de ea. Poate că tu nu înțelegi relația noastră, dar suntem foarte fericiți împreună. Pentru noi funcționează așa, faptul că Flick stă acasă și eu mă duc la spital. Ai vorbit cu ea despre asta – știi că e fericită. Așa că de ce am impresia că îți displac? De ce stai și te uiți la mine cu atâta ostilitate? Nu înțeleg ce am făcut ca să te simți incomod.

Înclină capul într-o parte și își plimbă privirea de pe fruntea ei până în vârful bărbiei. Așa cum făcea Jamie.

Amy îi evită privirea și se uită în jos la pahar.

– Chestia e că îmi pare rău pentru Flick. Toți acei ani petrecuți ca rezidentă, și acum renunță la tot? Ea spune că e fericită, dar dacă este, de ce e aici încercând să evolueze? Pentru tine, bineînțeles. De ce nu o ceri în căsătorie? Știi că asta își dorește cel mai mult. E disperată să se căsătorească și să aibă copii. Dacă o iubești atât de mult, de ce îi refuzi această fericire și o forțezi să sară peste aceste obstacole ridicole?

– Amy, am fost căsătorit și am doi copii. Nu vreau să fac asta din nou. Relația pe care o avem eu și Flick este perfectă. Este mult mai bine decât atunci când am fost căsătorit. De ce ar vrea să schimbe ceva ce funcționează perfect?

– Poate pentru că adevărul este că ea nu consideră că funcționează. Cum să funcționeze când voi vă doriți lucruri complet diferite? I-ai spus aceste lucruri clar, sau doar o vrăjești până când o să fie prea bătrână ca să mai facă copii?

– Căsătoria și copiii sunt o etapă. Nu își dorea asta înainte. Dar acum se gândește că îmbătrânește și-și face griji că o să aibă regrete. Am asigurat-o că nu va fi așa. Copiii pun multă tensiune pe relații. Așa s-a întâmplat cu fosta mea soție, și nu ne-am mai revenit niciodată după aceea. Au mai fost și alte motive. Lucra cu normă întreagă și nu voia să facă compromisuri. Era geloasă pe prietenia mea cu Flick când am început să fac operații. Și asta s-a transformat în paranoia. Era nebună. Flick nu e nebună. Flick e perfectă, exact așa cum e ea.

– Ei bine, Simon, jumătate din populaţie trebuie să fie nebună. Toate fostele iubite sunt nebune potrivit vouă, bărbaţilor. Sunt sigură că şi Jamie le spune oamenilor că sunt nebună.

Amy se gândeşte la interviul lui Jamie. La fel ca Simon, era prea lipsit de coloană vertebrală ca să admită că ea era normală. A trebuit să spună că era nebună ca să evite să-şi asume vreo vină şi ca să nu admită că el e cel care a greşit.

– Amy, adevărul este că sunt prea bătrân ca să mai am copii. Acea etapă a vieţii mele a trecut, şi mă bucur de asta. Am cincizeci şi cinci de ani şi vreau doar să mă bucur de viaţă alături de ea, fără nimeni altcineva care să ne stea în cale. Şi da, ca să fiu sincer, nici Flick nu mai e în floarea vârstei.

– Dumnezeule, are doar treizeci şi patru de ani! icneşte Amy.

Simon pufneşte şi pare confuz.

– Flick nu are treizeci şi patru de ani.

– Ce vrei să spui?

– Flick are patruzeci şi doi. Vai, chiar e aşa de bun botoxul pe care i l-am injectat? Oricum, bărbaţii de vârsta ei ar spune că a trecut de „data de cumpărare". Dar nu şi eu. Eu o ador. Vezi tu, Amy, de fapt suntem cuplul perfect. Ea e prea bătrână ca să facă copii, iar eu prea bătrân ca să-mi mai doresc. Suntem norocoşi că ne-am găsit unul pe altul în această etapă a vieţii noastre.

Amy simte cuţite în inimă când îşi aduce aminte de toate dăţile când Flick a vorbit despre căsătorie, bebeluşi, copii şi fetiţa căreia nu-i va permite să poarte o rochie scurtă şi strâmtă.

Fiica pe care nu o va avea niciodată.

Capitolul treizeci şi doi

Zorii sunt momentul preferat al lui Amy. Sunt singurele clipe în care poate să se gândească în pace și liniște, în timp ce privește calmul de afară, prin aburul unui ceai fierbinte.

Găsirea unor clipe de singurătate a fost una dintre cele mai mari probleme ale lui Amy în această casă. Uneori le găsește stând întinsă pe podeaua din baie, privind tavanul, fără camere sau colege de casă în preajmă. Dar niciodată nu durează mai mult de cinci minute. Mereu e cineva care să aibă nevoie la baie aici. Dragostea ei față de timpul petrecut singură este unul dintre motivele pentru care s-a sculat devreme în ultimele zile. Nu se uită nimeni la ea. Sau cel puţin așa crede. Se apleacă spre masă ca să sufle în cană.

Vede cu coada ochiului cum se mișcă o umbră, dar când se uită în partea aceea nu e nimeni acolo. E abia ora 5.15; ar fi surprinsă dacă ar mai fi și altă colegă trează la ora asta.

– E cineva? întreabă ea încet în timp ce pornește ceainicul electric.

Apa fierbe tare și nu primește niciun răspuns.

Merge pe vârfuri până la ușa bucătăriei și dă nas în nas cu Flick.

– Dumnezeule, ce m-ai speriat! șoptește Amy, după care râde.

– Scuze, zâmbește Flick. Ți-am răspuns, dar nu cred că m-ai auzit din cauza ceainicului.

– Nu-i nimic. Vrei niște ceai?

Flick dă din cap și se așază pe unul din scaunele înalte.

Amy ar vrea să vorbească despre noaptea trecută. Vrea să afle de ce își irosește Flick viața într-o relație fără speranță, indiferent cât de frumos o fi Simon. Vrea să afle și de ce Flick a simțit nevoia să mintă în privința vârstei, dar trebuie să se folosească de tact. Flick o să se simtă umilită când va afla că Simon a dat în vileag adevărata ei vârstă la televizor și că ea mințea.

– Deci, cum a fost Simon? Voiam cu disperare să te întreb azi-noapte, dar știam că o să te simți obosită. Nu am putut să dorm.

– Simon a fost...

Arogant, sexist, nu o să-ți ofere niciodată copii.

– Vorbăreț.

– Da, așa e el.

Flick zâmbește și amestecă în ceai, iar ochii îi sunt plini de iubire.

Haide, Flick, ce naiba.

– Mai spune-mi o dată cum v-ați întâlnit voi doi?

– La spital. A fost scandalul tipic de la serviciu, relația cu șeful.

Amy zâmbește.

– Măcar ai obținut o promovare?

– Vrei să spui, măcar *el* a obținut o promovare.

Flick zâmbește ironic.

– Eu l-am angajat. Eu eram șefa, nu invers.

Lui Amy îi cade fața. Cum de a ratat asta? Nici Simon, nici Flick nu o menționaseră. Și cum ar fi putut relația lor să treacă printr-o schimbare atât de mare?

– Nu-ți face griji, nu o să le spun celorlalte că ai presupus că bărbatul era șeful. Sunt sigură că te-ai gândit la asta din cauza vârstei doar, nu-i așa?

– Treisprezece ani înseamnă destul de mult, spune Amy, sperând că o să se prindă.

Și se prinde.

– Douăzeci.

– Flick.

Amy se apleacă spre ea și-și coboară vocea.

– Simon mi-a zis că ai patruzeci și doi de ani, nu treizeci și patru. E adevărat? Nu ai de ce să-ți fie rușine de asta. Nu trebuia să-ți ascunzi vârsta față de noi – nu te-am fi judecat.

Flick se înroșește.

– Te rog să nu le spui celorlalte, rostește ea în barbă. Or să creadă că sunt groaznică.

– Nu o să le spun. Dar nu pot să garantez că milioanele de oameni care ne privesc pot să păstreze secretul. Suntem la televizor, Flick. Probabil că o grămadă de oameni știu asta deja. Cred că ar fi mai bine să le spui tu direct, sau o să pară și mai nasol. În plus, cui îi pasă? Și ce dacă ești cu opt ani mai bătrână de fapt? Femeile simt presiunea de a minți cu privire la vârsta lor tot timpul. Sunt sigură că jumătate din populație poate să rezoneze cu asta.

– Am spus că am treizeci și patru de ani pentru că nu am vrut să vă pară rău pentru mine. Necăsătorită și fără copii la patruzeci și doi de ani! Deja sunt stresată destul de mult de cei care mă cunosc.

Oftează, dând din cap spre peretele din grădină.

– Măcar aici pot să mă prefac că am mai mult timp la dispoziție. Și hai să fim serioși, femeile de patruzeci și doi nu sunt chiar cele de păstrat, nu-i așa? Acum nu mai am nicio șansă să câștig emisiunea.

– Dar, Flick, toate suntem în aceeași barcă. Dacă ne-ar părea rău pentru tine, ar trebui să ne pară rău și pentru noi. Când am venit aici, am fost îngrozită de faptul că sunt singură și că rămân fără timp. Dacă aș fi știut că și tu simți la fel, am fi putut să discutăm despre frustrările noastre împreună. Vorba aia, greul e mai ușor de dus în doi. Vorbești atât de mult despre Simon încât am presupus că ești fericită și că totul e bine.

– Amy, ai doar treizeci și doi de ani. Eu nu eram așa la vârsta ta. Credeam că aveam mult timp pentru că așa și era. Când eu și Simon ne-am început relația, aveam treizeci și opt de ani. Eram atât de ocupată să-mi conduc clinica încât nu aveam niciodată timp să văd pe nimeni. Şi apoi a apărut el în viaţa mea şi mi-a promis totul. Mi-a promis că o să divorţeze ca să ne putem căsători. A divorţat, dar nu a mai vorbit despre căsătoria noastră. Au trecut doi ani şi nu s-a văzut niciun progres. Nu l-am mai întrebat de asta. Mă săturasem să par disperată. Dar când am ajuns la patruzeci de ani, am început să-mi fac griji cu adevărat. De ce nu vrea să se căsătorească cu mine? Eu am fost dornică să sacrific atâtea pentru el. Am renunţat la muncă, i-am dat cheile clinicii mele. Sunt o soţie care stă acasă şi o mamă din toate punctele de vedere, mai puţin cu numele. Dar îndoielile m-au convins şi m-am gândit că dacă vin aici voi deveni irezistibilă.

– Flick, *eşti* irezistibilă. Eşti deja perfectă. De ce el?

– Păi, nu sunt perfectă, nu-i aşa? Am patruzeci şi doi de ani. Dar Simon a trecut peste asta. Nu crede că sunt trecută la fel ca alţi bărbaţi care m-ar considera aşa dacă aş fi singură. Ei aud patruzeci şi doi şi le sună alarma în cap. Ori alarma care le spune că trebuie să fie ceva în neregulă cu mine de sunt singură la vârsta asta, ori cea care îi anunţă că sunt cel mai probabil disperată să fac copii din cauza vârstei. Adevărul este că au dreptate. Nu o să mă mai prefac că nu este aşa, doar ca bărbaţii să creadă că sunt relaxată; vreau să mă căsătoresc, vreau să am copii. Dar am luat decizii proaste în viaţă, şi am lăsat timpul să treacă pe lângă mine. Am venit aici ca să schimb asta. Chiar cred că Simon îşi va da seama cât de grozavă este relaţia noastră şi va fi de acord să se căsătorească cu mine şi să mai aibă copii. Sunt fericită alături de Simon. Nu vreau să găsesc pe altcineva. Şi pe lângă asta, este oricum prea târziu pentru mine s-o mai iau de la capăt.

Ştiu cum te simţi.

– Flick, bărbaţii ar sta la rând să iasă cu tine dacă ai fi singură. Mai ales după emisiunea asta.

– Amy, e drăguţ din partea ta că spui asta, dar amândouă ştim că nu este adevărat. Zilele mele de întâlniri s-au dus. Femeile peste patruzeci ca mine pur şi simplu dispar. Bărbaţii de vârsta mea vor un model mai tânăr. Bărbaţii mai tineri vor să râdă cu prietenii pe seama faptului că se întâlnesc cu o femeie care iese cu bărbaţi mai tineri. Şi bărbaţii mai în vârstă deja au trecut peste faza cu căsătoria şi copiii. Nu mai vor să se deranjeze din nou. Ce alegere am?

– Flick, îţi doreşti căsătorie şi copii, nu? Iar Simon nu. El mi-a spus asta. Aşa că de ce să rămâi? Ai o şansă mai bună să obţii lucrurile astea cu altcineva.

– Dar emisiunea asta o să mă ajute să-l conving. Şi alternativa ar fi mult mai naşpa. Dacă nu ar fi Simon, aş fi fără partener la patruzeci şi doi de ani şi complet singură. Pentru totdeauna. Mi-am irosit anii pe carieră, fără să mă gândesc la viaţa personală. Apoi, într-o zi am clipit şi mi-am dat seama că dacă nu încep să mă gândesc la asta acum, s-ar putea să nu am niciodată parte de aceste lucruri. Simon m-a salvat.

Te-a salvat sau te-a prins în capcană? se întreabă Amy.

Capitolul treizeci şi trei

Ţârrrrrr.

Cele patru se opresc din mâncat şi se uită una la cealaltă peste masă. Nu au fost avertizate că vor primi vizitatori, provocări sau sarcini în această dimineaţă. Şi singurele comentarii de pe Perete au fost de la bărbaţi şi femei deopotrivă care i-au spus lui Flick că e „într-o formă foarte bună" pentru vârsta ei şi că trebuie să-l părăsească pe Simon.

Amy lasă lingura jos şi se ridică să se ducă la uşă. Un poştaş o aşteaptă cu câteva scrisori în mână.

„Colege de casă, vă rog mergeţi în sufragerie cu scrisorile primite de acasă."

Restul ţipă, îşi abandonează micul dejun şi îşi iau ceaiurile ca să se aşeze pe canapea, iar ecranul porneşte.

– Bună dimineaţa, colege de casă! Ce surpriză v-am pregătit, şi vouă, dar şi nouă! Acum că ne aflăm în ultima săptămână a emisiunii, ne-am gândit că a venit timpul să auziţi veşti de acasă. I-am rugat pe cei mai apropiaţi şi cei mai dragi să vă contacteze. Veţi primi cuvinte de încurajare? Vor fi veşti bune de dincolo de pereţi? Luaţi-vă scrisorile, ocupaţi un loc, puneţi mâna pe o cutie cu şerveţele şi dregeţi-vă glasurile, doamnelor. Am o presimţire că o să se lase cu lacrimi.

Publicul face *ooo* şi Adam se aşază.

Amy simte cum mâinile îi transpiră pe plicul pe care îl ţine strâns, întrebându-se de la cine ar putea fi. Se simte uşurată că nu e prea gros pentru că nu crede că va putea să reziste un minut. Simte că-i vine să plângă de-acum. Flick dă cutia cu șervețele de la una la alta, și femeile se privesc neliniștite.

– Nu știu dacă e ceva bun sau rău, zice Jackie, râzând agitată. Dacă e o scrisoare de la tata, s-ar putea să fiu tentată să plec chiar acum pe ușa aia.

– Am încercat să nu mă gândesc la familie cât am stat aici, spune Gemma, pe un ton jos. Mă întristează. Adică, au trecut doar câteva săptămâni, nu o viață întreagă. Dar simt că sunt atât de departe de toată lumea.

– Doamnelor, ce e cu fețele astea triste? strigă Adam la ele. Este un motiv de sărbătoare! Vă veți aminti de cine vă așteaptă de partea cealaltă! Vreau să văd zâmbete și lacrimi de bucurie! Haideți, cine vrea să înceapă? Nicio voluntară? Ei, atunci cred că o să aleg eu pe cineva. Gemma! Hai să auzim ce... au de spus cei dragi ai lui Amy.

Amy îi dă Gemmei plicul și se așază. În momentul în care Gemma deschide plicul, știe că e de la Sarah. Cunoaște scrisul acela la fel de bine ca pe al ei. În timpul vacanțelor de la facultate, obișnuiau să-și scrie scrisori, în ciuda faptului că erau la o distanță de doar o oră una de alta. E de bine. Mesajul lui Sarah nu o să fie exuberant, o să fie amuzant și o să-i ridice moralul, exact de ce are nevoie acum. Dacă ar fi fost de la mama ei, probabil că s-ar fi prăbușit pe podea de la primul cuvânt.

Gemma își drege glasul și începe să citească cu voce tare. Amy stă nemișcată, cu ochii închiși și cu mâinile tremurându-i.

AMY!
VAI DE CAPUL MEU.

Amy începe să râdă. Cu siguranță e ea.

Nu pot să cred că faci asta. E o nebunie curată. N-am crezut că e posibil să te iubesc mai mult decât o fac deja, dar uite că se poate, acum că ești vedetă. Când poți să-mi faci cunoștință cu Daniel Craig?

Deci, Jamie e un mare nenorocit, nu-i așa? Dimineața asta a fost pe coperta revistei Metro, așa că am furat toate copiile pe lângă care am trecut și le-am pus în coșul de reciclare de la serviciu. Le-am spus părinților tăi să facă la fel. Am o durere de spate cronică acum, dar a meritat.

Amy are un nod puternic în gât, dar și râsul ei e puternic.

Lăsând la o parte răzbunarea și glumele, sunt atât de mândră de tine, Ames. Nu-mi pot închipui cât de greu ți-a fost, dar ai rezistat ca o adevărată eroină. Curajoasă, sinceră și al dracului de reală. E ca și cum te-ai debarasat de toate straturile de relație pe termen lung pe care le-ai dobândit în ultimii doi ani, și în sfârșit începem să o vedem din nou pe adevărata Amy. Nu mai plânge.

Râsul a dispărut și încep să-i tremure buzele. Flick se dă mai aproape de ea și o înconjoară cu un braț. E drăguț din partea ei, dar dacă o strânge ușor, Amy n-o să se mai poată abține.

O strânge.

Amy ia un șervețel ca să oprească o lacrimă ce-i curge pe obraz, suflă tare în el și încearcă să clipească până îi trec lacrimile. Trec câteva secunde și reușește să se calmeze.

S-ar putea să fie cel mai siropos lucru pe care l-am spus vreodată, dar te iubesc și îmi este dor de tine! Nu e la fel să țip, să vorbesc și să râd cu tine prin televizor, ca atunci când ești chiar în fața mea. Probabil că vecinii mei cred că am o prietenă imaginară sau un iubit secret și pasional.

Amy, sunt atât de fericită că în sfârșit faci ceva pentru tine însăți și că îți pui fericirea pe primul loc. Ai amânat-o mult prea mult timp. Știu că vei realiza lucruri extraordinare și acesta este doar începutul unei călătorii incredibile, unice, îndrăznețe și palpitante. Continuă să fii tu. Așa ai ajuns până aici și știu că așa vei ajunge până la final. A rămas mai puțin de o săptămână! Iar la sfârșit, te voi privi de pe partea cealaltă alături de părinții tăi și îți voi face galerie atât de tare încât îți va fi rușine să admiți că mă cunoști.

Sarah xox

PS Doctorul Hicks e singur? Poți să pui o vorbă bună și pentru mine?
PSS Fii curajoasă și respiră. Mai ai doar o săptămână.

Amy râde și se șterge la ochi în timp ce ia scrisoarea de la Gemma și se gândește că Sarah o urmărește acum la televizor. Se uită la cameră și îi trimite un sărut.

– Vai de mine, nu eu plâng, voi plângeți! se face Adam că bocește, stricând atmosfera. Flick, ești pregătită să citești scrisoarea lui Jackie?

Flick ia scrisoarea lui Jackie și se ridică în picioare.

Draga mea Jackie,

Sunt atât de mândru de tine, fata mea minunată. Întotdeauna am fost mândru de tine. Te-am crescut neînfricată și te-am învățat să susții cu tărie corectitudinea și nu m-ai dezamăgit niciodată. Nu știu ce am făcut ca să merit o fiică atât de puternică, de deșteaptă și de frumoasă.

Jackie nu ridică privirea din pământ.

– Vai, eu *puternică*? Mai degrabă jalnică. Haide, Jackie, întărește-te.

Râde cu nervozitate și îi tremură vocea.

– Ești ok dacă continui? întreabă Flick.

Jackie încuviințează și se uită din nou în jos.

Mi-e dor de vizitele tale, dar mă bucur foarte mult că pot să te văd la televizor în fiecare zi. Sunt atât de fericit că petreci timp având grijă de tine însăți, în sfârșit, după ce ai avut mereu grijă de mine. Ador vizitele tale, dar vreau să ai și tu viața ta.

Prietenii mei de la biserică au pus un poster cu tine pe hol și uneori ne uităm la emisiune împreună, pe proiectorul comunității. Vor să dea o petrecere de bun venit în cinstea ta când te vei întoarce. A fost un an greu pentru noi, fata mea, dar oamenii buni vor avea parte de lucruri bune, iar Dumnezeu are planuri mari pentru tine. Să ții minte că eu te voi sprijini orice drum vei alege.

Mi-a râs inima când te-am văzut râzând alături de prietenele tale la petrecerea cu ceai. Am râs și eu. Nu te-am mai văzut râzând așa de când erai la școală. Indiferent cât de mare te vei face, mereu vei fi fetița mea care râde până îi dau lacrimile. Tot ce vreau de la viață e ca fetița mea să fie fericită. Și poate să nu bei prea mult și să nu înjuri prea mult, pentru că un creștin nu prea face lucrurile astea.

Te iubesc, fata mea vedetă. Te urmăresc în fiecare zi și îți urez succes în această perioadă palpitantă a vieții tale. Te voi aștepta cu brațele deschise când te vei întoarce acasă, peste șase zile.

Dumnezeu să te binecuvânteze.

Tăticul tău xxx

Flick îndoaie scrisoarea, iar Jackie se ridică și se duce la ușile de sticlă. Reflexia din oglindă îi lasă la iveală obrajii înlăcrimați. Amy se întreabă dacă Jackie s-a gândit la mama ei cât a stat aici. Oare o urmărește, de acolo de unde o fi? Oare știe că Jackie e fiica ei?

– Tăticul Adu, ce legendă! Aș vrea să fie tatăl meu! întrerupe Adam. Nu fi gelos, tată, te iubesc și pe tine. Acum, Flick sau Gemma. Flick sau Gemma. Flick sau Gemma... Gemma! Amy, tu alegi!

Amy oftează cu putere.

– Gemma, vrei să îți citesc eu scrisoarea? întreabă Amy.

– Sigur. Știu despre ce o să fie, am auzit lucrurile alea de multe ori.

Gemma oftează tare și își dă ochii peste cap.

Plăcințica noastră cu dovleac,

Nu am putea fi mai mândri de tine. Pentru că ai avut curajul să rămâi în emisiune și pentru tot ce ai realizat în ultimul an cu afacerea ta de pe Instagram.

Deocamdată Gemma nu arată prea multe emoţii.

Ne e atât de dor de tine, Gemma, şi nu doar de când ai început emisiunea. Ne e dor de vechea Gemma.

Oftează din nou.

– Iar începem.

Gemma care erai înainte. Gemma care se uita la noi când vorbeam cu ea, care îşi lăsa telefonul în geantă duminica la prânz, care se alătura conversaţiilor. Timpul petrecut cu familia era atât de important pentru tine, Gem, şi ştim că încă este. Cred că ai fost prinsă într-o capcană şi că te chinui să-ţi găseşti echilibrul. Dar noi te putem ajuta. Vrem doar ce e mai bun pentru tine, pentru noi toţi, inclusiv pentru Jason.

Gemmei încep să-i tremure buzele.

Ştii că ne-a zis că o să te pună în emisiune? A vrut să ştie dacă credem că e o idee bună. Am fost alături de el tot timpul. E un băiat foarte bun, Gemma. Te rugăm să nu fii rea cu el. Te-a îndepărtat pentru ca vechea Gemma să se întoarcă la el, nu pentru că nu te mai iubeşte. Încă eşti Gemma pe care am iubit-o dintotdeauna. Şi vedem bucăţi din tine acum, în emisiune. O prietenă extraordinară. Puternică, bună şi solidară. Este minunat să te vedem pe tine cea adevărată strălucind din nou. În loc de creştetul capului atunci când te holbezi la telefon.

Jason te iubeşte. Cu toţii de iubim. Abia aşteptăm să revii acasă. Maureen a organizat o petrecere pe stradă!

Cu dragoste, mama xxx

– Ce frumos, Gem, spune Amy şi îi dă scrisoarea.

Gemma o îndoaie în două şi o netezeşte bine, privind în jos, adâncită în gânduri.

– Ştiu că au şi ei dreptatea lor, spune ea pe o voce moale. Dar nu înţeleg presiunea cu care mă confrunt. Ştiu că este uşor să-i faci cu ou şi cu oţet pe oamenii ca mine, dar încearcă tu să postezi ceva nou de trei ori pe zi. Sau să răspunzi la fiecare comentariu, când sunt sute şi sute. Şi Doamne fereşte dacă cumva ratez vreunul...

Dacă la început vocea ei era tremurândă, acum devenise defensivă.

– Eşti bine, plăcinţică cu dovleac? întreabă Jackie, zâmbind şi revenind la canapea.

– Ha, ha. Da, sunt bine. O să le rezolv eu până la urmă.

– Acum ultima, dar nu cea din urmă, ţipă Adam. Jackie, poţi să deschizi plicul lui Flick şi să ne spui de la cine este, te rog?

– Sunt sigură că e de la Simon, intervine Flick, în timp ce Jackie deschide plicul. Mereu îmi scrie scrisori de dragoste şi le lasă pe comodă.

Jackie se uită în josul scrisorii.

– Nu, scuze, scumpo. E de la Emma.

– A, vechea mea parteneră de operaţii. Am fost la facultate împreună. E foarte... drăguţ din partea ei, îngaimă ea, uitându-se la scrisoare. Poate că Simon e ocupat.

– Oooo, Simon va avea parte de o mustrare mai târziu, nu-i aşa? strigă Adam. Bine, Jackie, începe.

Dragă Flick,

Am fost atât de şocaţi să te vedem în emisiune când a apărut primul episod. Simon ne avertizase, dar tot nu ne-am putut crede ochilor. Arăţi incredibil, dar nici nu mă aşteptam la mai puţin din partea ta. Toţi cei de la clinică te susţin din toată inima şi te vom vota să ajungi în finală şi să devii Cea Păstrată. Şi copiilor le e dor de tine!

Flick, nu mai cunosc pe nimeni care să muncească atât de mult ca tine, şi eşti excepţională în tot ceea ce îţi propui să faci. Nu mă surprinde faptul că ai câştigat aproape fiecare sarcină. Mereu ai fost în fruntea clasei. Meriţi asta, Flick. Meriţi să fii recunoscută şi premiată pentru munca ta. Era și timpul să fii apreciată pentru angajamentul tău, și nu mă refer numai la emisiune. Uneori mă gândesc că Simon nu-și dă seama cât de norocos este. O să intru în bucluc pentru că am spus asta!

Cu toții ne gândim la tine, și toată lumea îți transmite dragostea lor.

Emma x

Flick, care a rămas calmă și pe tot parcursul citirii, ia scrisoarea de la Jackie și se duce în grădină, lăsându-le pe celelalte în liniște pe canapea.

– Sper că e bine, murmură Gemma.

– Da. Jackie oftează. Am crezut că aceste scrisori ne vor face să ne simțim mai bine.

– Ei bine, nu mai avem mult, spune Amy.

Cuvintele lui Sarah i-au dat un imbold lui Amy. Vrea să ajungă până la capăt. Vrea să fie persoana curajoasă, sinceră și al naibii de reală despre care a vorbit în scrisoarea ei.

– Vă mulțumim pentru că ne-ați urmărit! țipă Adam, făcând cu mâna la ecran. Și nu uitați să reveniți și mâine pentru a vedea cea mai grea provocare cu care vor avea de-a face concurentele! Vă garantez că vor fi țipete, lacrimi și bucăți de inimi frânte peste tot pe podea.

Cele trei tresar.

Capitolul treizeci şi patru

– Of, sunt prea obosită pentru asta, bombăne Jackie, în dimineaţa următoare.

Stă întinsă pe covor în pijamale, părând pe jumătate adormită.

– N-am dormit mai deloc azi-noapte. M-am gândit încontinuu la tata și dacă este bine.

– Eu m-am gândit numai la bucăţi din inima mea sângerândă împrăștiate peste tot, răspunde Amy. Emisiunea asta e de groază, dar nu e chiar un film de groază. Cel puţin sper că nu.

Colegele de casă iau micul dejun pe canapea. Pe măsuţa de cafea sunt patru carduri cu numele fiecăruia și patru pixuri. Se deschide televizorul și melodia emisiunii începe să cânte.

– Colege de casă! urlă Adam Andrews.

Jackie își pune o pernă pe cap și geme.

– Ce mai faceţi azi? Jackie, arăţi nemaipomenit după câte văd!

Ea arată degetul mijlociu la camere, fără să clintească perna.

– Bine, doamnelor, deci astăzi vă veţi confrunta cu una dintre cele mai mari provocări pe care le-aţi avut până acum. Sau cel puţin mie mi-ar da de furcă, dumneavoastră nu, domnule doctor? întreabă el, întorcându-se spre doctorul Hicks.

– Cu siguranţă, Adam. Provocarea asta ţine numai de curajul de a te băga în ceva extrem de incomod, și mă îndoiesc că le va plăcea concurentelor.

– Sună misterios! spune Gemma, așezându-se.

– Cum te simţi în dimineaţa asta, Gemma? întreabă Flick.

– Mda, sunt bine. Dar e discutabil.

Oftează şi se lasă pe spate pe canapea. Amy observă că Flick se holbează la ea.

Se întorc iar spre televizor ca să continue să-l asculte pe doctorul Hicks.

– Încă mai vorbeşte? murmură Flick.

– ... Şi de aceea consider că această provocare va duce într-adevăr la nişte rezultate foarte surprinzătoare, conchide doctorul.

Adam şi publicul rămân tăcuţi.

– Am terminat, anunţă el, privind în jur confuz.

– O, aşa e, îmi cer scuze, zice Adam, ridicându-se ca să se adreseze publicului.

– Laudele noastre pentru doctor! Un bărbat cu multe nuanţe de maro în cap şi cu şi mai multe cuvinte lungi, spune el, întorcându-se cu spatele la doctor şi făcându-se că sforăie, determinând publicul să râdă.

– Hei, lasă-l în pace pe doctorul Hicks! ridică Gemma vocea.

– Dacă nu ar fi fost el, aş fi plecat de aici din prima săptămână, adaugă Amy.

Restul dau din cap aprobator.

– În regulă, concurente şi telespectatori. Avem o surpriză mare pentru voi toţi astăzi. Se numeşte Adevărul Doare.

Adam se îndreaptă spre public şi-i face loc unei persoane să se ridice de pe scaun. Îi ia locul, iar spectatorii din spatele lui fac cu mâna şi tot felul de semne urâte.

– Deci, vreţi să ştiţi care este surpriza? strigă el. Vrei să ştii care este surpriza? o întreabă pe adolescenta de lângă el, care dă din cap cu entuziasm. Dar *tu* vrei să ştii care este surpriza? îl întreabă pe tânărul din faţa ei, care face semnul cu degetul mare ridicat. Şi *voi* vreţi să ştiţi care este surpriza? arată acum spre camere.

– Zi odată, tâmpitule! strigă Jackie.

– Ei bine, surpriza este...

Se aud tobe şi mulţimea amuţeşte.

– ...că a venit momentul în care concurentele votează cine să plece! urlă Adam, iar publicul ţipă, în timp ce prezentatorul își acoperă gura cu mâna. Aşa este, concurente. Astăzi va trebui să fiţi sincere una cu cealaltă. Nu vă mai ascundeţi în spatele dulcegăriilor și zâmbetelor. Gata cu Fetele Drăguţe.

– Dar eu nu urăsc pe nimeni.

Gemma se uită în jur.

– Credeţi-mă, dacă aş urî pe vreuna din voi, aţi ști deja.

– Deci, doamnelor, sunt sigur că abia aşteptaţi să aflaţi cum funcţionează. Iată cum vom proceda. Aveţi o oră la dispoziţie să decideţi pe cine vreţi să votaţi să părăsească emisiunea. Treceţi alegerea voastră pe card și puneţi-l în cutia poştală din Camera de Conversaţii după ce aţi terminat. Când numele vostru va fi strigat, vă ridicaţi în picioare și explicaţi de ce aţi ales-o! Și ţineţi minte, nu discutaţi în timpul votării!

Concurentele se întorc să se uite una la alta îngrozite.

Adam clatină din cap și-și pune o mână în șold.

– Suntem teribili, nu-i aşa?

*

În duș, Amy încearcă să gândească raţional în timp ce decide pe cine să voteze și de ce.

Flick.

Jackie.

Gemma.

Nu poate suporta gândul că Flick se va întoarce la nenorocitul ăla egoist, Simon. Și povestea ei a impresionat-o pe Amy care e acum disperată s-o convingă să-l părăsească și să fie fericită singură, aşa cum este ea acum. Dar fericirea lui Flick chiar este treaba ei, sau responsabilitatea ei? Nu s-a înscris în emisiune ca să fie proiectul lui Amy. Poate că numai Flick se poate salva pe sine.

Și apoi mai e Gemma, raza de soare a locuinței. Fără ea, casa ar fi mult mai mohorâtă. Dacă Amy ar fi nemiloasă, ar vota ca ea să plece. La urma urmei, Gemma este cea mai mare amenințare a ei din Clasament. Dar Gemma s-a purtat mereu atât de frumos cu ea încă de când a ajuns aici. Nu ar putea să-i facă asta.

Ultima este Jackie, cea mai înfocată susținătoare a concurentelor. Colega de casă care este disperată după bani ca să-și ajute tatăl și ca să dea în judecată firma de avocatură și să îndrepte răul din trecut. Este și colega de casă care detestă cel mai mult că se află aici. Și chiar pare să-i fie dor de tatăl său. Oare Amy i-ar face o favoare dacă ar vota-o? Va câștiga bani în urma publicității după ce va pleca de aici, așa cum a spus chiar ea, și tot va reuși să-și îndeplinească toate țelurile. Nu va avea un milion de lire, dar s-ar putea să fie de ajuns.

„Colege de casă, mai aveți cinci minute ca să depuneți votul. Vă rog să vă întoarceți în sufragerie."

La naiba la naiba la naiba la naiba la naiba la naiba. Asta e, se gândește ea, sărind din duș panicată. *O să pierzi o prietenă orice decizie ai lua.*

Înapoi în sufragerie, așteptând ca emisiunea să înceapă din nou, colegele de casă se uită la câteva dintre tweeturile de pe Perete.

@wandawoman Eu aș vota-o pe Jackie! Nu face decât să aducă furie în casă #raftul

@bustaboy Gemma, trebuie să treci iar cu fundul la sală, fată! #doaroglumă #raftul

– Ha! E amicul meu, Buster! Tâmpit obraznic, râde Gemma și se ridică în picioare, se uită în jos la stomac și-l relaxează.

Televizorul pornește și emisiunea începe.

– Bine ați revenit, doamnelor și domnilor! strigă Adam într-un microfon, cu fața la cameră, purtând un tricou pe care scrie Echipa Gemma.

– Ura! ţipă Gemma la ecran cu mâinile în aer.

– Are voie să facă asta? întreabă Flick.

Adam lasă microfonul să cadă pe canapea şi îşi scoate tricoul ca să lase la iveală un alt tricou pe care scrie Echipa Jackie. Publicul râde.

– Deci, aşa cum spuneam, reia Adam, înainte să facă o pauză şi să facă acelaşi lucru din nou. De data aceasta, are un tricou cu Echipa Flick.

– Fir-ar să fie, face Jackie. De ce trebuie s-o lungească de fiecare dată?

– Scuze, ăsta mă cam deranjează, spune el şi publicul râde.

Ultimul tricou este cu Echipa Amy.

– Pur şi simplu nu pot să mă decid, oameni buni, sunt blocat. Dar din fericire, nu depinde de mine. Aşa că să trecem la concurente! Prima care ne va explica pe cine a votat să părăsească *Raftul* este Jackie!

Ia cardul lui Jackie de la un producător, îl deschide şi ridică din sprâncene.

– Ei bine, doamnelor şi domnilor, nu e nicio surpriză aici. Jackie vrea ca Flick să plece! Jackie, spune-ne de ce.

Jackie se ridică în picioare încrezătoare.

– Îmi pare foarte rău, Flick. Mi-a plăcut mult cina noastră împreună şi m-am bucurat că am avut parte de acel timp pentru a ne cunoaşte mai bine şi pentru a ne rezolva divergenţele. Am făcut această alegere pur şi simplu pentru că suntem aşa de diferite şi pentru că mereu vom fi. Ştiu că tu eşti Cea Păstrată, judecând după idealurile emisiunii, dar eu oricum sunt împotriva acestor idealuri. Cea Păstrată nu trebuie să fie cineva ca tine. Vreau să dovedesc că producătorii greşesc, şi vreau să arăt asta tuturor celor care ne urmăresc. Cea Păstrată ar trebui să fie cineva la care nu s-au aşteptat. Sper că vei înţelege.

Flick dă din cap, se întinde şi o strânge de mână.

Publicul izbucneşte într-o frenezie, unii aclamă, alţii huiduie.

– Aaaa, ce emoţionant! râde Adam. Mulţumesc, Jackie, am auzit totul clar şi răspicat. Un vot pentru Flick! Că veni vorba de lup... Flick! Te rog să te ridici şi să ne spui de ce vrei ca...

Citeşte de pe card cu sprâncenele ridicate.

– ...Amy să plece din casă!

Amy nu se clinteşte nici măcar un pic şi continuă să privească ecranul şocată, vede cu coada ochiului cum Flick se ridică, îşi îndreaptă fusta şi tuşeşte scurt. Cum de a putut s-o voteze Flick după discuţia lor de la suflet la suflet de azi-dimineaţă? Lui Amy i se face rău, dându-şi seama că a comis o greşeală teribilă cu votul său.

– Nu e ceva personal. E vorba de strategie. Îmi pare rău, Amy, dar tu eşti pe primul loc în Clasament. Ce altă alegere să am? Bineînţeles că vreau să câştig competiţia. Toate ar trebui să ne dorim asta, dacă nu, ce altceva căutăm aici?

– Ooo, ce rece ai fost! Amy, e rândul tău. Să sperăm că ai ales-o pe Flick, căci altfel lucrurile o să devină foarte stânjenitoare!

Deschide cardul şi îi cade faţa.

– Ai ales...

Amy îşi ascunde faţa în genunchi. Trebuie să găsească cea mai apropiată gaură ca să se ascundă.

– Jackie? ridică privirea, confuz.

Gemma exclamă.

– Amy!

Lui Amy nu-i vine să se uite la Jackie şi se ridică în picioare, dar ştie că merită o explicaţie ca lumea. Se întoarce şi o priveşte pe Jackie în ochi. Şi când face asta, vede că acesteia îi lăcrimează ochii.

– Îmi pare atât de rău, Jackie. Ştii că te iubesc mult, spune ea şi vocea i se frânge. Şi tocmai de asta te-am ales pe tine. Vreau să fii fericită, şi aici nu eşti fericită. Urăşti fiecare sarcină, te opui fiecărei provocări şi nu participi cum trebuie. Şi este în regulă pentru că este alegerea ta, dar m-am gândit sincer că te vei bucura să pleci. Să te reuneşti cu tatăl tău. Nu înţelegi care a fost intenţia mea? Nici măcar un pic?

– Fata are dreptate, întrerupe Adam.

– Nu uiţi cumva de pactul nostru? întreabă Jackie încet, privind-o fix. Adică, ştiu că e o competiţie, dar am crezut că suntem o echipă aici.

Jackie şi Amy, primele două concurente. O nouă şi îmbunătăţită *#Jamy*, aşa cum au glumit ele ziua trecută. Amy simte că-i vine greaţă şi i se formează broboane de transpiraţie pe frunte. Cu zece minute în urmă, discursul acesta avea logică în mintea ei. A fost chiar suficient de proastă încât să creadă că Jackie îi va fi recunoscătoare.

Ar fi trebuit să o voteze pe Flick. Ar fi trebuit să o voteze pe Flick. Ar fi trebuit să o voteze pe Flick.

– *Suntem* o echipă, Jackie. Te rog să nu crezi că nu te susţin. Te-am ales deoarece am crezut sincer că nu te va deranja să pleci. Poţi continua să lupţi pentru bine şi afară. Eu şi Gemma putem continua s-o facem aici. Îţi promit că o să facem asta pentru tine.

– Păi, ce noroc pe mine, răspunde Jackie, uitându-se la ecran.

– O, nu, nu poţi face asta, zice Adam, uitându-se la următorul card. Peste cinci minute, gata cu prietenia dintre Amy şi Gemma.

Se întoarce spre Gemma, încruntându-se. Probabil că Gemma a votat-o pe ea. Se aşază la loc pe canapea şi se chirceşte.

Spectacolul lui Amy s-a terminat.

Capitolul treizeci şi cinci

Gemma se ridică în picioare şi se duce în faţa ecranului.

– Poţi continua cu cauza cea bună, Amy. Dar eu nu.

– Ce se întâmplă? întreabă Jackie.

– Eu sunt cea care pleacă. Şi pentru că aleg să plec, voturile voastre sunt invalide. Nu înseamnă nimic. Rămâneţi toate.

– Gemma, de ce? Nu trebuie să faci asta!

Jackie se ridică şi o apucă de braţ.

– Ne-au mai rămas doar câteva zile – am nevoie de tine aici. Nu mă lăsa cu ele!

Dur, dar corect având în vedere circumstanţele.

Gemma zâmbeşte.

– Jacks, mă tem că este cineva care are mai multă nevoie de mine afară.

– Jason? E bărbat în toată firea, o să fie bine! E o săptămână, ce naiba, de ce să plângă doar pentru atât?

– Vor fi mult mai multe lacrimi peste opt luni, îţi zic sincer.

– Dumnezeule, eşti însărcinată, şopteşte Amy. Nu-i aşa? Gemma, eşti însărcinată?

Gemma se uită la toate trei şi dă din cap, punând mâinile pe stomac.

Amy şi Jackie sar de pe canapea ca s-o copleşească pe Gemma cu îmbrăţişări şi sărutări. Felicitările umplu toată atmosfera şi tensiunea de mai devreme este uitată deocamdată, precum şi milioanele de telespectatori care probabil o iau razna în momentul de faţă.

– I-ai spus lui Jason? întreabă Amy, când entuziasmul se mai potolește.

– I-am spus la telefon în Camera de Conversații, acum o oră. Flick m-a ajutat să-mi dau seama.

Gemma întinde mâna să o atingă pe Flick pe braț.

– Chiar dacă sunt sigură că e șocată că am un copil în afara căsătoriei. Jason o să fie un tată minunat. Cred că asta o să-l ajute să se maturizeze. Și cred că o să fac câteva schimbări în viața mea. Poate o să ofer mai multă atenție familiei decât în ultimul an.

Flick zâmbește, dar faptul că Gemma e însărcinată probabil că îi reamintește cu durere că ea nu este, și că s-ar putea să nu fie niciodată.

– Deci, vă împăcați? întreabă Jackie, ținând-o de mână.

– Întotdeauna am avut de gând să ne împăcăm.

Gemma zâmbește și se mângâie pe stomac.

– Și acum că acest copilaș e aici, îl iubesc mai mult ca niciodată.

*

Apă. Am nevoie de apă.

Amy se ridică, dar regretă imediat și pune capul la loc pe pernă, cu degetele lipite de tâmple. Îi bubuie capul și simte un gust de lapte acru în gură.

Unde sunt?

Ridică gâtul și clipește de câteva ori. E pe podea, lângă patul lui Jackie. Și speră că a fost suficient de isteață încât să lase niște apă și două pastile de cap lângă patul ei improvizat. Slabe șanse.

Nu a mâncat nimic de ieri de la prânz și mâinile îi tremură. Asta pățești dacă bei nouă pahare de prosecco. Sau au fost zece?

Oare pot să ajung până la baie dacă mă folosesc de picioare și mă târăsc pe burtă până acolo? se întreabă ea, gândindu-se cum să ajungă la robinet cu minimul de efort și energie.

– Jackie? șoptește ea.

Niciun răspuns.

– Flick? șoptește din nou.

Tot nimic.

Își adună suficientă energie încât să se ridice. De ce o dor picioarele atât de rău?

– Mmmy, aude un murmur dintr-o parte.

– Jackie? croncăne Amy.

– Mmmy, răspunde Jackie.

Amy se uită pe pat și vede un ochi mic și roșu al lui Jackie care o privește peste marginea patului.

– Ce fac aici jos? întreabă Amy.

– Nu-ți mai aduci aminte? geme Jackie, mișcându-se sub plapumă. Ai vrut să-ți demonstrezi dragostea dormind lângă mine.

Amândouă rămân în liniște câteva clipe, după care izbucnesc în râs, dar gem imediat când își dau seama că nu e deloc momentul potrivit să râdă.

– Cât am băut? întreabă Amy.

– Cred că în sfârșit am terminat rezervorul, răspunde Jackie. De ce ai o vânătaie mare pe genunchi?

„Colege de casă, vă rog îndreptați-vă spre sufragerie."

Amy și Jackie se apucă de cap și se vaită.

– Țț, țț, țț, doamnelor, face Adam Andrews, clătinând din cap spre cameră și dându-și ochii peste cap. Jackie și Amy, ce v-a apucat azi-noapte? întreabă el, iar pe ecran apar înregistrări cu ce s-a întâmplat noaptea trecută.

Amy se scufundă în canapea, îngrozită.

Se află în sufragerie. Flick stă pe canapea cu o cană de ceai în mână și se uită la *The Wall*. În spatele ei mișcă ceva și dintr-odată apar Amy și Jackie în peisaj.

Dumnezeule.

Țipă una la alta.

Se îmbrățișează.

Apoi bocesc.

Apoi dansează pe măsuța de cafea ca niște animatoare, iar Flick pleacă din cameră.

Apoi cad de pe măsuța de cafea pe podea, cuprinse de o criză de isterie.

Camera revine iar pe fața lui Adam și acesta ridică dintr-o sprânceană.

– Foarte matur din partea voastră, doamnelor, zice el. Flick, te-ai bucurat de dansul lor?

Ea zâmbește.

– Nu la fel de mult ca ele, sunt sigură de asta.

– Bine atunci, treceeeem repede mai departe! strigă Adam. Vă rog să-i urați bun venit doctorului Howard Hicks pe scenă! Deci, doctore, ați pregătit ceva foarte palpitant pentru cele trei fete în această seară, nu-i așa?

Doctorul Hicks se așază pe locul lui obișnuit.

– Într-adevăr, Adam. În seara aceasta, le răsfățăm cu o noapte pe cinste la barul Tiki, alături de douăzeci de burlaci disponibili! Aceasta nu este o provocare. Este un fel de pauză binemeritată de la toate sarcinile cu care au avut de-a face până acum.

Gândul de a mai bea ceva o face pe Amy să-i vină rău.

*

Câteva ore mai târziu, stau toate la Tiki bar, înconjurate de bărbați străini care știu totul despre ele. Amy vorbește de aproape o oră cu un tip pe care-l cheamă Ed, fără nicio întrerupere, sorbind încet dintr-un Aperol Spritz și reușind să își păstreze interesul.

Lui Amy nu prea-i place de Ed. Dar, în schimb, îi place viața lui. I-a atras atenția cu „Sunt un nomad digital" când l-a întrebat cu ce se ocupă și a pornit să-i explice că este scriitor tehnologic și că petrece jumătate de an în Singapore și jumătate în Anglia pentru diferite publicaţii. Amy vrea să afle totul despre asta, şi despre cum ar putea şi ea să devină aşa ceva.

Nu este urât. Dacă Amy ar fi într-un alt stadiu al vieţii, i-ar plăcea de părul lui şaten şi ciufulit, cardiganul ţesut şi stilul John Mayer. Pare genul de persoană cu care te înţelegi uşor şi râde mult, privind în jos de fiecare dată.

– Ed, a fost minunat să vorbesc cu tine.

Amy îi zâmbeşte.

– Mulţumesc pentru că ai împărtăşit din secretele tale de nomad. Poate ne vom vedea pe o plajă din Thailanda la anul.

– Sigur. Poate vom continua să vorbim după ce eşti eliberată.

Îi scrie numărul pe un bileţel.

Amy se uită în jur în timp ce pleacă de lângă el. Jackie ţipă despre politică şi gesticulează în faţa unui public surprinzător de captivat, format din trei bărbaţi. Flick zâmbeşte şi vorbeşte cu un bărbat chipeş mai în vârstă, dându-şi părul după ureche şi făcându-se că e timidă.

Iaţi-o p-asta, Simon, se gândeşte Amy în timp ce se plimbă, ascultând-o pe Flick cum vorbeşte despre faptul că e o sedentară de modă veche, iar bărbatul îi soarbe fiecare cuvânt.

– Amy? o distrage o voce moale.

Când se întoarce, dă ochii cu un bărbat scund, blond şi îndesat. Are o privire blândă şi ţine în mână un Aperol Spritz.

– Bună, eu sunt Charlie. Am observat că-ţi place Aperol! şopteşte el. E şi preferatul meu, dar să nu le spui prietenilor mei. Ei cred că-mi place berea!

Gropiţele lui din obraji sunt atât de drăguţe încât îi distrag atenţia şi se încurcă în vorbe.

– Bună, Amy, vreau să spun, Charlie. Eu sunt Amy, *dăă*! râde ea, ruşinată. Mersi, adaugă în timp ce ia paharul cu băutură şi bea o înghiţitură mare, sperând din suflet că o să spună el ceva în continuare pentru că ea nu poate să se gândească la nimic altceva decât la cât de drăguţe sunt gropiţele lui.

Charlie începe să facă conversaţie şi Amy se simte uşurată că poate să asculte în loc să vorbească despre ea. E genul de persoană de la oraş care a ajuns la ţară, şi creşte vaci alături de mama sa la ferma familiei în apropiere de coasta Devon. Pare ceva idilic.

– E atât de ireal, râde el. Nu am crezut niciodată că voi fi ales pentru asta. Și sunt un mare fan al emisiunii. Mai ales al tău.

Se uită repede în jos.

– Scuze, mi-a scăpat. Poate că tocmai te-am făcut să te simţi stânjenită. Îţi promit că nu sunt un *stalker*[1]. E aşa de nedrept pentru voi. Eu simt că te cunosc prea bine, dar tu nu ştii nimic despre mine.

– Păi, atunci spune-mi mai multe despre tine. Cum ar fi, de ce eşti un fan atât de mare al emisiunii? Nu pari genul. Nu m-am gândit că vom avea prea mulţi fani fermieri pe aici.

– E puţin ciudat, nu-i aşa? Amicii mei îşi bat mereu joc de mine, nenorociţii. De fapt totul se datorează mamei. Tata a murit acum câţiva ani şi mama s-a descurcat de minune la fermă de una singură, dar a mai îmbătrânit şi îi este greu cu treburile fizice. O să mă urască pentru că am spus asta. A avut fractură de şold anul trecut. Aşa că am decis să renunţ la viaţa la oraş şi să mă duc să o ajut. Nici că aş putea fi mai fericit. Pe scurt, mama nu avea televizor. Munca, radioul şi cărţile erau de ajuns pentru a o face fericită seara. Dar fiind blocată tot timpul în casă cu ghipsul, o cam lua razna, aşa că i-am cumpărat un televizor. *Raftul* este prima emisiune pe care am urmărit-o împreună şi e complet înnebunită după ea. Ne uităm la recapitulări în fiecare seară după cină. E ca şi cum ar fi cel mai tare lucru care i s-a întâmplat vreodată. Înainte ne simţeam apropiaţi când mulgeam vacile – acum ne simţim apropiaţi când ne uităm la emisiune şi ne gândim cine va fi Cea Păstrată.

Face un semn cu berea spre grădină, după care se apropie şi îi şopteşte la ureche.

[1] Persoană care urmăreşte pe cineva, în mediu online sau în viaţa reală, şi dezvoltă o obsesie pentru acea persoană (n.tr.)

– Tu ești aceea.

Amy simte fiori pe șira spinării.

– Te-ai simți jenat dacă aș izbucni în lacrimi și ți-aș da o mare îmbrățișare? spune Amy, simțind cum i se umezesc ochii și cum degetele vor să-l strângă de obraji.

– Nu, sigur că nu. Ar fi ceva clasic Amy, nu?

Bărbatul râde și ciocnește cu ea.

Amy zâmbește larg.

– Hei!

– În fine, deci acesta e motivul. Sunt băiatul mamei și sunt mândru de asta. Am detestat orașul. Nu suport banii, așa că nu m-am descurcat mai deloc la fostul meu loc de muncă. Ar fi trebuit să fiu profesor, asta mi-am dorit dintotdeauna. Toți prietenii mei se îndreptau spre finanțe, așa că m-am gândit că și eu ar trebui să mă bag în asta. Ce prostie.

Bun.

Amuzant.

Frumos.

Trăiește într-o fermă din Devon.

O iubește pe mama sa.

Îmi va susține obsesia față de brânză și îmi va furniza brânză.

Până acum se pare că Charlie ar putea fi bărbatul ideal al lui Amy. E aventura perfectă, iubitul, soțul și tatăl ideal.

*

Mai târziu, peretele este invadat cu fane ale lui Charlie și cineva a făcut deja o pagină pentru Charlie Fermierul. Amy nu le învinovățește. E un tip grozav.

O întristează puțin faptul că nu are absolut niciun interes să meargă mai departe cu el, dar în același timp se simte plină de speranță, știind că există și alți Charlie în lume care sunt pregătiți să o facă fericită oricând își va dori asta.

Dacă va fi vreodată pregătită pentru asta.

Capitolul treizeci și șase

Pleoapele lui Amy sunt lipicioase. E semnul că a avut prea multe nopți târzii. Nu a mai avut două nopți la rând de la începutul relației cu Jamie, și capul încețoșat și lenea îi aduc aminte că nu mai are douăzeci și cinci de ani. Se forțează să deschidă ochii și își aranjează perna până reușește să stea cât de cât în fund și să se uite la celelalte. Jackie sforăie; patul lui Flick e deja făcut. Camera pare goală acum că au rămas doar ele trei.

Cine ar fi zis că ele ar fi fost ultimele trei rămase? Flick, da. Ea și Jackie, nu prea. Tactica ei de la început a fost să stea cu capul plecat și să nu provoace prea multă zarvă. Tactica lui Jackie a fost să țină capul sus și să provoace cât mai multă. Se pare că amândouă strategiile au funcționat, deși nu se poate abține să nu se gândească la Gemma care ar trebui să fie aici de fapt.

Amy dă plapuma la o parte și își lasă picioarele să atârne pe marginea patului. Știe exact de ce are nevoie azi.

De absolut nimic.

Începe cu o mască tratament; *Beach Bomb: o explozie de rehidratare după o zi petrecută la soare.* Îi provoacă amintiri dulci-amărui. Pe listă urmează un duș fierbinte, spălat pe cap ca lumea și exfoliere cu un burețel de baie pe care l-a cumpărat ca să îndepărteze pielea moartă pentru un bronz mai intens. O altă achiziție fără folos, dar îi place senzația de furnicături de pe piele și o bucură faptul că toxinele din ultimele două zile sunt înlăturate. Termină cu un strat foarte gros de cremă hidratantă pe care o aplică pe tot corpul şi o cană de Listerine de albire a dinţilor, cu care stă în gură până ce o înţeapă limba şi îi lăcrimează ochii.

Astăzi nu e o zi de făcut părul şi de machiat. În schimb, Amy îşi prinde părul într-un coc la ceafă şi îşi pune o bentiţă ca să nu o deranjeze nicio şuviţă, se îmbracă cu nişte colanţi, un hanorac imens şi şosete groase. Are ţinuta completă pentru restul zilei. Îşi dă seama că a înlocuit pijamalele cu alte pijamale. Nu-i pasă.

I-a luat mult timp să înceapă să se îmbrace aşa în faţa lui Jamie. Prima dată când a făcut-o, a tachinat-o că se simte puţin prea în largul ei, cu râsul lui de maniac pe care atunci îl adora, dar pe care acum îl urăşte. După ce i-a zis asta, Amy a revenit la hainele frumoase ca el să nu creadă că o lasă moale şi nu se mai aranjează. Apoi, într-o zi au avut amândoi o mahmureală teribilă şi a părut s-o accepte şi aşa.

Şterge aburii de pe oglindă şi se holbează la reflexia sa goală, fără pic de machiaj. Va fi prima zi în care nu poartă fond de ten de când se află aici.

Ei bine, lume, asta-s eu. Al naibii de reală.

Se simte uşurată când vede că Jackie încă doarme, iar Flick merge la piscină. Nu va trebui să vorbească cu nimeni timp de cel puţin jumătate de oră.

În bucătărie, îşi face un ceai cu două cubuleţe de zahăr – ce răsfăţ – şi pune patru felii de pâine albă în prăjitor. Da, patru. Pune mult unt de arahide, gem şi le taie în triunghiuri lungi, pentru că dintr-un motiv anume au un gust mai bun aşa. Cu ceaiul dulce şi muntele de pâine prăjită, ocupă un loc pe canapea şi îşi pune picioarele sus. Nu i-a fost niciodată mai dor de Netflix, sau de telefon, ca acum. Comentariile de pe Perete vor trebui să fie de ajuns deocamdată.

@mrgrumpypants Ţi-e foame rău, Amy? #raftul

O, du-te naibii.

Mușcă din pâinea prăjită când cel mai rău lucru care i s-ar putea întâmpla se întâmplă.

„Amy, te rog du-te în Camera de Terapie. Doctorul Hicks ar dori să te vadă."

*

– Amy! Mă bucur să te văd. A trecut ceva timp.

Doctorul Hicks zâmbește din fotoliu.

– Ce mai faci? Au mai rămas doar trei zile!

Amy nu răspunde imediat și se așază încet pe canapea, lăsându-se pe spătar.

– Doctore, azi mă simt cam secată de puteri. Chiar simt că nu aș avea prea multe de spus.

Falsează un căscat ca să își sublinieze ideea.

– E în regulă, nu trebuie să ne folosim de toată ora. Hai să vedem cât putem lucra. Dar înainte să începem, vreau să-ți arăt ceva amuzant. M-am gândit că o să-ți placă.

Îi dă iPadul. Pe ecran vede o poză cu o femeie care poartă ochelari în formă de steaguri roșii.

Doctorul chicotește.

– Nu că e amuzant?

Amy scoate un oftat.

– Chestia asta cu steagul roșu devine ridicolă, doctore. E jenant. Nu e ca și cum eu aș fi inventat treaba cu „semnale de alarmă", și sunt probabil o mie de articole similare. Nu merit niciun credit pentru asta, darămite un hashtag viral și niște ochelari.

Wow, chiar că e într-o stare proastă.

– De ce a devenit populară chestia cu rochia albastră sau aurie[1], sau cântecul cu rechini?[2] Bucură-te de asta, Amy. Trăiește-ți momentul. Oricum nu trebuie să vorbim despre asta dacă nu te simți

---

[1] Poză cu o rochie despre care s-a dezbătut dacă are culorile alb și auriu, sau negru și albastru (n.tr.)

[2] *Baby Shark* – cântec pentru copii (n.tr.)

confortabil. S-au întâmplat multe de când am vorbit ultima oară. Aş vrea să încep cu Cina de Iertare. În şedinţa noastră anterioară, ai vrut să pleci din cauza ei. Mă bucur mult că nu ai făcut-o. Deci spune-mi, cum a fost?

– Înainte de ea m-am simţit nervoasă, dar apoi n-am mai simţit mare lucru. Arată diferit, dar e exact acelaşi Jamie de înainte. Am obţinut câteva răspunsuri de la el, dar tot nu îi cred povestea cu „ai pus presiune pe mine în tăcere, eu sunt adevărata victimă aici". Cred că este un laş pentru că nu a avut curajul să se despartă de mine în persoană.

– Te bucuri că ai participat la cină?

Oooof.

– Sigur. Nu a fost mare lucru până la urmă, şi nu a schimbat nimic din ceea ce simt pentru el. Dar presupun că a fost un lucru bun că nu m-am simţit supărată când l-am văzut – m-am simţit doar detaşată. Poate acesta e un semn că trec peste. Cel puţin nu o să-mi mai fie teamă că voi da peste el pe viitor. Nu că aş face asta vreodată, doar că ştiţi cum e, poate ne vom nimeri vreodată în acelaşi bar sau în acelaşi metrou.

– E bine, Amy. Cred că acesta sună ca un răspuns puternic. Să vorbim acum despre cealaltă întâlnire de săptămâna aceasta, cea cu Simon Ash. Cum a fost?

– A fost groaznic! M-a speriat de moarte, gândindu-mă cum am fi putut să fim eu cu Jamie peste cinci ani. Aproape că m-am simţit uşurată că mă aflu aici, şi e prima dată când se întâmplă asta. Nu m-am gândit că aş avea ceva în comun cu Flick până l-am întâlnit pe Simon şi am purtat o conversaţie profundă şi importantă cu ea ziua următoare. Mi se pare că întreaga ei situaţie e tragică. A aşteptat după el atâta vreme, el i-a irosit timpul cu promisiuni false şi minciuni flagrante. Şi faptul că singurul lucru pe care şi-l doreşte în viaţă s-ar putea să nu se întâmple. Nu pot să cred că Flick, care e atât de conştientă, de deşteaptă şi de perfectă, tot crede că el este bărbatul perfect.

– Şi cum te-ai simţit când te-a ales să pleci în timpul probei Adevărul Doare, în ziua după ce aţi purtat acea conversaţie?

– Da, am fost puţin şocată la momentul respectiv. Adică, da, am crezut că o să le aleagă pe Gemma sau pe Jackie din cauza problemelor pe care le-au avut în trecut. Nu pe mine. Nu când sunt cea mai apropiată de ea din casă. Dar, în fine, e în regulă.

Hai că ai sunat convingătoare.

– Nu ai vrut să o confrunţi cu privire la decizia ei, aşa cum a făcut Jackie cu tine?

– Nu chiar.

Oftează.

– Ce aş fi obţinut cu asta? A luat o decizie raţională şi nu pot s-o iau personal. Putem toate să trecem peste. Să facem ca HuJo şi să le lăsăm să treacă.

– Dar tu şi Jackie aţi vorbit şi se pare că ţi-a convenit şi asta. Poate că a fost mai bună abordarea cu Jackie decât cea cu Flick.

– Ok.

– Amy, e bine să ne arătăm sentimentele. Dacă te gândeşti la asta şi vrei să afli de ce te-a ales Flick pe tine, şi nu pe Gemma sau Jackie, ar trebui să vorbeşti cu ea. Trage aer adânc în piept. Poartă conversaţia. Arta confruntării poate fi dificil de stăpânit, dar merită să investeşti efort în ea. De ce îţi este teamă?

– Nu-mi este teamă. Adevărul este că nu mă interesează. Ce aş obţine dacă aş întrebat-o pe Flick de ce m-a votat? Nu e ca şi cum o să fim prietene pe viaţă după ce vom pleca de aici. Vom reveni la vieţile noastre de dinainte, ca şi cum nu ne-am fi cunoscut niciodată. În plus, deja a spus de ce m-a ales, şi a fost un răspuns perfect valid. Eu eram cea mai apropiată concurentă de ea pe Clasament. E doctoriţă. S-a folosit de ştiinţă.

– Amy, folosesc situaţia ta cu Flick drept exemplu al fricii tale de confruntare, de care nu ai scăpat şi la care eu consider că ar trebui să lucrăm.

Da, știu asta, doctore, dar nu azi.

– Este extrem de importantă în relații mai ales. Trebuie să ai curajul de a te confrunta cu cineva fără să te temi că o să strige la tine, că o să plece sau o să se despartă de tine. Curajul de a-ți înfrunta partenerul va fi ceva de importanță capitală în următoarea ta relație, și este ceva la care trebuie să lucrezi. Cred că una dintre metodele prin care poți depăși această frică este exersând pe oameni ca Flick. Cu cât te confrunți mai devreme cu cineva într-o relație cu privire la o chestiune care te face foarte nefericită, cu atât vei afla mai rapid dacă este partenerul ideal. Dacă se desparte de tine din această cauză, nu era persoana potrivită pentru tine și ar trebui să te bucuri că nu va trebui să mai irosești timp cu el. Nu vreau să spun că trebuie să îl confrunți cu privire la fiecare lucru mărunt. Mă refer la cele importante. Conversațiile importante. Cum ar fi Flick. Ai crezut că sunteți apropiate. Și Jamie. Ai crezut că el este Alesul.

Amy se holbează la el preț de câteva secunde.

– Deci, vreți să spuneți că ar trebui să-i confrunt pe oameni dacă fac ceva ce mă supără?

– Da, exact.

– Ei bine, doctore Hicks, mă simt foarte nefericită că am această conversație cu dumneavoastră acum. Chiar nu am dispoziția necesară.

– Văd că nu ai dispoziția necesară pentru conversație, Amy. Îți mulțumesc oricum pentru că ai venit azi.

Zâmbește și-și ia iPadul, ridicându-se în picioare.

– Mai avem nevoie să faci un lucru.

O față familiară intră în Camera de Terapie cu o coală de hârtie în mână.

Capitolul treizeci şi şapte

– Ce se întâmplă? îl întreabă Amy pe Sam, producătorul, în timp ce acesta îi dă voie doctorului Hicks să plece din Camera de Terapie pe o uşă laterală.

Sam zâmbeşte şi îi face semn să se aşeze din nou, dându-i o coală şi un pix.

– Un test? întreabă Amy, privind la pagină.

Amy Wright: Evaluare a Progresului

– Vrem să încercăm să stabilim ce ai învăţat de când te afli în emisiune, spune Sam. Este o şansă prin care putem afla dacă să îţi oferim pe drept titlul de Cea Păstrată în trei zile, dacă voturile vor fi în favoarea ta. Dacă nu ai făcut niciun progres de când te afli aici, ne va fi greu să îţi oferim un milion de lire. E o sumă mare pentru cineva care nu a evoluat deloc.

– Nu depinde de public? întreabă ea, uitându-se pe pagini.

– În cele din urmă, da. Dar pe măsură ce ne apropiem de sfârşitul emisiunii, trebuie să începem să filtrăm. Nu putem avea trei fete în finală săptămâna viitoare. Aşa că toate trei va trebui să daţi acest examen şi colega de casă cu cel mai mic scor va fi eliminată. În seara aceasta.

– Stai, ce? De ce nu ne-aţi spus asta înainte? icneşte Amy. Ne-aţi fi putut da măcar o şansă să... nu ştiu... să recapitulăm sau ceva de genul.

Vocea i se pierde și se uită iar la coala de hârtie și vede cât de scurt e testul.

– Ai cincisprezece minute ca să răspunzi la toate întrebările din fața ta, și vei vedea de ce nu a fost nevoie să recapitulezi.

Deja se îndreaptă spre ușă.

– Unele dintre opțiunile de la grile sunt... absurde.

Deschide ușa să plece din Camera de Terapie și se mai întoarce o dată spre Amy.

– Amy, vreau să-ți spun doar că nu suntem toți ca bărbații pe care-i vezi pe Perete. Sau ca foștii voștri. Și cred că toate vă descurcați minunat, având în vedere circumstanțele. Sper din tot sufletul că nu vei pleca de aici gândindu-te că toți bărbații sunt niște gunoaie și că nu există speranță. Nu asta a fost intenția noastră. Intenția noastră a fost să vă scoatem din niște relații rele, să vă facem să vă gândiți la ce v-ar putea face fericite și să plecați de aici cu o perspectivă pozitivă. Cred că o parte din aceste lucruri s-au pierdut de-a lungul emisiunii. Și îmi cer scuze personal pentru asta. Cred că au existat câteva alegeri dubioase în această perioadă.

Amy îl privește fix.

– Suntem bine, Sam. Ne descurcăm noi. Nu avem nevoie de grijile tale.

Rămân uitându-se unul la altul câteva secunde, după care închide ușa în urma lui și o lasă pe Amy să se uite pe hârtie.

Partea I: Evaluare practică

Grilă

1. O, bebe!

Bebelușul tău nu vrea să se culce și ești extenuată. Ce faci?

a. Dai televizorul mai tare ca să nu-i mai auzi urletele.

b. Pleci de acasă ca să ai parte de liniște.

c. Continui cu rutina aleasă și dormi atunci când doarme și el.

Of, zău aşa.

2. Rămâi calmă

Iubitul tău a ieşit cu prietenii. A spus că va veni acasă la şapte ca să mâncaţi cina pe care ai pregătit-o special, dar încă nu a ajuns şi e ora unsprezece. Ce faci?

a. Arunci cina la gunoi şi-i laşi un bileţel pe frigider prin care îţi exprimi furia.

b. Te duci la culcare, îi spui să-ţi ceară scuze dimineaţa şi treci peste.

c. Mănânci şi porţia lui şi aştepţi să se întoarcă pe întuneric, după care dezlănţui iadul.

Mi-ar plăcea să văd ce ar alege Jackie.

3. Soldaţii şcolii de frumuseţe

Care este puterea machiajului?

a. Îl opreşte pe soţul tău să plece după o femeie mai tânără.

b. Îţi scoate în evidenţă trăsăturile naturale şi te face să ai încredere în tine.

c. Îţi ascunde adevărata faţă astfel încât să pretinzi că eşti altcineva.

Ce comic.

4. Păstrează-le interesul.

Sunt opt reguli pe care trebuie să le respecţi ca să ţii un bărbat alături de tine. Care dintre următoarele ***nu*** este o regulă?

a) Relaxează-te.

b) Depune mai mult efort în pat.

c) Spune „te iubesc" mai des.

Ultimul punct era unul dintre lucrurile pe care Amy le detesta la Jamie. Ea mereu spunea „te iubesc" prima. El niciodată nu-i răspundea. Și atunci când răspundea, zicea un mecanic „da, și eu". L-a tachinat o dată din cauza asta și el a spus că a zice „te iubesc" nu înseamnă nimic dacă o zici tot timpul. Ea a vrut să-i răspundă, *dar tu nu o spui niciodată, așa că ar însemna ceva dacă ai spune-o din când în când, cu siguranță.* Dar nu s-a mai deranjat.

5. Păstrează-l lângă tine!

Potrivit sondajului nostru, care este cea mai importantă regulă de urmat.

a. Nu o lăsa moale.
b. Nu te plânge. Nu controla. Nu neglija.
c. Depune mai mult efort în pat.

6. Nu-i așa că e încântătoare?

Ai găsit un bărbat numai bun pentru căsătorie. Cum te îmbraci pentru prima întâlnire?

a. O rochie scurtă care lasă totul la vedere.
b. Un tricou larg, blugi largi şi adidaşi.
c. O rochie albă pe corp, până la genunchi, fără un decolteu prea generos.

7. Nu-i așa că e încântătoare?

Unde ar trebui să pui cuțitul şi furculița după ce ai terminat de mâncat?

a. 6.30.
b. Lângă farfurie.
c. Nu-mi pasă.

8. Nu-i așa că e încântătoare?

Care este modul corect de a mânca mazăre?

a. Cu o lingură.
b. Fiecare bob pe rând cu o furculiță.
c. Le striveşti cu dosul furculiței sau le amesteci cu piureul.

Deşi întrebările sunt ridicole, surprinzător, Amy a învăţat destul de multe de când e aici. Şi nimic nu are de-a face cu această coală de examen. A învăţat că poate să fie fericită singură. Şi că are multe lucruri pe care doreşte să le facă odată ce pleacă, fie că o să se întâmple în seara aceasta sau vineri. Stomacul îi forfoteşte de entuziasm când îşi dă seama cât de aproape este de finală, când va fi liberă să plece cu acel avion.

Capitolul treizeci şi opt

– Să-i dăm Cezarului ce e al Cezarului, Flick, zice Jackie, aşezând cuţitul şi furculiţa pe farfurie la 5.15. Convingerile tale poate că sunt naşpa, dar tagina[1] asta a fost cea mai bună pe care am mâncat-o vreodată. Aş spune că ar fi mai bine dacă ai vorbi mai puţin şi ai găti mai mult, dar cred că aşa aş suna exact ca Simon.

– De ce a trebuit să strici un compliment drăguţ cu ultima parte?

– Deci cum credeţi că ne-am descurcat ieri? întreabă Amy, încercând să o imite pe Kathy, schimbând subiectul. La examen mă refer.

– Întrebările au fost ridicol de uşoare, răspunde Flick. Şi un copil de doi ani ar fi trecut testul.

Jackie învârte paharul cu prosecco.

– Păi atunci cum ai fi putut tu să înveţi ceva aici dacă erai deja numai bună de păstrat?

– De fapt, cred că am învăţat ceva. Dar nu are nimic de-a face cu asta – pentru că, fireşte, ai dreptate, deja sunt numai bună de păstrat.

Zâmbeşte.

– Am învăţat ceva despre mine însămi. Şi anume, veţi fi şocate să auziţi asta, dar îmi este dor de intervenţiile chirurgicale. Îmi este dor de pacienţi.

– Ţi-e dor să lucrezi? întreabă Amy.

– Da, îmi este. Faptul că am ajutat-o pe Gemma mi-a trezit acest dor. Şi scrisoarea de la Emma. Aşa că mă gândesc să revin la clinică

[1] Fel de mâncare marocan, care poartă numele vasului în care este gătit (n.tr.)

după ce plec de aici. Nu cu normă întreagă – poate doar câteva zile pe săptămână. Cred că va fi de ajuns pentru un echilibru. Evident, va trebui să vorbesc cu Simon despre asta. Despre asta și poate și despre alte lucruri.

Bea din cafea și îi aruncă o privire lui Amy.

– Parcă mă trezesc că o să ajungi să mărșăluiești cu pancarte în Piața Parlamentului, spune Jackie.

– Ei bine, eu am învățat mult mai mult decât niște reguli stupide despre cum să păstrezi un bărbat lângă tine sau cum să te îmbraci la o petrecere cu ceai, spune Amy. Și în principal, am învățat că este în regulă să fiu eu. În următoarea mea relație, dacă se va întâmpla așa ceva vreodată, nu mă voi preface că sunt altcineva la început doar ca să-l fac să mă placă. Sau și mai rău, ca să nu se despartă de mine. O să-mi spun părerea când mă voi simți nefericită și voi avea încredere în faptul că, dacă este persoana potrivită pentru mine, nu se va speria și nu va fugi de mine. Pentru că mă va plăcea pe mine așa cum sunt, cu toate „bagajele“ mele.

– Ai mare dreptate, adaugă Jackie. Eu am învățat că tata poate să supraviețuiască fără să mă vadă zilnic și că nu trebuie să mă simt vinovată pentru el. L-ai auzit, se distrează de minune cu amicii de la biserică. Și când voi întâlni pe cineva, dacă se va întâmpla asta vreodată...

Face o pauză și se uită la Amy.

– Va trebui să fie suficient de încrezător ca să ne lase pe mine și pe tata să avem parte de timpul nostru împreună, în loc să se simtă amenințat de asta.

– De fapt, nu am învățat doar că vreau să revin la clinică. Am învățat că indiferent cât de multe lucruri faci pentru cineva, indiferent câte ai sacrifica, vocea lui Flick coboară până ajunge să șoptească, nu poţi să-i forțezi să facă ceea ce nu vor să facă. Nu poți forța pe cineva să te iubească.

Închide ochii ca să-și oprească lacrimile și face pauză un minut ca să se liniștească.

– Poţi să-i răsfeţi cu atenţie, poţi să ai grijă de orice nevoie a lor, poţi să depui toate eforturile ca să n-o laşi moale – dar asta nu înseamnă că nu îşi vor încălca promisiunile faţă de tine.

– Flick, ai dat tot ce ai putut. Mai mult de atât nu ai ce face.

Amy o ia de mână.

„Colege de casă. Vă rog veniţi în sufragerie."

Adam poartă o robă de absolvire şi o tocă, şi stă în spatele unui podium pe scenă.

– Bine aţi revenit, doamnelor şi domnilor, şi clasa anului 2020. Vă rog să vă ocupaţi locurile pentru această seară ce va fi glorioasă pentru unii, dar ruşinoasă pentru alţii. Sunt foarte încântat să anunţ că studentul de pe primul loc al acestui an este – cum probabil aţi şi ghicit – domnişoara Felicity Brimble! Felicity, te rog să te ridici.

Ea oftează şi se ridică.

– Foarte bine, domnişoară Brimble – nota 10. Şi ştii ce înseamnă asta, nu? Ai ajuns în finala zilei de mâine!

Scena este acaparată de confetti şi publicul aclamă.

– Aşa e, poţi să te odihneşti ştiind că toată munca aceea grea a fost răsplătită. Acum, doamnelor şi domnilor, ne-au mai rămas două concurente. Dar numai una poate să treacă mai departe. Totul depinde de testele lor, ale căror rezultate le voi dezvălui acum. Amy, performanţa ta în această evaluare a fost mediocră. Adică toată lumea ştie că mănânci mazăre zdrobind-o sau împreună cu piure!

Serios?

– Şi acum ultima noastră concurentă, Jackie.

Adam îşi dă jos ochelarii falşi şi îi pune pe podium.

– Jackie, tu ai inventat toate răspunsurile. Nu dai cu cuţitul şi furculiţa în spatele tău. Nu te apleci pe masă ca să absorbi boabele de mazăre ca un aspirator Hoover. Şi nu îl strângi pe un bărbat de boaşe. Aşadar, nu ai primit niciun punct şi eşti ultima din clasă. Şi astfel, doamnelor şi domnilor, am ajuns la decizia din această seară. A fost una uşoară, vă zic eu.

Merge până pe marginea scenei și se uită la cameră.

– Colega de casă care ne părăsește în această seară este concurenta care a provocat provocările, artificiul care ne-a dat bătăi de cap cu sarcinile. În seara aceasta ne luăm la revedere de la formidabila și extrem de exasperanta *Jackie Adu*!

Ridică mâinile și aplaudă.

Publicul este surprinzător de gălăgios pentru concurenta cea mai problematică a emisiunii. Și când camerele se întorc spre public, Amy se bucură să vadă în mulțime sute de femei care țin pancarte în sprijinul lui Jackie și al mesajului ei.

SALVAȚI-O PE JACKIE

SUNTEM ALĂTURI DE JACKIE

CONVERSAȚIA NU SE TERMINĂ AICI

– Ei bine, doamnelor, oi pleca eu – Jackie se întoarce cu fața spre ele, cu mâinile pe valiză, pe care o împachetase noaptea trecută –, dar se pare că am mult de lucru afară.

Jackie oftează și zâmbește.

– Ames.

Jackie se întoarce spre Amy când deschide ușa de la casă.

– Emisiunea aceasta nu avea cum să funcționeze niciodată pentru mine pentru că nu o să mă schimb niciodată. Îmi place așa cum sunt. Asta sunt și asta vreau să fiu.

Amy se gândește la momentul când s-au întâlnit prima dată. Buzele ei de un roșu-aprins, zâmbetul care putea fi văzut din spațiu și râsul care putea fi auzit chiar de și mai departe.

Nu s-a așteptat niciodată să reziste atât de mult în show. Luna trecută era Vechea și Plictisitoarea Amy, care-și trăia viața și care mergea înainte urmând cursul unei existențe normale. Acum este Vedeta Amy Wright, finalista de la *Raftul.* Și cu toate că se simte mândră pentru că a ajuns atât de departe, și explodează de bucurie când se gândește că o să plece în curând, văzând-o pe Jackie părăsind casa o face să simtă groază. S-a obișnuit cu siguranța acestor patru pereți. Mâine va pleca și ea. Și chiar dacă va fi câștigătoare sau învinsă, nu are nicio idee peste ce fel de furtună va da afară.

Ușa se închide cu zgomot.

Au mai rămas doar ele două.

Capitolul treizeci şi nouă

– Nu pot să cred că am ajuns până în finală, spune Flick, mișcând cerealele din bol cu lingura.

Amy și-a pierdut și ea pofta de mâncare din cauza emoţiilor.

– Păi, ne-au mai rămas câteva ore. Cine știe ce s-ar putea întâmpla?

Amy se uită dincolo de ușile de sticlă, în sufragerie. Poate că pare calmă, dar adevărul este că a numărat tot ce a văzut în grădină, în stilul lui Sarah, în ultimele cincisprezece minute.

„Amy și Flick, vă rog să luaţi loc pe canapeaua din sufragerie pentru o ultimă provocare."

Televizorul pornește și Adam Andrews coboară treptele unei scene care trece printr-o parcare goală din afara platoului, cu un cameraman urmându-l îndeaproape din spate. Scena freamătă de producători, echipamente și oameni care montează ecrane și difuzoare în diverse locuri, pe care prezentatorul le evită în timp ce vorbește la microfon. Când trece pe lângă un curier, se pornesc niște artificii din podea și aproape că se prăbușește.

– Hei, ai grijă acolo, Johnny! strigă el la microfon. Cameraman, fii atent, stai aproape de mine!

– Auzi ceva? întreabă Amy, privind-o pe Flick.

Se aude un zumzet încet de undeva de afară.

Flick se ridică, se duce până la ușile de sticlă și le deschide. Sunetul unei mulţimi imense ţipând, urlând și fluierând umple sufrageria.

Adam ajunge la capătul scenei şi se întoarce.

– E în spatele meu, nu-i aşa? întreabă el la cameră.

Camera dă zoom out şi se vede o mulţime imensă care s-a adunat lângă porţile parcării. Când mulţimea vede că e filmată, izbucneşte în urale şi ridică pancarte în aer.

SUNTEM CU WRIGHT!

SĂ MĂ IA FLICK!

– Cred că de acolo vine zgomotul, adaugă Flick, părând agitată.

Camera revine pe faţa lui Adam, iar acesta se apropie de ecran.

– Wow! strigă el la cameră, înainte să se întoarcă şi să fugă înapoi în josul scenei, şi astfel Amy şi Flick reuşesc să vadă mai bine cât de mare este de fapt mulţimea. Mii de oameni stau la rând în faţa intrării, cu toţii având pancarte cu *#echipaamy* sau *#echipaflick*.

– Dumnezeule, şopteşte Amy.

– Astea sunt corturi? Oamenii au stat aici peste noapte? întreabă Flick.

Pe televizor apare din nou Adam care aleargă pe scena din studio, se întoarce şi îşi trage suflul.

– Salutare, tuturor! strigă el. Deci, mi se pare mie sau o să se întâmple ceva nemaipomenit?

Duce un deget la buze şi se preface că se gândeşte timp de câteva secunde, în timp ce publicul se linişteşte.

– A, da, aşa este. Îmi aduc aminte, este vorba de extraordinara finală de la *Raftul* 2019!

Piesa emisiunii se aude în difuzoare şi publicul dansează pe locurile lor, Adam încurajându-i de pe scenă, cu mâinile în aer.

Când muzica se opreşte brusc, Adam îşi ocupă locul, cu ochii la cameră.

– Acum, să ştiţi că emisiunea nu s-a terminat încă. Astăzi este ultima şansă a concurentelor să ne convingă că una din ele trebuie să câştige, înainte să înceapă votarea în direct. E la fel ca o alegere prezidenţială, dar mai bună, mai inteligentă şi mai distractivă. Fetele vor ţine un discurs în grădină în care vor comunica lumii de ce merită voturile voastre în această seară. Fetelor, luaţi-vă carneţelele şi pixurile de la uşa din faţă şi începeţi să scrieţi tot ce vreţi. Vom reveni în două ore să auzim totul, împreună cu câţiva invitaţi VIP.

Ţârrrrr.

– Felicitări, fetelor! strigă o voce cunoscută şi prietenoasă. Nu pot să cred că aţi ajuns amândouă în finală! Sau poate că da, pentru că amândouă sunteţi nişte persoane superbe care merită toată fericirea din lume.

– Katie!

Le sărută dramatic pe obraji pe amândouă.

Amy răspunde printr-un zgomot de buze.

– Ce faci aici?

– Cum adică ce fac aici? Nu aş putea să ratez Armaghedonul vostru pentru nimic în lume. Este timpul să vă coafez, să vă pudrez şi să vă aranjez pentru cea mai mare seară a vieţii voastre. Nu aţi auzit? Se aşteaptă să fie cea mai mare audienţă pe care a avut-o vreodată Real TV.

Amy se întoarce spre Perete. Tweeturile zboară atât de rapid încât nu pot fi citite.

În acea după-amiază, două rânduri de scaune cu etichete VIP şi un ecran enorm situat afară îi spulberă visurile lui Amy, care spera că va ţine un discurs doar în faţa lui Flick şi a piticilor de grădină. Cei patru pereţi ai grădinii nu pot să oprească uralele sporadice ale mulţimii de aproape trei mii de oameni. Fiecare aclamaţie o face pe Amy să transpire şi mai rău, la fel şi fiecare urlet.

Katie o îmbracă pe Amy într-un costum negru cu o cămaşă albă şi stiletto cu toc subţire, care se văd foarte puţin de sub pantalonii ei largi la modă. I-a dat cu un ruj roşu-închis şi părul i l-a prins într-o coc înalt, care arată ca gogoașa de ciocolată pe care abia așteaptă să o mănânce odată ce o să iasă de aici.

– E foarte în stilul lui Kourtney Kardashian, insistă Katie.

Flick poartă o rochie de culoarea cerului, cu spatele gol, și sandale asortate.

– Parcă ne-am căsători. Uite, au venit Gemma și Jason! strigă Amy, ciocnind în ușa de sticlă și făcând cu mâna. Gemma ridică privirea și îi răspunde la salut, cu zâmbetul până la urechi, și îi dă un cot lui Jason să facă la fel.

„Amy, te rog du-te în Camera de Terapie. Doctorul Hicks te așteaptă acolo."

– Amy! exclamă doctorul, părând mai distins decât de obicei, fiind îmbrăcat într-un costum de tweed. Te rog, intră, va dura doar cinci minute.

Amy absoarbe atmosfera dulce-amăruie a camerei, uitându-se în jur pentru ultima oară.

– Am ceva pentru tine.

Doctorul Hicks se întoarce cu un certificat în mână.

– Ce e asta? întreabă Amy și ia hârtia.

– E un certificat care atestă faptul că ai trecut. Nu înseamnă că ești Cea Păstrată, dar dacă ai ajuns până aici, înseamnă că ai făcut ceva bine. Este o recunoaștere oficială și o celebrare a participării și evoluției tale în emisiune.

– Va primi și Flick unul?

– Bineînțeles, zice el, zâmbind. Cred că și ea se află pe drumul cel bun.

– Mulțumesc, doctore.

Se întreabă ce au vorbit în timpul ședințelor și ce a sfătuit-o doctorul să facă în legătură cu relația ei.

– Dacă nu ați fi fost dumneavoastră, nu sunt sigură că aș fi supraviețuit. Sunt sigură – de fapt chiar știu – că toate simțim la fel.

– Prostii. Tu ai fost cea care și-a dat seama de drumul tău de una singură. Știam că vei face asta. Ține minte, cu toții suntem mai puternici decât credem. Încă plănuiești să pleci în aventura ta în Thailanda?

– Absolut.

Zâmbește, cu ochii la certificat.

– Cine știe, poate vei întâlni pe cineva care gândește la fel ca tine.

– Sper că nu.

Ridică privirea.

– Am prea mult timp pentru mine de care să mă bucur.

Capitolul patruzeci

Amy stă lângă podium, zâmbind larg la părinţii ei, care stau în spatele secţiunii VIP a grădinii. Dincolo de acea încredere, simte o căldură nervoasă cum i se ridică încet pe braţe şi i se răspândeşte în piept. Îi vine să râdă când vede că mama ei îşi dă ochii peste cap în mod exagerat din cauza lui Jamie care împarte cărţi de vizită publicului VIP.

– Ce mama naibii caută nenorocitul ăsta aici? a zis mama ei mai devreme, când Jamie s-a apropiat de ea.

Când şi-a dat seama cine e, a sărit în ultima clipă în spatele unui pitic de grădină.

În public sunt şi alte feţe cunoscute, pe care Amy le-a salutat ca şi cum ar fi fost prieteni pe care nu-i mai văzuse de o viaţă. Timp de câteva săptămâni, Amy a ştiut numai de Jackie, Gemma şi Hattie, dar parcă a trecut o veşnicie. Lauren lucrează în Ibiza ca DJ, iar Kathy nu a reuşit să vină. A plecat în vacanţă în Grecia cu un club de persoane singure de peste cincizeci de ani, ca să sărbătorească – ea şi Jeremy au căzut în sfârşit de acord să vândă casa şi să împartă banii.

– Amy!

Jackie vine în fugă să vorbească cu ea. Vorbeşte entuziasmată extrem de repede.

– Nu o să-ţi vină să crezi câtă susţinere avem afară. Câtă susţinere ai *tu*. Cred că am început ceva important, ceva de care putem fi mândre. Se pare că telespectatoarele singure au început să vadă viaţa fără partener ca fiind un lucru pozitiv, ceva ce ar trebui să apreciezi. Ele numesc viaţa singură *#viaţaperaft*, ha ha! E exact ce am sperat noi. Sunt aşa de entuziasmată, chiar vreau să fac ceva cu toate astea. Poate un fel de comunitate online. Tu eşti scriitoare. Te bagi?

– Sută la sută, răspunde Amy.

Îşi ocupă locurile în primul rând din secţiunea VIP; cele trei foste colege de casă încep să şoptească şi să râdă ca nişte şcolăriţe.

– Încetaţi, voi trei! Mă faceţi să mă simt agitată! le şopteşte Amy tare.

– Imaginează-ţi cum mă simt eu, mormăie Flick, care stă lângă ea. Presupun că nu-mi ţin pumnii să câştig. Probabil că râd de mine.

– Ba nu. Îţi promit eu. Nu cred că ştiu nici ele cine vor să câştige. Cred că râd pentru că Jackie s-a prefăcut că-şi suflă nasul cu cartea de vizită a lui Jamie şi a şters-o pe rochia Gemmei.

Simon stă în colţ în capătul grădinii, departe de toată lumea. Când Amy a făcut contact vizual cu el mai devreme, bărbatul s-a uitat în altă parte. A enervat-o asta deoarece voia să-l ţintuiască cu privirea. A văzut-o pe Flick cum l-a salutat când acesta şi-a ocupat locul, printr-un sărut nepăsător pe obraz, urmat de o linişte nefirească. Dintr-odată se pare că nu este sigur dacă relaţia lor va supravieţui acestei experienţe. Ea speră că nu, dacă Flick a vorbit serios acum câteva momente.

– Ia uite-l, Amy. Cum stă acolo ca şi cum nu ar avea nicio grijă pe lume. Ca şi cum se aşteaptă să fiu prostuţă, să vin acasă şi să continui să gătesc, şopteşte ea.

„Flick, te rog să păşeşti pe podium şi să ne spui de ce ar trebui să fii aleasă Cea Păstrată."

Amy răsuflă uşurată că nu e ea prima.

Flick urcă pe scenă, îşi pune carneţelul în faţă şi se uită dintr-o parte în alta a grădinii împrejmuite. Pare rece ca gheaţa, dar când vorbeşte, nu o face cu încrederea pe care a avut-o când a venit aici prima dată. O face cu o modestie pe care Amy nu a mai observat-o înainte la ea.

– Am venit la *Raftul* ca să demonstrez că merit să fiu păstrată. Și cred că am reușit să îmi îndeplinesc acest scop. Mi-am dat interesul în cadrul fiecărei provocări. Am ieșit pe primul loc în aproape fiecare sarcină. Am arătat că sunt dornică și capabilă să dau totul pentru o relație, lăsând deoparte lucrurile de care îmi pasă. Dacă acesta a fost scopul emisiunii, cred că este corect ca eu să câștig. Dar chiar dacă nu voi câștiga în ochii publicului, știu în adâncul meu că am intrat în casă ca o femeie perfectă și că voi ieși ca o femeie perfectă.

Continuă:

– Nu mi-am compromis nici măcar o dată idealurile. Când am intrat pe ușa din față acum câteva săptămâni, am simțit că intru în bârlogul unui leu. Știam că nu o să fiu cea mai populară printre colegele mele noi de casă, dar mi-am asumat riscul și nu mi-a păsat de presiune. Am venit aici ca să demonstrez că sunt bună de măritat, și nu voi permite ca nimeni și nimic să mă schimbe.

Amy e o persoană bună, pe care am ajuns să o iubesc în ultimele săptămâni de când o cunosc. În ciuda diferențelor noastre, mi-a arătat înțelegere, bunătate și compasiune, atunci când alții nu au făcut acest lucru. Dar nu este Cea Păstrată judecând după standardele emisiunii. Dacă o veți numi Cea Păstrată, ne veți transmite mesajul greșit și mie, și milioanelor de casnice din lume care, la fel ca mine, muncesc neîncetat pentru a-și susține familiile. Milioanele de casnice care sunt adesea determinate să se simtă ca niște femei inferioare din cauza alegerilor lor, și în ciuda sacrificiilor pe care le-au făcut. Ar fi greșit să mi se refuze titlul.

Face o pauză, după care se uită la Simon.

– La fel de greșit cum ar fi ca tu, Simon, să îmi refuzi ce mi-ai promis acum patru ani. Căsătorie. Familie. Numele meu pe ipotecă. O casă în care nu suntem doar noi doi și o colecție vintage de vin roşu. Ţi-am demonstrat acum doi ani că aş fi soţia şi mama perfectă. Te-am aşteptat supusă. Am avut grijă de fiecare nevoie a ta, ignorându-le pe ale mele. Nu îţi cer decât să arăţi puţină apreciere faţă de ce am lăsat în urmă.

Flick adaugă:

– Şi tot ce îţi cer în momentul acesta, exact în clipa asta, Simon, este să-mi spui, cu toată lumea de faţă: ai de gând să te căsătoreşti cu mine? O să îmi oferi copii, aşa cum ai promis că o vei face? E un răspuns cu da sau nu.

Aşaaa, Flick!

Amy se chiorăşte la Simon care se înroşise de tot, stând în capătul grădinii, sfredelind-o pe Flick cu o privire glacială.

– Felicity, vom vorbi despre asta mai târziu.

– Da sau nu, Simon, spune ea, păstrându-se fermă pe poziţie. Ai avut patru ani la dispoziţie să te gândeşti la asta. Nu-ţi voi permite să mai furi din timpul meu.

Devine tulburat când vede că toată lumea se holbează la el.

– Pentru numele lui Dumnezeu, nu mai fi aşa isterică. Tu nu eşti aşa. Ce crezi că faci?

Flick îi aruncă un zâmbet, iar apoi se uită la notiţele sale. Aruncă o hârtie pe jos, şi Amy vede titlul de pe ea.

Dacă spune da

– Doamnelor, domnilor şi spectatori, am demonstrat cu ani în urmă unei persoane că sunt perfectă pentru măritat. Dar acum toată lumea a văzut acest lucru, chiar dacă singura persoană care mi-am dorit să vadă nu poate s-o facă. Aşa cum am spus la începutul acestui discurs, am intrat în casă ca şi bună de păstrat, şi voi pleca la fel. Ştiu că voi putea fi o soţie şi o mamă grozavă într-o zi. Şi sunt încântată să anunţ că accept cereri pentru poziţia de partener potenţial, din partea celor care sunt oameni buni, cinstiţi şi care-şi ţin promisiunile.

Mulţimea râde şi aplaudă. Simon pare furios în timp ce Flick ocupă un loc în primul rând, lângă Jackie, nu în spate, unde îi păstrase el loc.

– Felicitări, Flick! strigă Adam. Ce declaraţie! Vei avea nevoie de un asistent personal ca să te descurci cu toate cererile! Aplauze pentru Flick, oameni buni. Simon, amice, ce să-ţi zic? Ai avut şi tu şansa ta!

Publicul râde din nou, iar Simon se ridică şi pleacă din grădină, uitându-se urât înapoi.

Lui Amy îi bate inima tare când urcă pe podium, privind în podea. Trage aer adânc în piept, se uită la primul rând scris şi începe:

– Aceasta este o scrisoare pentru Amy la vârsta de şaisprezece ani. Şi sună aşa:

Dragă Amy,

Am veşti proaste pentru tine. Când vei avea treizeci şi doi de ani, nu vei fi căsătorită cu Leonardo DiCaprio şi nu vei locui în vila lui din LA. De fapt, nici măcar nu vei fi căsătorită. Dar nu ai de ce să te panichezi. Vei fi într-o relaţie plină de iubire şi de devotament cu cineva care nu te va părăsi niciodată. Cineva care se va gândi mereu numai la binele tău.

Tu însăţi.

Tu însăţi eşti de ajuns. Dacă sau când vei fi pregătită, îţi vei deschide inima şi vei lăsa pe cineva înăuntru, care se va potrivi perfect.

Nu ai nevoie de un bărbat care să te completeze.

Eşti deja un întreg.

Eşti de ajuns.

Fii bună cu tine. Unele dintre cele mai grele conversaţii pe care le vei purta vor avea loc în mintea ta. Fii bună cu alţi oameni, chiar cu cei care nu-ţi răspund prin bunătate. Nu ştii prin ce au trecut. Alege-ţi cuvintele cu grijă. Cuvintele pot să fie arme de distrugere în masă şi pot lăsa cicatrici eterne. Să nu te dezamăgeşti singură.

Amy, am şi alte veşti rele. Trupa ta de fete, Take Two, nu va avea concert pe stadionul Wembley, în ciuda tuturor eforturilor tale. Dar vei fi faimoasă într-o zi. Vei avea propria ta scenă de pe care vei transmite mesaje importante fetelor de șaisprezece ani care te urmăresc. Așa cum ți-am spus, să-ți alegi cuvintele cu grijă.

O să faci niște alegeri groaznice în materie de bărbați. Și îți spun sincer, extrem de groaznice. Dar va trebui să treci peste toate ca să ajungi acolo unde trebuie să fii. Deși chiar mi-aș dori să te pot opri să nu bei acea băutură cu Steve. Sunt opt luni în care ai pretins că îți place mâncarea mexicană și heavy metal pe care nu le vei primi înapoi.

Fii recunoscătoare pentru fiecare oportunitate pe care o primești. Adu-ți aminte să le mulțumești părinților pentru tot ce au făcut pentru tine ca să ajungi acolo unde trebuie. Aspiră să fii ca ei, dar în felul tău unic. Identitatea ta e doar a ta. Protejeaz-o.

Și în ultimul rând, nu mai face asta. Te văd cum ciupești grăsimea de pe șold în oglinda de pe hol după școală, și cum îți tragi obrajii ca să arăți precum Kate Moss. Nu te mai compara cu supermodele. Ele s-au născut în felul lor; tu te-ai născut în felul tău. Fii fericită în pielea ta frumoasă. Fă-ți griji pentru mărimea inimii tale, nu pentru mărimea feliei. Mănâncă tortul ăla odată.

Cu dragoste,
Tu

– Doamnelor și domnilor, spune ea, aranjându-și hârtiile. Flick are dreptate. Ea este Cea Păstrată, nu eu, potrivit definiției acestei emisiuni. Eu nu am urmat toate regulile din fiecare probă, și nu sunt în fruntea clasei. Mă bucur că sunt singură, și abia aștept să petrec mai mult timp doar cu mine însămi. *Raftul* nu m-a făcut să fiu pregătită pentru altcineva – *Raftul* m-a făcut să fiu pregătită pentru mine. În momentul acesta, nu sunt capabilă să dau tot ce am unei alte persoane. În momentul acesta, nu sunt pregătită să sacrific ceea ce mă face fericită.

Și cu titlu, și fără titlu, jur să fiu bună cu mine, să am grijă de mine și să-mi protejez interesele. Nu voi uita niciodată de aceste interese și nu le voi mai lăsa deoparte. Și această scrisoare îmi va aminti mereu de acum înainte că sunt „perfectă de păstrat" pentru mine. Și pentru toate tinerele care urmăresc emisiunea, să știți că inima vă va fi frântă într-o zi. Nu aveți cum să evitați asta. Dar la fel ca mine, sunteți puternice și meritați tot ceea ce vă doriți să aveți în viață. Fiți „perfecte de păstrat" pentru voi înseva. Fiecare dintre voi.

Amy sare de pe scenă și intră pauza de publicitate.

Se duce în grabă la părinții săi, îi îmbrățișează timp de trei minute în timp ce publicul o privește.

– Păpușă, a fost extraordinar! țipă Gemma din primul rând.

Trebuie să vorbească cu cineva.

Când Jamie o vede pe Amy că vine direct spre el, deschide brațele larg.

– Purcelușă! Mișto discurs. Te-ai debarasat de tot de bărbați, nu?

Jamie râde.

– Glumesc și eu.

– Jamie, de ce ești aici?

– Nu aș rata asta pentru nimic în lume. Am primit invitație pe e-mail. M-am gândit că ar fi o altă ocazie numai bună să-mi promovez afacerea. De ce? Nu te deranjează că sunt aici, nu? Am crezut că suntem prieteni?

– Nu mă deranjează că ești aici. De fapt, chiar mă bucur, pentru că vreau să-ți spun câteva lucruri și e bine că nu va mai trebui să te contactez eu.

– Păi, mă bucur că ai decis să-ți iei ceva timp ca să îți dai seama de niște lucruri. Deși sunt puțin dezamăgit că nu am fost și eu menționat în discurs. Unde sunt mulțumirile mele, nu te-am ajutat și eu să-ți găsești fericirea?

– Nu am venit ca să-ți mulțumesc. Ci ca să te iert.

– Pentru ce?

– Pentru tot. Pentru felul în care te-ai purtat cu mine în ultimele optsprezece luni. Cum m-ai făcut să mă simt ca un oaspete în casa ta. Cum m-ai făcut să mă simt grasă când nu era nimic în neregulă cu mine. Cum m-ai făcut să mă simt pretențioasă, deși tu îmi dădeai semnale care mă derutau. Ar fi derutat pe oricine. Cum m-ai făcut să par și să mă simt ca o fostă iubită nebună, care a pus presiune pe tine să te căsătorești când nu a fost deloc așa. Cum ai făcut pe victima când eu eram de fapt cea rănită. Cum ai vorbit cu mine ca și cum aveam un viitor împreună, iar apoi mi-ai dat cu flit când am vrut să vorbesc serios despre asta. Te iert nu pentru că sunt slabă, ci pentru că sunt puternică. Iertându-te pe tine, pot să tai legătura dintre noi, să mă detașez de tine și să trec peste. Peste tine, relația noastră și toată experiența asta. Așa că nu, nu sunt aici ca să-ți mulțumesc, Jamie. Sunt aici ca să te iert. Așadar, te iert.

Jamie se holbează la ea timp de câteva secunde cu gura căscată.

– Eu...

Face o pauză și-și trece degetele prin păr. Își drege glasul.

– Super. Ok. Ce tare. Deci, ar trebui să recuperăm după...?

– Nu, nu prea cred, Jamie. S-o lăsăm așa, bine?

Amy zâmbește.

– Succes în toate.

– Da, și ție, pur... adică, Amy. Și ție, Amy.

„Amy și Flick, vă rog să vă întoarceți pe scenă. Spectatori, ocupați-vă locurile."

Acu-i acu, se gândește Amy, trăgând aer adânc în piept și ducându-se în față. Îi îmbrățișează pe părinți din nou și urcă pe scenă.

Luminile din grădină se sting și toată lumea e învăluită de strălucirea ecranului. Dintr-odată, mulțimea de pe ecran o ia razna când îl vede pe Adam Andrews urcând pe scenă încălțat cu niște cizme de cowboy, acoperite cu diamante artificiale. Face cu mâna mulțimii și se plimbă în sus și-n jos pe scenă, aplecându-se din când în când ca să bată palma cu câte un membru al publicului. Melodia de fundal a emisiunii se aude mai tare ca niciodată, dar Amy aude doar cum inima îi bate tare în piept și respiră din ce în ce mai sacadat.

Respiră normal. S-a terminat.

Adam ajunge la capătul scenei și se întoarce.

– Salutare, tuturor! Și bine ați venit la Marea Finală de la *Raftul*, unde vom afla cine va fi încoronată Cea Păstrată!

Mulțimea urlă.

– Dumnezeule, a fost o lună pe cinste, nu-i așa? Am avut suișuri și coborâșuri, răsturnări de situație și câteva accidente de mașină masive în tot acest timp. Ce ziceți să aruncăm o privire la câteva dintre cele mai bune scene?

Pe ecran apare un montaj cu ce s-a petrecut în ultima lună.

Le privesc pe concurente cum se întâlnesc pentru prima dată. Montajul cu încetinitorul are pe fundal o piesă tristă cântată la vioară, care o face imediat pe Amy să simtă un nod în gât. O vede pe Jackie cum îl spală cu furtunul pe bebeluș în timp ce arată degetul mijlociu la cameră. Gemma țipă la Hattie care face exerciții în grădină. Hattie și Amy gâfâie în sufragerie. Amy și Jackie căzând de pe măsuța de cafea; Lauren renunțând la emisiune; Kathy plângând lângă bebelușul ei, iar Gemma anunțând că e însărcinată. Chicotele contagioase ale lui Jackie care au declanșat zece minute de râsete isterice la petrecerea cu ceai.

Și apoi clipele când și-au luat la revedere, urmate de un moment emoționant în care Flick și Amy și-au dat seama că erau singurele care au mai rămas. Îmbrățișarea lor de la ușă, cu lacrimi șiroindu-le pe obraji.

Montajul se termină și publicul rămâne în întuneric.

– Doamnelor și domnilor, anunță Adam pe o voce joasă, a sosit clipa. Publicul a decis, iar voturile au fost numărate și verificate, strigă Adam.

Pe ecran apare o numărătoare inversă, care luminează scaunele.

5...

– Pot confirma că am primit undă verde să vă spun ceea ce ne dorim cu toții să aflăm.

3...

– Cea Păstrată de la *Raftul*, pentru prima dată în istorie, este...

1...

Artificiile explodează pe ecran și luminează cerul.

Mulţimea de pe ecran pare că se mişcă cu încetinitorul. Pancartele zboară peste tot ca niște toci în timpul unei absolviri. Amy pleacă privirea ca să se uite la publicul din faţa ei și se pregătește pentru mulţimea de oameni care fuge spre scenă.

Epilog

Singurul mod în care priveliștea aceasta ar putea fi mai bună de atât este dacă Leonardo DiCaprio ar fi în fața mea acum, se gândește Amy, în timp ce-și scufundă degetele de la picioare și mai adânc în nisipul fierbinte și fin.

Dar dacă ar fi așa, ar bloca răsăritul din dreptul apei sclipitoare a golfului Buffalo. Și ar trebui să fie și epilată pe picioare.

Totul de pe insula Koh Phayam o face pe Amy să simtă ca și cum ar pluti într-un bazin de terapie cu săruri. Aerul nemișcat are temperatura perfectă, nu e nici prea cald, nici prea rece. O învăluie ca un bumbac moale din clipa în care se trezește, și o urmează pretutindeni până când adoarme.

Și-a stabilit o rutină care îi satisface nevoile atât pentru pace, cât și scop. În fiecare zi începe cu o plimbare lentă prin atmosfera calmă a dimineții, prin piață, de unde își cumpără smoothie-ul pentru micul dejun. Are banane, miere, lapte de migdale și o cantitate mare de unt de arahide, e practic un milkshake deghizat. Dar în el aruncă și câteva frunzulițe de kale ca să se simtă mai virtuoasă, la fel ca bloggerii de sănătate și influencerii de pe Instagram pe care i-a întâlnit aici, pentru care insula e casa lor. Jane i-a recomandat piața. Jane îi dă mesaje săptămânal acum, întrebând-o când se va întoarce ca să poată să dea o petrecere de bun venit acasă în cinstea ei, cu câțiva burlaci disponibili de la locul de muncă al lui Pete. Dar Amy nu știe ce să-i răspundă. Biletul ei a fost doar dus, și nu are nicio intenție să plece de aici prea curând.

După plimbarea printre tarabele cu mâncare pline de agitaţie, care o ajută să-şi pornească mintea, simţurile şi sufletul, e pregătită pentru sesiunea de scriere matinală, la cafeneaua ei preferată de pe plajă. Biroul ei e făcut din lemn plutitor şi fotoliul pe care stă e din răchită, acoperit cu perne croşetate moi, numai bune să te scufunzi în ele. După două pagini albe şi două ore în care caută noi subiecte, închide laptopul, îşi dă jos sarongul şi parcurge înot o dată tot golful, gândindu-se la subiecte şi perfecţionându-le. Şi după aceea, pune pe hârtie tot ce i-a venit în minte în acele valuri blânde. Până la sfârşitul dimineţii, e pregătită să revină în vilă ca să se usuce, să se cureţe şi să răspundă la alte e-mailuri.

Rutina de azi nu diferă cu nimic. Deşi când deschide inboxul după prânz, e surprinsă să vadă un e-mail de la o persoană cunoscută.

Bună purceluşă,

Sper că te bucuri de soarele din Thailanda. Sunt foarte fericit pentru tine. Exact asta mi-am dorit pentru tine când te-am adus în emisiune, să fii fericită. Ştiu că m-ai iertat, dar să nu mă uiţi acum că eşti bogată şi faimoasă! Poate primesc şi eu o parte! Glumesc doar.

Îţi scriu deoarece m-am gândit că ai fi interesată să auzi ce mai fac. M-am decis să pun Headplace pe locul doi. Se pare că piaţa nu este pregătită pentru ce am eu de oferit.

Oricum, cred că vei fi încântată să afli că am o nouă afacere, şi cred că ar fi o oportunitate bună şi pentru tine ca să investeşti în ea. După ce am avut momentul meu de celebritate în ***Raftul,*** am descoperit că există un gol pe piaţa găsirii de partenere pentru bărbaţi. Vreau să creez un serviciu pentru ca bărbaţii să înveţe cum să fie un partener mai bun şi cum să se descurce mai bine în dragoste.

Este o industrie în creştere, din ce în ce mai mulţi oameni se întâlnesc online, la fel cum s-a întâmplat şi cu noi. Sunt în stadiul strângerii de fonduri şi am nevoie de 50 000 de lire ca să construiesc site-ul, să obţin proprietate şi pentru marketing. Dacă eşti interesată, ar fi minunat să discutăm despre asta. Îţi voi trimite planul întreg al afacerii şi apoi poate vorbim pe Skype vineri? Sau ai putea să mă aduci acolo cu avionul ca să vorbim faţă-n faţă! ;) Lol.

Jamie

Amy îi răspunde imediat.

Dragă Jamie,

Mulţumesc pentru e-mail.

Acum că mă bucur de viaţă în Thailanda, sunt obişnuită să traduc lucrurile în engleză în fiecare zi. Din fericire, vorbesc şi limba Jamie fluent, aşa că iată încercarea mea de a traduce e-mailul tău:

1. Headplace a fost un eşec total.
2. Toată lumea crede că sunt un nenorocit.
3. Am nevoie de bani.

Cam aşa ar veni, nu?

Mersi, dar nu, mersi.

Amy

Cu trei luni în urmă, Amy a câştigat emisiunea *Raftul* şi un milion de lire. I s-au oferit şi şedinţe de terapie, o schimbare de look, o vacanţă şi un abonament pe un an pe *Love Market*, cel mai recent site de întâlniri. Le-a refuzat pe toate.

După o lună de lucrat cu media, interviuri, apariţii la televizor şi întâlniri cu fanii, a reuşit în sfârşit să stea şi să se gândească ce va face de fapt cu banii şi cu timpul pe care i-l cumpără aceştia. Adevărul este că Amy a fost mai entuziasmată datorită libertăţii, nu a banilor. Dar a acceptat că poate să cumpere libertate dacă investeşte cu înţelepciune.

S-a ţinut de promisiunea pe care şi-a făcut-o, şi anume aceea de a zbura la clasa întâi către Thailanda. A făcut rezervări şi pentru părinţii ei şi Sarah să i se alăture după câteva luni, şi vor sosi săptămâna viitoare.

Prima ei investiţie a fost un apartament cu două dormitoare în Putney, pe care l-a cumpărat cu banii jos şi cu sfatul de expertă al lui Sarah. Era deja închiriat, aşa că Amy trăieşte din chirie şi îşi păstrează câştigul deoparte.

A doua investiţie a fost o sală de sport pentru femei din Essex, numită Gymma. Investiţia ei a ajutat la dotarea sălii cu echipament nou, şi Gemma a promis să-i trimită zilnic înştiinţări, la fel cum a făcut şi în dimineaţa aceasta.

Subiect: Au ajuns aparatele power rack!

Imaginea ataşată e-mailului o arată pe Gemma însărcinată atârnând de un echipament de joacă cu coapsele în jurul gâtului lui Jason.

Amy râde la scena aceasta ridicolă, după care tresare când simte că îi vibrează telefonul în buzunar. E o poză pe WhatsApp de la Jackie, în care se văd buzele ei roşii pe o gogoaşă cu ciocolată.

Eşti bine, scumpo? M-am gândit la tine când am mâncat asta. 🍩

Amy răspunde.

Trimite-mi toate gogoşile. 🍩🍩

🍩

PS De fapt nu face asta, o să fiu o ciudată în tărâmul influencerilor.

🙅‍♀️

Nu trimite. Gogoşi.

Acum nu pot să mă gândesc decât la gogoşi. 🤦‍♀️

Jackie îi mai trimite o poză, de data aceasta cu ea zâmbind cu o gogoaşă prinsă între dinţii din faţă.

Amy răspunde cu 😂, după care lasă telefonul pe masă.

Peste două luni, procesul lui Jackie, ultima investiţie a lui Amy, se va termina (speră din tot sufletul) şi platforma lor va fi lansată.

Egoistă.org.

Acolo unde femeile sunt pe primul loc.

Poate mai au de lucrat la slogan. Dar au suficient timp. Jackie se ocupă de conversaţiile cu parteneri, iar Amy lucrează la conţinutul pe care-l vor lansa.

Gemma se va ocupa de rubrica cu Gimnastica.

Hattie de Mâncare.

Lauren de Sex.

Kathy e o mătuşă peste cincizeci de ani în agonie.

Iar Flick se va ocupa de Acasă.

Împreună formează echipa perfectă.

Nu s-a mai simţit atât de împlinită de ani de zile, şi nu a avut nevoie de „jumătatea ei" ca să facă asta. Faptul că se simte completă se datorează dragostei şi sprijinului familiei ei, al prietenilor şi confortului pe care-l aduce faptul că e conștientă că poate realiza orice vrea de una singură. Se uită la noua pictură de pe perete. E un citat peste care a dat de curând pe rețelele de socializare. A marcat-o atât de profund și de clar încât a decis să-l picteze și să-l înrămeze.

Secretul de a avea totul este să știi că ai totul.

Poate că într-o bună zi va avea pe cineva cu care să împartă desenul. Dar numai atunci când va fi pregătită. Și încă nu este. Citatul i-a adus aminte de ceva ce Sarah i-a spus când au băut o sticlă de prosecco la Amuse Bouche, în noaptea dinainte de zborul către Bangkok.

– Amy, toți suntem așa de ocupați să găsim persoana potrivită, încât nici măcar nu încercăm să *fim* persoana potrivită.

Amy se întoarce spre ecran și spre documentul gol din fața ei.

Cum mi-am găsit în cele din urmă „Alesul"

biblioteca rao

FICȚIUNE ADULȚI

Mitch Albom .... *Măsura timpului*
Pierre Assouline .... *Portretul*
Camille Aubray .... *Cina cu Picasso*
David Baldacci .... *Lovitura de grație* (seria *Vega Jane* vol. 1) • *Tărâmul celor cinci cercuri* (seria *Vega Jane* vol. 2) • *Un simplu geniu* • *Rece ca piatra* • *Ziua zero*
Angela Becerra .... *Penultimul vis*
Ana Bell .... *Lista de dorințe*
Mark Benecke .... *Pe urmele crimelor*
Steve Berry .... *Afacerea Columb* • *Enigma reginei* • *Secretul marelui sigiliu* • *Taina președintelui* • *Tezaurul Împăratului*
Samuel Bjork .... *Călătoresc singură*
Chris Bohjalian .... *Închideți ochii, luați-vă de mână*
Serena Burdick .... *O fată în amurg*
John Burnham Schwartz .... *Împărăteasa* • *O singură clipă*
Jessie Burton .... *Miniaturista*
Mireille Calmel .... *Cântul vrăjitoarelor* vol. 1 și 2
Carol Cassella .... *Oxigen*
Emma Cline .... *Fetele*
Sarah Cohen-Scali .... *Max*
Michael Connelly .... *Chipul dur al despărțirii* (seria *Harry Bosch*) • *Până la capăt* (seria *Mickey Haller*) • *Verdictul* • *Avocatul din limuzină* • *Jocul de domino* • *Adevărul din umbră*
John Connolly .... *Răzbunătorii*
Michael Cox .... *Sensul nopții*
Blacke Crouch .... *Materia întunecată*
Clive Cussler .... *Gheața de foc* • *Moarte în Arctica* • *Sabotorul* • *Urmărirea*
Clive Cussler și Dirk Cussler ...... *Săgeata lui Poseidon* (seria *Dirk Pitt*) • *Zorii semilunii* (seria *Dirk Pitt*)
Manuel DeLope .... *Perlele călătoare*
Nelson DeMille .... *Coasta de Aur* • *Întoarcerea la Coasta de Aur*
Karen Dionne .... *Evadarea din mlaștină*
Val Emmich .... *Nu uita să-ți amintești*
Joseph Finder .... *Omul companiei*
Adam Foulds .... *Labirintul însuflețit*
Gyle Forman .... *Fără mine*
Ulla Frohling .... *Ființa din oglindă*

Adele Geras . . . . *Taina pictorului*
Javier Gonzales . . . . *Insula sfârșitului timpului*
John Grisham . . . . *Avocatul rebel • Calico Joe • Campionul din Arkansas • Ford County • Informatorul • Litigiul • Mărturisirea • Șantajul • Șirul de platani • Theodore Boone – Puștiul avocat • Theodore Boone – Răpirea • Theodore Boone – Acuzatul • Theodore Boone – Amenințarea*
Lauren Groff . . . . *Destin și furie*
Katryn Harkup . . . . *A de la arsenic. Otrăvurile Agathei Christie*
A.S.A. Harrison. . . . . *Soția tăcută*
Antonio Hill . . . . *Vara jucăriilor moarte*
Gail Honeyman. . . . . *Eleanor Oliphant se simte excelent*
Jay Hosking . . . . *Trei ani în labirint*
Catherine Isaac . . . . *Aici, acum, mereu*
Howard Jacobson . . . . *Chestiunea Finkler • J*
Christian Jacq . . . . *Fugarul* (vol. 1 seria *Răzbunarea zeilor*) • *Divina Adoratoare* (vol. 2 seria *Răzbunarea zeilor*)
Mack Karen & Kaufman Jennifer. . *Amanta lui Freud*
Dean Koontz . . . . *Noaptea lui Odd*
Danya Kukafka . . . . *Misterul fetei din zăpadă*
Will Landay . . . . *În apărarea lui Jacob*
John Le Carre . . . . *Cel mai vânat om • Genul nostru de trădător • Tunelul cu porumbei • Un adevăr delicat*
Maggie Lehrman . . . . *Orice lucru are prețul lui*
Forrest Leo. *Un gentleman*
Susana Lopez Rubio . . . . *Intrați în El Encanto*
Charlie Lovett . . . . *Povestea anticarului*
Benjamin Ludwig . . . . *Ginny Moon: din secretele unei fetițe autiste*
Scott Lynch . . . . *Minciunile lui Locke Lamora • Pirații mărilor roșii*
Kathleen McGowan . . . . *Cartea iubirii • Prințul poet*
Benjamin Mee. . . . . *Avem un ZOO!*
Brad Meltzer . . . . *Cercul asasinilor • Cercul cavalerilor • Jocul zero*
Claire Messud . . . . *Prietenie dispărută*
Maggie Mitchell . . . . *A doua fată*
Walter Moers. . . . . *Cele 13 1/2 vieți ale căpitanului Urs Albastru*
Jeniffer Murphy . . . . *Te iubesc mai mult*
Tea Obreht. . . . . *Soția tigrului*
James Patterson / Maxine Paetro . . *Private – Agenția de investigații*

David Park........................*Comisarul adevărului*
Chris Pavone....................*Expatriații*
Malin Person Giolito ....*Nisipuri mișcătoare*
Michael Poore..................*Dansul reîncarnării*
Francine Prose ....*Prima iubire*
Manicka Rani ....*Zeița orezului*
James Reese.....................*Dosarul Dracula*
T.R. Richmond ....*Ce-a lăsat în urmă*
Imogen Robertson ....*Iarna la Paris*
Patrick Rothfuss ....*Numele vântului* • *Teama înțeleptului* • *Tainica iscodire a celor tăcute*
Brian Ruckley ....*Nașterea iernii* – seria *Lumea fără zei*
Clara Sanchez ....*Misterul numelui tău*
Lisa See..........................*Floare de zăpadă și evantaiul secret* • *Dragostea florii de bujor* • *Frumoasele chinezoaice*
Javier Sierra.....................*Îngerul pierdut* • *Maestrul de la Prado*
Lorenzo Silva....................*Linia meridianului*
Indra Sinha ....*Oamenii lui Animal*
Dan Smith ....*Ținta: Președintele*
Wilbur Smith.....................*În pericol* • *Orizontul albastru*
Jose Carlos Somoza ....*Cheia Adâncului*
Nicholas Sparks.................*Privește-mă!*
Olen Steinhauer ....*Turistul*
Emma Straub.....................*Soare și nori în Mallorca*
Sarah Stricker ....*Cinci copeici*
Anne Sward......................*Cu sufletul la gură*
James D. Tabor ....*Dinastia Iisus*
Kathryn Taylor ....*Moștenirea partea 1* și *partea 2* (Saga *Daringham Hall*) • *Hotărârea*
Yasuko Thanh ....*Mireasma misterioasă a munților Galbeni*
Brad Thor.........................*Lista neagră*
J.R.R. Tolkien ....*Legenda lui Sigurd și a lui Gudrun* (ediție bilingvă) • *Copiii lui Hurin* • *Hobbitul* • *Frăția inelului* (vol. 1 trilogia *Stăpânul Inelelor*) • *Cele două turnuri* (vol. 2 trilogia Stăpânul Inelelor) • *Întoarcerea Regelui* (vol. 3 trilogia *Stăpânul Inelelor*) • *Silmarillion*
S.K. Tremayne...................*Dublă identitate*
Heather Tucker..................*Fata din lut*
Simon Urban.....................*Planul D*
Timur Vermes....................*Ia uite cine s-a întors*
Nicole C. Vosseler..............*Sub luna de șofran* • *Dincolo de Nil*

Leslye Walton .... *Straniile și minunatele amărăciuni ale Avei Lavender*
Michael White.................. *Secretul Medici*
David Wroblewski .... *Povestea lui Edgar Sawtelle*
Javier Yanez.................... *Stăpânul savanelor*
Joakim Zander .... *Fratele • Înotătorul*
Markus Zusak.................... *Hoțul de cărți • Mesagerul*

ROMAN ISTORIC / DRAMĂ ISTORICĂ

Francisco Asensi................ *Sângele*
Paula Cifuentes................. *Vremea bastarzilor*
Catherine Delors .... *Iubire și sânge*
Luca Di Fulvio.................. *Fata care a atins cerul*
Ildefonso Falcones .... *Regina desculță*
Ken Follett..................... *Stâlpii pământului • O lume fără sfârșit • Codul „Rebecca"*
Antonio Garrido................. *Cititorul de cadavre*
Georgia Hunter.................. *Supraviețuitorii • Mâna Fatimei*
Antonio G. Iturbe............... *Bibliotecara de la Auschwitz*
Laura McVeigh .... *Sub stelele tăcute*
Colum McCann .... *Transatlantic*
Pauline Peters .... *Camera rubinie*
Lucy Ribchester .... *Clubul Clepsidrelor: Vremea sufragetelor*
Lutz Seiler .... *Kruso*
Jean Louis Vullierme .... *O oglindă a Occidentului*

CLASICI CONTEMPORANI

Albert Camus & Rene Char ...... *Corespondență 1946-1959*
Miguel Delibes .... *Ereticul*
William Faulkner .... *Hoțomanii • Iscoada în țărână • O parabolă • Pe patul de moarte • Recviem pentru o călugăriță*
Gabriel Garcia Marquez .... *N-am venit să țin un discurs*
Witold Gombrowicz .... *Jurnal* – vol. I și II
Hermann Hesse .... *Cele mai frumoase povestiri* vol. 1 și vol. 2 – colecția Nobel • *Narcis și Gură-de-Aur*
John Irving .... *Vaduvă pentru un an*
James Joyce .... *Stephen Eroul*
Andre Malraux .... *Carnet din URSS 1934*
Thomas Mann..................... *Casa Buddenbrook* vol. 1 și vol. 2 – colecția Nobel
William Saroyan................. *Aventurile lui Wesley Jackson • Nebunie în familie*
John Steinbeck .... *Călătorii cu Charley*
Stefan Zweig .... *Amoc. Obsedatul*

RAO CONTEMPORAN

Angela Becerra . . . . *Ella*
Carlos Franz . . . . *Deșertul • Locul în care a fost paradisul*
Howard Jacobson . . . . *Vremea maimuțelor*
Siegfried Lenz . . . . *Un moment de reculegere*
Colum McCann . . . . *Goana nebună a lumii*
Patrick Modiano . . . . *Dora Bruder • Un pedigri*
Chimamanda Ngozi Adichie . . . . . *Hibiscus purpuriu*

AUTORI ROMÂNI CONTEMPORANI

Anghel Andreescu . . . . *Acțiunile separatiste*
Anghel Andreescu, ... *Efectul migrației asupra securității*
Dan Andreescu, Dan Bardaș . . . . *României și a Europei*
Vartan Arachelian . . . . *Cartea regelui romantic și a fiilor fără de țară • Numele și umbra • Scânteia vine de la Moscova • Istoria unei supraviețuiri*
Ion Bâtlan . . . . *Reconsiderări filozofice*
Augustin Buzura . . . . *Absențíi • Drumul cenușii • Nici vii, nici morți • Orgolii • Recviem pentru nebuni și bestii • Refugii • Vocile nopții*
Doina Cherecheș . . . . *Străinul din oglindă*
Eugen Ovidiu Chirovici . . . . *Cine a ucis-o pe Nora Jones? • Hoodoo Creek • O amintire de la Paris • Pulbere neagră • Sanitarium • Cartea oglinzilor*
Adrian Eugen Cristea, Marius Marinescu, Mihai Mitran . . . . . . *Cartierul interzis*
Ciprian Enea . . . . *Jurnalul unui călător boem*
Corneliu Filip . . . . *Ion Ghițulescu, omul de la microfonul radio*
Freddy Gârbaci . . . . *Iubirea și faptele timpului*
Mircea Malița . . . . *Homo Fraudens • Istoria văzută prin ochii diplomatului*
Vanessa D. Maris . . . . *Imagini de Fado*
Eugen Mihăescu . . . . *Corina • Rebel • Între linii • Strigăte în pustiu*
Ștefan Mitroi . . . . *Atunci când era mereu duminică • Biblia pentru furnici • Dulce ca pelinul • Jocuri de nenoroc*
Doru Munteanu . . . . *Viața de împrumut*
Adrian Năstase . . . . *Sub Zodia Momentului: Blog'n Roll vol. 7 • Războiul lui Onoda: Blog'n Roll vol. 8*
Adrian Onciu . . . . *Templul negru*
Dan Ioan Panțoiu . . . . *Mercenarul întunericului*

Dumitru Popescu . . . . *Cătând în urmă, istovit, spre omul poliedric • Artemis sau uzurparea sentimentului • Singurătatea mărilor*

Tudor Vlad Popescu. . . . . *Taina. O nouă incursiune în irealitatea imediată*

Flaviu George Predescu. . . . . *Softul Ge*

Dinu Săraru. *Corrida • Ura din ochii vulpii*

Aurelian Silvestru . . . . *Cel rătăcit*

Mirel Taloş. *Colecționarul de nuduri*

Stelian Tănase . . . . *Nocturnă cu vampir*

Stelian Țurlea. . . . . *Trei femei*

Olimpian Ungherea . . . . *Dex masonic* – vol. 1 şi 2 • *Sayonara. Confesiunile unui criminalist*

COLECȚIA PENTRU TINE

Antony Capella . . . . *Ofițerul stării civile*

Sarah Lark . . . . *În Țara Norului Alb*, vol. I din trilogia *În Țara Norului Alb* • *Cântecul maorilor* vol. II din trilogia *În Țara Norului Alb* • *Strigătul păsării Kiwi* vol. III din trilogia *În Țara Norului Alb* • *Aurul maorilor* vol. I din trilogia *KAURI*

COLECȚIA ICEBERG FICTION

Åsa Avidc. . . . . *Insula morții*

Anders de la Motte. . . . . *Jocul • Bubble • Buzz*

Roy Jacobsen . . . . *O minune de copil*

Henning Mankell . . . . *Câinii din Riga • Creierul lui Kennedy • Omul din Beijing • Pantofi italienești • Ucigași fără chip – seria Inspectorul Wallander*

Jo Nesbo. . . . . *Călăul • Steaua diavolului • Mântuitorul • Omul de zăpadă*

Jussi Adler Olsen . . . . *Camera groazei • Vânătorii de oameni • Somnul rațiunii*

Dan T. Sehlberg . . . . *Mona. Virus mortal*

Erik Axl Sund . . . . *Persona. Slăbiciunea Victoriei Bergman partea I • Trauma. Slăbiciunea Victoriei Bergman partea a II-a • Catharsis. Slăbiciunea Victoriei Bergman partea a III-a*

Erik Valeur . . . . *Al șaptelea copil*

Jakob Vedelsby . . . . *Legea umanității*

www.raobooks.com | www.facebook.com/rao.editura
office@rao.ro | libraria.rao@rao.ro